Das Wolkenschiff
Die Legende vom Feuervogel

Bibliografische Information der Deutschen Nationalbibliothek
Die Deutsche Nationalbibliothek verzeichnet diese Publikation in der Deutschen Nationalbibliografie; detaillierte bibliografische Daten sind im Internet über http://dnb.d-nb.de abrufbar.

MIX
Papier aus verantwortungsvollen Quellen
FSC www.fsc.org FSC® C014496

Originaltitel: *Darkwhispers. A Brightstorm Adventure*
Die Originalausgabe ist 2020 im Verlag Scholastic Ltd, Großbritannien, erschienen.

Text: Vashti Hardy
Cover: Frauke Schneider
Übersetzung: Doris Attwood

ISBN 978-3-8458-4273-8

www.arsedition.de

VASHTI HARDY

DAS WOLKENSCHIFF

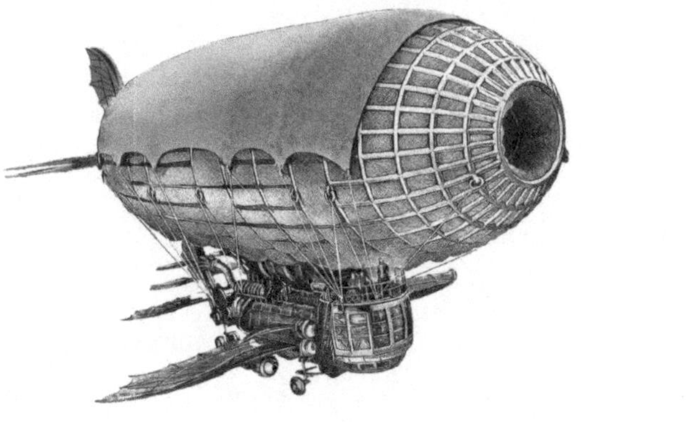

DIE LEGENDE VOM FEUERVOGEL

Aus dem Englischen von Doris Attwood

arsEdition

Für Tom und Lucy,
die echten Brightstorm-Zwillinge

INHALT

KAPITEL 1

WIE EIN MESSER DURCHS WASSER

Über einem endlosen Ozean, an einem Ort, an dem Gedanken wie die untergehende Sonne verblassten, erstreckte sich weiter Nebel, so grau wie die Schatten des Todes. In der Tiefe darunter schwammen keine Fische, lebten keine Wale, und der Meeresgrund wirkte so trostlos und still wie eine verlorene Erinnerung.

Die gigantische Wolke türmte sich vollkommen lautlos auf, doch sie warteten geduldig in der tintenschwarzen Dunkelheit ihrer zerklüfteten Insel. Sie wussten, dass das Blitzen und Zischen des Himmelsfeuers bevorstand. Sie konnten es an dem Kribbeln auf ihrer ledrigen Haut spüren. Mit jeder Zelle ihres Körpers fühlten sie, wie sich die elektrische Spannung aufbaute.

Dann wurde die Dunkelheit plötzlich von einem grellen Feuerblitz durchbrochen, und im nächsten Augenblick schwangen sie sich in die Lüfte.

* * *

Arthur und Marie Brightstorm waren außergewöhnliche und doch ganz normale Kinder. Sie hatten keine Eltern mehr und ihr Zuhause war ihnen auf sehr ungerechte Weise genommen worden. Aber sie hatten immer noch einander und in der Besatzung eines Wolkenschiffs hatten sie eine neue Familie gefunden. Darüber hinaus waren sie mit ihren dreizehn Jahren bereits an den entferntesten Ort in der ganzen Weite gereist – die Eiswelt von Südpolaris. Das Ziel ihrer Reise war gewesen, die Wahrheit herauszufinden und den Namen ihrer Familie wieder reinzuwaschen.

Marie war pragmatisch und nachdenklich – zwei Eigenschaften, die sie zu einer ausgezeichneten jungen Ingenieurin machten –, während Arthur, obwohl er ein kluger Junge und ein echter Bücherwurm war, die Tendenz hatte zu handeln, ohne vorher darüber nachzudenken. Hin und wieder fanden sich die Zwillinge dadurch in brenzligen Situationen wieder, wie beispielsweise jetzt: Sie huschten durch die Straßen von Lontown und schlichen einer langen, dünnen Gestalt hinterher, die durch die Nacht glitt wie ein Messer durchs Wasser.

Der Mann war Arthur vor etwa zehn Minuten ins Auge gefallen, als er gedankenversunken aus seinem Schlafzimmerfenster auf die mitternächtlich stille Erzengelstraße geblickt hatte. Der Mann war vom südlichen Ende der Straße in Richtung Norden geeilt, hatte sich immer wieder nervös umgeblickt und an irgendetwas Kleinem herumgefummelt, das er in den Händen hielt. Arthur hatte das Verhalten des seltsamen Mannes für höchst verdächtig befunden und beschlossen, ihm zu folgen, um herauszufinden, was er zu so später Stunde noch draußen machte. Marie hatte ihren Bruder begleitet, hauptsächlich um ihn davon abzuhalten, irgendetwas allzu Leichtsinniges zu tun.

Neben einer hohen Mauer packte sie Arthur am Arm und hielt ihn auf. »Was hat er vor?«, flüsterte sie.

Die beiden beobachteten, wie sich der Mann einem imposanten, aus weißem Stein erbauten Haus mit perfekt symmetrischen Bogenfenstern und Säulen zuwandte, bevor er die Marmorstufen hinaufstieg, die wie polierte Knochen in der Nacht schimmerten.

Arthur blickte mit zusammengekniffenen Augen in die Dunkelheit und murmelte: »Wer wohnt da?«

»Ich bin kein wandelndes Lontowner Adressbuch, Arty.«

»Ich habe ja auch nur laut gedacht. Ich meine, das ist die Montague Street, es muss also jemand ziemlich Wichtiges sein.«

Unwillkürlich spannten sich ihre Muskeln an, als der Mann im Lichtschein einer Straßenlaterne noch ein letztes Mal über die Schulter schaute und den Blick über die Straße schweifen ließ. Die Zwillinge pressten sich ganz dicht an die Ziegelsteine, und ihre Herzen hämmerten wie wild.

»Das war eine miese Idee«, flüsterte Arthur.

»*Deine* miese Idee. *Du* hast *mich* aufgeweckt.«

»Ich musste dich aber nicht erst groß überzeugen. Du hattest deine Schuhe schon an, bevor ich meine überhaupt gefunden hatte!«, zischte er zurück.

Die Gestalt, die sie verfolgten, war Smethwyck, seines Zeichens treu ergebener persönlicher Assistent von Eudora Vane. Sie war eine berühmte Entdeckerin – und die Frau, die Arthurs und Maries Vater getötet hatte. Die beiden waren sicher in den Schatten versteckt, daher wandte Smethwyck den Blick wieder ab, fummelte erneut an dem Gegenstand in seinen Händen herum und fluchte leise, als sich einer seiner weiten Ärmel für einen Moment daran verfing.

»Rüschen sind eben total unpraktisch«, flüsterte Arthur.

Marie unterdrückte ein Kichern und versuchte angestrengt zu erkennen, worum es sich bei dem Gegenstand handelte. »Sieht wie ein Dietrich oder so aus, zum Schlösserknacken.«

Es war ein *Klick* zu hören und die Tür öffnete sich. Nach einem weiteren hastigen Schulterblick verschwand Smethwyck im Haus.

»Er ist eingebrochen! Komm, wir gehen ein bisschen näher ran«, sagte Arthur.

Sie huschten über die Straße und blieben hinter einer Lorbeerhecke in der Nähe der Haustür stehen.

Einige Minuten später tauchte Smethwyck wieder auf. Er hielt etwas auf dem Arm, das wie ein Stapel Bücher aussah. Er ließ die Tür vorsichtig ins Schloss fallen, schaute sich um und eilte dann die Straße hinunter.

Als er sich weit genug entfernt hatte, wagten sich Arthur und Marie hinter der Hecke hervor und verfolgten ihn durch mehrere Gassen, bis er schließlich auf eine Gasse abbog, die zu einem großen, heruntergekommenen Haus führte.

»Komm«, raunte Arthur Marie zu, »wir schleichen uns über den Rasen. Im Haus brennt noch Licht.«

Marie nickte. In dieser Nacht leuchtete nur eine schmale Mondsichel am Himmel, deshalb war sie zuversichtlich, dass niemand sie entdecken würde.

Sie kletterten über das aufwendig verzierte Geländer und huschten lautlos auf das große Haus zu, wie zwei Füchse auf nächtlichem Beutezug. Hinter einem üppigen Rosenstrauch blieben sie stehen, ganz in der Nähe der riesigen Fenster, die in der warmen Nachtluft offen standen. Die schneeweißen Vorhänge wehten in der leisen Brise sanft nach draußen und der Schein von Pechharzlampen im Inneren tauchte das Gras in orangenen Glanz.

Der Raum war prächtig dekoriert, mit kunstvollen vergoldeten Spiegeln, dicken eisvogelblauen und rubinroten Kissen und saftig grünen Pflanzen, die, wie Arthur erkannte, eindeutig nicht in der Gegend von Lontown heimisch waren.

»Glaubst du, dieser Kronleuchter ist aus Kristall und echten Diamanten?«, fragte er leise.

»Und ich wette, das ist echtes Gold. Dieser ganze Luxus tut mir richtig in den Augen weh, Arty.«

Ein Mann, den sie nicht erkannten, ging zum Kamin, warf einen Blick auf seine Taschenuhr und stellte dann die korrekte Zeit auf der Kaminuhr ein. Auf der Kommode neben ihm stand eine Reihe von Fotos, die, obwohl sie aus der Ferne nur schwer zu erkennen waren, verschiedene Personen an den unterschiedlichsten Orten zu zeigen schienen: auf Berggipfeln, verschneiten Ebenen oder im Urwald. Außerdem stand dort ein ziemlich grauenvolles Bild eines Mannes, der den Kopf eines toten Tieres hochhielt, möglicherweise von einem Nordpolaris-Bären, wie Arthur vermutete.

Als der Mann mit der Uhr fertig war, drehte er sich um und blieb gedankenversunken stehen. Irgendetwas an ihm kam Arthur bekannt vor, aber ihm wollte einfach nicht einfallen, was es war. Er war schon älter, mit messerscharfem Blick und weißem, kurz geschorenem Haar. Die Falten in seinem Gesicht konzentrierten sich vor allem um seine Augen und seinen Nasenrücken, so als seien sie durch viele Jahre sehr reiflichen und angestrengten Nachdenkens entstanden. Er war makellos gekleidet und trug einen zweireihigen Anzug mit Diamantmanschetten und einem hellrosa Hemd. In einer Hand hielt er einen mit Edelsteinen besetzten Stock, obwohl er sich nicht darauf zu stützen schien. Die andere Hand steckte in seiner Jacketttasche, nur der Daumen lugte daraus hervor. Sein Kinn zeigte leicht nach oben. Das Selbstbewusstsein sickerte ihm förmlich aus allen Poren.

Dann öffnete sich plötzlich die Tür und Eudora Vane betrat mit der Wucht einer Sturmböe den Raum. Sie blickte auf die Uhr und ließ sich auf einen Sessel fallen.

Die Zwillinge wechselten einen Blick, als sie im selben Moment die Ähnlichkeit erkannten.

»Er *muss* ihr Vater sein«, raunte Marie Arthur zu.

»Du weißt, was das bedeutet.« Arthur holte tief Luft. »Er ist unser … *Großvater.*«

Sie hatten keinerlei Erinnerungen an ihre Großeltern. Ihr Großvater väterlicherseits war schon viele Jahre vor ihrer Geburt gestorben, ihre Großmutter, als sie noch ganz klein gewesen waren. Doch auf all den Fotos, die sie kannten, hatte ihr Großvater die gleichen freundlichen Augen wie ihr Vater und ihre Großmutter das gleiche ansteckende Lächeln. Eudora Vane war, wie sie erst vor Kurzem erfahren hatten, die Schwester ihrer Mutter.

»Warten ist so ermüdend«, stöhnte Eudora.

»Um Gottes willen, hör auf, so herumzulümmeln.« Die Stimme von Eudoras Vaters war ebenso zackig und akkurat wie sein Erscheinungsbild.

»Hier ist doch niemand«, protestierte sie, setzte sich aber dennoch aufrechter hin.

»Wenn du in deinen eigenen vier Wänden vergisst, wie man sich benimmt, dann kannst du auch dein Ansehen in der Gesellschaft ganz schnell vergessen. Damit begibst du dich auf dünnes Eis, vor allem in diesen Zeiten … wie du sehr wohl weißt.«

Eudora kniff die Augen zusammen. »Glaubst du wirklich, er könnte etwas herausgefunden haben? Diese langweiligen Östlichen Inseln waren seit jeher nur für eine einzige Sache gut: für den pommeranischen Pluderrücken. Und jetzt …« Sie unterbrach sich und zuckte mit den Schultern. »Jetzt sind die Östlichen Inseln für gar nichts mehr gut.«

Arthur und Marie blickten einander an. Das hier hatte höchstwahrscheinlich etwas mit Everest Wrigglesworth zu tun. Wrigglesworth war ein bedeutender Entdecker und der Autor zahlreicher Bücher über Forschungsreisen. Er war auf den Östlichen Inseln verschollen. Sie hatten einen Bericht darüber im *Lontowner Boten* gelesen, nachdem sie aus Südpolaris zurückgekehrt waren.

Die Crew, der sie angehört hatten – die Culpfeffer-Crew – hatte vor, nächste Woche erneut aufzubrechen und nach Wrigglesworth zu suchen. Es war zwar keine besonders hohe Belohnung für sein Wiederauffinden ausgesetzt worden und sie würde kaum ihre Kosten decken, aber dem Ruf eines neuen Abenteuers konnten sie alle nur schwer widerstehen.

Eudoras Vater stolzierte auf seine Tochter zu. »Ich habe nicht den geringsten Zweifel daran, dass er etwas auf die Spur gekommen ist. Wrigglesworth kann schließlich nicht anders, als seine Nase ständig in anderer Leute Angelegenheiten zu stecken. Er war der lästigste kleine Speichellecker an der ganzen Universitas und hat nie etwas anderes getan, als anderen Leuten nachzuspionieren, ihre Gespräche zu belauschen und dabei ununterbrochen in sein Tagebuch zu kritzeln. Er war nützlich, wenn man irgendetwas wissen wollte, aber wenn er nicht in eine so wohlhabende Familie hineingeboren worden wäre, hätte ich ihn wie eine Fliege zerquetscht … Obwohl, bei der ein oder anderen Gelegenheit habe ich das tatsächlich getan, wenn ich mich recht erinnere.« Er starrte ins Leere, als würde er eine dieser Gelegenheiten noch einmal vor seinem inneren Auge Revue passieren lassen, und ein kleines Grinsen zuckte um seine Lippen. »Wo wir gerade von Fliegen sprechen …«

Schritte hallten laut jenseits der Tür wider. Smethwyck betrat den Raum und neigte den Kopf vor den beiden. »Thaddeus. Eudora.«

»Sie haben sich ja ganz schön Zeit gelassen«, sagte Eudora unverblümt.

»An Eudora ist irgendwas anders, ich komme nur nicht darauf, was es ist«, flüsterte Arthur kaum hörbar.

Smethwyck legte den Stapel Bücher, den er aus der Montague Street mitgenommen hatte, auf den Tisch. Sie sahen wie Tagebücher aus. Ohne ein Wort des Dankes begannen Eudora und Thaddeus emsig, sie zu studieren.

Arthur lehnte sich zu Marie und raunte: »Sieht ganz so aus, als wäre Smethwyck in Wrigglesworths Haus eingebrochen. Ich wünschte, wir könnten sehen, was in diesen Büchern steht.«

»Es muss was ziemlich Gutes sein – das Grinsen auf Eudoras Gesicht wird jedenfalls mit jeder Sekunde breiter.«

Eudora und Thaddeus blätterten weiter eifrig durch die Seiten, wechselten konzentrierte Blicke und zogen die Augenbrauen hoch, während Smethwyck danebenstand wie ein ausgeschlossenes Kind.

Dann wusste Arthur plötzlich, was anders war. »Wo ist denn Eudoras widerliches Insektenvieh? Miptera?«

Marie kniff die Augen zusammen. »Wahrscheinlich irgendwo draußen und tyrannisiert die kleineren Insekten.«

Im selben Moment hörten sie das eifrige *Klack-klack* von Beißwerkzeugen und das wütende Flattern von Flügeln. Mit weit aufgerissenen Augen starrten sie auf den wehenden Vorhang, unter dem ein riesiges silbernes Insekt zum Vorschein kam. Es saß auf dem Fensterbrett und schaute in ihre Richtung.

»Ratterndes Zahnrad – lauf, Arty!«, zischte Marie.

Bevor ihre Beine ihnen gehorchen konnten, breitete Miptera ihre schimmernden Flügel aus und sauste mit wildem Blick auf sie zu.

Die Zwillinge duckten sich. Miptera rauschte an ihnen vorbei und flog in den Rosenstrauch. Arthur und Marie sprangen auf und rannten über den Rasen in Richtung Straße.

Es klang nicht so, als würde Miptera sie verfolgen, deshalb blieben sie für einen Augenblick hinter einem Baum stehen, um Atem zu schöpfen, und riskierten dann einen Blick zurück. Im selben Moment sauste Miptera durch das offene Fenster zurück ins Haus, streifte in ihrer Eile jedoch die Scheiben. Es klang, als wäre ein Metalllöffel gegen das Glas geknallt. Hektisch flatterte sie auf Eudora zu, doch bevor sie sie erreichen konnte, wurde sie von Thaddeus Vanes flinker Hand aus der Luft geschlagen.

»Kannst du dir nicht ein richtiges Weisewesen besorgen? Dieses Vieh ist eine Schande.«

Eudora zuckte zusammen, machte jedoch keinerlei Anstalten, Miptera aufzuheben. Sie stand nur da, während ihr Blick Richtung Garten wanderte. »Irgendetwas hat sie beunruhigt.«

Die Zwillinge hielten den Atem an, als könnten sie sich dadurch unsichtbar machen. Doch dann rief Thaddeus Eudora aufgeregt zu sich und deutete auf eines der Tagebücher. Sie eilte gehorsam zu ihm zurück.

Arthur und Marie nutzten ihre Chance und huschten in die Nacht davon.

* * *

Auf der Türschwelle der Erzengelstraße 4 zog Welby seine Taschenuhr aus der Tasche seines Morgenmantels, gab ein *Tss, tss, tss* von sich und betrachtete Arthur und Marie eindringlich.

»Wir haben den Müll rausgebracht?«, versuchte es Arthur.

Marie biss sich auf die Lippen, um ein Grinsen über Arthurs armseligen Versuch einer Ausrede zu unterdrücken.

Welbys Augenbrauen wanderten nach oben. »Wie ausgesprochen umsichtig von euch. Vielleicht können wir euch diese Aufgabe in Zukunft ja generell übertragen, wenn ihr so versessen darauf seid?«

»Ehrlich gesagt hat sich Parthena einen kleinen Abendspaziergang gewünscht«, versuchte Arthur es erneut. Parthena war ein Falke und ihr Weisewesen, eines von vielen hochintelligenten Tieren in der Weite, die die Fähigkeit besaßen, Menschen zu verstehen.

Welby gähnte übertrieben. »Parthena ist mit Queenie im Esszimmer. Nächster Versuch?«

Welby zu necken, hatte sich zu einer von Arthurs liebsten Freizeitbeschäftigungen entwickelt, seit sie in die Erzengelstraße gezogen waren. Doch bevor er die nächste alberne Ausrede präsentieren konnte, zog Marie ihn die Treppe hinauf und sagte im Vorbeigehen: »Tut uns leid, dass wir erst so spät nach Haus kommen. Wir sollten jetzt lieber ins Bett gehen.«

Welby schüttelte den Kopf und schlurfte die Treppe hinunter in Richtung seines eigenen Schlafzimmers. »Ihr werdet Harriet morgen früh alles erzählen«, rief er ihnen über die Schulter hinweg zu.

Als sie in ihrem Zimmer waren, schimpfte Marie: »Du solltest dir nicht zu viele Scherze mit ihm erlauben, Arty. Vergiss nicht: Er weiß sich zu wehren!«

Sie grinsten beide. Die Zwillinge waren völlig verdutzt gewesen, als sie auf ihrer Expedition nach Süden in den Sanddünen nahe der Zitadelle in einen Hinterhalt geraten waren und Welby ihre Angreifer mit einer beeindruckenden Folge asiatischer Kampfkunsttechniken abgewehrt hatte.

»Wahrscheinlich hat er in der feinen Schule in Uptown trainiert, die er besucht hat«, vermutete Arthur und kniff die Augen zusammen. »Vielleicht hatte er früher ja sogar einen privaten Selbstverteidigungslehrer«, fügte er in vornehmem Welby-Tonfall hinzu und vollführte mehrere rasante Schneidebewegungen mit der Hand.

Arthur mochte Welby, aber er fand auch, dass der ältere Mann hin und wieder ein wenig vorschnell urteilte. Obwohl, wenn Arthur so darüber nachdachte, dann urteilte er hauptsächlich über ihn, nicht über Marie. Welby mochte Einfallsreichtum, und Marie hatte immer irgendein Werkzeug in der Hand, während Arthur oft einen, wie Welby es nannte, »glasigen Ausdruck« in den Augen hatte.

Sie lachten beide und ließen sich auf ihre Betten fallen.

»Wahrscheinlich nimmt er immer noch Unterricht – er war jeden Morgen außer Haus, seit wir von unserer letzten Expedition zurückgekommen sind. Ich wette, genau da geht er hin.« Arthur ließ den Kopf auf sein Kissen sinken. »Wenigstens wissen wir, in wessen Haus Smethwyck eingebrochen ist. Ich frage mich allerdings, was in diesen Büchern stand.«

»Bevor du den nächsten grandiosen Vorschlag machst: Ich bin nicht gerade scharf darauf, noch mal zurückzugehen und es herauszufinden. Thaddeus Vane wirkte nicht sonderlich freundlich.« Marie rümpfte die Nase. »Miptera hat mir tatsächlich ein bisschen leidgetan.«

»Dir hat das Vieh leidgetan, wegen dem wir im Immerwährenden Wald abgestürzt sind?«

»Na gut … vielleicht auch nicht. Ich kann das Holz noch splittern hören.« Sie erschauderte.

»Mal sehen, was Harriet morgen von der ganzen Sache hält.«

KAPITEL 2

DIE ARMADA

Beim Frühstück rauschte Felicitas Wiggety ins Zimmer, Köchin der *Aurora* und stets bereit, die Zwillinge mit ihrem Glückslöffel und ihrem Leben zu verteidigen.

Ihr wildes schwarzes Haar war zu einem zerzausten Dutt zusammengefasst und sie hatte ihren langen silbernen Glückslöffel an der Schürze eingehakt. Ihre großen Füße waren schuhlos, wie meistens, wenn sie sich im Haus aufhielt, da es »keine schicken Modelle in meiner Größe gibt, die mir gefallen«, wie sie beständig versicherte.

Sie lächelte Arthur und Marie an und stellte einen Ständer mit gebuttertem Toast auf den Tisch. »Ihr zwei seid heute Morgen aber spät auf. Wart ihr gestern Abend wieder bis zum letzten Kerzenstummel in der Bibliothek?«

Welby hustete laut. Harriet blickte kurz von ihrer Morgenausgabe des *Lontowner Boten* auf, um zu sehen, was los war, widmete sich dann jedoch wieder ihrer Lektüre.

»Es ist ziemlich anstrengend, eine Expedition zu planen«, antwortete Arthur. »Marie gönnt sich kaum eine Pause. Sie ist immer noch mit den Umbauten für die obere Etage beschäftigt und mit all dem anderen … Zeug.«

»Zeug?« Marie begann, sich ihre Haarschleife neu zu binden. »Wir sprechen hier von komplexer Bautechnik.«

Harriet lächelte vor sich hin.

»Nicht so komplex wie das Kartografieren der Östlichen Inseln.«

»Oder so interessant wie spätnächtliche Ausflüge durch die Straßen von Lontown«, warf Welby deutlich hörbar ein. Doch Harriet war wieder in ihre Zeitung vertieft und schien es gar nicht wahrzunehmen.

Marie tauschte einen Blick mit Arthur, lehnte sich zu ihm und flüsterte: »Wir sollten es ihr sagen, bevor er es tut.«

Arthur löffelte Marmelade auf seinen Toast und nickte, auch wenn er nicht glaubte, dass dies der richtige Moment war.

Felicitas schenkte den Zwillingen Tee ein. »Diese Marmelade ist ein Rezept von Onkel Elbert. Ich habe noch nie zuvor so ein Kribbeln in den Zehen gespürt wie an jenem Tag, als ich sie zum ersten Mal probiert habe.«

Arthur biss von seinem Toast ab und lächelte. Felicitas spürte fast täglich wegen irgendetwas ein Kribbeln in den Zehen und sie irrte sich nur äußerst selten. Die Marmelade war süß wie ein Sommertag und schmeckte ganz anders als jede andere Beere, die er kannte. »Wirklich lecker. Was ist denn da drin?«

»Elbertbeeren.«

»Die hast du doch nur erfunden«, erwiderte Arthur.

»Sie sind so echt wie das Läuten der Geografischen Glocke. Sie sind eine Kreuzung zwischen Brombeeren und roten Rubus. Onkel Elbert hat sie miteinander vereint und – voilà! Er ist ein echtes Genie in Sachen Geschmackserlebnisse.«

»Im *Boten* ist ein Artikel über uns«, verkündete Harriet. Die anderen verstummten und schauten sie an.

»Und was steht drin?«, wollte Marie wissen.

Harriet räusperte sich leise und begann vorzulesen:

»Der jungen Entdeckerin Harriet Culpfeffer, furchtlose Kapitänin des Wolkenschiffs Aurora, *die ihre Besatzung als drittes Expeditionsteam überhaupt nach Südpolaris führte …«*

Arthur entging nicht, dass Harriet ein wenig errötete.

»… ist es gelungen, die Geografische Gesellschaft davon zu überzeugen, die offiziellen Namen der Kontinente von nun an in sämtlichen Dokumenten, Veröffentlichungen und Karten sowie in jeglicher Korrespondenz anzuerkennen. Die Landmassen, die bislang allgemein als Erster, Zweiter und Dritter Kontinent bekannt waren, werden in Zukunft offiziell und generell als Vornatania, Nadvaaryn und Eiskontinent bezeichnet werden.«

Welby klopfte Harriet auf die Schulter. »Ausgezeichnete Arbeit, Harry.«

Sie lächelte. »Es ist nur eine kleine Veränderung, aber trotzdem ein riesiger Fortschritt. Auch wenn die Östlichen Inseln natürlich weiterhin problematisch sind. Ich meine – östlich für wen?«

»Wie nennen sie denn die Menschen, die dort leben?«, wollte Arthur wissen.

»Die Einheimischen dort sprechen viele verschiedene Sprachen, aber in ihrer Gemeinschaftssprache nennen die Bewohner die Inseln Stella Oceanus. Das bedeutet ›Sterne des Meeres‹«, erklärte Harriet ihnen.

Arthur fand, dass der Name viel poetischer klang.

»Aber ich bin froh, dass die Geografische Gesellschaft wenigstens der Änderung der Namen der Kontinente zugestimmt hat. Allein das war schon ein Riesenschritt für sie.«

»Ich nehme an, der Vorschlag ist bei einigen Familien auf Widerstand gestoßen?«, warf Felicitas ein.

Arthur fiel vor allem eine Familie ein, der die Änderung sicher nicht gefallen hatte. Eine Familie, die sich allen anderen stets überlegen fühlte.

»Ich wette, die Vanes haben versucht, es zu verhindern«, bemerkte Marie mit finsterem Blick.

»Haben sie«, bestätigte Harriet.

»Schön zu sehen, dass du dank deiner Erfolge nun größeren Einfluss hast.« Welby nickte stolz.

»Ist nur ein bisschen schade für den Eiskontinent«, fand Arthur und rümpfte die Nase. »Ich meine, das ist nicht unbedingt die kreativste Bezeichnung. Ich wette, die Gedankenwölfe haben einen viel besseren Namen dafür.« Ihm wurde ganz warm ums Herz, als er an seine Begegnung mit den wundervollen Tieren dachte. Sie besaßen die Fähigkeit, mittels ihrer Gedanken miteinander zu kommunizieren. Tuyok, der Anführer des Rudels, war zu einem echten Freund geworden und Arthur vermisste ihn sehr.

Es fühlte sich beinahe an, als wäre ein kleines Stück von ihm für immer auf dem gefrorenen Kontinent bei den Wölfen geblieben … und bei seinem Vater.

Marie schaute ihn an und er konnte sehen, dass sie genau dasselbe fühlte. Harriet widmete sich wieder ihrer Zeitung und zog langsam die Stirn in Falten.

Das entging den Zwillingen nicht. »Was ist denn?«, fragten sie wie aus einem Mund.

Harriet hob für einen Moment die Hand, las den Artikel zu Ende, faltete den *Lontowner Boten* dann zusammen und legte ihn auf den Tisch. »Beim dritten Glockenschlag heute Nachmittag findet eine Versammlung in der Geografischen Gesellschaft statt. Alle angesehenen Entdeckerfamilien sind eingeladen, daran teilzunehmen. Anscheinend gibt es eine Angelegenheit von höchster Dringlichkeit zu besprechen.«

Arthur lehnte sich interessiert nach vorn. »Und was steht sonst noch da?«

»So gut wie nichts.«

»Gehen wir hin?«, fragte Marie.

»Natürlich gehen wir hin«, antwortete Arthur eifrig und schaute dann wieder zu Harriet. »Oder etwa nicht?«

»Wir wollen in gut einer Woche zu den Östlichen – ich meine, nach Stella Oceanus aufbrechen«, bemerkte Marie, »und wir müssen immer noch die Transformatorklappe anbringen, den Mechanismus des oberen Dachs reparieren und die Ballonpumpen reinigen, von meinem neuen Projekt ganz zu schweigen.«

»Hör auf, Marie, sonst schlaf ich noch direkt hier am Tisch ein.«

Sie knuffte ihren Bruder auf den Arm.

Harriet grinste. »Wir liegen perfekt im Zeitplan und werden ganz bestimmt pünktlich mit allem fertig. Der Rest der Crew trifft in zwei Tagen ein und hilft uns mit den letzten Vorkehrungen. Welby, wenn du und Felicitas hierbleibt und alles für ihre Ankunft vorbereitet, dann erzählen wir euch alles, wenn wir von der Versammlung wieder zurück sind.«

»Natürlich. Aber ich habe vorher noch etwas zu erledigen«, antwortete Welby.

Arthur warf Marie einen Blick zu und vollführte eine unauffällige Karatebewegung mit dem Handgelenk.

»Hast du inzwischen alle Karten zusammengestellt, Arthur?«, erkundigte sich Welby.

»So gut wie.«

»Ha! Ich war so frei, mich selbst davon zu überzeugen, und du hast immer noch eine Menge Arbeit vor dir.«

Arthur errötete.

»Falls du glaubst, du hättest mit der Handvoll Karten, die du bislang zusammengetragen hast, auch nur an der Oberfläche gekratzt, nun … dann muss ich dir sagen, dass Stella Oceanus aus Hunderten von Inseln besteht, die so weit verstreut liegen, als hätte jemand einen Eimer mit Parthenas Futterkörnern ausgeschüttet.«

Mit rauschenden Flügelschlägen flog Parthena ins Zimmer, landete neben Arthur und drehte den Kopf, um Welby anzuschauen. Obwohl sie ein Falke war, war der verwirrte Ausdruck in ihren Augen mehr als deutlich zu erkennen.

Arthur streichelte ihr über den Kopf. »Keine Sorge, er weiß, dass du gar keine Körner magst, Parthena.«

Queenie, die riesige, flauschig weiche Katze auf Harriets Schoß – ihr eigenes Weisewesen –, gab unter dem Tisch ein leises Miauen von sich, als wollte sie sagen: »Ich auch nicht.«

»Du hast bislang höchstens zwei oder drei der gängigsten Karten recherchiert.«

»Ich bin nur gründlich.« Arthur wandte sich an Harriet: »Und sonst steht da wirklich nichts zu dieser Versammlung?«

Harriet schwieg einen Moment lang. »Eine Sache wurde schon noch erwähnt … Eudora Vane hat den Vorsitz.«

Queenie steckte den Kopf unter dem Tisch hervor, und Parthena breitete die Flügel aus und schüttelte sie kräftig. Marie und Arthur tauschten einen Blick.

»Harry, wir sind letzte Nacht Smethwyck gefolgt«, gestand Marie.

Sie runzelte die Stirn. »Warum das denn?«

»Ich konnte nicht schlafen –«, begann Arthur.

»Wie üblich«, warf Marie ein.

»Ich stand am Fenster, weil ich dachte, Parthena würde vielleicht gern einen kleinen Nachtflug machen, und da hab ich zufällig gesehen, wie er ziemlich verdächtig durch die Straßen gehuscht ist, also sind wir ihm gefolgt.«

»Ich nehme an, es hat keinen Sinn, euch darauf hinzuweisen, dass ihr mir das vielleicht hättet mitteilen sollen?«

»Es tut uns leid, aber dann wäre er längst weg gewesen. Wie dem auch sei, er ist in ein Haus eingebrochen und anschließend zu den Vanes geeilt, um ihnen die Bücher zu bringen, die er von dort mitgenommen hatte.«

»Ihr wart bei den Vanes?«, fragte Harriet langsam, so als würde es ihr dabei helfen, die Information in ihr Gehirn sickern zu lassen.

»Wir sind nicht *reingegangen.*«

»Nur bis zum Fenster«, bestätigte Marie.

»Aber was, wenn ihr geschnappt worden wärt?« Harriet schüttelte den Kopf. »In welches Haus ist er denn eingebrochen?»

»Na ja …« Arthur blickte Hilfe suchend zu Marie, die jedoch nur mit den Schultern zuckte. »Wir haben nicht daran gedacht, auf die Hausnummer zu achten, aber wir sind uns ziemlich sicher, dass es Everest Wrigglesworths Haus war. Denkst du, diese Versammlung könnte etwas damit zu tun haben? Vielleicht haben die Vanes etwas herausgefunden?«

Harriet dachte einen Moment lang darüber nach. »Da bin ich mir ziemlich sicher. Aber alle Entdecker müssen ihre exakten Forschungspläne bei der Geografischen Gesellschaft einreichen, bevor sie zu einer Reise aufbrechen, und so gut wie jeder von uns hat inzwischen eine Kopie von Wrigglesworths Plänen. Sie sind für jeden zugänglich, der sich dafür interessiert. Eudora muss den Verdacht hegen, dass er noch etwas anderes vorhat als nur das, worüber er die Gesellschaft informiert hat.« Sie tippte auf die Zeitung. »Tja, eins steht jedenfalls fest: Wenn Eudora Vane etwas damit zu tun hat, dann ist Ärger vorprogrammiert.«

* * *

Als der erste von drei Glockenschlägen auf dem Wachturm ertönte, bogen Marie, Arthur und Harriet gerade um die Häuserecke zur Lontowner Geografischen Gesellschaft. Auf dem Vorplatz wimmelte es von Leuten, die ebenfalls auf dem Weg zu dem Gebäude waren.

Arthur jagte ein eiskalter Schauer über den Rücken, als er an ihren allerersten Besuch hier dachte, an die Lügen, die man ihnen darüber erzählt hatte, was mit ihrem Vater in Südpolaris geschehen war – und daran, wie ihr Vater zu Unrecht beschuldigt worden war, einem rivalisierenden Wolkenschiff Treibstoff gestohlen zu haben. Darüber hinaus waren ihr Vater und seine Besatzung laut dieser Lügengeschichte angeblich durch bösartige Kreaturen zu Tode gekommen, die sich später als die friedlichen Gedankenwölfe herausgestellt hatten.

In Wahrheit hatte Eudora Vane hinter allem gesteckt. Sie hasste Arthurs und Maries Vater Ernest Brightstorm dafür, dass er ihre Schwester geheiratet hatte. Für Eudora Vane war es undenkbar, dass jemand aus einfachen Verhältnissen in eine der renommierten, altehrwürdigen Entdeckerfamilie einheiratete.

Marie schaute Arthur besorgt an. »Ist alles in Ordnung?«

»Ich musste nur gerade daran denken … du weißt schon …«

»Ich weiß.«

»Zottelhals-Happen, zwei für einen Gulden!«, hörten sie jemanden rufen.

Marie und Arthur blickten in die Richtung, aus der die Stimme kam: von einem Verkaufsstand in der Mitte des Platzes.

»Ich fass es nicht!«, stieß Arthur aus.

Es war Mr Beggins, der abscheuliche Mann, an den ihr damaliger Vormund, Miss Wilder, die Zwillinge nach dem Tod ihres Vaters verkauft hatte. Man hatte sie zu ihm und seiner schrecklichen Frau in die Slumps von Lontown gebracht, wo sie in einem Zimmer auf dem Dachboden mit undichter Decke und klatschnasser Matratze gewohnt und kaum etwas zu essen bekommen hatten. Schließlich war es ihnen gelungen, zu fliehen und sich der Culpfeffer-Crew anzuschließen. Nun stand Mr Beggins hinter einem Karren und fuhr sich mit einer Hand durch sein fettiges Haar, als er Harriet und die Zwillinge entdeckte.

»Hey! Sie sind uns für diese beiden undankbaren Gören noch was schuldig!«, schrie Mr Beggins und stürmte auf sie zu.

Harriet hob die Hände, um Arthur und Marie aufzuhalten. »Überlasst das mir.« Sie drehte sich um. »Mr Beggins, welch ein interessanter Zufall, dass wir uns doch noch richtig kennenlernen. Ich hatte im Stillen gehofft, ich hätte Sie zum letzten Mal zu Gesicht bekommen, als Felicitas' Glückslöffel Sie ausgeknockt hat, aber – da sind Sie wieder, höchstpersönlich!«

Sein Gesicht lief knallrot an, vor Verlegenheit wie Wut gleichermaßen. Er machte den Mund auf, doch Harriet war ihm mit ihrer ruhigen, aber dennoch überzeugenden Erscheinung und ihrer absolut felsenfesten Entschlossenheit weit überlegen. Obwohl die beiden gleich groß waren, schien sie ihn turmhoch zu überragen.

»Ich will doch sehr hoffen, dass Sie Ihre Geschäfte hier gemäß Artikel 561 betreiben«, fuhr sie fort.

»Ich … na ja … natürlich …«, stammelte er.

»Stehen auf Zuwiderhandlung zwei oder drei Jahre Gefängnis, Arthur? Arthur ist sehr belesen, was die rechtlichen Bestimmungen in Lontown betrifft. Was hast du mir neulich noch über dieses Gesetz erzählt? Es ging darum, was mit Leuten passiert, die Kinder für Geld kaufen und sie zwingen, für sie zu kochen und zu putzen, ohne ihnen auch nur einen einzigen Gulden für ihre Mühen zu bezahlen, während sie sie obendrein dazu nötigen, in einem dreckigen Zimmer mit Löchern im Dach zu schlafen, und ihnen noch nicht mal etwas zu essen geben.« Sie sprach die Worte mit freundlicher Heiterkeit aus, aber ihr ernster Unterton war so glasklar wie der Lontowner Nachmittagshimmel.

»Wir haben diese undankbaren Bälger aus reiner Güte bei uns aufge–«

Harriet musste nur einen Finger heben, um Beggins zum

Schweigen zu bringen. »Ah, ja! Richtig. *Zwanzig* Jahre Gefängnis – jede Menge Zeit, um über die eigenen Taten nachzudenken.« Sie lehnte sich zu ihm. »Wie ich höre, haust dort eine Weisewesen-Ratte, die äußerst verstört auf derartige Grausamkeiten reagiert und es sich zur Lebensaufgabe gemacht hat, entsprechende Gefangene furchtbar zu quälen. Sie stiehlt ihnen das magere Essen, dass ihnen zugeteilt wird, und wenn sie gerade kurz vorm Einschlafen sind, kommt sie angesaust, schnell wie der Blitz, und knabbert an ihren Ohren, ihren Zehen, ihren …«

Mr Beggins sah mit einem Mal ziemlich grün aus.

Harriet lachte fröhlich. »Ich würde sagen, Artikel 561 ist das geringste Ihrer Probleme, Mr Beggins. Diese drei Tage alten Zottelhals-Happen, die Sie verkaufen, erfüllen aller Wahrscheinlichkeit nach nicht die Lontowner Hygienestandards.« Sie kniff die Augen zusammen und fügte flüsternd hinzu: »Und stammen die nicht ohnehin von gewilderten Vögeln?« Sie schlug ihm mit einer Hand auf die Schulter. »Aber ich bin mir sicher, dass Sie alles im Griff haben. Obwohl, sind wir eben im Langley-Weg nicht an einem Polizisten vorbeigekommen?« Sie zuckte mit den Schultern. »Kommt mit, ihr zwei. Das waren genug Ratten für einen Tag.«

Während Mr Beggins hastig seinen Verkaufsstand zusammenpackte und sich panisch umschaute, setzten die Zwillinge ein breites Grinsen auf und folgten Harriet die steinernen Stufen zur Lontowner Geografischen Gesellschaft hinauf, durch die geschnitzte Holztür und in einen langen Korridor. Die majestätischen Säulen und Landkarten in Goldrahmen raubten Arthur noch immer jedes Mal den Atem, genau wie die Statuen der großen Entdecker.

Sie drängten sich durch die Doppeltür, die in den großen

Sitzungssaal führte, einen weitläufigen Raum unter der mächtigen Kuppel, die das legendäre Wahrzeichen von Lontown bildete. Die Decke war aufwendig mit goldenen, sich wiederholenden Mustern verziert, die alle auf den Gipfel der Kuppel zuliefen, die mit einem riesigen Kompass in Form einer strahlenden Sonne bemalt war. Überall im Raum hingen Kronleuchter zwischen den Säulen von der Decke und ein Halbkreis aus roten Samtstühlen stand vor einer großen Bühne.

Viele der Lontowner Entdeckerfamilien waren bereits im Saal – Arthur erkannte Azalea und Dryden Bestwick-Ford, Rubeus Blarthington, Evelyn Acquafreeda, die Meeresforscherin, Samuel Fontaine, Eldrid und ihre älteste Tochter Beatrice Nithercott – die gewiss ebenfalls bereits dabei waren, ihr Wolkenschiff startklar zu machen –, die hoch aufgeschossene Hilda Hilbury mit ihrem von einer Schleife gezierten Blumentopfhut sowie zahlreiche andere. Harriet, Arthur und Marie ließen sich in der letzten Reihe nieder.

»Von hier können wir alles überblicken«, raunte Harriet ihnen zu. »Manchmal kann schon das kleinste Kopfnicken oder der flüchtigste Blick zwischen zwei Entdeckerfamilien eine ganze Menge verraten.«

Einige offizielle Mitglieder der Geografischen Gesellschaft saßen auf dem Podium, unter ihnen auch Madame Gainsford mit ihrem Weisewesen-Hermelin, das wie ein Pelzkragen auf ihren Schultern lag. Sie saß jedoch nicht auf ihrem üblichen Platz in der Mitte. Dieser wurde diesmal von Eudora Vane eingenommen. Wie gewöhnlich war Eudora von Kopf bis Fuß in Rosa gekleidet, und auf ihrer Jacke saß Miptera und sah aus wie ein schillerndes Schmuckstück. Obwohl Eudoras äußere Schönheit nach wie vor unbestreitbar war, wussten Arthur und Marie nur allzu gut, was für ein hässliches, schwarzes Herz sich dahinter verbarg.

Madame Gainsford schlug mit ihrem Hammer auf den Tisch und erhob sich. »Geschätzte Anwesende, Ihnen ist gewiss allen bekannt, dass eines unserer hochverehrten Mitglieder, der angesehene Entdecker und Autor zahlreicher Expeditionsberichte, Everest Wrigglesworth, auf den Östlichen Inseln verschollen ist. Wir wurden bereits bei frühem Glockenschlag von Madame Vane darüber in Kenntnis gesetzt, dass sie Nachricht von einer ihrer Quellen im Osten erhalten hat, wonach er in ernster Gefahr schweben könnte. Wo genau er sich womöglich aufhält, wissen wir jedoch nicht.«

Arthur lehnte sich zu Marie. »Eine Quelle im Osten? Was für ein Unsinn.«

»Madame Vane, wenn Sie den geschätzten Familien nun Ihren Vorschlag unterbreiten wollen?«

Eudora Vane erhob sich und begann zu sprechen, ihre Stimme sanft und zuckersüß, so als könnte sie nicht einmal der kleinsten Fliege etwas zuleide tun. »Die Nachricht, die ich gestern am späten Abend erhalten habe, legt in der Tat nahe, dass sich Everest Wrigglesworth in Gefahr befinden könnte. Die Einzelheiten sind zwar äußerst vage … aber ich hätte dennoch einen Vorschlag.« Sie lächelte. »Wie wir alle wissen, umfasst dieser Archipel Tausende von Inseln, und es steht vollkommen außer Frage, dass ein einzelnes Wolkenschiff sie ganz allein erkunden kann.« Sie ließ den Blick durch den Saal schweifen und hielt inne, als er auf Harriet Culpfeffer fiel. Es war kein Geheimnis, dass Harriet in der kommenden Woche zu ihrer Suche aufbrechen wollte. »Das würde an Selbstüberschätzung grenzen.«

»Wie kann sie es wagen?«, zischte Marie.

Harriet legte sanft eine Hand auf ihren Arm. »Lass dich nicht auf ihr Niveau herab.« Sie blickte Eudora direkt in die Augen, ohne auch nur mit der Wimper zu zucken.

Eudora Vane ging am Rand der Bühne auf und ab. »Ich schlage daher vor, dass wir eine Armada aus Entdeckern des Ersten Kontinents bilden, die nach Osten reisen und sich auf die Suche nach Everest begeben.«

Madame Gainsford räusperte sich leise und klopfte leicht mit ihrem Hammer auf den Tisch. »Verwenden Sie bitte die korrekten Bezeichnungen der Kontinente, Madame Vane.«

Nun lehnte sich Marie zu Arthur und flüsterte: »Was hat sie nur vor? Eine *Armada?*«

Eudora schenkte Madame Gainsford ein gedämpftes Lächeln und fuhr fort: »Eine Armada aus Vornatania – ein ganzes Heer aus Lontowner Entdeckern, das sich nach Osten wagt. Wir haben erst vor Kurzem durch den tragischen Fehler eines Kochs einen unserer Entdecker verloren und wir werden nicht noch einen weiteren verlieren!«

Arthur und Marie schauten einander mit heruntergeklappter Kinnlade an.

»Tragischer Fehler?«, fauchte Marie und schüttelte den Kopf.

»Die Frau hat echt Nerven!«, fand Arthur. Die Zwillinge kannten die Wahrheit: *Sie* steckte hinter der Vergiftung der kompletten Besatzung ihres Vaters. Leider hatten sie keine Beweise dafür, und da Eudora in Lontown nun einmal ein hohes Ansehen genoss, war sie mit ihrer Version der Geschichte durchgekommen.

Im ganzen Saal nickten die Köpfe der verschiedenen Entdeckerfamilien Eudora zustimmend zu.

»Und wir müssen uns beeilen, um Everests willen. Wir brechen am Freitag auf.« Sie neigte den Kopf in Madame Gainsfords Richtung, die daraufhin wieder das Wort ergriff.

»Im Namen des Ratsgremiums der Geografischen Gesellschaft freue ich mich, Sie darüber in Kenntnis zu setzen, dass die Belohnung auf hunderttausend Gulden erhöht wurde, damit sie unter allen beteiligten Familien aufgeteilt werden kann. Ich möchte die Oberhäupter der Familien, die sich der Lontowner Armada anzuschließen gedenken, nun bitten, noch etwas länger zu bleiben. Sie haben aufwendige Planungen vor sich.«

Schlurfende Schritte waren zu hören, als der Großteil des Publikums den Saal verließ.

Marie erhob sich. »Kommt, wir verschwinden von hier.«

»Liebend gern«, erwiderte Arthur und sprang ebenfalls auf. »Wir haben keine Zeit zu verlieren, wenn wir uns einen Vorsprung vor Eudora Vane und den anderen verschaffen wollen, und … Harry, warum rührst du dich denn gar nicht?«

Harriet wirkte nachdenklich. »Ich will noch mehr herausfinden. Vor allem: Warum will sie Everest Wrigglesworth so dringend finden? Sie hat ganz sicher nicht seine Rettung im Sinn.«

»Wegen der Belohnung?«, fragte Arthur.

Harriet schüttelte den Kopf. »Sie hat mehr Gulden, als sie jemals ausgeben könnte. Am besten finden wir heraus, was sie wirklich vorhat, indem wir in ihrer Nähe bleiben. Was wiederum bedeutet, dass wir mitspielen und ihrem Plan zustimmen müssen, für den Moment.«

Der Saal leerte sich zusehends, abgesehen von rund einem Dutzend Entdeckern, die sich zu Eudora Vane auf die Bühne gesellten.

»Wir sollten trotzdem lieber los«, sagte Marie und zog Arthur am Ärmel.

»Wartet noch kurz.« Harriet zog einen Stift aus ihrem Gürtel und kritzelte eine Adresse auf ein Blatt Papier. »Ich will, dass ihr dort hingeht. Fragt nach Octavie und sagt ihr, dass ich euch geschickt habe. Ich will, dass ihr herausfindet –«

»Nur die jeweiligen Oberhäupter der Häuser, bitte!«, bellte eine Stimme von der Bühne, die ganz offensichtlich sie meinte.

»Okay, los mit euch. Wir können uns dann später gegenseitig auf den neuesten Stand bringen.«

Arthur nahm das Blatt Papier und las:

MONTAGUE STREET 18 A

KAPITEL 3

OCTAVIE

Als Arthur und Marie in der Montague Street eintrafen, stellten sie fest, dass sich die Adresse, zu der Harriet sie geschickt hatte, direkt gegenüber dem Haus befand, in das Smethwyck in der Nacht zuvor eingebrochen war.

»Wie eigenartig«, fand Marie, als sie die Treppe hinaufstiegen.

»Ich frage mich, was wir hier herausfinden sollen«, sagte Arthur und klopfte an die Tür.

Eine Frau mit kurzem, welligem, grauem Haar öffnete ihnen. Sie hatte ein leises, neugieriges Lächeln auf den Lippen, einen entschlossenen Ausdruck in den Augen und ein jugendliches Gesicht, trotz ihrer Falten. Ihre weißen Ärmel waren nach oben gekrempelt und sie hielt ein kleines Maschinenteil in der Hand.

»Ist das eine Einspritzpumpe?«, platzte Marie sofort heraus.

Die Frau lächelte breit. »Was für eine interessante Art, sich vorzustellen.«

»Entschuldigung. Wir sind auf der Suche nach Octavie. Wir sind ...«

»Die Brightstorm-Zwillinge. Ihr seid echte Berühmtheiten in Lontown und das Thema ausführlichen Tratschs hinter verschlossenen Türen. Ich bin Octavie. Bitte, kommt doch herein.«

»Ich fürchte, wir sind uns nicht ganz sicher, warum Harriet ... also, Harriet Culpfeffer, unsere ...« Arthur wurde bewusst, dass er keine Ahnung hatte, als was er Harriet bezeichnen sollte. Als ihre Kapitänin? Ihre Freundin? Ihre Ersatzmutter? Und weil er sich nicht sicher war, was er sagen sollte, sagte er einfach: »Sie hat uns geschickt, aber sie hatte nicht viel Zeit, uns zu erklären, warum.«

Octavie ging ihnen durchs Haus voran. »Nun, hier seid ihr jedenfalls richtig. Kommt mit in mein Arbeitszimmer. Ich habe gerade frischen Tee gekocht und erst heute Morgen köstliches Früchtebrot gebacken.«

Sie folgten ihr in ein hell erleuchtetes Zimmer voller Bücher, seltsamer Apparaturen und Werkzeugen. Sie legte das Maschinenteil auf dem Tisch ab und schaute die Zwillinge an, mit einem Funkeln in den Augen, das Arthur und Marie irgendwie vertraut vorkam, obwohl sie Octavie noch nie zuvor getroffen hatten. Sie steckte die Hände in die Vordertaschen ihrer Hose, die bis zu den Knien weit und darunter enger geschnitten war, genau wie bei ...

»Harriet!«, sagten die beiden wie aus einem Mund.

»Also, Sie müssen ganz bestimmt mit ihr verwandt sein, oder?«, fragte Marie.

Octavie nickte und zeigte den Zwillingen ihr Handgelenk mit

der Vogeltätowierung der Culpfeffers. Alle Entdeckerfamilien trugen ihr Familienwappen mit Stolz. Das Symbol der Culpfeffers zeigte zwei Schwalben im Flug. Arthur und Marie trugen ihre Tätowierung des Brightstorm-Falters – eine seltene, äußerst widerstandsfähige Art mit goldener und roter Zeichnung, die ihr Vater auf den Vulkanischen Inseln im Norden entdeckt hatte – erst seit Kurzem auf dem Arm, seit sie von ihrer Expedition nach Südpolaris zurückgekehrt waren.

»Ich bin Harriets Großtante – ihr verstorbener Großvater war mein Bruder. Es freut mich sehr, euch endlich kennenzulernen.« Sie schüttelte Maries Hand, hielt dann kurz inne und wechselte zu ihrer linken Hand, um Arthurs zu schütteln.

Arthur war sich sicher, dass Harriet irgendwann eine Großtante erwähnt hatte … und dann fiel es ihm plötzlich wieder ein. Er war mit Harriet am Letzten Außenposten gewesen, als er den geheimen Eintrag in Wrigglesworths Tagebuch mithilfe von Zitronensaft entdeckt hatte. Und während ihrer Unterhaltung hatte Harriet ihm erzählt, dass sie eine Großtante hatte, die den Entdecker gut kannte. »Sie sind eine enge Freundin von Everest Wrigglesworth!«

»Ah, jetzt hätte ich fast den Tee vergessen.« Sie ging zu einem Beistelltisch, auf dem eine Teekanne auf einem schlichten Gestell über einer träge flackernden Flamme stand. Octavie sah, dass Marie die Konstruktion interessiert betrachtete, und sagte: »Oft erzielt man mit den simpelsten Dingen die größte Wirkung.« Sie nahm zwei frische Tassen von dem Tablett daneben.

Als sie die Kanne anhob, fielen Arthur noch weitere Tätowierungen auf Octavies Handgelenk auf. Er erkannte mehrere Dreiecke und … Ihr Ärmel rutschte nach unten, als sie die Kanne wieder abstellte.

Octavie reichte den Zwillingen die Teetassen, setzte sich dann ebenfalls und faltete die Hände. »Tut mir leid, dass ich noch nicht vorbeigekommen bin, um euch mal Hallo zu sagen. Harriet hat mich natürlich hin und wieder besucht, aber ich weiß ja, wie beschäftigt ihr alle mit den Reparaturen wart, seit ihr aus Südpolaris zurückgekommen seid, und ich wollte euch nicht dabei stören.«

»Dann kennen Sie also Everest Wrigglesworth, den verschwundenen Entdecker? Harriet hat mal so was erwähnt«, drängte Arthur sie.

»Ja, in der Tat.« Octavie nippte an ihrem Tee und beobachtete die beiden. Sie hatte das typische Culpfeffer-Funkeln in den Augen und Arthur vermutete, dass sie sich würden anstrengen müssen, um ihr weitere Informationen zu entlocken. Sie würde nichts einfach so ausplaudern.

»Sie müssen sich ja schreckliche Sorgen um ihn machen«, sagte Marie.

Octavie legte die Stirn in sanfte Falten. »Wie lange wird er nun schon vermisst?«

»Über ein Jahr.«

Sie zuckte mit den Schultern. »Wisst ihr, meine Lieben, ich war vor sehr langer Zeit mit Everest befreundet. Man könnte sagen, dass wir uns aus den Augen verloren haben.«

»Aber sie wohnen doch in derselben Straße!«

»Ja, da hast du recht.« Sie lächelte. »Dann will die große Madame Vane also eine Lontowner Armada auf der Suche nach ihm anführen?«

Arthur fragte sich, woher sie dies bereits wusste, da es eben erst öffentlich verkündet worden war.

»Gerüchte und Geflüster.« Octavie zwinkerte ihm zu, als hätte sie seine Gedanken gelesen. »Ich halte mich nach wie vor gern auf dem Laufenden. Ich nehme an, Harry hofft, dass ich euch noch irgendetwas erzählen kann?«

Sie nickten.

»Wir glauben, dass jemand vergangene Nacht in Everest Wrigglesworths Haus eingebrochen ist und etwas gestohlen hat«, erläuterte Arthur. »Etwas, das uns dabei helfen könnte herauszufinden, wonach Everest gesucht hat.«

Octavie lehnte sich zurück. »Ich fürchte, ich habe keine Ahnung, was das sein könnte. Everest Wrigglesworth gehört eher zur besessenen, neugierigen Sorte Mensch. Er würde am liebsten alles über jeden wissen. Darum hat er auch so viele Bücher über Entdeckerfamilien geschrieben – über ihre Geschichte, wohin sie gereist sind, was sie erreicht haben und wie sie so ticken. Und was ihn selbst angeht … Nun, sagen wir einfach, er hatte immer das Gefühl, es würde irgendetwas fehlen. Der Osten hat ihn von jeher fasziniert – dort kann man sich als Entdecker ganz leicht in einem Wirbel der Begeisterung verlieren. Es gibt dort Hunderte von Inseln. Ich persönlich bin mir gar nicht so sicher, ob er überhaupt wiedergefunden werden *möchte*. Er ist ein sehr alter Mann, der für seine Forschungsreisen gelebt hat und den Rest seiner Zeit wahrscheinlich in Ruhe und Frieden auf irgendeiner exotischen Insel verbringen will. Die Armada wird gewiss jede Menge Zeit und Geld mit der Suche nach Everest verschwenden und höchstwahrscheinlich trotzdem unverrichteter Dinge wieder zurückkehren.«

Den Wunsch, einfach allem zu entfliehen und vor seiner Vergangenheit wegzulaufen, konnte Arthur durchaus nachvollziehen. Auch er fühlte sich manchmal so, seit sie ihren Vater verloren hatten.

»Sie sollten ihre Gulden lieber in andere Vorhaben investieren.«

Marie räusperte sich. »Entschuldigen Sie, wenn ich das sage, aber Eudora Vane würde ihre Zeit niemals mit etwas verschwenden, das ihr nicht in irgendeiner Weise Nutzen verschafft, sei es nun in finanzieller oder anderer Hinsicht. Für gewöhnlich in anderer Hinsicht.«

»Es würde ihr gewiss großes Ansehen einbringen, wenn sie diejenige wäre, die ihn wiederfindet. Und selbst wenn es ein anderes Wolkenschiff aus der Armada wäre, würde sie trotzdem als Heldin gefeiert werden, weil sie die Suche geleitet hat«, erwiderte Octavie. »Wirklich ziemlich clever.«

»Ja, aber …«

Auf Octavies Lippen breitete sich ein schiefes Grinsen aus. »Aber für eine Vane ist das nicht genug?«

»Ihr geht es nicht nur um den Ruhm«, sagte Arthur. »Vielleicht hat Mr Wrigglesworth ja nach etwas ganz Speziellem gesucht. Vielleicht nach irgendetwas Unberührtem, das noch nicht ausgebeutet wurde, irgendwo auf den, äh, Östlichen Inseln? Unentdeckte Pechharzminen zum Beispiel?« Vielleicht hatte Octavie wirklich recht und er war nur dorthin gereist, um den Rest seines Lebens in Ruhe und Frieden verbringen zu können. Trotzdem wurde Arthur das Gefühl nicht los, dass irgendetwas nicht zusammenpasste.

»Bitte, nehmt euch doch ein Stück Früchtebrot«, bot Octavie ihnen an und zeigte auf den Kuchen auf dem Tisch.

Arthur erhaschte erneut einen Blick auf die Symbole über ihrer Familientätowierung: Dreiecke, alle ein wenig unterschiedlich und … Sie faltete erneut die Hände und die Symbole waren wieder versteckt.

Marie nahm sich ein Stück Kuchen, aber Arthur erklärte höflich, dass er gegen Eier allergisch war. Octavie öffnete eine bemalte Blechdose und bot ihm stattdessen etwas Mürbegebäck an.

»Und was sollen wir Harriet sagen?«, fragte Marie.

»Sagt ihr, dass sie ihre Zeit nicht mit dieser Armada verschwenden soll. Aller Wahrscheinlichkeit nach werden sie schon nach sechs Mondzyklen wieder zurück sein, und das um einiges ärmer.«

»Sind Sie sicher, dass er nie irgendetwas erwähnt hat, wonach er dort suchen wollte, auch wenn es vielleicht schon sehr lange her ist? Edelsteine vielleicht? Oder Gold?«

Octavie schüttelte den Kopf. »Ich fürchte nicht, nein.«

Sie schien sich ein bisschen *zu* sicher zu sein, und Arthurs unbestimmtes Gefühl, dass noch mehr dahintersteckte, wurde noch stärker.

»Aber jetzt müsst ihr mir alles über Südpolaris erzählen.« Geschickt lenkte Octavie die Unterhaltung damit von Everest Wrigglesworth weg, und nachdem sie den Zwillingen unzählige Fragen zu ihrer letzten Expedition gestellt hatte, horchte sie die beiden über all die Verbesserungen aus, die die Crew an der *Aurora* vorgenommen hatte. Arthur vermutete, dass sie den eigentlichen Grund für ihren Besuch absichtlich vermied. Er saß schweigend daneben, während Marie sie voller Begeisterung über sämtliche Einzelheiten informierte.

Schließlich tranken sie ihren Tee aus und Octavie begleitete sie zur Tür.

»Schade, dass Sie uns nicht weiterhelfen konnten«, sagte Arthur und blickte ihr tief in die Augen. Ihr Vater hatte immer gesagt: *Wenn man jemandem direkt in die Augen schaut, dann leuchtet einem die Wahrheit entgegen.*

Octavie wandte den Blick ab und drückte die Türklinke, doch nachdem sich die Tür einen kleinen Spalt weit geöffnet hatte, schloss sie sie wieder und sagte: »Ich habe ein paar technische Fachbücher, die vielleicht nützlich für dich sein könnten, Marie. Wartet kurz hier.« Sie verschwand im ersten Zimmer, das vom Flur abging, und kehrte mit einem Arm voller Bücher wieder zurück, die sie Marie überreichte.

»Danke!«

Arthur runzelte die Stirn. Er war sich sicher, dass sie irgendetwas vor ihnen verbarg. Aber irgendwie glaubte er auch, dass zumindest ein Teil von ihr das Geheimnis erzählen wollte.

Die Zwillinge öffneten die Tür und wollten gerade auf die Montague Street hinaustreten, als Marie stutzte und sagte: »Oh, Sie haben was vergessen.« Sie zog einen Umschlag heraus, der zwischen den Seiten von einem der Bücher steckte.

Octavie hob eine Hand und hielt Marie auf. »Er gehört dorthin … Entschuldige, aber ich wollte euch erst ein wenig besser kennenlernen, bevor ich …« Sie schwieg mehrere Sekunden lang, ehe sie weitersprach: »Nicht so wichtig. Viel Spaß auf eurer Reise nach Osten! Ich hoffe, das Glück ist euch hold und ihr findet Everest – obwohl ich eher das Gegenteil vermute.«

Arthur und Marie tauschten einen flüchtigen, verwirrten Blick, während Octavie sie nach draußen schob. »Es war mir wirklich ein großes Vergnügen, euch beide endlich kennenzulernen. Und liebe Grüße an Harry.«

Dann fiel die Tür hinter ihnen ins Schloss.

»Das war ja seltsam.« Marie zuckte mit den Schultern.

»Sehr seltsam«, stimmte Arthur ihr zu.

KAPITEL 4

DER RING

Zurück in der Erzengelstraße 4, warteten sie im Esszimmer auf Harriets Rückkehr.

Marie tippte auf den Umschlag auf dem Tisch. »Wir sollten ihn erst aufmachen, wenn sie wieder da ist.«

Arthur drückte die flache Hand auf den Umschlag. »Es ist irgendetwas Hartes.«

Felicitas kam mit einem Tablett voller Moorkekse herein. »Was habt ihr zwei denn da?«

»Octavie Culpfeffer, Harriets Großtante, hat uns den Umschlag gegeben«, antwortete Arthur.

»Und warum spielt ihr dann nur damit herum? Macht ihn auf und schaut nach, was drin ist.«

»Felicitas!«, lachte Marie.

Aber sie winkte ab. »Oh, es wird Harriet sicher nicht stören.«

Arthur tippte ebenfalls auf den Umschlag. »Sie hat nicht ausdrücklich gesagt, dass wir ihn Harriet geben sollen, und die Bücher hat sie schließlich auch dir überreicht, Marie.« Parthena flatterte auf den Tisch und schubste den Umschlag mit einer ihrer Krallen an. »Siehst du? Parthena stimmt mir zu.«

Im nächsten Moment hatte Marie den Umschlag aufgerissen und schüttelte den Inhalt auf den Tisch.

Es war ein goldener Siegelring. Arthur nahm ihn genau unter die Lupe. »Sieht aus, als sei eine Art Vogel darin eingraviert.« Er drehte ihn um. »Auf der Unterseite auch.«

Ein dumpfes *Klack* war zu hören, als die Haustür ins Schloss fiel, und kurz darauf betrat Harriet das Zimmer, die Stirn in Falten gelegt und einen Stapel Papiere unter den Arm geklemmt.

»Was ist bei der Sitzung passiert?«, fragte Arthur sofort.

Welby gesellte sich zu ihnen und setzte sich neben Harriet an den Tisch.

»Jeder Familie der Armada wurden mehrere Inseln zugeteilt, die wir absuchen sollen. Wie es scheint, hatte Eudora erwartet, dass sich die meisten von uns für die Reise melden. Wie ist es bei Octavie gelaufen?«

»Sie wusste nicht, was bei dem Einbruch geklaut worden sein könnte. Und sie hat gesagt, dass wir uns keine allzu großen Hoffnungen machen sollen. Sie glaubt, Wrigglesworth ist wahrscheinlich nur abgehauen, um den Rest seiner Tage in Frieden verleben zu können. Und dass er vermutlich gar nicht gefunden werden will.«

Harriet tauschte einen Blick mit Welby. »Eigenartig.«

»Sie hat Marie ein paar Technikbücher mitgegeben, und in einem von ihnen war ein Umschlag, in dem wir den hier gefunden haben.«

Arthur reichte ihr den Siegelring und Harriet untersuchte ihn gründlich.

»Wir dachten, du wüsstest vielleicht, was es damit auf sich hat.«

»Ich fürchte, ich habe keine Ahnung.«

»Er sagt dir überhaupt nichts?«, hakte Arthur enttäuscht nach.

»Leider nicht. Und Octavie hatte wirklich keine Idee, was es mit den aus Wrigglesworths Haus entwendeten Büchern auf sich haben könnte? Ich hätte gedacht, dass sie zumindest eine Vermutung hat, worum es sich dabei handelt.«

»Sie hat gesagt, dass sie seit Jahren nicht mehr mit ihm gesprochen hat.«

Harriet seufzte. »Na, wir haben sowieso keine Zeit, darüber nachzugrübeln. Die Lontowner Armada setzt am Freitag die Segel und wir müssen die *Aurora* noch startklar machen – und das bedeutet eine Woche Arbeit innerhalb von zwei Tagen. Ich habe die restliche Crew gebeten, morgen schon in aller Frühe hierherzukommen. Die Acquafreedas stechen heute Abend bereits in See, da sie langsamer unterwegs sein werden als die Hauptflotte.«

»Dann sollte ich mich wohl besser um den Proviant kümmern«, bemerkte Felicitas.

»Würde es dir etwas ausmachen, wenn ich Arthur noch eine Weile hierbehalte, damit er mir hilft?«, fragte Harriet. »Welby kann dir stattdessen solange unter die Arme greifen, wenn ihr beide einverstanden seid?«

Welby nickte.

»Selbstverständlich«, antwortete Felicitas und tätschelte Arthur den Arm, bevor sie mit Welby das Zimmer verließ. Im

Hinausgehen rief sie: »Queenie, würdest du Balfours Vorratskammer eine Nachricht von mir überbringen?«

Queenie sprang mit einem »Prrrt« auf und folgte Felicitas aus dem Raum.

»Ich muss die Wetterschutzmarkise noch fertigstellen«, sagte Marie und eilte ebenfalls davon.

Harriet hob den Blick und lächelte Arthur an. »Ich habe über deine Fähigkeiten und Stärken nachgedacht, Arthur. Das hier wird deine zweite große Expedition und ich möchte meine Anerkennung für das zum Ausdruck bringen, was du in Südpolaris geleistet hast – und dafür, wie sehr du Welby bereits mit den Karten unterstützt hast.«

Arthur runzelte die Stirn. Wenn er ehrlich war, hatte er gar nicht besonders viel geholfen, und jetzt hatte er deswegen ein schlechtes Gewissen.

»Ich würde dich bei unserer Expedition nach Stella Oceanus gerne zum Vizenavigator ernennen.«

»Oh!«, stieß Arthur aus. Er hatte das Gefühl, als würde ein warmer Ballon in ihm anschwellen. Das hier hatte er nicht erwartet, da Welby der zweite Mann an Bord und Harriets Vizenavigator war. Vielleicht wollte er sich mehr auf seine anderen Pflichten konzentrieren? Schließlich war er ziemlich alt und …

»Ich möchte, dass du Felicitas trotzdem weiter von Zeit zu Zeit aushilfst, aber ich glaube, mehr Verantwortung wird dir guttun. Würdest du diese Aufgabe gern übernehmen?«

Arthur nickte eifrig. »Ja, vielen Dank!« Es bedeutete außerdem, dass er enger mit Harriet zusammenarbeiten würde.

»Ausgezeichnet. Dann wirst du direkt Welby Bericht erstatten.«

Ihm wurde schlagartig schwerer ums Herz. »Welby?« Er gab sich redlich Mühe, die Enttäuschung aus seiner Stimme fernzuhalten, aber es gelang ihm nicht.

»Gibt's damit ein Problem?«

Arthur schüttelte den Kopf und stellte sich vor, wie oft Welby jeden Tag mit vorwurfsvoller Miene die Augenbrauen hochziehen würde. »Nein, natürlich nicht.«

»Gut.« Harriet lächelte. »Du bist bereit für diese Aufgabe.« Und dann nahm sie die Karte zur Hand, die sie bei der Versammlung bekommen hatte, und rollte sie auf dem Tisch aus. »Wir beginnen damit, diese Karte mit denen zu vergleichen, die du bislang zusammengetragen hast, und planen anschließend unsere Navigation. Wir sollten dabei auch auf Gelegenheiten achten, wo wir unterwegs zusätzlich nach Wrigglesworth suchen können.«

Arthur dachte einen Moment lang nach. »Und wir sollten uns wahrscheinlich darüber informieren, ob die Inseln, die Eudora Vane uns zugeteilt hat, irgendetwas Besonderes an sich haben.«

»Richtig, gute Idee!« Harriet runzelte die Stirn und trommelte hektisch mit ihrem Bleistift auf den Tisch, während sie die Karte überflog. »Okay, lies mir die Liste vor, dann markiere ich alles.«

Arthur griff nach dem Dokument, das Harriet von der Versammlung mitgebracht hatte. »Die Portendorfers stehen ganz oben, sie suchen Ishia und Florinni ab.«

Während Harriet den Blick über die Karte schweifen ließ, wanderte Arthur in Gedanken zurück zu Octavie. »Deine Großtante hatte eine interessante Tätowierung auf dem Unterarm.«

Harriet hob den Blick. »Ihre Schwalben?«

»Nein, diese seltsamen Dreiecke darüber. Sind sie auch Teil der Culpfeffer-Tradition?«

»Sie hat sie schon, seit ich sie kenne. Ich glaube, sie haben mit irgendeiner Vereinigung zu tun, der sie an der Universitas angehört hat.« Ihre Stimme wurde leiser, als sie sich wieder der Karte widmete und »Portendorfers« neben die entsprechenden Inseln schrieb.

»Eine Vereinigung?«, hakte Arthur nach.

»Hmm? Sie waren jung und … Wer kommt nach den Portendorfers?«

»Sie waren jung und …?«, versuchte er es erneut.

»Es war nur irgendein alberner Studentenbund. Ich kann mich nicht mehr an den Namen erinnern.«

»Und was ist mit dem Ring? Denkst du, der hat auch etwas mit diesem Bund zu tun?«

»Vielleicht war ihr ja gar nicht bewusst, dass er sich in dem Umschlag befand?«

Arthur schüttelte den Kopf. »Sie wollte, dass wir den Ring haben.«

»Sie wird langsam alt, Arthur. Wahrscheinlich hat sie ihn als Lesezeichen benutzt und einfach vergessen. Wer steht als Nächstes auf der Liste?«

Auf Arthur hatte Octavie keinen besonders vergesslichen Eindruck gemacht. Er richtete den Blick wieder auf das Blatt Papier. »Die Nithercotts sind die Nächsten. Sie haben Pontia und Hellettica … oh, und Pelastria.«

Während Harriet die Inseln auf der Karte suchte, nahm sich Arthur ihr Vergrößerungsglas und untersuchte den Ring genauer. Der Vogel sah ganz anders aus als alle, die er kannte, und doch kam er ihm seltsam vertraut vor. Er hatte einen stolzen langen Hals, ein Federbüschel auf dem Kopf und einen auffällig breiten Schwanz und seine Flügel waren elegant gebogen. »Was glaubst du, was das auf dem Ring für ein Vogel ist?«

»Ich weiß es nicht«, antwortete Harriet, ohne aufzublicken. »Octavie hat die Gegend um die Zitadelle von Nadvaaryn ausführlich erforscht – vielleicht stammt er ja von dort.«

Er konnte sich nicht daran erinnern, dort selbst ein solches Tier gesehen zu haben.

»Arthur, hilfst du mir jetzt oder soll ich dich zu Felicitas in die Küche schicken?«

»Ja, entschuldige.« Er widmete sich wieder der Liste. »Die Bestwick-Fords sind auf Florentina und Targi. Warte mal, sie haben doch auch versucht, nach Südpolaris zu kommen, oder?« Er konnte sich noch daran erinnern, dass sie hatten umkehren müssen, weil ihr Wolkenschiff es nicht durch die mächtigen Schneestürme des eisigen Südens geschafft hatte.

»Ja. Wer kommt als Nächstes?«

Er blickte wieder auf das Papier. »Die Catmoles ...« Er las Harriet weiter die Namen der Familien und Inseln vor, während sie sie auf der Karte markierte, aber nach einer Weile wanderten seine Gedanken erneut zu dem Ring zurück.

Harriet tippte ungeduldig mit dem Bleistift auf die Karte. »Es gibt eine Zeit zu träumen – und eine Zeit, sich zu konzentrieren. Welche Familie steht als Nächstes auf der Liste?«

»Äh ... die Temples haben Vivaro und Dulcie«, antwortete Arthur, aber er konnte die ganze Zeit nur an den Ring denken.

KAPITEL 5

AUF BESTE WELBY-ART

Am folgenden Tag traf der Rest der Crew ein: Gilly, Meriwether, Barnes, Forbes, Cranken, Forester, Keene, Wordle, Hurley und Dr. Quirke.

Die Erzengelstraße 4 war von Hämmern, Sägen, Scheppern und Lachen erfüllt, und Felicitas' lückenlose Versorgung mit Tee und Kleinigkeiten für den Hunger zwischendurch gab allen die nötige Energie. Sie hatten so viel zu tun, dass der Besatzung kaum Zeit blieb, hin und wieder tief durchzuatmen.

Ehe sie sich's versahen, war Freitag, und die Kanonen der Geografischen Gesellschaft verkündeten mit lautem Donnern den Beginn der Expedition. Das Dröhnen von zehn Wolkenschiffen, die gleichzeitig ihre Motoren anwarfen, erfüllte die Luft rund um die Wolkenwerft, als sich die Lontowner Armada in den Himmel erhob: das Wolkenschiff der Jones' mit seinen beiden Montgolfieren-Ballons, die Blarthingtons, Hilburys, Nithercotts, Bestwick-Fords, Catmoles, Portendorfers, Temples, Fontaines – mit ihrem Wolkenschiff mit dem originellen Namen *Fontaine* – und zu guter Letzt das Schiff der Vanes, die *Victoria*.

Die meisten Schaulustigen versammelten sich jedoch vor der Erzengelstraße 4.

Niemand wollte die Verwandlung des Hauses in ein Wolkenschiff verpassen, vor allem nicht diejenigen, die den ersten überraschenden Start der *Aurora* nach Südpolaris versäumt hatten.

Der Boden bebte. Alle hielten den Atem an. Dann begann das Haus mit seiner außergewöhnlichen Metamorphose: Die Vorderseite klappte nach innen, mächtige Bolzen und Zahnräder begannen, zu klappern und zu rattern, bis die Ecken und die Türen verschwunden waren. Fensterläden öffneten sich neben den eigentlichen Fenstern und kleine Propeller sprossen aus den Wänden und falteten sich rotierend auseinander.

Für Arthur und Marie war es eine neue Erfahrung, sich während der Verwandlung im Inneren des Hauses zu befinden. Die Crew eilte geschlossen auf den Dachboden, und begleitet von kratzendem Metall und dem Scheppern und Ächzen des gewaltigen Mechanismus, klappte sich langsam das Dach nach hinten. Ein breiter Strahl Tageslicht erhellte die Bodendielen, die sich schon bald in das Deck verwandeln würden, und während sich das Dach wie eine riesige Ziehharmonika hinter ihnen zusammenfaltete, wurden sie in warmes Sonnenlicht getaucht. Balustraden ersetzten die Wände und in der Mitte des Fußbodens schob sich eine Platte zur Seite. Der riesige Stoffballon begann, sich aufzublähen.

Harriet betätigte einen Hebel und ein großes Steuerrad rollte unter dem Deck hervor. Sie lächelte Arthur und Marie zu und mit einem Funkeln in den Augen schnappte sie sich das Steuer. Ihr kurzes Haar wehte in der Brise. Sie trug eine Fliegerbrille, einen weißen Schal, ein weißes Hemd, ihre typische Hose – weit bis zum Knie und unten in die Lederstiefel gesteckt – sowie einen breiten Gürtel, an dem ihr Kompass, das Uniskop und verschiedene andere Instrumente und Werkzeuge hingen. Welby stand ganz in ihrer Nähe, zeigte hierhin und dorthin und erteilte den anderen an Deck Befehle. Felicitas eilte an die Reling, die Wangen gerötet und einen langen Löffel in der Hand, und winkte den Schaulustigen zu.

Die Menge schnappte geschlossen nach Luft, als das Haus vom Boden abhob. Eines der Holzbretter knarrte und drehte sich herum. Arthur und Marie hasteten an die Reling und blickten über den Rand. Die glänzende Messingplatte mit der Aufschrift AURORA war enthüllt worden, zusammen mit einer Neuerung: Das Culpfeffer-Wappen erstrahlte in Bronze daneben.

»Alle auf ihre Posten!«, rief Harriet und zwinkerte Arthur und Marie zu.

Der große Stoffballon dehnte sich über ihnen aus.

Eudora Vanes Schiff, die *Victoria*, war das größte von allen Wolkenschiffen. Es schwebte ein wenig entfernt über den Docks und stieg kraftvoll immer höher, die Flügel majestätisch ausgebreitet.

»Arthur, deine Kurbel!«, schrie Welby.

Arthur wurde mit Schrecken bewusst, dass sich alle anderen bereits auf ihren Posten befanden. Er rannte auf seinen Platz und begann zu kurbeln.

Harriet Culpfeffer stand am Steuer, ihr Haar und der Schal flatterten wild im Wind. »Wir brauchen Auftrieb, schnell!«

»Legt euch ein bisschen ins Zeug!«, brüllte Welby.

Sie alle kurbelten, so schnell sie konnten, bis endlich ein lautes *Klick* zu hören war, gefolgt von einem mächtigen Wackeln.

»Gute Arbeit!«, rief Harriet.

Parthena flog am Himmel über ihnen und wies ihnen den Weg. Die *Aurora* stieg immer höher, der Jubel der Menge verklang im Wind, und dann schwebten sie plötzlich hoch in der Luft, die Flügel ausgebreitet, der Ballon straff aufgebläht. Felicitas eilte davon, um zur Feier des Tages ihren Spezialtee für alle zu kochen, während Welby Dienstpläne an die Besatzung verteilte.

Die Kuppeln, Türme und ordentlichen Dachreihen von Lontown verschwanden schon bald, und sie flogen über die schiefen Häuser der Slumps, über denen sich ein scheinbar dauerhafter grauer Nebel ausbreitete. Dann gingen die Gebäude in Felder und schmale Wege über und alles wurde grüner. Sie aßen Moorkekse, plauderten und lachten, während sie über das Land und die Dörfer flogen. Die warme Mittagssonne schien auf sie herab und sie zogen ihre Pullover aus, während Harriet die ganze Zeit den Blick auf den Horizont richtete und mit den Händen das Steuerrad umklammerte.

Da es sich bei dieser Reise nicht um ein Wettrennen handelte, blieben die Wolkenschiffe der Armada stets in Sichtweite voneinander. Nach einigen Glockenschlägen verwandelte sich die Landschaft in eine Ansammlung trostlos aussehender Hügel.

»Schau mal, die Pechharzminen«, rief Arthur Marie zu, die an Deck mit einem Hebel und einer Kette hantierte. »Ein paar der anderen Schiffe sind schon gelandet, um aufzutanken.«

Marie kam zu ihm. »Ich bin froh, dass wir hier nicht anhalten müssen. Ich fühle mich ganz dreckig, wenn ich sie nur sehe.«

»Allein der Gedanke, dass wir als Zwangsarbeiter hier hätten enden können«, murmelte Arthur.

»Hattest du jemals einen Pechharzmotor, Harriet?«, rief Marie ihrer Kapitänin zu.

Sie nickte. »Ich hatte keine andere Wahl, aber ich habe es immer gehasst. Darum habe ich auch schon in jungen Jahren begonnen, den Wassermotor zu entwickeln.«

Der Sonnenuntergang erstrahlte im Westen wie bunte Tinte, die sich langsam in Wasser auflöste. Arthur und Marie standen mit Felicitas und Gilly auf dem Achterdeck des Wolkenschiffs und genossen den Anblick der Hügel, die wie sanfte Wellen in der Landschaft lagen, von Feldern und Äckern durchzogen und hier und da von wilden kleinen Wäldern mit dicht stehenden, üppigen Bäumen gespickt. Es war ein gutes Gefühl, wieder über den weiten Himmel zu schweben und an Bord der *Aurora* lautlos durch den Abend zu gleiten.

»Es wärmt mir die Seele, hier oben zu sein«, seufzte Felicitas.

»Ich kann es gar nicht erwarten, die Inseln endlich zu erkunden«, sagte Gilly, der Botaniker mit dem Lockenschopf. »Ich war schon ein paar Dutzend Mal dort, aber mich fasziniert immer wieder aufs Neue, welche unglaubliche Vielfalt sie bieten. Keine ist wie die andere.«

»Glaubst du, das ist der Grund, warum Everest so gern dort hingereist ist?«, wollte Arthur wissen.

»Es ist ein wahres Paradies für Entdecker.«

»Was ist mit der letzten Insel, die uns zugeteilt wurde? Nova?«

Gilly lächelte. »Ich war noch nie dort, sie liegt von allen am weitesten entfernt. Aber wie man hört, soll sie wunderschön sein.«

Es kam Arthur ein wenig seltsam vor, dass Eudora sie ausgerechnet dorthin schickte. Wahrscheinlich lag es daran, dass sie die Suche für Harriets Crew so schwierig wie möglich gestalten wollte, indem sie sie bis ans äußerste Ende der Weite sandte, wo Menschen gerade noch existieren konnten.

* * *

Am folgenden Tag hielten sie am Rand eines Waldes mit mächtigen Eichen an, ganz in der Nähe der Küstenklippen. In der Ferne konnten sie sehen, wie einige der anderen Schiffe in einer kleinen Hügellandschaft aus weiteren Pechharzminen landeten, um sich vor der langen Reise übers Meer mit Treibstoff zu versorgen. Während die Crew Holz sammelte, nahm Harriet Arthur und Marie beiseite.

»Hier.« Sie reichte jedem von ihnen ein dünnes Seil, an dem ein kurzer Metallstab angebracht war, der aus einem kleinen Kästchen herausragte. Das Culpfeffer-Wappen war darin eingraviert. »Das ist ein Feuerzünder.« Sie hatten schon öfter beobachtet, wie Harriet ein solches Gerät benutzte, um schnell ein Feuer zu entfachen. »Meine Eltern haben mir für jede Expedition etwas Nützliches geschenkt, deshalb dachte ich, ich sollte diese Tradition fortsetzen. Ich habe ihn so umgebaut, dass ihr auch mit nur einer Hand eine Flamme entzünden könnt. Haltet ihn einfach so fest und drückt mit dem Zeigefinger auf den Stab.« Sie zeigte es ihnen. »Oder ihr drückt ihn auf eine harte Oberfläche und entfacht die Funken so.«

»Danke!«, freuten sich die Zwillinge. Arthur steckte den Zünder in seine Hosentasche und Marie fügte ihren sofort ihrem Werkzeuggürtel hinzu.

Die Crew hatte inzwischen Holz für ein Lagerfeuer aufgeschichtet und Arthur und Marie testeten sogleich ihre Feuerzünder. Anschließend aßen sie Gemüseauflauf und zum Nachtisch Beerenbrötchen. Nach dem Essen entschuldigte sich Marie, um für eine Weile zu verschwinden und hinter einem Zelt an Deck an irgendetwas zu werkeln. Vorher verbot sie jedoch allen, zu ihr zu kommen und nachzuschauen, was es war. Arthur erhob sich, um ihr zu folgen.

»Das gilt auch für dich, Arty.«

»Was? Aber du hast doch gesagt, dass du es mir zeigst, sobald unsere Expedition gestartet ist und –«

»Und ich bin noch nicht ganz fertig, deshalb wirst du dich noch etwas in Geduld üben müssen.«

Geduld gehörte nicht unbedingt zu Arthurs Stärken und er stieß ein verärgertes Schnauben aus.

* * *

Am nächsten Morgen war die komplette Crew schon in aller Frühe an Deck, um die Segel zu setzen. Heute würden sie ihren Heimatkontinent verlassen und über das Meer zur ersten der Inseln reisen: Ephemera.

Sie würden drei Tage brauchen, um sie zu erreichen, vorausgesetzt, der Wind stand günstig. Meriwether, das goldene Haar um ihren Kopf flatternd, steckte sich einen Finger in den Mund, hielt ihn dann in die Luft und versicherte ihnen anhand dieser eher unwissenschaftlichen Methode, dass der Wind ihnen wohlgesinnt war.

Marie verschwand nach dem Frühstück sofort wieder in ihrer geheimnisvollen Zeltwerkstatt.

»Ich nehme nicht an, dass du da hinten an einem neuen Eisenarm arbeitest?«, rief Arthur ihr nach. Der Arm, den Marie für ihn gebaut hatte, war seit ihrer letzten Expedition ziemlich mitgenommen. Sie hatte ihm versprochen, ihm einen neuen zu basteln, obwohl er zugeben musste, dass er auch ohne ihn sehr glücklich war. Wenn sie zu Hause über die Dächer kletterten, war er durchaus hilfreich, und außerdem ersparte er Arthur in Lontown zahlreiche gaffende Blicke, aber manchmal wurde seine Schulter davon ganz wund und er bekam Nackenschmerzen. Darum vermisste er es nicht gerade, den Arm zu tragen, aber es freute ihn immer, Marie dabei zuzusehen, wie sie verbesserte Versionen davon erschuf.

»Ich kümmere mich schon bald darum, versprochen«, rief sie zurück.

Am Nachmittag fand Arthurs erste Navigationsstunde bei Welby statt, also ging er nach dem Mittagessen in die Bibliothek, sein Entdeckerhandbuch und den Bleistift parat.

Er breitete die Karte, die Harriet von Eudora erhalten hatte, auf dem Tisch aus. Es waren Hunderte Inseln darauf verzeichnet. Arthur suchte die Regale nach Büchern über Stella Oceanus ab, die ihm vielleicht einen Hinweis darauf liefern würden, wonach Everest gesucht hatte. Nach einer Weile entdeckte er ein Werk mit dem Titel *Auf nach Osten – Das unentdeckte Inselreich* von Wrigglesworth höchstpersönlich.

Im Inneren befanden sich zahlreiche Karten verschiedener Inseln. »Großartig!«, freute sich Arthur und suchte weiter nach ähnlichen Büchern. Das nächste, das er fand, stammte aus der Feder von Zora Acquafreeda. Die Acquafreedas hatten Stella Oceanus auf ihren Meeresschiffen schon sehr ausführlich erforscht. Als er die beiden Bücher verglich, stellte er jedoch fest, dass die Karten der Acquafreedas schwieriger zu deuten und in ihrer Darstellung der Inseln nicht immer einheitlich waren. Aber da sie sie vom Wasser und nicht aus der Luft erforschten, war dies vielleicht nicht anders zu erwarten. Allerdings boten sie detaillierte Zeichnungen und Bemessungen der Kanäle, Wasserwege und Flüsse, von denen er glaubte, dass sie ihnen noch nützlich sein könnten.

Plötzlich wurde Arthur bewusst, dass Welby sich in den Raum geschlichen hatte und ihm über die Schulter schaute. Er legte ein Buch, das so dick war wie ein Ziegelstein, und ein kleines Lederkästchen neben Arthurs Karte auf den Tisch.

»Du musst deine Vermessungskünste noch um einiges verbessern. Wrigglesworth zu finden, mag vielleicht der Grund dieser Reise sein, aber bei einer Expedition geht es niemals nur um den einen Hauptzweck, dessentwegen man sie unternimmt.«

Arthur glotzte ihn an, als spräche er rückwärts.

Welby zog die Augenbrauen hoch. »Arthur, wenn du eines Tages Kapitän deines eigenen Schiffs sein willst, dann wirst du eine ganze Reihe von Fähigkeiten benötigen.«

Kapitän seines eigenen Schiffs? Dieser Gedanke war Arthur in seinem ganzen Leben noch nicht gekommen. Aber als Welby es aussprach, jagte ein Kribbeln an seiner Wirbelsäule hinunter.

»Wenn du dich nur auf die eine Mission konzentrierst, die vor dir liegt, dann wirst du sie vielleicht erfüllen – aber du wirst weder deine Fähigkeiten verbessern noch dein Wissen erweitern. Dazu sind viel zusätzliche Arbeit und Entschlossenheit nötig.«

»Ich habe eine Menge gelesen«, erwiderte Arthur in dem Versuch, Welby zu beeindrucken. »Siehst du, das hier ist *Auf nach Osten*. Wrigglesworth hat es geschrieben. Ich versuche, ein Muster in seinen Reisen zu finden.«

Welby zog die Augenbrauen noch höher. War er *beeindruckt?* Es war schwer zu sagen.

»Du hast das Ziel immer fest im Blick, Arthur, und das meine ich als Kompliment.«

Das warme Glühen, das Arthur in seinem Inneren spürte, erlosch sofort wieder, als Welby fortfuhr: »Aber du musst noch viel mehr Zeit darauf verwenden, die große Bandbreite der Berechnungen im Detail zu studieren. Dieses Buch hier zum Beispiel.« Er tippte auf den dicken Wälzer, der auf dem Tisch lag. »*Die umfassende Navigation* ist das detaillierteste Buch über Navigationstechniken in der ganzen Weite.«

Arthur blätterte durch die Seiten und sah so viele Symbole und Zahlen, dass ihm ganz schwindlig war, als er das Buch wieder zuklappte. Er hörte ein *Tss, tss, tss* aus Welbys Mund.

»Tut mir leid. Ich werde es versuchen, Welby, ehrlich, aber Zahlen und Berechnungen sind einfach mehr Maries Ding.«

Das nächste *Tss, tss, tss.* »Als Harriet noch ein kleines Mädchen war, hat sie all die verschiedenen Berechnungen auch gehasst. Sie wollte einfach nur ›loslegen‹, da rausgehen und die Weite in ihrem eigenen Wolkenschiff erkunden. Ihr wurde jedoch schnell klar, dass man, um seine Träume zu verwirklichen, manchmal eben Dinge lernen muss, die einem anfangs viel zu schwierig oder unnötig erscheinen, am Ende aber eine entscheidende Rolle spielen. Wenn sie die *Aurora* steuert, mag das auf dich vielleicht rein instinktiv wirken, aber dahinter liegen ein jahrelanges intensives Studium und, ja, einige anspruchsvolle Rechenaufgaben. Die größten Lernerfolge feiert man oft, wenn man sich ein wenig dafür quälen musste.« Welby öffnete das Lederkästchen. »Das ist für deine Studien. Es ist ein Teil der Ausrüstung, die wir beim Navigieren benutzen.«

Das Kästchen war voller seltsam aussehender Instrumente. Ganz ähnliche Geräte hatte Arthur auch schon einmal in ihrem alten Haus im Arbeitszimmer seines Vaters gesehen. Aber Werkzeuge waren eher Maries Fachgebiet, und er konnte nicht behaupten, dass sie ihn ebenso begeisterten wie Wrigglesworths Bücher.

»Danke«, sagte er trotzdem.

»Arbeite das erste Kapitel bis morgen früh durch. Ich werde dich morgen Nachmittag dann über den Inhalt prüfen.«

»Prüfen?«, fragte Arthur voller Entsetzen.

Welby nickte und verließ den Raum.

Parthena hüpfte zu Arthur und stupste tröstend mit dem Kopf gegen sein Bein.

»Ich wette, du musst nicht erst haufenweise Berechnungen anstellen, bevor du losfliegen kannst.« Er seufzte tief und schlug das erste Kapitel von *Die umfassende Navigation* auf. Darin wurde erklärt, wie man einen bestimmten Teil der Ausrüstung zusammensetzte, eine sogenannte Campbell-Messlehre. Die Diagramme sahen jedoch furchtbar kompliziert aus, und nachdem Arthur eine halbe Stunde lang ungeschickt mit den Einzelteilen herumprobiert hatte, hatte er etwas zusammengebaut, das … ganz und gar nicht so aussah wie auf dem Bild.

Nachdem er es eine weitere geschlagene Stunde lang versucht hatte, seufzte er schließlich laut und schaute Parthena an. »Glaubst du, Felicitas nimmt mich als Küchenhilfe zurück?«

KAPITEL 6

EPHEMERA

Am nächsten Morgen, in der Hoffnung auf ein wenig Mitleid, erzählte Arthur Marie von Welbys Prüfung und davon, dass er insgesamt zwei *Tss, tss, tss* von ihm geerntet hatte.

Sie lachte. »Oh, Arthur, man könnte ja meinen, er hätte von dir verlangt, dass du eine Portion Würmer isst!« Sie schlug das dicke Buch von Welby auf und las eine Minute lang still darin, bevor sie Arthurs gescheiterten Bastelversuch aus dem Kästchen nahm und das Instrument kurzerhand wieder zerlegte. »Also, in diesem Kapitel steht, wie man das Ding zusammensetzt. Du musst nur das hier reindrehen, dieses Teil hier anlegen, dann den Bolzen reinschieben … fertig.« Sie gab es ihrem Bruder wieder zurück.

»Kannst du bitte alle meine Hausaufgaben aus Welbys Unterricht für mich erledigen?«

»Ich hab auch so schon genug zu tun, vielen herzlichen Dank.« Sie blickte zu dem geheimnisvollen Zelt hinüber. »Ich muss mein Projekt fertigstellen und Harriet hat mir noch mindestens zehn Technikbücher empfohlen, die ich nebenbei durcharbeiten muss.«

Nicht zu wissen, was sich unter der Zeltplane befand, war die reinste Folter für Arthur. »Ich bin dein Bruder – dein *Zwillings*bruder. Kannst du mir nicht wenigstens –«

»Nein. Und jetzt hilf mir mit diesem losen Ende, der Wind nimmt wieder zu.«

Die beiden hatten Maries Haarschleife schon immer gemeinsam gebunden, weil ihr Vater geglaubt hatte, es würde sich positiv auf die Koordination von Arthurs Arm auswirken. Irgendwann hatte es sich zu einer Angewohnheit entwickelt, über die sie gar nicht mehr nachdachten.

Die erste Begeisterung über ihr neues Abenteuer verblasste allmählich, als das Land hinter dem Wolkenschiff verschwand und sich das Meer endlos und flach unter ihnen erstreckte. Der Himmel war von einer grauen Wolkendecke verhangen, die weder Sonne noch Regen brachte, so als wäre der Tag von sich selbst gelangweilt.

Da Marie das Instrument bereits zusammengesetzt hatte, beschloss Arthur, es nicht noch einmal auseinanderzunehmen und Welby am besten auch gar nicht zu korrigieren, wenn er annahm, Arthur hätte es selbst getan. Stattdessen verbrachte er ein wenig Zeit damit, in *Auf nach Osten* zu schmökern. Anschließend suchte er alle anderen Bücher von Wrigglesworth zusammen, und es wurde schnell offensichtlich, dass Everest den Osten ausführlicher erkundet hatte als jede andere Gegend. Bis zu seinem Verschwinden hatte er immer häufiger Reisen dorthin unternommen. Außerdem schien ihn Geschichte im Allgemeinen zu faszinieren.

Ehe Arthur sich's versah, war der Vormittag schon fast zu Ende, und als er auf die Uhr schaute, stellte er fest, dass Welby in Kürze zu seiner nächsten Lektion erscheinen würde. Ein wenig widerwillig legte er die Bücher beiseite und nahm stattdessen *Die umfassende Navigation* zur Hand.

* * *

Die nächsten Tage brachten einen willkommenen Wetterumschwung mit sich und Arthur beschloss, seine Bücher mit an Deck zu nehmen. Er hatte Marie an diesem Morgen noch nicht gesehen, aber von irgendwo war ein Hämmern und Scheppern zu hören, daher nahm er an, dass sie an ihrem Geheimprojekt arbeitete. Sofern alles nach Plan verlief, sollten sie am frühen Nachmittag auf Ephemera landen, ebenso wie alle anderen Wolkenschiffe der Armada.

Von ihrem Platz am Steuer blickte Harriet zu Arthur hinüber, der, von seinen Büchern umgeben, ganz in der Nähe saß. »Würdest du gern für eine Weile übernehmen?«

Er runzelte die Stirn. »Ich? Am Steuer?«

»Ja«, antwortete sie, als hätte sie überhaupt keine Ahnung, warum diese Frage so seltsam war, obwohl alle wussten, dass stets ausschließlich Harriet oder Welby das Schiff steuerten.

»Aber … Welby …«

»Welby hilft Dr. Quirke mit der Vorbereitung der Impfungen und den neuen Erste-Hilfe-Sets für das tropische Klima, sie werden also noch eine Weile beschäftigt sein.«

Arthur näherte sich dem Steuerrad. Queenie saß ganz oben.

Sie betrachtete ihn unsicher und gab ein leises, missbilligendes Fauchen von sich.

»Oh, sei doch nicht so albern, Süße«, sagte Harriet.

Parthena, die den ganzen Morgen zufrieden neben der *Aurora* hergeflogen war, glitt ein wenig tiefer, um zu sehen, was los war. Harriet ließ das Steuerrad los und zeigte darauf.

»Aber ... was muss ich denn tun?« Arthur bemerkte erst jetzt, dass mehrere Hebel und Schalter in das Steuerrad eingebaut waren. Es war viel komplexer, als ihm bewusst gewesen war.

»Halt es einfach fest, dann bekommst du schon ein Gefühl dafür. Wir segeln im Moment ganz ruhig, das Wetter ist gut, also ... Trau dich, nur zu.«

Queenie sprang auf das Deck und wickelte sich um Harriets Knöchel.

Arthur machte einen Schritt nach vorn, streckte die Hand aus und packte das Steuer links oben. Sofort spürte er, wie die sanften Vibrationen der *Aurora* durch seine Fingerspitzen, seine Hand, seinen Arm hinauf und durch seinen ganzen Körper bis in seine Brust kribbelten. Er fühlte sich wie ein Teil des Schiffs, so als wären sie eins. Es war ein unerwartetes, unglaubliches Gefühl.

Harriet betrachtete aufmerksam sein Gesicht.

Arthur schaute konzentriert nach vorn. Er befand sich in einer Linie mit dem Bug des Schiffes und vor ihm erstreckte sich die Weite. Er konnte überall hin. Die Welt war so groß, so unglaublich, so voller Möglichkeiten. Ihr Vater musste genau dasselbe empfunden haben, und in diesem Moment spürte Arthur eine tiefe Verbundenheit mit ihm, so als wäre er hier, an seiner Seite.

Parthena landete auf dem Steuerrad und stieß ein glückliches Kreischen aus.

Arthur sah, dass auch Harriet ein breites Grinsen im Gesicht hatte. »Wie wär's, wenn ich dir demnächst alles über diese Hebel und Schalter beibringe?«

Arthur nickte begeistert.

»Natürlich gibt's in der Bibliothek jede Menge Handbücher, aber dieses Schiff steckt voller kleiner Eigenheiten und ich würde es dir sowieso lieber selbst erklären.«

Er konnte nur weiter nicken und lächeln, weil er Angst hatte, er würde vor lauter Freude ersticken, wenn er zu sprechen versuchte.

»Ah, schau mal!«, rief Harriet und nahm das Uniskop von ihrem Gürtel. »Das Meeresschiff der Acquafreedas. Wir haben sie eingeholt.«

Plötzlich hob sich das Deck unter Arthurs Füßen.

»Hey! Geh zur Seite, ich muss raus!«, brüllte eine gedämpfte Stimme.

Erschrocken wich er einen Schritt zurück. Eine Luke im Deck öffnete sich und Marie streckte den Kopf heraus. »Ich bin mit dem Kapitänswetterschutz fertig, Harry!«

»Dem was? Und was bei allen ratternden Zahnrädern treibst du denn da unten?«, wollte Arthur wissen.

»Ich habe einen Wetterschutz für den Kapitän gebaut – oder wer immer auch sonst das Schiff lenkt«, erklärte Marie und musterte ihren Bruder am Steuer. »Man zieht an dem Hebel da, und dann fahren die Schutzwände ringsherum hoch. Sie sind so angebracht, dass sie automatisch ineinander einrasten. Die vordere Wand verfügt über ein zusätzliches Teil, das sich in ein Dach verwandelt. Und falls es bei einem Sturm mal zu gefährlich ist zu landen, kann man trotzdem noch steuern, weil in die Wände Fenster eingelassen sind.«

»Sehr beeindruckend!«

»Ich habe es nicht entworfen, das war Harriet. Aber ich durfte daran arbeiten. Sie meinte, je mehr Erfahrung ich in meinem Ingenieurstagebuch vorweisen kann, desto besser ist es für meine Bewerbung an der Universitas. «

»Und die Wände sind die ganze Zeit unter Deck versteckt?«

»Ja, sie verschwinden in einer speziellen Kammer direkt darunter. Falls daran mal was repariert werden muss, steckt man einfach die Finger in diese kleinen Schlitze an den Seiten und zieht die Bretter auseinander. Die Kammer ist mit dem Maschinenraum und dem Flügelmechanismus verbunden. Sie befinden sich in dem Teil, der beim Haus sonst der Dachboden ist.«

»Gute Arbeit! Obwohl ich mir nicht sicher bin, ob es viel zum Einsatz kommen wird«, sagte Arthur. »Laut Everest strahlt der Himmel im Osten so klar wie ein Diamant.«

»Harriet glaubt, dass wir das Design der Geografischen Gesellschaft vorstellen und anderen Wolkenschiffen zugänglich machen sollten, stimmt's, Harry?«

»Zusammen mit deinem anderen Projekt wirst du die eindrucksvollste Kandidatin sein, die sie seit Langem gesehen haben«, sagte Harriet und steckte das Uniskop wieder in ihren Gürtel.

»Ah, das Geheimprojekt.«

»Arty, du hast wirklich überhaupt keine Geduld.«

»Ich erzähle *dir* immer alles! Ich hab dir zum Beispiel meine Aufgabe von Welby gezeigt!«

»Nur weil du wolltest, dass ich dir … *helfe*«, flüsterte sie. »Und überhaupt macht es am Ende doch viel mehr Spaß, wenn es für dich auch eine Überraschung ist. Aber apropos Welby: Da kommt er gerade.«

Es war Zeit für Arthurs nächste Lektion in der Bibliothek. Mit einem schweren Seufzen folgte er Welby gehorsam unter Deck und wünschte sich, er könnte noch länger am Steuer bleiben.

* * *

Die Temperaturen stiegen stetig, je weiter sie nach Südosten flogen, und das Klima war angenehm mild. Später, nachdem sie alle gemeinsam auf dem sonnigen Deck gefrühstückt hatten, verkündete Harriet, dass Ephemera in Sicht war. Die Crew brach in Jubel aus und die Zwillinge eilten zum Bug, um die Insel durch Maries Uniskop zu bestaunen.

Die *Victoria* schien die Insel als erstes Wolkenschiff zu erreichen. Die komplette Armada sollte sich auf Ephemera zu einer letzten Besprechung versammeln, bevor alle ihren getrennten Routen folgten.

Als Arthur einen Blick durch das Uniskop warf, war er überrascht. Er hatte in einem von Everests früheren Büchern gelesen, dass es sich um eine herrlich grüne Insel handelte, aber jetzt konnte er kaum einen grünen Fleck auf dem Eiland erkennen. Stattdessen schien sich darauf eine weitläufige Ansammlung barackenartiger Gebäude zu erstrecken.

Gilly, der Botaniker, stand neben ihm und skizzierte die vorbeiziehenden Wolken in ein winziges Notizbuch. »Es wiegt kaum etwas, deshalb kann ich es überallhin mitnehmen und all die neuen Kreaturen zeichnen, die ich entdecke.« Er lächelte und steckte den Bleistift und das Buch in seine Leinenweste. »Nicht dass ich es auf Ephemera brauchen würde.«

»Warum nicht?«, fragte Arthur.

»Hier gibt es reiche Pechharzvorkommen und die komplette

Insel wurde von Minen untergraben. Sie wurde als Treffpunkt ausgewählt, damit die mit Pechharz betriebenen Schiffe dort noch einmal auftanken können.« Er erschauderte. »Ein wirklich grauenhafter Ort, ehrlich gesagt. Kaum eine nennenswerte Tierwelt. Abgesehen vom *Scaribeaus metallium.*«

»Was ist das?«

»Ein sehr widerstandsfähiges Insekt. Die schrittweise Zerstörung der Insel hat sich zu seinem Vorteil entwickelt. Es ernährt sich von Metall und absterbenden Bäumen.«

»Ich kann es kaum erwarten zu sehen, wie es aussieht«, sagte Arthur mit einem Hauch von Sarkasmus.

»Aber du hast bereits ein Exemplar gesehen«, erwiderte Gilly.

»Das glaube ich nicht«, widersprach ihm Arthur verwirrt.

»Bei der letzten Expedition und in Lontown. Ein Weisewesen, um genau zu sein.«

Plötzlich ging Arthur ein Licht auf. »Miptera stammt von hier?«

Gilly nickte. Hier hatte Eudora also ihr Weisewesen gefunden.

Sie landeten an den Docks. Die Insel war steingrau und überall standen heruntergekommene Hütten, die aussahen, als seien sie ursprünglich nur als vorübergehende Behausungen gedacht gewesen, am Ende aber doch dauerhaft genutzt worden. In der Stadt wimmelte es von kleinen Handelswolkenschiffen und lauten, rußverschmierten Wolkenmatrosen.

Alle waren für eine kleine Erfrischung auf die *Victoria* eingeladen. Die Vorstellung, wieder an Bord dieses Schiffes zu gehen, erfüllte die Zwillinge mit Grauen.

»Ich komme nicht mit«, flüsterte Marie.

»Ich auch nicht«, sagte Arthur.

Harriet nickte. »Das verstehe ich vollkommen. Aber ich muss da hin und natürlich kann Welby mich begleiten. Trotzdem würde ich euch beide gern mitnehmen, um Eudora zu zeigen … nun, dass ihr euch nicht von ihr einschüchtern lasst, schlicht und einfach.«

Arthur und Marie tauschten einen Blick. Sie wollten auf keinen Fall, dass Eudora glaubte, sie hätten Angst vor ihr. Außerdem kam Arthur plötzlich ein ganz anderer Gedanke: Es war vielleicht ihre einzige Gelegenheit herauszufinden, was in den Tagebüchern stand, die Smethwyck gestohlen hatte, da Eudora sie ganz sicher auf die Reise mitgenommen hatte.

»Wir kommen mit«, beschlossen die Zwillinge.

»Ich begleite euch auch«, verkündete Felicitas. »Zur moralischen Unterstützung, und um mal zu sehen, was sie dort kulinarisch so zu bieten haben.«

Nachdem sie alle Routinechecks auf dem Schiff abgeschlossen hatten, trottete die Abordnung der *Aurora* ziemlich erschöpft über die Docks und schlurfte dabei mit den Füßen über die Planken, die vom schwarzen Ruß des Pechharzes ganz verfärbt waren. Ihr Weg führte sie durch verwinkelte Pflasterstraßen, vorbei an vom Salz verwitterten Hütten und Steingebäuden mit bröckelnden Ziegeln und Holzfensterläden, von denen die Farbe abblätterte.

Die Armada hatte für großes Aufsehen unter den Einheimischen gesorgt und in den Straßen wimmelte es von Leuten, die auf großen Tabletts einfach alles zum Verkauf anboten, von Meeresfrüchten über Maschinenteile bis hin zu bemalten Muscheln.

Arthur entdeckte ein silbernes Insekt, das die Wand einer Hütte annagte, und im ersten Moment setzte sein Herz einen

Schlag lang aus, weil er glaubte, es wäre Miptera. Dann erkannte er jedoch, dass das Gebäude mit Dutzenden von diesen Insekten übersät war. Ein Mann kam aus der Hütte und scheuchte die Tiere mit einem Besen davon, bis sie schließlich alle davonflatterten.

Schon bald schlenderte die kleine Gruppe über den Steg, der zum mächtigen Rumpf der *Victoria* führte. Auf dem Deck hatten sich bereits die anderen Entdeckerfamilien versammelt und lachten und plauderten miteinander, während Eudoras Crew den Gästen große Teller mit exquisit aussehenden Häppchen anbot.

Harriet stolzierte selbstbewusst durch die Menge und begann eine Unterhaltung mit Evelyn Acquafreeda, während Welby Marie an die Hand nahm und sie Samuel Fontaine vorstellte. Welby war der Ansicht, es könne nicht schaden, wenn sie ihn kennenlernte, da er dem Vorstand der Fakultät für Ingenieurswissenschaften der Universitas von Lontown angehörte. Felicitas horchte inzwischen eines der Mitglieder der Vane-Crew über das Essen aus, das an Bord serviert wurde.

Arthur blieb allein an Deck zurück. Es war ein warmer Nachmittag und er lockerte die Krawatte ein wenig, auf der Welby unbedingt bestanden hatte. Alle anderen schienen weiterhin so tun zu wollen, als fühlten sie sich in ihrer formellen Kleidung absolut wohl, obwohl es immer heißer wurde – alle außer Harriet und Marie, die weite Baumwollhemden trugen. Da er nicht wusste, was er sonst tun sollte, ging Arthur zu dem mit exotischem Essen überfüllten Büffet hinüber.

»Sind da Eier drin?«, fragte er ein Crewmitglied, das hinter dem Tisch stand. Der Mann zuckte nur mit den Schultern. Arthur entschied sich für eine kleine rosa Beere, weil er vermutete, dass damit nicht viel schiefgehen konnte. »Typisch. Selbst ihre Häppchen sind rosa«, murmelte er und steckte sie sich in den Mund. Beinahe hätte er sie sofort wieder ausgespuckt – die Beere schmeckte geradezu widerlich süß. Ganz offensichtlich handelte es sich dabei nicht um eine Frucht, sondern um irgendeine überzuckerte, klebrige Masse.

Smethwyck stand nicht weit entfernt und erteilte einem anderen Crewmitglied Anweisungen. Er blickte zu Arthur und grinste spöttisch, als dieser ein Würgen unterdrückte.

Felicitas gesellte sich zu ihm an den Tisch. »Wie ich sehe, hast du die Marzipanfrüchte entdeckt! Mein Geschmack sind sie auch nicht – viel zu süß, aber sehr beliebt unter den Familien in Uptown.« Sie zog ihren Glückslöffel unter der Schürze hervor und begann, sich Luft zuzufächeln.

Die Hitze schien auch Smethwyck zu schaffen zu machen, denn er streifte seine steife, schicke Jacke ab und hängte sie sich über den Arm. Dabei bemerkte Arthur ein kleines Heft in seiner Jackentasche. Er kniff die Augen zusammen, und obwohl er sich nicht hundertprozentig sicher sein konnte, bildete er sich ein, einen Blick auf die Initialen *E. W.* auf dem Buchrücken zu erhaschen. Konnte es sich dabei um eins der Tagebücher handeln, dass Smethwyck aus Everest Wrigglesworths Haus gestohlen hatte? Es ergab durchaus Sinn, dass er kein Risiko eingehen wollte und es stets bei sich trug, nur für den Fall, dass einer der Gäste auf die Idee kam, auf der *Victoria* herumzuschnüffeln.

Felicitas war damit beschäftigt, das Essen auf dem Tisch zu begutachten und zu verkosten, und Arthur schob sich näher an sie heran und flüsterte: »Denkst du, du könntest irgendwo in Smethwycks Nähe für eine kleine Ablenkung sorgen?«

Sie musterte ihn neugierig. »Ich weiß zwar nicht, was du vorhast, Arthur Brightstorm, aber ich glaube, es gefällt mir.« Sie grinste breit, schnappte sich einen Teller mit Marzipanfrüchten und entfernte sich in Richtung der Gruppe, bei der Smethwyck stand.

Arthur schob sich vorsichtig hinter ihn.

»Die sind wirklich ausgezeichnet, die müssen Sie unbedingt versuchen. Oh, liebe Güte! Ist das heute nicht eine Hitze? Mir ist ganz ... schwindelig ... Ich glaube ... ich werde ...« Und dann kippte Felicitas rückwärts in Smethwycks Richtung und das Marzipantablett und ihr Glückslöffel schlitterten quer über das Deck.

Die Umstehenden eilten erschrocken zu ihr, und auch wenn Smethwyck selbst kaum Anstalten machte, Felicitas zu helfen, reichte das Durcheinander aus, um ihn abzulenken. Arthur konnte sich das Tagebuch unbemerkt aus seiner Jackentasche schnappen.

Er duckte sich damit unter den Tisch und blätterte rasch durch die Seiten: Das Buch enthielt Zeichnungen von Landkarten und Inseln, ein paar von ihnen sehr detailliert, viele jedoch mit Fragezeichen versehen. Außerdem befand sich ein kleiner zusammengefalteter Zettel darin, der abgesehen vom Wappen der Vanes – ein Insekt, das sich an einen Ring klammerte, der von einer geflügelten Schlange festgehalten wurde – vollkommen leer war. Doch Arthur interessierte sich nicht für das lose Blatt Papier: Auf der damit markierten Seite befand sich eine Zeichnung desselben Dreieckssymbols, das er auf Octavies Arm gesehen hatte!

Neben dem letzten Symbol stand ein ihm unbekanntes Wort: *Erythea*. Er wiederholte es ein paarmal stumm, war sich jedoch sicher, dass er es noch nie vorher gehört hatte. Was hatte es zu bedeuten? Die nächste Seite zeigte eine Zeichnung von einer mit dem Namen »Nova« versehenen Insel. Als Felicitas im nächsten Moment ein übertriebenes Stöhnen von sich gab, wusste er jedoch, dass er sein Glück nicht länger herausfordern sollte.

»Meine Güte, die Hitze muss mich völlig überwältigt haben. Mr Smethwyck, Sie sind doch ein echter Gentleman. Wären Sie so freundlich, mir meinen Glückslöffel zu reichen?«

Während Smethwyck sich mit einem Kopfschütteln nach unten beugte, um den Löffel aufzuheben, ließ Arthur das Tagebuch unbemerkt wieder in dessen Jackentasche gleiten.

»Den nehme ich«, sagte Arthur und streckte die Hand nach dem großen silbernen Löffel aus.

Smethwyck drückte ihn Arthur unsanft in die Hand. »Ihr müsst doch immer irgendeine Show abziehen, hab ich recht?«

Arthur bedachte ihn mit einem finsteren Blick. Felicitas klopfte sich den Staub aus den Kleidern und zwinkerte ihm zu.

Der Rest der versammelten Crews schien das Durcheinander gar nicht bemerkt zu haben. Alle waren nach wie vor in ihre eigenen Unterhaltungen vertieft. Eine große Gruppe stand um das Steuer herum, wo Eudora Vane Poster mit Everest Wrigglesworths Gesicht verteilte, die bei der Suche nach ihm helfen sollten. Marie stand ein Stück entfernt, unterhielt sich angeregt mit Welby und Evelyn Acquafreeda und beschrieb dabei mit sehr ausladenden Gesten etwas.

»Was führt ihr zwei denn im Schilde?«, fragte Harriet und näherte sich Arthur und Felicitas mit zusammengekniffenen Augen.

Arthur zog sie mit Felicitas zur Reling des Schiffs und tat so, als würde er ihr irgendetwas in der Ferne zeigen. »Ich habe eins von Wrigglesworths gestohlenen Tagebüchern in Smethwycks

Jackentasche gesehen. Ich habe es mir … kurz ausgeliehen und durchgeblättert.«

»*Das* hattest du also vor!«, flüsterte Felicitas. »Ich habe einfach nur auf das Kribbeln in meinen Zehen vertraut.«

Harriet verdrehte die Augen. »Arthur, ›riskant‹ und ›lächerlich riskant‹ sind zwei völlig verschiedene Dinge, und das hier ist eindeutig Letzteres. Smethwyck hätte dich auch ganz leicht dabei erwischen können.«

»Aber das hat er nicht. Und ich habe etwas Interessantes entdeckt.«

Sie lehnten sich näher zu ihm.

»Ich habe die Dreiecke gesehen, die auch Octavie auf dem Arm tätowiert hat. Die von dem Geheimbund, von dem du mir erzählt hast. Und neben einem der Dreiecke stand das Wort *Erythea.*«

Harriet runzelte die Stirn. »Dieses Wort habe ich noch nie gehört.«

Marie gesellte sich zu ihnen. »Evelyn Acquafreeda ist faszinierend! Wusstet ihr, dass sie ein Unterwasserschiff baut, um die Ozeane noch tiefer erforschen zu können als je ein Mensch zuvor? Und sie war äußerst interessiert an meiner –« Sie verstummte, als sie die ernsten Mienen der anderen sah. »Nicht so wichtig. Was habt ihr denn in der Zwischenzeit so gemacht? Und warum liegen hier überall Häppchen auf dem Deck?«

»Das erzähle ich dir später«, antwortete Arthur hastig, als Smethwyck an ihnen vorbeirauschte, ein wütendes Funkeln in den Augen.

Kapitel 7

WILDE STREIFER

Am nächsten Morgen setzte die Crew der *Aurora* schon früh die Segel. Harriet hielt es für das Klügste, so weit wie möglich voranzukommen, bevor die Mittagshitze einsetzte. Sie behielt recht: Schon beim neunten Glockenschlag stiegen die Temperaturen plötzlich an, beinahe so, als hätte jemand an einem riesigen Hitzerad am Himmel gedreht.

Die Wolken lösten sich auf und das Sonnenlicht tanzte glitzernd und schillernd über die Wellen unter ihnen. Auf der Aurora wurden die Strahlen von dem riesigen Ballon reflektiert und brannten sich förmlich in das Deck. Die Schiffsärztin Dr. Quirke verteilte an alle getönte Sonnenbrillen mit ledernen Schutzklappen an den Seiten, die aussahen wie eine leicht abgeänderte Version von Harriets Fliegerbrille. Sie hatte seit ihrer Expedition nach Südpolaris daran gearbeitet, um die Crew vor der grellen Sonne zu schützen. Marie fand die Brillen genial und gab ihnen den Namen »Sonnenscheuklappen«.

Die erste ihnen zugeteilte Insel, Montavo, lag noch mindestens acht Tage entfernt, aber die Route führte sie an einer weiteren großen Insel vorbei, auf der Harriet einen Zwischenstopp eingeplant hatte.

»Ishia? Aber sollen die Portendorfers denn nicht dort suchen?«, fragte Arthur, während er mit dem Uniskop nach weiteren Inseln Ausschau hielt.

»Das werden sie auch, aber ich möchte trotzdem gern das Grasland dort erkunden. Und da wir sowieso einen Zwischenstopp einlegen müssen, um unsere Vorräte aufzufüllen … Gilly, kannst du Arthur ein bisschen mehr zu deinen bisherigen Recherchen über Ishia erzählen? Ich bin keine Expertin, deshalb kann Gilly es dir viel besser erklären.« Harry winkte Gilly zu sich, der ganz in der Nähe saß und Parthena zeichnete, die mit ausgebreiteten Flügeln für ihn posierte, als befände sie sich im Flug.

»Nicht bewegen, Parthena, ich bin gleich wieder da«, sagte Gilly und gesellte sich zu Harriet und Arthur. Doch Parthena sah ihre Chance gekommen, schüttelte ihre Flügel aus und flog davon.

Arthur lächelte. So entgegenkommend Parthena auch war, selbst ihre Geduld hatte Grenzen und Gilly zeichnete sie nun schon seit fast einem Glockenschlag.

»Ah, ja, eine höchst interessante Insel. Aufgrund der verschiedenen Höhenlagen und Winde variiert das Klima sehr stark, was wiederum der Grund dafür ist, dass dort eine wundervolle, vielfältige Tier- und Pflanzenwelt existiert.« Gilly fuchtelte jedes Mal vor lauter Begeisterung mit den Händen in der Luft herum, wenn er Gelegenheit bekam, über die Natur zu referieren. »Die Ostküste ist von dichtem, regenreichem Wald bedeckt und aus dem Hochland in der Mitte der Insel fließt ein Fluss an die Ostküste, deshalb leben die meisten Bewohner dort. Der Süden der Insel besteht aus trockenem Grasland. Es ist wirklich außergewöhnlich, dass auf so kleinem Raum eine solche Artenvielfalt existiert. Vor vielen Jahren habe ich einige der Lebewesen dort erforscht. Harriet und ich hoffen, dass wir sie auch diesmal in der Graslandschaft wiedersehen.«

Einen weiteren Glockenschlag später kam die große Insel Ishia in Sicht. Sie folgten der hügeligen Westküste, bevor sie am späten Nachmittag schließlich über eine flache, ockerfarbene Ebene schwebten. Als der Motor mit einem Rumpeln verkündete, dass sie zur Landung ansetzten, tauchte Marie aus ihrem Werkstattversteck auf.

»Was machen wir denn hier?«

Arthur zuckte mit den Schultern. »Unsere Essensvorräte aufstocken. Harriet und Gilly tun ein bisschen geheimnisvoll. Es hat irgendetwas mit Gillys Forschungen von vor Jahren zu tun.«

»Bring uns so leise runter, wie du kannst, Welby«, rief Harriet.

Sie landeten inmitten des weitläufigen, sonnengebleichten Graslands.

»Ich verstehe das nicht«, sagte Arthur und blickte auf die scheinbar endlose Ebene hinaus.

Doch er hatte den Satz kaum zu Ende gesprochen, als er sah, wie sich in der Ferne etwas bewegte – und nicht nur *ein* Etwas, sondern unzählige. Marie blickte bereits durch ihr Binoskop und auch Harriet hatte das Uniskop gezückt.

»Unglaublich!«, stieß Marie aus.

»Lass mich auch mal sehen!«, drängte Arthur und sie reichte ihm das Gerät. Er brauchte einen Augenblick, um das Binoskop richtig einzustellen, doch dann fing er eines der Wesen ein: Es war gigantisch, selbst aus dieser Entfernung, und erinnerte ihn an das Wild, das oft auf dem Weideland vor den Toren Lontowns zu sehen war. Nur dass diese Tiere sandgelbe Streifen hatten und mindestens doppelt so groß waren, mit einem flachen Geweih und einem spitzigen, nach oben ragenden Horn auf der Nase.

»*Grandidium spectaculus!*«, verkündete Gilly. »Oder wie ich sie gern nenne: Wilde Streifer.«

Harriet lächelte. »Sollen wir sie uns aus der Nähe anschauen?«

Sie rannten alle zur Gangway, die sich bereits auf die Grasebene senkte.

»Gilly schwört, dass er schon mal auf einem geritten ist«, sagte Harriet.

Gilly nickte eifrig. »Sie sind ganz friedliche Kreaturen, sehr zutraulich.«

»Haben wir dafür denn wirklich Zeit?«, fragte Welby und blickte Harriet stirnrunzelnd an. »Wir weichen damit eindeutig von unserem Plan ab.«

»Oh, Welby, du willst sie doch genauso gern aus der Nähe betrachten wie wir alle. Was ist schon eine Expedition ohne ein paar neue Erfahrungen?«

Er zog die Stirn in noch tiefere Falten, aber Arthur bildete sich ein, ein kurzes Zwinkern zu erkennen.

Die Crew marschierte durch das hohe Gras. Freudige Erwartung kribbelte in Arthurs Brust.

»Grasland bedeckt große Teile der Weite«, sagte Harriet, während sie weiterstapften.

»Aber ich habe noch nie so trockenes Gras gesehen«, sagte Arthur.

»Die Wurzeln reichen sehr tief«, erklärte Welby. »Unter der Oberfläche befindet sich noch viel mehr.«

Bald war das Gras so hoch, dass sie kaum noch darüber hinwegsehen konnten. Harriet ging den anderen voraus. »Ich weiß, dass du gesagt hast, diese Kreaturen seien harmlos, Gilly, aber wir wollen ihnen schließlich keine Angst einjagen. Wir sollten uns trotzdem vorsichtig nähern.«

Marie räusperte sich. »Ich hatte mir schon fast gedacht, dass das Gras höher sein könnte als wir, deshalb habe ich für alle Fälle das Nötigste mitgebracht.«

Sie holte einen Spiegel aus ihrer Tasche und löste einen dünnen Metallstab aus ihrem Gürtel. Mit ein paar Klicks fuhr sie den Stab aus und steckte den Spiegel auf das Ende. »Also, wenn wir ihn genau im richtigen Winkel neigen … dann …« Sie hielt ihn über ihren Kopf.

»Dann können wir sehen, was sich vor uns befindet!«, beendete Arthur den Satz für sie.

»Ausgezeichnete Idee, Marie!«, lobte Welby und Harriet lächelte strahlend. Welby klopfte Marie stolz auf die Schulter und sie marschierten weiter durch das hohe Gras.

»Ich glaube, es wäre ihm lieber, wenn *sie* sein Vizenavigator wäre«, flüsterte Arthur Felicitas zu, während sie den anderen hinterhertrotteten.

»Na, na, na, Arthur, jetzt sei doch nicht so albern. Es sieht dir gar nicht ähnlich, eifersüchtig auf deine Schwester zu sein.«

»Das bin ich nicht!«, protestierte er. »Außerdem liegt es sowieso nur daran, dass er auf der Lontowner Universitas war.«

Felicitas blieb stehen und schaute ihn an. »Arthur. Du und

ich, wir wissen doch beide: Der Weg, den ein Mensch in seinem Leben einschlägt, die Erfolge, die er erzielt, sind das, was ihn auszeichnet, nicht irgendein Stück Papier. Und wir beschreiten nun mal alle einen anderen Weg.«

Er zuckte mit den Schultern. »Und warum werden manche dann mehr geschätzt?«

»Du solltest dir keine Sorgen darüber machen, was andere Leute denken.« Sie holte einen Moorkeks aus ihrer Tasche und reichte ihn Arthur. »Hier, den habe ich für dich aufbewahrt. Ohne Eier.«

Vor ihnen blieben die anderen plötzlich stehen. Das Gras war ein wenig ausgedünnt und das Land tauchte in eine kleine Talsenke. Während er zum Rest der Gruppe aufschloss, entdeckte Arthur eine große Herde der Kreaturen, die vor ihnen graste. Aus der Nähe waren sie riesig. Und wunderschön.

Eines der Tiere hob kurz träge den Kopf und kaute dann genüsslich weiter.

»Sie betrachten Menschen nicht als Gefahr. Diese Gegend ist unbewohnt, deshalb werden sie von niemandem gestört«, erklärte Gilly.

Ein weiteres Tier blickte auf und trottete gemächlich in ihre Richtung. Es gab ein Geräusch von sich, das wie das tiefe Muhen einer Kuh oder das Schnurren einer zufriedenen Katze klang. Arthur und Marie tauschten einen Blick und lächelten über das seltsame, glückliche Knurren.

Die Kreatur ging vor ihnen in die Knie, neigte den Kopf und blinzelte mit langen, dichten Wimpern über ihren braunen Augen.

»Hast du die Pfefferminzdrops dabei?«, fragte Gilly und schaute Felicitas erwartungsvoll an, die eine mit kleinen weißen Linsen gefüllte Papiertüte aus ihrer Schürzentasche angelte.

»Die hat Dad auch immer gemacht!«, sagte Marie aufgeregt zu Arthur.

»Wir haben festgestellt, dass die Streifer ganz wild danach sind – wir vermuten, dass sie ihre Verdauung unterstützen.« Der Streifer steckte seine lange schwarze Zunge heraus und Gilly legte den Pfefferminzdrops darauf. »Anscheinend betrachten sie ein Pfefferminz als fairen Preis für einen Ausritt.«

Arthur starrte auf das mächtige Geweih. »Bist du dir sicher, dass sie uns freundlich gesinnt sind?«

»Absolut. Das Geweih kommt nur zum Einsatz, wenn eine andere Herde versucht, in ihr Territorium einzudringen, aber meistens streifen sie nur ganz friedlich in ihrem eigenen Gebiet umher. In der Nähe der Berge befinden sich einige Wasserlöcher, aber für das Gras legen sie sehr weite Strecken zurück.«

Gilly streckte eine Hand aus und tätschelte die Nase der Kreatur. Dann stellte er vorsichtig einen Fuß auf den Schenkel des Tiers, stieß sich nach oben ab und schwang das andere Bein über den Rücken. Weitere Streifer trotteten bereits in ihre Richtung.

»Sie haben eine hervorragende Nase und sie lieben den Geruch von Pfefferminz!«

Sie teilten die Pfefferminzdrops untereinander auf und Harriet fütterte einen der Streifer damit, tätschelte ihn dann vorsichtig, stieg auf seinen Rücken und rief Arthur und Marie zu, es ihr nachzutun. Sie ließen sich nicht zweimal bitten. Marie machte eine Räuberleiter für Arthur und kletterte dann hinter ihm auf das Tier. Der Streifer begann, sich zu erheben, und sie rutschten ein Stück nach vorn und kreischten erschrocken, weil sie Angst hatten, sie würden von seinem Rücken stürzen. Dann streckte das Tier jedoch die Vorderbeine durch und sie saßen wieder gerade und ragten hoch über dem Gras auf.

Arthur öffnete einen weiteren Knopf an seinem Hemd. Die Hitze war erdrückend und der Schweiß tropfte an seiner Wirbelsäule hinunter, doch das tat dem herrlichen Gefühl von Freiheit, das er auf dem Rücken des prachtvollen Tieres empfand, keinen Abbruch. Es trottete in langsamem Tempo dahin, und die Art, wie es sich bewegte, hatte etwas Beruhigendes, Rhythmisches an sich. Ringsum ritten auch alle anderen Crewmitglieder auf Streifern. Der Duft von Pfefferminz vermischte sich mit dem Geruch von trockenem Gras, den der Wind über die Weite trug.

Der Streifer der Zwillinge führte sie in einem großen Kreis wieder zurück zum Nordrand der Talsenke, wo er stehen blieb und laut schnüffelte. Dann gab das Tier einen eigenartigen Laut von sich, ganz anders als das zufriedene tiefe Knurren von vorhin: Es klang eindeutig wie ein beunruhigtes Blöken.

»Was hat er denn?«, rief Arthur.

»Ich weiß es nicht«, antwortete Harriet. »Aber er scheint ganz auf diese Stelle da drüben fixiert zu sein.«

Plötzlich wich der Streifer zurück und drehte sich um, und Arthur sah, dass Rauch über dem Grasland aufstieg. Vor Entsetzen krampfte sich seine Brust zusammen.

»Feuer!«, schrie er. Aber die Worte gingen im Donnern der Hufe unter, als die komplette Herde die Gefahr witterte und davonzustürmen begann. Das eben noch sanfte Zockeln der Streifer verwandelte sich in wilden, knochenerschütternden Galopp.

Arthur und Marie gelang es nur ein paar Sekunden lang, sich

auf dem Rücken des Tiers festzuhalten, bevor sie abgeworfen wurden und hart auf dem ausgedörrten Boden aufschlugen. Harriet landete direkt vor ihnen.

»Zurück zur *Aurora!*«, schrie sie dem Rest ihrer Crew zu. »Geht in nordöstlicher Richtung um das Feuer herum. Wenn die Flammen das Wolkenschiff vor uns erreichen, sind wir geliefert! Seilt euch in Zweiergruppen aneinander!«

Alle rappelten sich hastig auf, während Harriet und Marie die Seile von ihren Werkzeuggürteln lösten. »Beeilt euch! Haltet euch aneinander fest!«

Eine dicke Rauchwolke wirbelte in ihre Richtung.

Harriet überließ ihr Seil der anderen Gruppe und eilte zu Arthur und Marie. »Der Wind kann hier schnell drehen. Wir müssen uns beeilen. Ich seile mich hinten an. Welby, du bist ganz vorn.«

Sie stürzten Welby durch das hohe Gras hinterher. Das Knistern des Feuers war nicht weit entfernt und die rauchige Luft erstickte sie beinahe. Arthur rannte, bis sich seine Beine anfühlten, als flösse geschmolzene Lava durch sie hindurch. Er blickte über seine Schulter. Das Seil, an dem er festgebunden war, war auf einmal ganz schlaff. Panik stieg in seiner Kehle auf. Wo war Marie? Er brüllte ihren Namen in den dichten Qualm.

Welby packte ihn am Arm. »Lauf weiter! Harriet wird sie nicht zurücklassen!«

»Was, wenn sie getrennt werden?«

»Das würde Harriet niemals zulassen.«

Welby packte seinen Arm noch fester und zerrte ihn mit überraschender Kraft mit sich, und Arthur blieb keine Wahl, als weiterzurennen.

Sie stolperten durch das Gras in Richtung der *Aurora*, bis

die zweite Gruppe nicht weit von ihnen entfernt auftauchte. Schweiß strömte an Arthurs Seiten hinunter, während er die Gangway hinaufeilte und verzweifelt auf das immer näher kommende Feuer und den Rand der Grasebene starrte.

Plötzlich platzten Marie und Harriet aus der Wand aus Rauch. Welby gab das Signal und der Motor der *Aurora* erwachte zum Leben. Alle eilten auf ihre Startpositionen. Schon wenige Sekunden später waren auch Harriet und Marie an Bord.

Während sie abhoben, redete Harriet hektisch auf Welby ein und zeigte auf irgendetwas, bevor sie Marie und Forbes zu sich heranwinkte. »Wir kehren um, werfen einen Teil unseres Wassers ab und versuchen so zu verhindern, dass sich das Feuer noch weiter ausbreitet.«

»Wie viel?«, wollte Forbes wissen, ihre Stimme voller Panik.

»Wir behalten nur, was im Reservetank ist. Das genügt uns, um das Hochland zu erreichen und wieder aufzutanken.«

Forbes nickte.

»Arthur, ich will, dass du mich vom Bug aus lotst. Wir müssen direkt über dem Feuer schweben und vom Steuer aus kann ich es nicht genau genug erkennen. Welby, du sorgst dafür, dass unser Timing stimmt, und gibst dem Maschinenraum genau im richtigen Moment das Signal.«

Welby ging auf seinen Posten und Arthur eilte zum Bug. Von oben konnte er sehen, dass sich das Feuer schnell ausbreitete. Harriet wendete die *Aurora* in einer engen Schleife und flog zurück, wobei sie versuchte, das Schiff ziemlich dicht über dem Boden zu halten.

»Weiter Backbord!«, rief Arthur. »Gut so … ganz ruhig … nicht zu weit! Wir fliegen über das Feuer in zehn, neun, acht …« Sein Herz hämmerte wie wild unter seinen Rippen.

»Signal zum Wasserablassen bei drei!«, rief Harriet Welby zu. »Sieben, sechs, fünf, vier …«

»Wasser marsch!«, brüllte Welby.

Von unten war ein Klappern zu hören, gefolgt vom Rauschen des Wassers und einem mächtigen Zischen, als eine gigantische Rauchwolke hinter ihnen aufstieg. Harriet ließ sie höher steigen und Arthur eilte zum Heck der *Aurora*, um zu sehen, was los war.

»Du hast es geschafft!«, rief er.

Sie flogen eine Schleife, um sich ein genaueres Bild zu verschaffen. Welby übernahm das Steuer und Harriet gesellte sich zu Arthur. Sie klopfte ihm anerkennend auf die Schulter. »Wir *alle* haben es geschafft!«

Marie stürmte unter Deck hervor. »Wie ist es gelaufen?«

»Zum Glück hatte das Feuer nicht genügend Zeit, um sich zu weit auszubreiten. Wie es aussieht, konnten wir es tatsächlich löschen.«

Unter ihnen trottete die Herde der Streifer sicher in Richtung Süden.

»Ist die Gefahr gebannt? Oder denkst du, das könnte wieder passieren?«, fragte Arthur Harriet.

»Diese Dinge können immer wieder passieren, vor allem bei einem Gewitter. Die Wurzeln unter der Erde sind unversehrt. Sobald es wieder regnet, wird das abgebrannte Gras wieder zu wachsen beginnen. Ich schätze, wir hatten einfach nur Pech.«

»Ich wusste doch, dass ich meinen Löffel hätte mitnehmen sollen«, murmelte Felicitas.

»Forbes ist ein wenig besorgt, weil wir jetzt nur noch die Wasserreserve haben. Sie will, dass wir so schnell wie möglich zu einem See fliegen«, sagte Marie.

Harriet nickte. »Ich werfe einen Blick auf die Karte und spreche mit Gilly. Arthur, du hilfst Welby am Steuer.«

Arthur schaute Marie an, die an ihrem Binoskop drehte, um die Herde zu fokussieren.

»Ich dachte schon, ich hätte dich verloren.«

»Ganz ehrlich, du bist schneller gerannt als der Blitz! Das Seil ist mir aus den Händen gerutscht. Ich hatte keine andere Wahl ...«

Er schluckte schwer. Sie schaute ihn an und legte eine Hand auf seinen Arm. »Jetzt sind wir ja in Sicherheit«, sagte sie.

Die Anspannung in Arthurs Brust löste sich. Dann drehte er sich zu Welby um. »Was glaubst du, was das Feuer ausgelöst hat?«, wollte er wissen.

»Manchmal treten sie ganz natürlich auf, entfacht von der Hitze der Sonne oder durch einen Blitzschlag.« Welby gestikulierte in die sonnendurchflutete Luft ringsum. »Ich denke, man könnte sagen, dass der Himmel heute über das Land hereingebrochen ist.«

Kapitel 8

DER BUND DER VIER

Die Crew der *Aurora* steuerte einen See auf der anderen Seite von Ishia an, füllte die Wasservorräte wieder auf und flog dann in südöstlicher Richtung weiter. Arthur saß an Deck, schlug sein Tagebuch auf und betrachtete die Liste, die er zusammengestellt hatte: Octavies Ring, die Bestwick-Fords, die Dreieckssymbole, das Wort *Erythea*.

Harriet und Marie waren nicht davon überzeugt, dass die Symbole wirklich von Bedeutung waren. Sie glaubten, Eudora könnte sie fälschlicherweise als einen Hinweis auf weitere lukrative Pechharzminen irgendwo auf Stella Oceanus betrachtet haben, da sie schließlich aussahen wie Berge.

Arthur blätterte die Seite um und beschloss, einen Tagebucheintrag über das Feuer auf Ishia zu verfassen. Nachdem er die ersten Abschnitte niedergeschrieben hatte, blätterte er jedoch wieder zu der Liste zurück, weil er sie einfach nicht aus dem Kopf bekam. Er wollte den Namen Bestwick-Ford gerade durchstreichen – er konnte sich gar nicht mehr daran erinnern, warum er ihn überhaupt hinzugefügt hatte –, als Harriet ihn zu sich rief.

»Warum übernimmst du nicht noch mal für eine Weile das Steuer? Der Wind wird stärker und es ist wichtig, dass du spürst, wie sich das auf die Kontrolle des Steuerrads auswirkt. Wir sind immer noch über eine Woche von Montavo und dem Beginn unserer offiziellen Suchmission entfernt – jede Menge Zeit, um zu üben.«

Arthur stellte sich neben sie und legte die Hände ans Steuer.

»Du hast deine Sache wirklich großartig gemacht, als du mich bei dem Feuer über das Grasland gelotst hast«, lobte Harriet ihn.

Etwas in ihren Worten setzte einen Gedanken in ihm frei: *Feuer.* »Der Name des Wolkenschiffs der Bestwick-Fords … Es heißt *Feuervogel*, richtig?«

»Das ist richtig«, bestätigte Harriet. »Benannt nach dem mythischen Vogel des Ostens.«

Er starrte sie an und eine Idee explodierte förmlich in seinem Kopf. »Harry! Glaubst du, das könnte der Vogel auf Octavies Ring sein? Glaubst du, Everest Wrigglesworth könnte nach ihm gesucht haben?«

Sie dachte einen Moment lang darüber nach. »Ich schätze, er *könnte* sich auf dem Ring befinden. Aber der Feuervogel ist ein Mythos, Arthur.«

»Die Gedankenwölfe sind doch auch echt. Warum also nicht der Feuervogel?«

Sie lächelte, schüttelte jedoch den Kopf. »Ich sage dir, warum. Es hat damit zu tun, wie das Wolkenschiff der Bestwick-Fords zu seinem Namen gekommen ist. Der Mythos des Feuervogels wurde sozusagen vor zwei Generationen von Eleana Bestwick-Ford erschaffen. Eleana hat Stella Oceanus ausführlich bereist, zur selben Zeit wie der junge Everest Wrigglesworth und Octavie. Es waren ihre ersten Gehversuche als die Oberhäupter einer neuen Generation der Entdeckerfamilien. Sie hatten wohl das Gefühl, etwas beweisen zu müssen, und zwischen ihnen herrschte eine Art freundschaftliche Rivalität.

Eleana hatte Erzählungen von einem Feuervogel gehört, der angeblich auf Nova, der letzten Insel, heimisch war. Sie hat die anderen davon überzeugt, ein Wettrennen dorthin zu veranstalten. Als sie die Insel erreichten, konnten sie jedoch nirgends einen derartigen Vogel entdecken. Eleana – laut den Geschichten war sie die Ehrgeizigste von allen – segelte trotzdem noch weiter nach Osten, obwohl es dort keine weiteren Inseln gab, das Meer endlos war und ihr aller Wahrscheinlichkeit nach das Pechharz ausgehen würde.

Irgendwann war sie jedoch so weit geflogen, dass sie einsehen musste, dass sie dort nichts als Wasser finden würde, und sie kehrte notgedrungen wieder um. Im dichten Nebel über dem Ozean verlor sie dann aber die Orientierung und erlitt Schiffbruch. Viele Mitglieder ihrer Crew ließen ihr Leben und der Absturz war so verheerend, dass auch diejenigen, die am Ufer von Nova strandeten, schlimme Verletzungen davontrugen – einige von ihnen auch schreckliche Gehirnverletzungen.

Eleana selbst konnte sich nicht mehr daran erinnern, wer Wrigglesworth oder Octavie waren, wer sie selbst war, wer ihre Familie war oder warum sie überhaupt dort war. Sie wusste gar nichts mehr. Abgesehen von einer Sache: Sie wiederholte ständig das Wort ›Feuervogel‹.«

Arthur klebte förmlich an Harriets Lippen. »Vielleicht hat sie ihn ja gesehen?«

Harriet schüttelte den Kopf, nahm das Uniskop von ihrem Gürtel und blickte Richtung Horizont.

»Vielleicht hat sie deshalb den Ring machen lassen?«

Harriet drehte sich wieder zu Arthur um. »Ihre Erinnerung kehrte irgendwann zurück, aber der Feuervogel entwickelte sich für kurze Zeit zu einer Art Sensation in Lontown und es rankten sich zahlreiche erfundene Geschichten um ihn. Wie sich am Ende herausstellte, handelte es sich dabei um einen kleinen roten Vogel, der auf Nova heimisch war. Die Bewohner der Insel nannten ihn so. Eigentlich ist es doch ganz amüsant. Wahrscheinlich sehen wir sogar ein paar Exemplare, wenn wir auf Nova landen.«

Arthur spürte, wie ein riesiger Stein der Enttäuschung in seinem Magen landete. Wenn die Geschichte wirklich stimmte, dann war dieser Feuervogel tatsächlich unbedeutend.

Ein warmer Windstoß zerzauste Harriets wehendes Haar. Sie betrachtete Arthur einen Moment lang. »Hör mal, wenn dich das wirklich interessiert: Welby hat ein ganzes Archiv mit alten Ausgaben des *Lontowner Boten*, in denen du vielleicht etwas über diese alte Geschichte findest. Ich bin mir sicher, dass er dich darin stöbern lässt – *wenn* du fleißig lernst.« Sie schwieg einen Moment lang. »Er hat mir erzählt, dass du Schwierigkeiten hast, dich zu konzentrieren.«

»Hab ich nicht!«, protestierte Arthur und gab sich alle Mühe, nicht verlegen mit den Füßen zu scharren, weil er in Wahrheit selbst wusste, dass es stimmte: All die Fragen, die nach Antworten verlangten, wollten einfach nicht aufhören, durch seinen Kopf zu schwirren.

Bei seiner Lektion an diesem Nachmittag versuchte er daher, sich so angestrengt zu konzentrieren, wie er nur konnte.

»Du hast dich verbessert, das muss ich sagen«, lobte Welby ihn und zog seine weißen Augenbrauen weit nach oben. »Aber du wirst mehr Beständigkeit an den Tag legen müssen, wenn du wirklich etwas erreichen willst.«

»Das werde ich.«

»Warum willst du dich damit zufriedengeben, nur das Nötigste zu schaffen, wenn du stattdessen über dich hinauswachsen könntest, Arthur?«

Arthur war sich sicher, dass Welby alles stets ganz leichtgefallen war, seit er in sein privilegiertes Leben in Uptown hineingeboren worden war.

»Ich denke, das genügt für heute.«

Arthur räusperte sich. »Harriet hat erwähnt, dass du einige alte Ausgaben des *Lontowner Boten* hast, die ich mir anschauen könnte. Ich dachte, ich finde darin vielleicht etwas über Everest Wrigglesworth, das uns bisher entgangen ist.«

Welby dachte einen Moment lang darüber nach. »Ich bin mir zwar ziemlich sicher, dass dort nichts zu finden ist, aber ich schätze, da du heute so hart gearbeitet hast, kann es auch nicht schaden. Folge mir.«

Sie gingen den Flur hinunter zu Welbys Kajüte. Sie wirkte ordentlich und organisiert und war eher spärlich mit einem kleinen Eichenschreibtisch und mehreren eingerahmten Bildern an den dunkelgrün tapezierten Wänden eingerichtet.

»Ist das Harriet, als sie noch klein war?«, fragte Arthur.

»Ja, an ihrem ersten Schultag.« Welby lächelte. »Ihre Mutter und ihr Vater waren damals sehr beschäftigt, deshalb habe ich oft auf Harriet aufgepasst.«

Er öffnete eine Schranktür und enthüllte einen großen Stapel Kisten. »Das sind die Zeitungen, die ich behalten habe, jede von ihnen aus einem bestimmten Grund. Mal wegen eines interessanten Artikels über Navigation, mal weil etwas über die Culpfeffers drinstand oder über eine bedeutende Entdeckung. Bitte bringe die Reihenfolge, in der du sie vorfindest, nicht durcheinander.«

Welby ließ Arthur in seinem Zimmer allein. Arthur griff nach dem ersten Stapel Zeitungen und breitete sie auf dem Tisch aus.

Ein paar Glockenschläge später hatte er die erste Kiste durchgearbeitet. Einige der Zeitungen waren furchtbar alt, um die siebzig Jahre, und als Arthur sie berührte, hatte er beinahe Angst, sie könnten zu Staub zerfallen. Er hatte sich etwa halb durch die zweite Kiste gewühlt, als ihn ein Foto auf einer der Titelseiten innehalten ließ. Die Schlagzeile darüber lautete: *Stadt feiert ihre besten Absolventen.* Zu der Gruppe auf dem Foto gehörte auch eine Frau, die Harriet sehr ähnlich sah, aber sie konnte es nicht sein, da das Datum der Ausgabe bereits sehr lange zurücklag. Arthur las die Bildunterschrift: »Von links nach rechts: *Eleana Bestwick-Ford, Octavie Culpfeffer, Everest Wrigglesworth*«.

Sein Herz machte einen kleinen Satz. Er schnappte sich das Vergrößerungsglas auf Welbys Schreibtisch und betrachtete das Bild genauer. Sie hatten alle die Dreieckstätowierung auf dem Handgelenk! Er las den Artikel zu Ende:

… Die drei Freunde sind unzertrennlich, seit sie zur selben Zeit mit ihrem Studium an der Universitas begonnen haben, das sie alle drei mit der Bestnote abschließen konnten. Sie führen ihren Erfolg auf einen strikten gemeinsamen Lernplan zurück. Ihr her-

vorragendes Ergebnis war eine Überraschung für alle, die den Präfekten Thaddeus Vane als so gut wie sicheren Sieger im Rennen um den Titel des Jahrgangsbesten betrachtet hatten. Griselline Vane, angesehene Entdeckerin und Mutter von Thaddeus, der als Viertbester seines Jahrgangs abschloss, sagte: »Selbstverständlich gilt ein Einzelner, der seine Erfolge aus eigener Kraft und nicht durch die Erleichterung ständiger Teamarbeit erzielt hat, in meinen Augen als der wahre Gewinner und Beste dieses Jahrgangs.«

Arthur schüttelte den Kopf und murmelte: »Typisch Vanes.«

Nach ihren Plänen für die Zeit nach der Universitas gefragt, antworteten Bestwick-Ford, Culpfeffer und Wrigglesworth: »Wir haben vor, so weit wie möglich nach Osten zu reisen, bis ans äußerste Ende der Weite.«

Einige Quellen berichten, die drei gehörten sogar einem Geheimbund an, den sie in ihrem ersten Studienjahr gründeten und auf den Namen ›Der Bund der Vier‹ tauften. Im ersten Moment mag der Name für einen Bund aus drei Mitgliedern vielleicht seltsam klingen, aber die ›Vier‹ bezieht sich auf eine ungewöhnliche Tätowierung mit vier leicht unterschiedlichen Dreiecken, die jeder von ihnen auf dem Arm trägt. Auf unsere Nachfrage hin weigerten sich zwar alle drei, mehr darüber preiszugeben, prophezeiten jedoch, Lontown werde ihre Fortschritte im Osten gewiss mit großem Interesse verfolgen.

»Der Bund der Vier?« Arthur betrachtete das Foto erneut mit dem Vergrößerungsglas und skizzierte die Symbole, so gut er konnte, in sein Entdeckertagebuch.

Sie sahen genauso aus wie die Zeichnung, die er in Wrigglesworths gestohlenem Tagebuch gesehen hatte: ein nach oben zeigendes Dreieck, ein nach unten zeigendes Dreieck, ein nach oben zeigendes Dreieck mit einer waagerechten Linie durch die Mitte und schließlich ein nach unten zeigendes Dreieck mit waagerechter Linie durch die untere Hälfte.

Er eilte an Deck, um Marie zu suchen und ihr zu erzählen, was er herausgefunden hatte. Er konnte hören, wie sie im Zelt werkelte.

»Marie, du errätst nie, was ich herausgefunden habe«, rief er und war schwer versucht, die Zeltplane einfach nach oben zu schlagen.

»Arty, ich bin beschäftigt. Kann das nicht warten? Und denk noch nicht mal dran, hier reinzugucken.«

»Nein, es kann *nicht* warten.«

»Na, das muss es aber. Ich will das hier testen, wenn wir in einer Woche auf Mysa landen, und ich habe immer noch jede Menge zu tun und bin gerade mittendrin …«

Das Hämmern und Klappern begannen erneut.

Arthur konnte nur frustriert stöhnen.

KAPITEL 9

MANGROVEN

Die Tage verstrichen und das Klima wurde immer feuchter, während die Inseln im Südosten saftig grün leuchteten. Unter der *Aurora* erstreckten sich nun Hunderte dieser Eilande, so weit das Auge reichte, wie die Fußabdrücke eines Riesen, die ihnen den Weg zeigten.

Sie unterbrachen ihre Reise nach Mysa hin und wieder, um sich auf einer der kleineren Inseln mit Essen zu versorgen und sich routinemäßig danach zu erkundigen, ob irgendjemand Everest Wrigglesworth gesehen hatte. Anfangs hatten die Menschen in den Städten und Dörfern sie sehr herzlich willkommen geheißen und Harriet und Welby beherrschten die Gemeinschaftssprache von Stella Oceanus sehr gut. Doch je weiter sie nach Osten reisten, desto misstrauischer und unsicherer wurden die Einheimischen Fremden gegenüber. Tatsächlich hatte Arthur mehr als nur einmal das eindeutige Gefühl, sie würden beobachtet, auch wenn Marie der Ansicht war, dies sei völlig normal, da die Bewohner sicher noch nicht vielen Menschen aus Vornatania begegnet waren und einfach nur Vorsicht walten ließen.

Auf der Insel Montavo fand Welby schließlich einen ersten Hinweis: Eine Frau erzählte ihm, Wrigglesworth sei zur Mangroveninsel gereist, einer kleinen Insel, die auf ihrer Karte offiziell als Salicia verzeichnet war. Die Frau berichtete, sie habe Vorräte mit Wrigglesworth getauscht, vor nicht einmal zehn Monden. Sie hatte ihm verschiedenes Werkzeug überlassen, mit dem er sich eine Hütte bauen wollte.

Arthur blickte über die Reling des Wolkenschiffs, als sie sich Salicia näherten.

Auf den ersten Blick wirkte die Insel dicht überwuchert und unbewohnt. Die Sonne brannte auf seinen Schultern, der schwüle Wind wehte über ihn hinweg, warm und salzig, und zerzauste sein kastanienbraunes Haar. Marie kam zu ihm und verwuschelte es noch mehr.

»Dein Haar führt ein Eigenleben. Du siehst schon aus wie Welby: immer struppiger, je weiter du dich von Lontown entfernst.« Sie lächelte.

»Wir umkreisen die Insel und schauen mal, ob wir diese Hütte irgendwo entdecken können«, rief Harriet ihnen zu.

Die Insel war klein, eine Landschaft aus Mangroven, dichter Vegetation, vereinzelten Tümpeln und ein paar sandig aussehenden Flecken. Alle ließen den Blick eifrig suchend darüber wandern.

»Da ist sie!«, schrie Harriet. Sie konnten ein kleines Holzhaus unter sich erkennen, nicht allzu weit von der Küste entfernt.

»Es ist nirgends genügend Platz, um mit der *Aurora* zu landen. Arthur, zeichne schnell eine Skizze der Wasserwege, damit wir der einfachsten Route folgen können. Wir landen so nahe wie möglich an der Hütte. Da, in dieser Bucht. Aber ich will nicht zu lange hierbleiben. Unsere Trinkwasservorräte gehen langsam zur Neige. Laut Gilly gibt es in diesen Sümpfen nichts als Salzwasser, und ich würde die Salzfilter lieber nicht fürs Trinkwasser benutzen, wenn es nicht unbedingt sein muss. Ich gehe mit Gilly, Felicitas, Arthur und Marie zur Hütte. Welby, ich möchte, dass du mit den anderen hierbleibst.«

»Macht es dir was aus, wenn ich auch hierbleibe und mich um die restlichen Arbeiten für mein –« Marie biss sich gerade noch rechtzeitig auf die Zunge, bevor sie ihr Geheimnis ausplauderte. »Ich würde es morgen früh gern ausprobieren.«

Harriet nickte. »Natürlich.«

Mit einem neugierigen Krächzen fragte Parthena, ob sie ebenfalls mit zur Hütte kommen durfte.

Arthur streichelte ihr über den Kopf. »Du bleibst diesmal lieber hier und ruhst dich im Schatten aus. Diese dichten Mangroven sehen mir ganz so aus, als könnte sich ein Vogel deiner Größe leicht darin verfangen, und wir sind ja nicht lange weg.«

In leichte, beigefarbene Hosen und Hemden gekleidet, setzte sich der Expeditionstrupp in Richtung der Hütte in Bewegung. Sie wateten durch das Seegras auf den Mangrovenwald zu und das Wasser reichte Arthur bis zu den Schenkeln.

»Ich hoffe, ich entdecke hier wenigstens ein paar neue tropische Zutaten«, sagte Felicitas. »Manchmal findet man die besten Kräuter und Gewürze dort, wo man sie am wenigsten erwartet.«

»Kein Wunder, dass hier niemand lebt«, brummte Arthur,

der Mühe hatte, sein Bein aus einem langen Seegrasbüschel zu befreien. »Es ist unmöglich.«

Gilly räusperte sich. »Für Menschen mag es vielleicht nicht das Richtige sein, aber es gibt hier trotzdem jede Menge Leben, Arthur: Fische, Krebse oder Wandervögel wie Pelikane und sogar Adler. Außerdem wimmelt es hier von unzähligen Insekten, und natürlich gibt es auch vereinzelte Krokodile.«

»Krokodile?«, fragte Arthur entgeistert und spürte, wie sich die Härchen an seinen Armen aufstellten. In Lontown gab es keine Krokodile, aber er hatte schon öfter Bilder in Entdeckerbüchern gesehen. Sie sahen wirklich Furcht einflößend aus.

»Ein bisschen gesunde Angst kann sicher nicht schaden. Dadurch bleiben wir wachsam und werden wieder daran erinnert, dass wir vielleicht doch nicht am oberen Ende der Nahrungskette stehen«, sagte Gilly.

»Ich ziehe Lebewesen, die mich nicht als Essen betrachten, einfach vor«, erwiderte Arthur.

Sie stapften weiter.

»Wusstest du, dass ihr Biss eine Kraft von neuntausend Kilopond hat? Einfach unglaublich, oder? Das ist, als würde ein Wolkenschiff auf deiner Brust landen.«

Arthur starrte Gilly an und schluckte.

Harriet führte sie weiter. »Falls wir hier tatsächlich auf Krokodile treffen, dann haben sie wahrscheinlich mehr Angst vor uns als wir vor ihnen. Bleibt zusammen und haltet die Augen weit offen, dann passiert uns schon nichts.«

»Ich habe auf den Insulae mal einen Katzenwels gefangen«, sagte Felicitas. »Er hätte mir beinahe die Finger abgebissen! Zum Glück hatte ich meinen Löffel zur Hand und konnte ihm schnell eine verpassen.« Sie klatschte mit ihrem Glückslöffel auf die Wasseroberfläche, um es ihnen zu demonstrieren. »Vielleicht finden wir hier ja auch einen«, sagte sie hoffnungsvoll.

»Hast du deine Skizze der Wasserwege?«, fragte Harriet.

Arthur reichte ihr das Blatt Papier.

»Gute Arbeit. Wir folgen dem Flusslauf bis zu dieser Biegung, nehmen dann die rechte Abzweigung und kürzen durch die Mangroven ab. Dieser kurze Wasserweg sollte uns dann direkt zur Hütte führen.«

Sie stapften weiter durchs Wasser, bis sie das Dickicht der wuchernden Mangrovenäste erreichten. Die tropische Hitze war erdrückend und sie waren froh, unter den Bäumen ein wenig Schatten zu finden. Das weite, dichte Wurzelsystem der Mangroven ragte hoch über dem Wasser auf und ließ es so aussehen, als stünden die Bäume auf Stelzen.

»Seid vorsichtig, hier könnt ihr euch die Füße unter Wasser leicht zwischen den Wurzeln einklemmen. Versucht, möglichst weit oben zu bleiben, und haltet euch immer gut fest.«

»Kommst du zurecht, Arthur? Du trägst deinen Eisenarm schon länger nicht mehr«, erkundigte sich Gilly.

»Er hat bei der letzten Expedition ziemlichen Schaden genommen, und ehrlich gesagt fühle ich mich ohne ihn wohler.«

»Dann ist es ja gut.« Gilly lächelte.

Sie begannen, durch das Durcheinander aus Wurzeln zu klettern. Ein verrotteter Geruch stieg Arthur in die Nase. »Igitt, das riecht ja wie faule Eier!«

»Das sind die verwesenden Pflanzen im Salzwasser«, erklärte Gilly. »Wollt ihr mal etwas wirklich Faszinierendes hören? Wusstet ihr, dass ein halber Liter dieses Wassers rund zehntausend Parasiten enthält?«

Bei Gillys Worten schien Felicitas hellgrün anzulaufen. Sie

tauschte einen Blick mit Arthur. »Du hast wirklich eine interessante Auffassung von faszinierend, Gilchrest Nicolby.«

»Behaltet einfach einen kühlen Kopf und kämpft euch weiter«, rief Harriet. »Es kostet ebenso große psychische wie physische Anstrengung, durch diesen Sumpf zu waten.«

Sie kamen nur langsam voran und die Muskeln in Arthurs Armen und Beinen brannten bereits. Glücklicherweise war es jedoch nicht mehr allzu weit bis zum nächsten Flussarm.

Harriet wedelte ununterbrochen Sandfliegen weg, während das Wasser immer matschiger wurde.

»Ich kann sie unmöglich verscheuchen, wenn ich mich die ganze Zeit mit meinem Arm festhalten muss«, beklagte sich Arthur.

»Wir haben es fast geschafft«, versicherte Harriet ihm. »Hier«, sagte sie, schöpfte eine Handvoll Schlamm auf und verschmierte ihn auf seinem und ihrem eigenen Gesicht. »Das wird sie ein bisschen abhalten.«

Sie matschten weiter durch das Wasser, das ihnen nun bis über die Knie reichte, und hielten dabei wachsam Ausschau nach Krokodilen. Nach mehreren Gabelungen und Biegungen kam die Hütte endlich in Sicht.

»Stellt euch nur mal vor, er ist da drin!«, sagte Arthur, als ihm mit einem Mal bewusst wurde, dass ihre Mission hier und heute zu Ende sein konnte.

»Hallo?«, rief Harriet, als sie sich dem Haus näherten.

Sie verharrten einen Moment und Arthur erwartete beinahe, dass ihnen jemand antworten würde, aber das passierte nicht.

»Es gibt niemanden in der ganzen Weite, der den Gestank auf dieser Insel lange aushalten könnte«, scherzte Felicitas und knuffte Arthur in die Seite.

Sie gingen zur Hütte zu und traten ein. Sie wirkte ziemlich karg, mit ein paar vereinzelten Dosen auf den Regalen, einer Handvoll Bücher, einer schlichten Hängematte, einem wackligen Schreibtisch mit einer Schublade und einem Stuhl.

»Tja, wie es aussieht, war er tatsächlich eine Zeit lang hier. Schaut in den Büchern und in der Schublade nach, vielleicht finden wir ja etwas, auf dem ein Datum geschrieben steht oder das uns irgendeinen anderen Hinweis liefert«, wies Harriet sie an. »Und vergesst nicht: Wrigglesworth neigt dazu, Informationen zu verstecken, wie Arthur bei unserer letzten Expedition herausgefunden hat.«

Arthur hatte mithilfe von Zitronensaft geheime Aufzeichnungen in einem von Wrigglesworths Büchern enthüllt. Er steuerte direkt auf den Schreibtisch zu und öffnete die Schublade. Sie war leer. Dann nahm er eines der beiden Bücher vom Tisch und blätterte es eifrig durch, während Gilly das andere unter die Lupe nahm. Es enthielt Zeichnungen von Mangroven, eine detaillierte Skizze der Wasserwege und einige grobe Abbildungen anderer Inseln. Der Großteil des Buchs bestand jedoch aus noch zu füllenden Seiten.

Arthur seufzte enttäuscht. Harriet hatte recht: Es schien Everests Hobby zu sein, seine Entdeckungen zu verstecken. Falls er hier draußen wirklich nach etwas gesucht und es gefunden hatte – und *falls* es etwas mit dem Feuervogel und dem Bund der Vier zu tun hatte –, hatte er es ihnen sicher nicht leicht gemacht, es zu finden.

Plötzlich fiel Arthur auf, dass ein *E* in den Schreibtisch eingeritzt war. Er schob das Buch zur Seite, bis er das ganze Wort lesen konnte: *Erythea*. »Harriet, da ist wieder dieses Wort!«

Sie warf einen Blick darauf. »Vielleicht stammt es ja aus einer der Inselsprachen, eine Begrüßung vielleicht? Man schätzt, dass in Stella Oceanus über hundert verschiedene Sprachen gesprochen werden, vor allem hier draußen.«

Arthur fuhr mit den Fingern über das Wort. Er war sich sicher, dass es etwas Wichtiges zu bedeuten hatte.

»Hat sonst noch jemand etwas gefunden?«, fragte Harriet.

Niemand hatte etwas entdeckt.

Arthur blickte wieder auf den Schreibtisch. Er öffnete die Schublade erneut und tastete das Innere ab. Dann fiel ihm auf, dass sie von außen einige Zentimeter breiter wirkte als von innen. Er fuhr mit der Hand über die Seite der Schublade, und tatsächlich: Da war ein Haken. Er schob ihn nach oben, zog erneut am Griff und ein Geheimfach kam zum Vorschein.

»Schaut mal! Hier ist noch ein Buch!« Er nahm es heraus, während sich die anderen um ihn scharten.

Es enthielt kuriose Zeichnungen fremdartiger Kreaturen, die einfach scheußlich aussahen: fliegende schwarze Biester mit langen Schwänzen, fledermausartigen Flügeln und allem Anschein nach Tentakeln an den Gesichtern.

»Was in aller Weite ist das?«, stieß Harriet aus.

Unter den Zeichnungen stand nur ein einziges Wort: *Nachtflüsterer*.

»Solche seltsamen Vögel habe ich noch auf keiner meiner vielen Reisen gesehen«, sagte Gilly.

»Du glaubst doch nicht, dass sie hier auf der Insel leben, oder?«, wollte Arthur wissen und blickte nervös über seine Schulter.

Felicitas scharrte unbehaglich mit den Füßen. »Gute Güte! Wenn ich sie nur sehe, kribbelt es mich schon in den Zehen, und das ist immer ein untrügliches Zeichen. Ich bezweifle ernsthaft, dass Wrigglesworth freiwillig nach ihnen gesucht hat!« Sie lachte schallend.

»Nachtflüsterer.« Arthur hauchte das Wort beinahe lautlos.

»Es könnte sich dabei um eine seltene Fledermausart handeln«, vermutete Gilly und betrachtete die Zeichnung genauer. Er überlegte einen Moment lang. »Über viele dieser Inseln erstrecken sich weite Höhlensysteme. Außerdem ist es ziemlich wahrscheinlich, dass die hier gezeichneten Tiere in Wahrheit nicht größer sind als eine Hand und damit überhaupt nicht Furcht einflößend.«

»Vielleicht verfügt Wrigglesworth ja nur über eine überbordende Fantasie oder ist einfach nicht besonders gut darin, Fledermäuse zu zeichnen.«

Harriet zuckte mit den Schultern. »Nun, in diesem anderen Buch hier befinden sich verschiedene Berechnungen zum Wellengang und zu Wettermustern, um die Navigation nach Nova zu erleichtern. Ich wette, wir finden ihn dort, auf Nova. Vielleicht können wir ja sogar von Glück sagen, dass Eudora uns dorthin verbannen wollte.«

»Wahrscheinlich schaukelt er irgendwo in einer Hängematte, lässt sich das örtliche Lieblingsgebräu schmecken und hat völlig vergessen, was die Glocke geschlagen hat!«, lachte Felicitas. »Kommt, es wird schon spät. Nehmt sämtliche Bücher mit, dann studieren wir sie auf der *Aurora* ausführlicher.«

Sie stapften wieder zum Fluss zurück. Die dichte grüne Vegetation engte sie von allen Seiten ein und das stete Brummen unsichtbarer Insekten schwirrte überall in der Luft. Ganz in der Nähe kreischte ein Vogel und sie erstarren alle einen Moment lang und mussten an die seltsamen Wesen aus Wrigglesworths Tagebuch denken.

»Das ist nur ein Adler«, rief Gilly.

Arthur führte sie mithilfe seiner Karte zurück zu der Flussbiegung. Der Untergrund kam ihm matschiger vor als auf dem Hinweg. Vielleicht veränderten sich die Wasserläufe ja mit den Gezeiten. Ein paarmal verlor er fast einen Stiefel im Schlamm.

»Dreh deinen Fuß nach außen, anstatt ihn gerade herauszuziehen, dann saugt ihn der Matsch nicht wieder ein«, riet Harriet ihm.

Nach einer Weile warf Arthur einen Blick auf seinen Kompass und blieb plötzlich stehen. Sein Magen krampfte sich zu einem schrecklichen Knoten zusammen, als ihm voller Entsetzen bewusst wurde, dass er die Karte verkehrt herum gehalten hatte!

»Es tut mir furchtbar leid, Harry, aber ich habe die Karte aus Versehen auf den Kopf gestellt – wir müssen wieder zurück.«

»Schon in Ordnung, Arthur, wir sind ja noch nicht weit gegangen«, erwiderte sie.

»Hier sieht es überall gleich aus, da kann so ein Fehler leicht passieren. Wir sind in null Komma nichts wieder auf dem richtigen Weg«, tröstete Felicitas ihn. »Hier entlang, hier ist es nicht so matschig.«

Vor Arthur blitzte etwas Grünes auf. »Vorsicht!«, brüllte er, als eine Schlange aus dem Dickicht auftauchte. Bevor irgendjemand reagieren konnte, schoss sie wie ein Pfeil auf Felicitas' ausgestreckten Arm zu. Sie ließ ihren Glückslöffel fallen und schrie auf, ihr Gesicht sofort vor Schmerz verzerrt.

Während alle einen Moment lang in ungläubigem Schrecken erstarrten, schlängelte sich das Biest genauso schnell davon, wie es zugeschlagen hatte. Felicitas fiel auf die Knie.

»Was war das?«, fragte Harriet und eilte zu ihr.

Felicitas lag zwischen den Wurzeln und stöhnte vor Schmerz. »Ich … ich … weiß es nicht. Es war grün.«

»Ich habe sie nur aus dem Augenwinkel wahrgenommen, aber ich glaube, es war eine Grubenotter«, sagte Gilly mit panischem Ausdruck auf dem Gesicht. »Uns bleibt nicht viel Zeit, ihr Arm schwillt bereits an.«

»Können wir ihr das Gift nicht einfach aussaugen?«, fragte Arthur mit fiepsender Stimme.

Harriet schüttelte den Kopf. »Das Gift dringt sehr schnell in den Blutkreislauf ein. Zu versuchen, es auszusaugen, würde nicht viel nützen. Arthur, lauf zur *Aurora*, so schnell du kannst, und hol Dr. Quirke«, befahl sie ihm ernst. »Sag ihr, dass wir das Gegengift für eine Grubenotter brauchen. Ich bleibe bei Felicitas, um die Wunde unterhalb des Herzens zu halten und sie zu beruhigen.«

»Yamswurzel könnte dabei helfen, die Ausbreitung des Gifts zu verlangsamen. Ich schaue mal, ob ich welche finde«, rief Gilly.

Aber Arthur rannte bereits, so schnell ihn seine Beine trugen, zum Wolkenschiff zurück. In seiner wilden Panik flog er förmlich durch den Fluss und das Mangrovendickicht, und dank des Adrenalins in seinen Adern bewegte er sich instinktiv und hyperwachsam, als würde er von einer inneren Kraft getragen, von der er gar nicht gewusst hatte, dass er sie besaß.

»Dr. Quirke!«, brüllte er, sobald die *Aurora* in Sicht war.

Welby lugte über die Reling.

»Hol Dr. Quirke … Felicitas … Schlange … Grubenotter … Gegengift«, spuckte er nach Luft schnappend aus und der Schweiß triefte ihm über das Gesicht.

Schon wenige Augenblicke später eilte Dr. Quirke mit einer kleinen Arzneitasche die Gangway herunter. »Wohin?«

Arthur glaubte nicht, dass er noch genügend Luft hatte, um den ganzen Weg noch einmal zurückzulaufen, aber das musste er, für Felicitas. Er zeigte in die Richtung. »Da lang!«

Dann stand Welby plötzlich neben ihm, hakte sich bei ihm unter und stützte ihn.

Als sie Felicitas erreichten, hatte sie das Bewusstsein verloren und schnappte mit kleinen, keuchenden Atemzügen nach Luft. Dr. Quirke spritzte ihr schnell ein Mittel aus ihrer Tasche.

Arthur ließ sich auf die Knie fallen und wünschte sich schmerzlich mit jeder Zelle seines Körpers, er könnte die Zeit zurückdrehen. »Es war meine Schuld! Wenn ich die Karte nicht falsch herum gehalten hätte …«

»Es war nicht deine Schuld, Arthur. Im Urwald gibt es Schlangen, das ist nun mal eine Tatsache. Niemand hat Schuld daran«, versicherte Gilly ihm sanft.

Welby schüttelte den Kopf. »Konzentration, Arthur. Das habe ich dir die ganze Zeit beizubringen versucht.«

Der Tadel machte Arthurs ohnehin bereits brennende Schuldgefühle nur noch schlimmer.

»So ein Fehler ist schnell passiert«, warf Harriet ein. »Von uns anderen hat auch niemand aufgepasst. Wir waren zu sehr auf die Tagebücher konzentriert, die wir gefunden haben.«

Welby kehrte zum Schiff zurück, um ein paar aus der Crew zu holen, und dann bauten sie eine provisorische Trage, auf der sie Felicitas zur *Aurora* zurücktransportierten. Es dauerte um einiges länger, da sie einen einfacheren Weg durch das Zickzackgewirr aus Wasserwegen finden mussten, aber schließlich erreichten sie das Schiff.

An Deck nahm Dr. Quirke Arthur beiseite. »Sie wird wieder gesund. Ehrlich gesagt bin ich mir ziemlich sicher, dass du ihr das Leben gerettet hast. Wenn du nicht so schnell durch die Mangroven gesprintet wärst, um mich zu holen, hätte die Sache auch ganz anders ausgehen können«, sagte sie.

Doch trotz ihrer tröstenden Worte fühlte sich Arthur noch immer furchtbar.

KAPITEL 10

DAS WOLKENKANU

In jener Nacht träumte Arthur, er würde durch die Mangroven klettern, wäre dabei jedoch von einer dicken, heißen Nebelsuppe umschlossen, die sich immer dichter um ihn zuzog. Er hatte sich verirrt, und Felicitas lag ganz allein im Sumpf, war auf ihn angewiesen und …

»Wach auf!«

Er lag in seiner Koje. Marie starrte ihn an. »Du hast im Schlaf irgendwas gemurmelt.«

»Oh, wirklich?«, stöhnte er benommen, spürte jedoch, wie sich Schweißperlen auf seiner Stirn sammelten.

»Du hast immer wieder dieses komische Wort gebrabbelt, irgendwas mit Erith… Erith-aya? Du hast es andauernd wiederholt.«

»Geht's Felicitas gut?«, wollte er wissen.

Marie nickte. »Ich habe noch mal nach ihr gesehen, bevor ich schlafen gegangen bin. Dr. Quirke ist immer noch bei ihr, aber sie ist sich sicher, dass Felicitas in ein paar Tagen schon wieder ganz die Alte sein wird. Harriet meinte, wenn es ihr wieder einigermaßen gut geht, brechen wir Richtung Mysa auf. Natürlich wollen wir dort nach Wrigglesworth suchen, aber es soll im Inselinneren auch einen großen Süßwassersee geben, an dem wir unsere Trinkwasserreserven auffüllen können. Du kannst also beruhigt weiterschlafen.«

Am nächsten Morgen erwachte Arthur erneut voller Panik und stürmte sofort zu Felicitas' Kajüte. Er klopfte leise an die Tür.

»Herein«, sagte Felicitas mit ungewöhnlich leiser, krächzender Stimme. Sie wirkte immer noch blass, ihr schwarzes Haar war offen und zerzaust und sie hatte einen großen blauen Fleck am Arm, dort, wo die Schlange sie gebissen hatte.

»Es tut mir so leid«, sagte Arthur.

Felicitas runzelte die Stirn. »Was denn in aller Weite? Solche Dinge passieren uns Entdeckern nun mal. Mir tut es nur leid, dass wir das Biest nicht gefangen und gebraten haben!«

»Wo ist denn dein Glückslöffel?«

»Ich hab ihn in den Mangroven fallen lassen. Ich nehme an, dass sie in der Hektik vergessen haben, ihn mitzubringen.«

»O nein!« Arthur fühlte sich furchtbar. Für Felicitas musste das sein, als hätte sie einen Teil von sich in den Sümpfen zurückgelassen.

Sie zuckte mit den Schultern. »Ich denke, es ist offensichtlich, dass sein Glück ohnehin aufgebraucht war.«

»Aber es ist dein *Glückslöffel!* Ich gehe noch heute Morgen dorthin zurück und hole ihn.«

»Und riskierst dabei, auch noch gebissen zu werden? Was, wenn dort ein ganzes Nest von diesen Biestern ist und die Mutter nur versucht hat, ihre Kleinen zu beschützen? O nein, junger Mann! Letzten Endes ist es doch nichts weiter als ein alter Löffel. Wenn du etwas für mich tun willst, dann geh und hilf Meriwether mit dem Frühstück, bevor sie noch die Muffins anbrennen lässt … und bring mir eine schöne, große Tasse Tee.«

Beim achten Glockenschlag waren sie bereit, die Segel zu setzen.

»Die ganze Crew auf ihre Posten!«, rief Harriet.

»Wo ist Parthena?«, fragte Arthur, als ihm bewusst wurde, dass er sie den ganzen Morgen noch nicht gesehen hatte. Er drehte sich zu Queenie um. Sie und Parthena waren inzwischen praktisch unzertrennlich und zogen es beide vor, an Deck zu schlafen.

Aber Queenie gab nur ein wissendes *Prrrt* von sich.

»Harry, wir können noch nicht los«, rief Arthur. »Parthena ist weg!« Doch im selben Moment blitzte am Himmel über ihnen etwas Silbernes auf und Felicitas' Glückslöffel fiel klappernd aufs Deck.

Parthena flog in einem weiten Kreis um die *Aurora* herum und landete dann neben Arthur.

Er lächelte. »Kluges Mädchen. Vielen Dank.«

Die Falkendame neigte zur Antwort den Kopf.

»Gut, dann können wir jetzt die Segel setzen! Es wird langsam Zeit, dass wir Everest Wrigglesworth finden.«

Nachdem sie die ganze Nacht durchgeflogen waren, erreichten sie am frühen Nachmittag des zweiten Tags Mysa – und keinen Augenblick zu früh: Ihr Trinkwasservorrat war beinahe aufgebraucht. Felicitas war wieder auf den Beinen und fühlte sich »so glänzend wie ein frisch polierter Kochtopf«, auch wenn Arthur ein paarmal beobachtete, wie sie innehalten und sich an der Balustrade festhalten musste.

Aus der Luft sah Mysa wie ein riesiges Auge aus, mit dem glitzernden blauen See in der Mitte. Sie landeten am Nordrand des Gewässers auf einem offenen Uferstreifen. Nachdem sie das Schiff verankert hatten, fuhr Harriet die Gangway über dem Wasser aus. Dann zogen alle aus der Crew ohne Ausnahme ihre Stiefel aus und sprangen in voller Montur in den See, um in der erstickenden tropischen Hitze Abkühlung zu finden.

Das Wasser war kühl und erfrischend und Arthur ließ sich auf dem Rücken treiben, machte Froschbewegungen mit den Beinen und schaute in den strahlend blauen Himmel. Nach ein paar Minuten blickte er zum Ufer hinüber und sah, wie Marie Harriet etwas zuflüsterte. Er schwamm zu ihnen. »Was führt ihr beiden denn im Schilde?«

»Geduld, Arthur Brightstorm. Das wirst du gleich erfahren.«

Harriet wies die Crew an, sich ans Ufer des Sees zu setzen und einen Moment zu warten, während sie und Marie auf dem Schiff verschwanden.

Das Rasseln von Ketten war zu hören, und dann erhob sich ein Flaschenzug über dem Deck. Baumelnd zog er einen ovalen Gegenstand von der Größe eines typischen Lontowner Handkarrens in die Höhe. Arthur blinzelte gegen das grelle Sonnenlicht an. War es eine Art Meeresschiff, wie das der Acquafreedas? Das riesige Ding rotierte über den Rand des Schiffes hinaus und senkte sich dann langsam ab. Arthur klatschte vor Staunen seine Hand auf den Mund.

Es war ein Miniatur-Wolkenschiff!

Die gesamte Crew sprang vor Begeisterung auf.

Das Schiff war wunderschön, mit stromlinienförmigem Rumpf von der Größe eines Kajaks, zwei allem Anschein nach ausfahrbaren Flügeln, einem Bausch Ballonseide, einer Art kompaktem Motor am Heck und einer Finne. Es landete mit einem leisen Platschen im Wasser.

Marie tauchte hinter ihm auf. »Was sagst du?«, fragte sie eifrig, ihr Gesicht glühend rot von der brennenden Sonne und förmlich leuchtend vor Stolz.

»Marie! Ich kann nicht glauben, dass du es tatsächlich geschafft hast, das geheim zu halten!«, rief Arthur. Der Rest der Crew plapperte wild durcheinander und versammelte sich aufgeregt um das Boot, um die Erfindung zu begutachten.

»Ich wollte, dass es eine Überraschung ist. Und ehrlich gesagt hatte ich ein bisschen Sorge, dass es nicht funktionieren könnte. Die Idee ist mir schon in Südpolaris gekommen: Wolkenschiffe brauchen eine Art Rettungsboot – etwas, das einem in brenzligen Situationen aus der Patsche hilft oder sich besonders gut für kürzere Missionen eignet. Ich meine, es gibt natürlich immer noch einiges zu verbessern. Im Moment kommt man damit noch nicht allzu hoch und es könnte ein bisschen mehr Tempo vertragen und …«

»Hoch? Willst du damit sagen … es fliegt?«

»Na ja, ein bisschen. Ich muss noch daran arbeiten, ihm mehr Auftrieb zu verschaffen. Ein paar Dinge sind noch nicht ganz ausgearbeitet …«

»Das ist mir egal. Ich finde es großartig!« Dann sah er den Namen, der auf die Seite des Boots gemalt war: *Violetta II.* Er musste die Flut der Gefühle hinunterschlucken, die ihn zu überwältigen drohte: eine schwindelerregende Mischung aus Stolz, Herzschmerz und Begeisterung.

»Willst du wissen, wie ich diese Erfindung nenne?«, fragte Marie.

Er nickte neugierig.

»Ich nenne sie *Wolkenkanu.*«

»Ratternde Zahnräder, das ist brillant!«

Marie zupfte verlegen an einem Lappen in ihrem Werkzeuggürtel herum. Auf ihrem Gesicht breitete sich ein Grinsen aus. »Harry glaubt, wenn ich noch ein bisschen am Motor feile, kann ich es patentieren lassen und in Lontown präsentieren. Damit könnten zum Beispiel kleinere Himmelsreisen für viel mehr Menschen zugänglich werden. Außerdem ist der Motor wasserbetrieben, eine vereinfachte Version des Motors der *Aurora*. Das Boot braucht nur öfter Kontakt zur Oberfläche, um Wasser nachzutanken, damit der Propeller mehr Kraft zum Aufsteigen bekommt, aber daran kann ich später noch arbeiten. Es hat sogar Salzwasserfilter, genau wie die *Aurora*, deshalb können wir es auch über dem Meer einsetzen.«

»Wie viele Personen haben darin Platz?«

»Es ist für eine oder zwei gedacht, aber zur Not passen auch drei rein.«

»Und worauf warten wir dann noch?«

Sie kletterten hinein. Marie setzte sich nach vorn an das mit Schaltern und Hebeln versehene kleine Steuerrad und Arthur nahm hinter ihr Platz.

»Der mit Stoff bedeckte Bereich im Heck ist als Stauraum gedacht, aber ich denke, dort hätte auch eine dritte Person Platz.«

Begleitet vom lauten Jubel der Crew ließ Marie den Motor an. Er gab ein gedämpftes, beinahe geräuschloses Tuckern von sich, wie ein Herzschlag. Er klang ganz ähnlich wie der Motor der *Aurora*, nur deutlich leiser. Der Ballon blähte sich auf, Marie zog an einem der Hebel, um die Flügel auszufahren, und im nächsten Moment hoben sie ab. Sie waren nur ungefähr so hoch wie die Köpfe der Crew, aber Arthur grölte begeistert und Marie lachte vor Glück, und dann flogen sie davon. Das Wolkenkanu schoss durch die Luft, stieg eine Zeit lang höher und tippte dann wieder aufs Wasser, bevor es erneut aufstieg, wie ein Stein, der in Zeitlupe über die Seeoberfläche hüpfte.

»Das ist großartig, Marie! Fantastisch!«, war alles, was Arthur sagen konnte, als sie in einer weiten Schleife um den See flogen, bevor sie unter tosendem Applaus wieder zur *Aurora* zurückkehrten, wo sie von Rufen wie »Kann ich auch mal?« und »Ich als Nächster!« empfangen wurden.

Sie flogen noch bis Sonnenuntergang mit dem Wolkenkanu über den See, bis es irgendwann so dunkel wurde, dass sie nichts mehr sehen konnten und gezwungen waren, an Bord des Wolkenschiffs zurückzukehren und sich schlafen zu legen.

* * *

In den folgenden Tagen beendeten sie ihre Suche auf Mysa ohne Erfolg und setzten direkten Kurs auf Nova, wobei sie unterwegs mehrere Zwischenstopps auf kleineren Inseln einlegten, die nur sehr dünn besiedelt waren. Obwohl ihnen auch dort niemand einen Hinweis darauf geben konnte, wo Wrigglesworth sich im Augenblick aufhielt, erkannten ihn immerhin ein paar der Bewohner anhand des Fotos wieder. Außerdem erzählte man ihnen, dass er vor weniger als sechs Monden auf dem Weg nach Nova gewesen sei.

Das Wetter wurde noch heißer, auch wenn Arthur dies niemals für möglich gehalten hätte. Glücklicherweise wurde die

Hitze jedoch immer wieder von kurzen warmen, aber erfrischenden Regenschauern durchbrochen, bei denen alle in der Crew Freudentänze an Deck vollführten und ihre ausgetrockneten Münder Richtung Himmel öffneten.

Da Welby mit den Berechnungen für den Kurs nach Nova beschäftigt war, setzten sie Arthurs Navigationsunterricht bis auf Weiteres aus. So konnte er mehr Zeit am Steuer verbringen, auch wenn Harriet nie weit entfernt war und ihn stets wachsam beobachtete und anleitete. Doch selbst während der heftigsten Regenschauer liebte Arthur diese Aufgabe.

An einem dieser Regentage fummelte Marie an der Schutzkabine herum. »Bist du sicher, dass du nicht wenigstens das Schutzdach willst?«, fragte sie ihn.

»Marie, es regnet doch kaum.« Er wollte nicht, dass irgendetwas den weiten Himmel blockierte. Wenn er am Steuer stand, empfand er dieses Gefühl der Einheit: Er hatte die Kontrolle und war doch gleichzeitig ein Teil von etwas Größerem.

Marie seufzte und widmete sich wieder der Kette, die sie gerade nachjustierte.

Arthur drehte sich zu Harriet um, die neben ihm an Deck saß und in ihr Tagebuch schrieb. Dank eines kleinen Schutzdachs, das Marie für das Buch gebastelt hatte, wurde es auch bei Regen nicht nass. »Wie lange noch, bis wir Nova erreichen?«

»Wenn der Wind so bleibt, sind wir morgen dort. Allerdings lässt sich nur schwer sagen, wie exakt unsere Berechnungen wirklich sind, schließlich ist die Gegend hier bisher nur sehr spärlich kartografiert. Ist doch eigenartig, findest du nicht auch?« Harriet sah ihn stirnrunzelnd an.

»Dass Eudora uns die am weitesten entfernte Insel zugeteilt hat? Ich weiß, dass sie uns damit vermutlich nur loswerden wollte, aber es deutet doch alles darauf hin, dass wir Everest Wrigglesworth höchstwahrscheinlich genau dort finden werden.«

Harriet nickte. »Dieser Gedanke ist mir während dieser Reise auch schon ein paarmal gekommen.«

»Vielleicht liegt es auch einfach daran, dass die Pechharzvorräte für die anderen zum Problem werden könnten«, vermutete Marie. »Hier draußen ist die Versorgung viel unsicherer und Eudora weiß schließlich, dass wir einen Wassermotor haben.«

»Auch dieser Gedanke ist mir schon gekommen«, stimmte Harriet ihr zu. »Obwohl ich bei der Sache trotzdem ein komisches Gefühl habe.«

Welby kam zu ihnen und reichte Harriet mehrere Blätter mit Tabellen, bevor er mit Marie wieder verschwand, um eine Routineüberprüfung des Ballons durchzuführen. Arthur hatte viel Zeit in der Bibliothek verbracht, um die Bücher zu studieren und seine Suche nach dem Bund der Vier fortzusetzen, aber er hatte keine weiteren Hinweise gefunden. Verträumt blickte er Richtung Westen, wo die Wolken ausdünnten und der Himmel sich erst Pfirsichrosa und dann Violett färbte, während sich die Sonne für diesen Tag langsam verabschiedete. Er stellte sich vor, wie die vier Dreiecke vor ihm in der Luft schwebten.

»Hey, Tagträumer, du weichst vom Kurs ab«, rief Harriet und legte sanft eine Hand ans Steuer, um das Rad ein paar Grad zu drehen, bevor sie sich wieder ihren Aufzeichnungen widmete.

»Oh, Entschuldigung.« Arthur fiel plötzlich wieder ein, dass er dank des schrecklichen Dramas in den Mangroven und all der Aufregung um das Wolkenkanu ganz vergessen hatte, Harriet danach zu fragen, ob sie noch mehr über den Bund der Vier wusste, abgesehen von dem, was er aus dem Artikel im *Lontowner Boten* erfahren hatte. Schließlich hatte sie ihm bereits erzählt, dass sie glaubte, die Dreiecke hätten irgendetwas mit einer Vereinigung zu tun.

»Harriet, hast du schon mal was vom Bund der Vier gehört?«

Sie blickte von ihrem Tagebuch auf.

»Ich habe diesen Namen in einer von Welbys alten Ausgaben des *Lontowner Boten* entdeckt. Sie enthielt einen Artikel über Octavie, Everest und Eleana, weil sie als Jahrgangsbeste ausgezeichnet wurden, und darin stand, dass sie alle dem Bund der Vier angehörten, den sie selbst gegründet hatten. Ich kann in der ganzen Bibliothek sonst nirgendwo etwas darüber finden.«

Harriet legte ihren Bleistift weg. »Ja, ich erinnere mich, dass du mich schon einmal danach gefragt hast. Warum interessiert dich das denn so sehr?«

»Die Symbole auf Octavies Arm befanden sich auch in dem Tagebuch, das Smethwyck aus Wrigglesworths Haus gestohlen hat, schon vergessen? Und daneben stand das Wort *Erythea*. Genau dasselbe Wort war auch in den Schreibtisch auf der Mangroveninsel eingeritzt.«

Sie überlegte einen Moment. »Und du glaubst, dass das alles irgendwie mit Wrigglesworths Verschwinden zu tun hat?«

Er zuckte mit den Schultern. »Ich hab dabei nur so ein Gefühl.«

»Der Bund der Vier … Soweit ich weiß, ist das nichts weiter als ein alberner Klub, eher ein Spiel unter jungen Entdeckern. Das hat Octavie mir jedenfalls erzählt. Sie hatten eines Abends eine verrückte Idee, aus der eine Wette entstanden ist. Sie kamen – aufgrund eines uralten Mythos – zu dem Schluss, dass tatsächlich ein vierter Kontinent existieren könnte, und haben untereinander eine Wette abgeschlossen: Jeder von ihnen war davon überzeugt, er würde der Erste sein, der ihn findet.«

»Ein vierter Kontinent?«, fragte Arthur ungläubig. »Wie könnte denn noch ein ganzer Kontinent existieren, ohne dass jemand etwas davon weiß?«

»Eben. Weißt du was? Ich übernehme das Steuer und du gehst kurz in mein Arbeitszimmer. Irgendwo im Regal steht ein Buch mit dem Titel *Die Zerlegung der Mythen*. Würdest du es bitte holen?«

Arthur eilte unter Deck, ließ den Blick über das Regal in Harriets Arbeitszimmer schweifen und zog ein dünnes, in Leder gebundenes Buch zwischen zwei dickeren Wälzern heraus. Auf dem Buchdeckel stand *Die Zerlegung der Mythen der Weite*. Er stürmte wieder zurück an Deck.

Harriet blätterte durch die Seiten. »Ah, hier ist es.« Sie zeigte auf eine Seite, auf der die vier Symbole abgedruckt waren.

»Das sind ihre Tätowierungen!«, rief Arthur aufgeregt. Er las die Beschreibungen. »Das nach oben zeigende Dreieck mit der waagerechten Linie steht für Luft und ist ein Symbol für den Ersten Kontinent, wie ein Teil der Lontowner Elite ihn nennt, obwohl sein richtiger Name Vornatania lautet. Das nach unten zeigende Dreieck mit der waagerechten Linie durch die untere Hälfte steht für Erde und ist ein Symbol für Nadvaaryn. Das nach unten zeigende leere Dreieck symbolisiert Wasser und den Eiskontinent und das nach oben zeigende leere Dreieck steht für Feuer und wurde als Symbol für den letzten, verlorenen Kontinent erschaffen.«

»Sie haben Feuer als viertes Symbol gewählt, weil sie glaubten, der Kontinent befände sich in der Nähe des Äquators.«

»Aber Octavie muss doch auch daran geglaubt haben, wenn sie dem Bund angehört hat.«

»Das hat sie auch, einige Jahre lang. Und sie haben alles versucht, um ihn zu finden. Aber wie du sehen wirst, wenn du das Buch liest, gibt es eindeutige geografische Beweise dafür, dass er gar nicht existieren kann. Die anderen Mitglieder des Bunds waren furchtbar wütend auf Octavie, weil sie die Wahrheit öffentlich gemacht hat. Sie haben ihr vorgeworfen, sie würde sie wie Versager aussehen lassen.«

»Octavie hat dieses Buch geschrieben?«

Harriet nickte und kehrte wieder zu der Titelseite zurück, auf der Octavies Name in filigraner Goldschrift abgedruckt war.

»Darum sind sie und Wrigglesworth also zerstritten? Sie hat mir erzählt, dass sie seit Jahren nicht mit ihm gesprochen hat.«

Harriet zuckte mit den Schultern. »Ich schätze, sie haben es nie geschafft, sich wieder zu versöhnen.«

»Vielleicht hat Wrigglesworth diese Idee einfach nicht mehr losgelassen.«

»Weißt du, Arthur, ich bin mir sicher, dass wir ihn auf dieser letzten Insel finden werden. Irgendwie sagt mir das mein Gefühl.«

»Darf ich mir das Buch mal ausleihen?«

Sie nickte. »Natürlich. Und jetzt verschwinde unter Deck und ruh dich ein bisschen aus. Wir sollten Nova morgen früh erreichen.«

Kapitel 11

Die Insel am Ende der Weite

Der Wind war nicht auf ihrer Seite und sie brauchten länger als erwartet, bis Novas Küste endlich in Sicht kam. Als sie mit der *Aurora* schließlich auf dem mondhellen Pulversand aufsetzten, waren sie sich alle einig, dass die Insel mit Abstand die schönste von allen war, die sie bislang besucht hatten.

Es war später Nachmittag, der Himmel war wolkenfrei und strahlend blau, und dank der Palmen und sanft wogenden Wellen kamen sie sich vor, als wären sie in einem Gemälde gelandet.

Auf den Hügeln in der Mitte der Insel hatten sie aus der Luft mehrere Häuser entdeckt, aber es war einfacher gewesen, am Strand zu landen, um von dort zu Fuß ins Inselinnere zu wandern. Die Sonne stand bereits tief am Himmel und sie waren alle furchtbar hungrig, daher verkündete Harriet, dass sie noch bis zum Morgen warten würden, bevor sie Kontakt zu den Einheimischen suchten.

Marie und Arthur ließen das Wolkenkanu zu Wasser, um die Bucht ein wenig zu erkunden, und Felicitas bestand darauf, sich mit ihnen in das kleine Boot zu quetschen, um ihr Glück beim Angeln zu versuchen. Es gelang ihr tatsächlich, einen riesigen Gelbschwanz-Schnapper zu fangen, den sie anschließend für die komplette Crew am Strand briet.

Alle saßen fröhlich plaudernd beisammen und malten sich aus, wie sie Everest Wrigglesworth am nächsten Tag beim Sonnenbaden am Strand finden würden und Lontown Bericht erstatten konnten, dass es ihm gut ging.

Alle außer Arthur. In dieser Nacht lag er noch lange wach und dachte über die vier Symbole und den Geheimbund nach und über das Wort *Erythea*. Er hatte es zuerst in dem Tagebuch auf der *Victoria* gesehen, dann eingeritzt in die Tischplatte in der Mangrovenhütte und schließlich neben das Symbol für den mythischen vierten Kontinent geschrieben. Eine Frage brannte förmlich in seinem Kopf: *Was, wenn dieser vierte Kontinent doch existiert und sein Name Erythea war?*

Er zündete eine Kerze an und schlug Octavies Buch über Mythen auf. Eines der Kapitel trug den Titel »Der Bund der Vier«. Darin waren all die Familien aufgelistet, die versucht hatten, ihre Reise jenseits der »Östlichen Inseln« fortzusetzen, die jedoch allesamt gescheitert waren. Sie alle hatten nach ihrer Rückkehr berichtet, dass es dort draußen nichts als das Meer gab und dass sie letzten Endes umgekehrt waren, weil ihnen der Treibstoff ausgegangen war. Viele von ihnen hatten bei dem Versuch ihr Leben verloren.

Einige erzählten außerdem von einer undurchdringlichen

Nebelwand, aber insgesamt hatten es so viele Entdeckercrews versucht und waren unverrichteter Dinge wieder zurückgekehrt, dass die Beweise tatsächlich eindeutig schienen: Dort draußen war nichts. Arthur betrachtete erneut den Feuervogel-Ring. Er hatte etwas mit dieser Sache zu tun, da war er sich ganz sicher.

Er drehte ihn zwischen seinen Fingern, während er weitergrübelte, und plötzlich fiel ihm etwas an dem Vogel auf der Unterseite des Rings auf. Er kniff die Augen zusammen und hielt den Ring ins Licht. Die Gravur an der Unterseite *war* anders. Arthur hatte die ganze Zeit nur *angenommen*, dass beide Vögel gleich aussahen. Als er nun jedoch genauer hinschaute, stellte er fest, dass das untere Tier zwar Flügel hatte – aber kein Vogel war.

Er sprang aus dem Bett und lief in die Bibliothek, wo Wrigglesworths Tagebuch aus der Mangrovenhütte lag. Er schlug es auf der Seite mit den Zeichnungen der unheimlichen fledermausartigen Kreatur auf, neben denen das Wort »Nachtflüsterer« stand. Die Ähnlichkeit war bemerkenswert.

Es steckte mehr hinter dieser ganzen Sache, das wusste Arthur mit Sicherheit, und morgen, wenn sie ins nächste Dorf aufbrachen, würde er endlich Antworten auf seine unzähligen Fragen finden.

Marie steckte den Kopf durch die Tür, das Gesicht von der Sonne gebräunt, das Haar offen und wellig. »Was treibst du denn hier?«, fragte sie.

Arthur zögerte kurz, dann hörte er sich selbst sagen: »Ich wollte nur noch mehr über Nova herausfinden.«

Er wusste selbst nicht, warum er ihr seine Entdeckung verschwieg. Normalerweise teilte er alles mit Marie. Aber sie hatte für ihr Wolkenkanu so viel Anerkennung und Aufmerksamkeit bekommen, dass er sein Geheimnis – zumindest für kurze Zeit – für sich behalten wollte.

* * *

Die Crew versammelte sich schon früh am nächsten Morgen an Deck, bereit, zu ihrer Wanderung in das Dorf aufzubrechen. Bevor sie losgingen, gab es jedoch zwei Überraschungen. Zunächst verkündete Harriet ihnen, dass sie die *Victoria* in der Ferne erspäht hatte, mehrere Stunden entfernt.

»Ich frage mich, wie sie mit ihren Treibstoffreserven zurechtkommen. Die Insel Sol liegt ein gutes Stück südwestlich von hier, dort müssen sie reichlich aufgetankt haben.«

Welby nickte. Es gingen Gerüchte um, dass sich dort eine Pechharzquelle befand.

Das zweite unerwartete Ereignis war ein lächelnder Dorfbewohner, der an den Strand gekommen war, um sie willkommen zu heißen. Er trug eine kurze grüne Hose und ein weites olivfarbenes Hemd. Sein Haar war dunkelbraun und lockig. Er hatte einen lässigen Gang und tief gebräunte Haut. Er näherte sich ihnen mit ausgestreckten Armen und sagte in abgehacktem Lontonisch: »Willkommen auf Nova oder, wie einige unser Zuhause nennen, der Insel am Ende der Weite. Mein Name ist Gallus. Seid ihr hier, um nach Everest zu suchen?«

»Ist er hier?«, fragte Harriet überrascht.

Gallus nickte. »Ich bringe euch zu ihm.«

Sie alle schauten einander an. Er war *wirklich* hier.

»Ich kann es nicht glauben!«, sagte Marie und folgte Harriet die Gangway hinunter. »Er ist tatsächlich hier, nach all der Aufregung und einer ganzen Armada, die in alle Welt aufgebrochen ist, um nach ihm zu suchen!«

Arthur konnte es nicht erwarten, den Forscher kennenzulernen. Welche Gründe Everest auch immer dafür gehabt hatte, sich hier draußen zu verstecken und nicht nach Lontown zurückzukehren – Arthur interessierte vor allem, was es mit dem Bund der Vier und dem Feuervogel-Ring auf sich hatte.

Sie folgten einem langen, stark ausgetretenen Pfad an Palmen vorbei und eine steile Anhöhe hinauf in Richtung eines kleinen Dorfs. Die Häuser hier sahen anders aus als die, die Arthur bisher auf ihrer Reise gesehen hatte: Sie waren aufwendig dekoriert, mit hübschen Bogenfenstern und geschnitzten Treppengeländern, die wie Efeuranken aussahen.

»Können wir euch vielleicht eine kleine Erfrischung anbieten?«, fragte Gallus.

»Vielen Dank, aber wenn du uns zuerst zu Wrigglesworth bringen könntest, wüssten wir das sehr zu schätzen.«

Sie waren nach der Wanderung alle durstig, aber Arthur wusste, dass Harriet gewiss daran dachte, dass die *Victoria* bald hier sein würde, und sie wollte unbedingt die Erste sein, die Everest befragte.

Gallus nickte und sie gingen an der Hütte vorbei und ein Stück weiter den Hügel hinauf.

»Vielleicht sonnt er sich ja da oben«, sagte Marie und Arthur hätte gelacht, wenn er im selben Moment nicht etwas gesehen hätte, das sich anfühlte, als hätte ihm jemand einen Eimer voll Eis ins Gesicht geschüttet.

Auf dem Gipfel des Hügels befand sich ein Grab.

Die komplette Crew verstummte. Das Grab war mit einem Holzpfosten markiert, auf dem stand:

EVEREST WRIGGLESWORTH
ENTDECKER AUS VORNATANIA,
DER SEIN LEBEN
AUF DEN ÖSTLICHEN MEEREN LIESS

Es war, als hätte jemand den Himmel durchbohrt und sämtliche Luft aus der Atmosphäre entweichen lassen.

Einen Moment lang war Arthur wieder zurück auf dem Eiskontinent und sah die Gräber, die sie dort gefunden hatten, und sämtliche Erinnerungen an seinen Vater brachen über ihn herein. Er nahm Maries Hand und drückte sie fest, weil er wusste, dass sie genau dasselbe fühlte.

Felicitas war die Erste, die etwas sagte. »Na, dann wissen wir das auch.« Sie steckte ihren Glückslöffel wieder in ihre Schürze zurück.

»Dann wissen wir das auch«, stimmte Dr. Quirke ihr zu.

Sie ließen sich am Rand des Hügels nieder, Harriet neben Gallus. »Was ist denn passiert?«, fragte sie.

»Wir haben sein verunglücktes Wolkenschiff gesehen und mit unseren Booten an Land gezogen. Wie viele vor ihm war er der Wahnvorstellung erlegen, er könnte noch weiter nach Osten reisen. Aber dort draußen ist nichts. Nur Wasser und Tod. Viele haben bereits dort gesucht und sie sind alle gescheitert. Es tut mir leid, dass es nicht die Antwort ist, auf die ihr gehofft hattet. Wir haben schon so viele gesehen, die hierhergekommen sind und es versucht haben – alle ohne Erfolg. Wir warnen sie jedes Mal und raten ihnen, nicht aufzubrechen und sich mit dem zufriedenzugeben, was sie bereits haben, aber … Nun, wie ihr wisst, geben sich die Menschen aus Lontown nur selten mit einem Nein zufrieden.«

Arthur fand seine Worte ein wenig verletzend, auch wenn durchaus Wahrheit darin lag.

»Wir haben sein Grab in eurer Sprache beschriftet, wie wir es für angemessen hielten.«

»Und was jetzt?«, fragte Felicitas.

Harriet erhob sich und klopfte die Hände an ihrer Hose ab. »Es hat keinen Sinn, noch länger zu warten und zu verantworten, dass andere Entdecker Zeit und Mühe verschwenden, wenn wir bereits wissen, was geschehen ist. Welby, wenn wir wieder auf der *Aurora* sind, würdest du dann bitte eine Brieftaube aussenden, um den anderen Wolkenschiffen mitzuteilen, dass sie nach Lontown zurückkehren können?«

Welby nickte.

»Heute ruhen wir uns aus und morgen treten wir die Heimreise an – wenn das für euch in Ordnung ist, Gallus?«

Arthur bemerkte, dass Gallus einen Moment lang zögerte, bevor er zustimmend den Kopf neigte. Als er es tat, erhaschte Arthur einen Blick auf ein goldenes Schimmern um seinen Hals: ein Ring an einer Kette. Ein Ring, der in dem Sekundenbruchteil, in dem Arthur ihn erspähte, Octavies Ring verblüffend ähnlich sah! Er verschwand jedoch sofort wieder unter Gallus' Hemd.

»Es ist unser Brauch, das Leben der Verlorenen zu feiern«, erwiderte Gallus und erhob sich. »Werdet ihr heute Abend mit uns feiern?«

»Es wäre uns eine Ehre«, antwortete Harriet.

»Unser Dorf ist euer Dorf. Ihr seid natürlich herzlich eingeladen, es heute zu erkunden.«

»Vielen Dank, aber ich denke, wir kehren erst mal zu unserem Schiff zurück und verschaffen uns einen Überblick über unsere Vorräte. Vielleicht können wir noch einen Handel mit euch abschließen, bevor wir wieder aufbrechen?«

»Ich fürchte, wir haben hier kein Pechharz.«

»Oh, nein, unser Wolkenschiff wird nicht mit Pechharz betrieben.«

Gallus wirkte völlig perplex.

»Außerdem ist eines unserer ... befreundeten Schiffe auf dem Weg hierher.«

Er nickte.

Sie folgten dem Pfad zurück ins Dorf.

Arthur bemerkte, dass ein Mann sie durch einen der Vorhänge beobachtete, die vor den Fenstern hingen. Als Arthur jedoch stehen blieb und sich zu ihm umdrehte, duckte der Mann sich hastig.

»Arthur, sei nicht so neugierig«, zischte Marie.

»Er hat mich angestarrt.«

»Das hier ist *ihre* Insel. *Wir* sind die Fremden, deshalb ist das sein gutes Recht.«

Er kniff die Augen zusammen.

»Was ist denn los?«

»Von dort drüben beobachtet uns auch jemand, hinter dem Baum da.«

Marie blickte sich um, aber der Mann war verschwunden.

»Das bildest du dir nur ein. Wir trinken erst mal was, und dann gehen wir zum Schiff zurück.«

Dankend tranken sie jeder ein erfrischendes Glas Wasser mit Limette und ein wenig Ananas, bevor sie sich wieder in Bewegung setzten. Arthur bildete absichtlich die Nachhut, und als sie den Hügel wieder ein Stück hinuntergestiegen waren, duckte er sich in den Wald und zerrte Marie mit sich.

»Was machst du denn da?«, zischte sie genervt.

Er legte einen Finger auf die Lippen. »Ich will mich ein bisschen umschauen. Kommst du mit?«

Sie verdrehte die Augen. »Nein, ich werde die Tatsache, dass das Rätsel gelöst ist, mit einem kleinen Ausflug im Wolkenkanu feiern, bevor diese grauenvolle Frau hier eintrifft.«

»Wie du willst.« Arthur zuckte mit den Schultern.

Marie eilte den anderen hinterher und Arthur huschte zwischen den Palmen hindurch zur Rückseite des Hauses, in dem er den Mann gesehen hatte. Er hielt sich geduckt und schlich sich ganz nahe an eines der Fenster heran. Nachdem er eine Weile abgewartet und sich vergewissert hatte, dass niemand da war, lugte er hinein.

Er sah ein seltsames Tier in einem Holzkäfig. Es sah aus wie ein kleiner Bär, der sich an die Stäbe klammerte, jedoch Schwimmhäute zwischen den Zehen zu haben schien. Arthur duckte sich wieder, als die Tür aufging, und wagte dann erneut einen Blick. Der Mann ließ den Bären aus dem Käfig und sagte in einer fremden Sprache etwas, das wie eine Entschuldigung klang. Er streichelte dem Tier zärtlich über den Kopf. Irgendetwas schimmerte am Hals des Bären – etwas, das Arthur verblüffend an die Kiemen eines Fisches erinnerte. Der Mann sprach weiter mit dem Tier und plötzlich schnappte Arthur ein Wort auf, bei dem sich seine Augen wie Untertassen weiteten: *Erythea*.

Der Mann hatte Erythea gesagt!

Arthur kam ein Gedanke, der sich anfühlte, als würde ein Eiswürfel an seiner Wirbelsäule hinabgleiten: Was, wenn Wrigglesworth gar nicht tot war? Was, wenn es wirklich einen vierten Kontinent gab und er tatsächlich dorthin gelangt war? Was, wenn die Menschen hier absichtlich etwas vor ihnen versteckten?

Er rannte durch die Palmen zurück zur *Aurora*, um Marie und Harriet alles zu erzählen, doch als er das Schiff erreichte, sah er, dass die *Victoria* bereits ein Stück entfernt am Strand gelandet war und Harriet und Welby darauf zumarschierten.

Marie stand wie eine Statue am Strand und blickte ihnen hinterher. »Eudora wird wahrscheinlich die ganzen Lorbeeren dafür einheimsen, dass wir herausgefunden haben, was mit Wrigglesworth passiert ist«, murmelte sie

Arthur zog sie beiseite, weg von der kleinen Gruppe der Dorfbewohner, die in der Nähe standen. »Mit ein paar Leuten auf dieser Insel stimmt irgendetwas nicht«, flüsterte er ihr zu.

»Okaaay … Und was genau meinst du damit?«

»Der Ring an der Kette um Gallus' Hals – er sieht genauso aus wie Octavies.«

Sie legte ungläubig die Stirn in Falten.

»Na ja, jedenfalls glaube ich das. Es war schwer, ihn richtig zu erkennen.«

Marie zuckte mit den Schultern. »Das ist höchst unwahrscheinlich. Du bist nur müde. Es war eine lange Reise.«

»Na schön, und was ist dann mit dieser Kreatur, die ich in einem der Häuser gesehen habe? Ein Mann hat sie in einen Käfig gesperrt. Er hat sie erst wieder herausgelassen, nachdem wir weg waren! Ich habe so ein Tier noch nie vorher gesehen, noch nicht mal in *Die natürliche Fauna der Großen Weite* – und das Buch habe ich von vorn bis hinten durchgelesen! Mehrmals!«

»Wir befinden uns am äußersten östlichen Rand der Weite. Natürlich gibt es hier ein paar Kreaturen, von denen wir noch nie gehört haben. Wir können schließlich nicht *alles* wissen.«

Frustration brodelte in ihm. »Es war ein Landsäugetier.«

»Ein Säugetier?«

»Ein Landsäugetier mit Schwimmhäuten zwischen den Zehen, und es sah aus, als hätte es Kiemen.«

Marie seufzte tief. »Kiemen? Arthur, du solltest dich wirklich mal richtig ausruhen. Das ist bestimmt die Hitze. Dr. Quirke sagt, dass einem der eigene Verstand bei diesen Temperaturen schon mal einen Streich spielen kann. Ich mache mich jetzt für die Feier heute Abend fertig und würde vorschlagen, dass du dir erst mal ein Nickerchen gönnst.« Sie machte auf dem Absatz kehrt und ging Richtung Wolkenschiff davon.

Doch anstatt sich hinzulegen, ging Arthur in die Bibliothek und blätterte in *Die natürliche Fauna der Großen Weite*. In dem Buch gab es nichts, das auch nur im Entferntesten so aussah wie das Tier, das er gesehen hatte.

Nach einer Weile gesellte sich Marie zu ihm. Ihr Haar war ordentlich zusammengefasst und sie trug ein sauberes weißes Hemd. »Harriet ist schon vorgegangen und der Rest der Crew hat sich am Strand versammelt und macht sich auch langsam ins Dorf auf. Kommst du?«

Er nickte und klappte das Buch zu. Er würde einen Weg finden müssen, um zu beweisen, dass in diesem Dorf irgendetwas vor sich ging. Das letzte Mitglied der Culpfeffer-Crew verschwand bereits auf dem Pfad und Marie eilte ihnen hinterher. »Komm schon!«

Arthur lief ihr nach, aber seine Gedanken tosten wie ein wilder Fluss durch seinen Kopf. »Ich meine, wozu sollte ein Landsäugetier Schwimmhäute und Kiemen brauchen? Und außerdem sprechen die Leute hier erstaunlich gut Lontonisch, was für eine so abgeschiedene Insel doch wirklich seltsam ist, findest du nicht? Irgendetwas stimmt hier nicht. Ich weiß zwar noch nicht, was es ist, aber es sind einfach zu viele kleine Dinge, die nicht richtig zusammenpassen.«

Marie blieb stehen und drehte sich zu ihm um. »Arty, wir fliegen morgen wieder nach Hause. Everest Wrigglesworth ist tot und unsere Mission ist beendet. Es gibt hier nichts mehr zu entdecken, kein Geheimnis, gar nichts. Nur das Meer, dichten Nebel und den sicheren Tod für alle, die es trotzdem versuchen. Ja, ich habe Octavies Buch auch gelesen, weil ich neugierig war. Ich habe es auf deinem Bett gefunden. Aber die Sache ist abgeschlossen. Wir wissen jetzt, dass die Symbole bedeutungslos sind.« Sie seufzte. »Es war einfach ein bisschen viel – dieses Grab zu sehen und wieder daran erinnert zu werden, was mit Dad passiert ist. Ich will einfach nur noch zurück nach Hause. Du etwa nicht?«

»Dad hat uns beigebracht, dass wir immer auf unseren Instinkt vertrauen sollen.«

»Welchen Instinkt? Es gibt ein Grab – und Zeugen, die gesehen haben, was passiert ist.«

Eine warme Windböe löste die Schleife in Maries Haar.

Arthurs Hand zuckte automatisch, um ihr dabei zu helfen, sie wieder zu binden, aber er hielt sich zurück. Er musste ihr zeigen, dass er recht hatte. »Hast du in Südpolaris denn gar nichts über Lügen und Wahrheit gelernt?«, fragte er.

»Arthur, die Crew fliegt wieder nach Hause. Wir haben vollbracht, weswegen wir hergekommen sind. Wir haben Wrigglesworth gefunden. Ich weiß, dass es nicht das Ende war, das du dir gewünscht hast, und ich weiß …« Sie brach ab und blickte auf den Sand hinunter.

»Was?«, fragte er gereizt.

»Ich weiß, dass der Anblick von Wrigglesworths Grab furchtbare Erinnerungen zurückbringt.«

»Das ist es nicht!«

»Arthur. Ich verstehe das, die Crew versteht es. Wir sind alle für dich da.«

Er schnaubte wütend, holte den Ring aus seiner Hosentasche und hielt ihn hoch. »Warum willst du das denn nicht verstehen? Das hier hat etwas zu bedeuten.«

Sie riss ihn ihm aus der Hand. »Arty, das ist nur ein Ring!«

»Hier stimmt irgendwas nicht, genau wie in Südpolaris. Damals wussten wir auch, dass eine riesige Lüge verbergen sollte, was wirklich passiert ist.«

Marie funkelte ihn an. »Versuche nicht, diese Erfahrung dazu zu nutzen, deinen Willen durchzusetzen!« Sie steckte den Ring in einen Beutel an ihrem Werkzeuggürtel.

Arthur warf frustriert die Hände in die Luft. Er konnte nicht begreifen, warum Marie es nicht einsehen wollte. Für ihn war es so offensichtlich, so klar: Alles passte zusammen – alles. Die Symbole, die Karte, der Ring. Ja, im Moment waren es vielleicht noch lose Enden, die sich nicht zu einem Ganzen zusammenfügten, aber … Er konnte spüren, wie die Wut mindestens so heiß in ihm hochkochte wie die tropische Hitze und das Blut wie wild in seinem Kopf rauschte. »Du hast es doch nur so eilig, wieder nach Lontown zurückzukommen, damit du mit deinem Wolkenkanu angeben und auf die Universitas gehen kannst!«, schleuderte er Marie entgegen.

Sie stemmte entschlossen die Hände in die Hüften. »Und du versuchst nur, noch mal zu erklären, was längst erklärt ist! Dinge passieren, Arthur, und niemand kann verändern, was bereits geschehen ist. Lass es gut sein!«, brüllte sie ebenso wütend wie frustriert. Dann presste Marie die Lippen ganz fest zusammen … genau wie Arthur.

Nachdem sie sich beide einen Moment lang ungläubig angestarrt hatten, ihre Wangen glühend vor Zorn, wandte Marie sich ab und folgte den anderen ins Dorf.

»Kommst du jetzt oder nicht?«, rief sie, ohne sich umzudrehen, und ihre lose Schleife flatterte im Wind.

»Nicht!«

»Gut!«

»Gut!«

Kapitel 12

GETRENNT

Arthur saß auf der *Aurora* an Deck, streichelte Parthena und lauschte dem langsam leiser werdenden Gesang der Besatzung. Selbst Queenie war verschwunden. Ein paarmal wäre er fast aufgesprungen und den anderen an Land gefolgt, aber jedes Mal spürte er die Wut wieder wie einen Knoten in seinem Bauch. Als er sich nach langem Grübeln gerade doch noch aufraffen wollte, hörte er plötzlich Stimmen. Unbekannte Stimmen.

»Beeilt euch. Überprüft alle Räume und vergewissert euch, dass keiner mehr auf dem Schiff ist.«

Arthurs Herz machte einen Satz. Die Stimmen näherten sich der *Aurora*. Er hörte bereits Schritte auf der Gangway.

Panisch wog er die Situation ab. Sollte er sich den Eindringlingen entgegenstellen? Oder sich unter Deck verstecken? Aber er würde es nicht schnell genug bis zur Luke schaffen, und außerdem wollten sie ohnehin alle Räume durchsuchen. Ein Sprung von Bord wäre zu gefährlich, und Arthur war sich auch nicht sicher, ob er dabei nicht doch entdeckt werden würde.

Verzweifelt tastete er über den Boden und spürte eine kleine Lücke. Instinktiv hob er die Wetterschutzklappe an, die im Boden eingelassen war, sprang in die Öffnung und winkte Parthena zu, ihm zu folgen. Er schloss sein Versteck im selben Moment, in dem das Geräusch schwerer Schritte auf den Planken ertönte.

»Wie es aussieht, ist keiner mehr an Bord«, rief jemand.

»Durchsucht jede einzelne Kabine.« Arthur erkannte das kalte Knurren in Smethwycks Stimme.

Weitere Schritte waren zu hören, leichter, gleitender. »Versteckt euch und haltet eure Waffen bereit.« Es war Eudora.

Waffen? Arthur konnte nicht glauben, was er hörte. Warum hatten sie Waffen dabei? Dann ertönte Eudoras honigweiche Stimme erneut: »Vergesst nicht, ihre Körper zu beschweren, bevor ihr sie ins Meer werft. Wir wollen diesmal schließlich vermeiden, dass sie gefunden werden.«

Arthurs Kopf war voller Angst und verzweifelter Fragen. Sie wollten die Besatzung der Aurora töten! Harriet, Felicitas, Welby, Gilly, all die anderen und … Marie! Er presste sich eine Hand auf den Mund, um die quälende Furcht, die er empfand, nicht laut hinauszuschreien. Wie lange waren die anderen bereits weg? Wann würden sie wieder zurückkommen? Was konnte er bloß tun?

Endlose Momente verstrichen, während Arthur sich starr vor Angst in der winzigen Kammer zusammenkauerte. Vielleicht konnte er Parthena losschicken, um sie zu warnen? Aber im Augenblick saß sie genauso fest wie er.

Arthurs Herz hämmerte wie wild. Warum wollte Eudora das tun? Warum wollte sie die Crew der *Aurora* töten? Er musste irgendetwas unternehmen. Aber in seinem Kopf drehte sich alles und er konnte keinen klaren Gedanken fassen.

Da fiel ihm ein, dass Marie erzählt hatte, von der Öffnung, in der er festsaß, führe ein kleiner Gang zum Maschinenraum. Arthur tastete mit einer Hand danach und fand sie. Sie war gerade groß genug, um hindurchzukrabbeln. Doch auch vom Maschinenraum aus konnte er nur wieder an Deck gehen. Arthur überlegte verzweifelt. Er musste direkt im Maschinenraum eine Lösung finden. Er könnte den Motor anwerfen und die anderen dadurch warnen: Sie würden wissen, dass etwas nicht stimmte, und sich in Sicherheit bringen. »Parthena, du musst ganz still sein. Warte hier«, flüsterte er.

»Hoffen wir, dass sie bald zurückkommen«, sagte gerade jemand über ihm.

So leise er konnte, krabbelte Arthur auf den Knien durch den schmalen Gang. Er kannte sich im Maschinenraum nicht aus, blickte ahnungslos auf all die Hebel, Zahnräder und Kurbeln und versuchte, irgendeinen Sinn in den Rohrleitungen zu erkennen. Dann entdeckte er eine Kurbel, die aus einem riesigen Mechanismus herausragte. Sie sah ziemlich groß aus, so als könnte man damit etwas starten.

Er drehte sie und die Kurbel vibrierte in seiner Hand. Verschiedene Teile begannen zu rattern, zu surren und zu klappern. Dampf zischte und der Boden unter ihm bebte. Vielleicht würde es ja bereits ausreichen, um die anderen zu warnen … Oder würden sie stattdessen zum Schiff zurückeilen? Panische Angst erfasste ihn. Hatte er das Falsche getan?

Dann hörte er plötzlich Stimmen im Maschinenraum, ganz

in seiner Nähe. Er duckte sich hinter den Motor und verharrte starr vor Schreck.

»Was hast du angefasst, Banks?«, fragte eine Frau.

»Gar nichts! Das musst du gewesen sein! Du hattest doch die Hand an dem Hebel da!«

»Na, dann zieh ihn wieder hoch!«

Ein lautes Knacken ertönte.

»Es tut sich nichts! Ich kenne mich mit diesem Motor nicht aus. Ich wollte ihn mir gerade anschauen, um zu sehen, wie er funktioniert!«

Von oben war wütendes Geschrei zu hören.

»Komm, wir holen lieber Hilfe. Smethers wird schon wissen, was zu tun ist.«

Arthur überlegte, ob es ihm in all dem Durcheinander gelingen konnte, vom Schiff zu fliehen und zu den anderen zu laufen. Doch die lauten Stimmen kamen von überall. Es war zu riskant, deshalb krabbelte er zurück in den Schacht.

Auf dem Deck war das Knallen von Schüssen zu hören. Arthur biss sich auf die Unterlippe und kroch, so schnell er konnte, zu der Kammer unter dem Steuerrad zurück. Er nahm all seinen Mut zusammen und schaute durch die Lücke im Deck: Sie war nur einen Zentimeter breit, aber er konnte zumindest grob erkennen, was sich über ihm abspielte.

»Der Motor ist angesprungen – das lässt sich nicht mehr ändern. Sie haben uns gehört!«

»Welcher Idiot hat denn den Motor angeworfen?«

»Breitet die Flügel aus – wir heben ab!«

Arthur drehte sich der Magen um, als die *Aurora* plötzlich zu steigen begann. Das konnte nicht passieren! Er konnte noch mehr Gebrüll hören – Schüsse, Schreie.

»Hört auf zu schießen! Fahrt die Gangway ein, und dann ab an die Kurbeln!«

Arthur hörte das Rumpeln der sich ausbreitenden Flügel, und dann wackelte das Schiff erneut, als sie noch höher stiegen. Die Schreie verblassten in der Ferne. Sie flogen tatsächlich davon.

Parthenas Augen leuchteten in der Dunkelheit, aber sie gab keinen Laut von sich. Sie zitterte nur. Arthur legte einen Arm um sie und zog sie auf seinen Schoß, schaffte es jedoch nicht, sein eigenes angsterfülltes, stummes Schluchzen zu unterdrücken.

Schritte hallten über ihnen, als jemand das Steuer übernahm.

»Haben wir ein paar von ihnen erwischt?«

»In der Dunkelheit war das nur schwer zu erkennen.«

Es waren Eudora Vane und Smethwyck.

»Ist auch nicht so wichtig. Wir sind in der Luft und sie haben keine Möglichkeit, uns zu folgen.«

»Die *Victoria?*«

»Hat so gut wie kein Pechharz mehr im Tank und auf der Insel gibt es keines.«

»Aber …«

»Wir werden uns nach unserer Rückkehr um sie kümmern. Kein einziger anderer Entdecker befindet sich auch nur im Umkreis von hundert Meilen um diese Insel. Der Vierte Kontinent wird uns früher begegnen als erwartet, aber das spielt keine Rolle.«

Der Vierte Kontinent? Arthur riss die Augen in der Dunkelheit weit auf. Dann stimmte es also doch: *Der Bund der Vier hatte recht!*

»Wie lange dauert die Reise laut dem Tagebuch?«

»Drei bis fünf Tage, und sie wird ein Kinderspiel werden,

jetzt, wo wir diesen Wassermotor haben und uns keine Sorgen mehr machen müssen, dass uns das Pechharz ausgehen könnte. Vor uns liegt das offene Meer und wir müssen nur durch den Nebel und diese Kreaturen navigieren.«

Nach einer Weile verstummte das Brummen des Motors fast völlig und sie glitten beinahe lautlos durch die Höhe. Nur hier und da konnte Arthur winzige Lichtpunkte am Nachthimmel erkennen. Er klammerte sich ganz fest an Parthena, ihr Kopf an seinen Hals geschmiegt.

* * *

»Arthur ist auf der *Aurora!*«, kreischte Marie mit Panik in der Stimme. Wie hatte das nur passieren können? Tränen brannten in ihren Augen.

Harriet reagierte mit einer ganzen Flut von Befehlen. »Forbes und Cranken, ihr lauft zur *Victoria* und überprüfte ihren Treibstoffvorrat – ich vermute zwar, dass er aufgebraucht ist, aber falls nicht, dann verfolgen wir sie so weit, wie es für uns sicher ist.«

»Vielleicht konnte er sich ja noch rechtzeitig von Bord schleichen. Er ist ein kluger Junge«, brabbelte Felicitas aufgeregt.

»Weitet das Suchgebiet aus«, befahl Harriet der restlichen Besatzung.

Welby rannte zwischen den Bäumen hervor. »Nirgends eine Spur von ihm.«

Harriet krallte die Hände in ihr Haar. »Sucht weiter.«

»Wo wollen sie denn hin? Warum haben sie auf uns geschossen?«, fragte Felicitas und fuchtelte panisch mit ihrem Löffel in der Luft herum.

»Ich weiß es nicht, aber sie fliegen offensichtlich nicht nach Lontown zurück«, sagte Harriet.

»Und wo fliegen sie *dann* hin?«

Wilde Gedanken rauschten durch Maries Kopf: Was, wenn Arthur recht gehabt hatte? Wenn hinter alledem wirklich noch mehr steckte? Plötzlich war sie sich dessen so sicher, dass ihre Angst noch größer wurde. Zwischen heftigen Schluchzern sprudelte alles aus ihr heraus, was Arthur ihr über seinen Verdacht erzählt hatte.

Harriet und Felicitas tauschten düstere Blicke, und dann rief Harriet Gilly zu sich. »Schick einen Vogel mit einer Nachricht zu den Acquafreedas. Ich konnte sie bei unserem Treffen auf Ephemera davon überzeugen, in unserer Nähe zu bleiben, nur zur Sicherheit, deshalb sollten sie nicht allzu weit hinter uns sein. Mit einem Meeresschiff stehen unsere Chancen besser, wenn wir die *Aurora* verfolgen wollen. Felicitas, du besorgst Marie irgendwo ein bisschen süßen Tee, sie kann ja kaum noch atmen. Dr. Quirke und Meriwether, ich will, dass ihr zu Wrigglesworths Grab geht. Mich beschleicht der starke Verdacht, dass es leer ist.«

Marie blieb wie angewurzelt stehen, während der Rest der Besatzung davoneilte.

Harriet wandte sich an Welby: »Die *Aurora* ist das einzige wasserbetriebene Wolkenschiff in der ganzen Weite. Sie kann weitere Strecken zurücklegen als jedes pechharzbetriebene Schiff. Eudora muss sie gestohlen haben, weil sie noch weiter fliegen will, und die einzige Erklärung ist, dass sie glaubt oder sogar Beweise dafür hat, dass es dort draußen noch mehr zu entdecken gibt. Und Arthur hat das schon vor langer Zeit erkannt.« Sie schüttelte den Kopf. »Welby, geh zu Gallus und bestehe darauf, dass er sofort mit dir hierherkommt - schleif ihn an den Ohren her, falls es nötig sein sollte.«

Während Harriet davoneilte, hörte Marie sie leise fluchen und murmeln: »Wie konnte ich das nur zulassen?«

»Hier ist kaum noch Pechharz«, verkündete Forbes vom Deck der *Victoria*.

Marie blickte in den immer dunkler werdenden Himmel empor, jeder Zentimeter ihres Körpers vor Sorge verkrampft und ein böses, nagendes Knurren in ihrem Bauch. Sie ballte die Fäuste und betete, dass die Acquafreedas nicht weit entfernt waren.

KAPITEL 13

DIE NACHTFLÜSTERER

Zwei Tage zogen sich für Arthur auf der *Aurora* schier endlos dahin. Nachts war nur ein Besatzungsmitglied auf seinem Posten, das auch das Steuer übernahm, daher konnte Arthur in den Maschinenraum krabbeln und sich hinausschleichen, um sich etwas zu essen zu besorgen und die Toilette zu benutzen. Die arme Parthena wurde immer unruhiger, weil sie nicht fliegen konnte, und Arthur hoffte, dass sie ihr Ziel schon bald erreichen würden, wo immer es auch lag und ganz gleich was dort vielleicht passierte.

In der dritten Nacht gelang es ihm, in die Bibliothek zu huschen und sich ein Buch zu holen, aber das Licht in der Kammer war zu spärlich zum Lesen und er konnte es nicht riskieren, eine Kerze anzuzünden. Trotzdem verschaffte es ihm ein wenig Trost, sich einfach nur daran festzuhalten. Es war eines von Maries Technikbüchern. Mehrmals war er kurz davor, sich einfach zu erkennen zu geben, aber das Wissen, wozu Eudora Vane und ihre Crew fähig waren, hielt ihn in seinem Versteck.

Am vierten Tag, während Arthur in unregelmäßigen Abständen immer wieder einnickte und erwachte, fiel ihm auf, dass es schneller dunkler wurde als bisher. Er war sich sicher, dass es höchstens drei oder vier Glockenschläge lang hell gewesen war. Kurz zweifelte er, ob er einfach jegliches Zeitgefühl verloren hatte, aber über ihm waren gedämpfte Stimmen zu hören. Irgendetwas ging dort draußen vor sich.

Der Motor verstummte und das Wolkenschiff schaltete in den Gleitmodus. Ein seltsames Flüstern erfüllte die Luft, ein leises, sachtes Murmeln.

»Was ist das?«

»Ich kann nichts sehen!«

»Sie sind überall!«

»Seht nur! Habt ihr gesehen, wie groß ihre Krallen sind?«

Der Wind kreischte schrill, so als schnitte sich etwas in blitzschnellem Tempo hindurch. Arthur presste ein Auge an die Lücke und konnte einen schmalen Streifen der Szene sehen, die sich über ihm abspielte. Eine dunkle Form kreiste über ihnen, zu schnell, um sie genauer zu erkennen. Köpfe drehten sich hastig in sämtliche Richtungen, hektisch suchend.

»Da draußen ist irgendwas!«

Dann sah er die Form erneut … und noch eine … und noch eine. Eigenartige fliegende Kreaturen kreisten in einer dicken, düsteren Nebelwolke über ihnen, ihre Flügel in der Luft klatschend wie nasses Leder. Sie kamen immer näher … Drei, nein, fünf … Oder nein, es waren mindestens zehn.

»Geht unter Deck!«, brüllte jemand.

»Nicht du, Smethwyck, du Idiot! Irgendjemand muss am Steuer bleiben!« Arthur erkannte die Stimme: Eudora Vane. So viel dazu, dass die Kapitänin das Leben ihrer Besatzung immer über ihr eigenes stellte.

Aus seinem Versteck unter Deck konnte Arthur nichts weiter erkennen als den Schwarm der schattenhaften Kreaturen über ihnen. Er presste sein Auge noch fester an die Lücke – zu verängstigt, um hinzusehen, zu neugierig, um es nicht zu tun.

Ein dumpfes *Plumps* ertönte, schwer wie ein riesiger Sack voll Reis, als irgendetwas auf dem Deck landete, gefolgt vom entsetzlichen Scharren von Krallen auf Holz. Das seltsame Flüstern kam näher. Arthurs Herz raste wie wild. Ein Teil eines ledrigen Flügels, dann ein Stück eines mit Tentakeln besetzten Kopfes und ein trübes Auge kamen in sein schmales Blickfeld. Es war eine der Kreaturen aus Everest Wrigglesworths Tagebuch.

Die Nachtflüsterer.

Arthur entdeckte Eudora, die noch immer an Deck stand, beinahe wie erstarrt zwischen dem Steuerrad und der Luke. Der Nachtflüsterer war ganz auf sie fixiert. Silber blitzte auf, als Miptera in Richtung der Luke flatterte, aber Eudora blieb, wo sie war.

* * *

Eudora wollte sich bewegen, aber aus irgendeinem Grund konnte sie es nicht. Sie war wieder in Lontown, in der Villa Vane.

Warum hielt sie ein kleines Wolkenschiff in der Hand? Ja, richtig – es war ein Spielzeug. Mutter hatte es für sie gebastelt, für sie und Violetta. In Eudoras Herz brannte ein Feuer des Verlusts und der Sehnsucht – die liebe, süße Violetta, ihre Schwester. Sie hörte ein Lachen, ganz in der Nähe. Ein Lachen, das ansteckend war. Die Art von Lachen, bei der man nicht anders konnte, als sich davon mitreißen zu lassen. Ein Lachen, dass sie ebenso gut kannte wie ihr eigenes, fernes Glück. Sie blickte zur Seite. Da saß sie, die junge Violetta, sommersprossig und mit einer vor ihrer Stirn baumelnden Schleife, einen Pinsel in der Hand.

»Es wird das erste rosa Wolkenschiff in ganz Lontown, Dora!«

»Vi, du kannst es nicht rosa anmalen!« Trotzdem lachte Eudora mit Violetta, die selbstbewusst rosa Farbe über die komplette Flanke des Schiffs pinselte.

»Kann ich wohl, und genau das habe ich gerade getan!«

»Vater wird das nicht gefallen.«

»Vater wird ja auch nicht darin segeln. Es gehört uns.«

Sie hob das kleine Wolkenschiff über ihren Kopf und begann, damit durchs Gras zu rennen. »Lass uns nach Creal fliegen!«

»Aber Creal wurde doch schon entdeckt!«

»Das ist mir egal. Dort gibt es unheimliche Höhlen und Fledermäuse. Rosa Fledermäuse, Dora!«

Und dann jagte sie ihr nach, so glücklich und lachend …

Nein, nicht lachend …

Schreiend …

* * *

Smethwyck stieß einen Schrei aus, zu Tode erschrocken, als der Kopf des Nachtflüsterers zu ihm herumwirbelte.

Eudora erwachte aus ihrer vorübergehenden Trance und stürzte unter Deck.

Die *Aurora* wackelte und wankte in der Luft und drohte sich in einem Wirbel zu verfangen.

»Halt das Steuerrad fest!«, brüllte Eudora von unten.

Arthur wusste, dass sie recht hatte: Wenn Smethwyck das Steuer jetzt losließ, würden sie die Kontrolle völlig verlieren und abstürzen. Eines stand mit Sicherheit fest: Wenn Smethwyck sich nach unten flüchtete, dann würden sie alle sterben. Er taumelte wieder zurück und umklammerte mit weiß hervortretenden Knöcheln das Steuerrad, während ihn die Kreaturen von allen Seiten einkreisten.

Ein dumpfer Schlag war zu hören, als der Nachtflüsterer einen Schritt auf Eudoras völlig verängstigten Lakaien zumachte.

Smethwyck brauchte Schutz.

Er brauchte den Wetterschutz.

Arthur blickte durch die Lücke und versuchte, den Mann mit der Kraft seiner Gedanken dazu zu bringen, den Hebel zu entdecken, aber natürlich hätte Smethwyck trotzdem nicht gewusst, wofür er gut war. Er stand mit einem Mal still wie eine Statue da, so als hätte ihn die Kreatur hypnotisiert. Arthur tastete die über ihm befestigte Kette nach unten ab und begann, daran zu ziehen. Ein *Kracks* ertönte, gefolgt von einem *Swisch*, und dann begann sich die Wetterschutzwand zu heben. Smethwyck erwachte aus seiner Trance und blickte sich entgeistert um.

Das Pfeifen des Windes und das Kreischen der Kreatur waren ohrenbetäubend und Arthur glaubte, reptilienhafte Augen vor sich zu sehen, groß und milchig und unergründlich, kurz bevor sich die Schutzkabine um Smethwyck schloss.

Ein schrilles Krächzen ertönte, dann das Kratzen von Krallen, als sich die Kreatur in die Lüfte schwang.

Das Schiff schwankte eine Weile hin und her und Arthur und Parthena purzelten in ihrem kleinen Versteck von einer Seite zur anderen. Er konnte hören, wie Smethwyck vor Anstrengung stöhnte und versuchte, das Steuerrad unter Kontrolle zu bringen, bis sich das Schiff endlich wieder beruhigte. Arthur klammerte sich an Parthena und zitterte heftig, bis die Schreie der davonfliegenden Kreaturen schließlich verhallten und die Wolkendecke aufriss.

Es kehrte wieder Ruhe ein. Arthur fiel in einen unruhigen Schlaf.

Mehrere Glockenschläge später wurde er von einem Ruf an Deck geweckt.

»Land in Sicht!«

* * *

Ein Stück kristallblauer Himmel warf einen Lichtstreifen über Parthenas Gefieder.

Arthur hatte gespürt, dass sie tiefer sanken, und den vereinzelten Gesprächs- und Befehlsfetzen hatte er entnommen, dass sie auf erhöhtem Gelände gelandet waren und die Crew sich auf eine erste Expedition vorbereitete. Der Bund der Vier hatte recht gehabt! Was würde Octavie wohl sagen, wenn sie ihn jetzt sehen könnte? Es gab Land im Osten – möglicherweise sogar einen kompletten, bislang unentdeckten Kontinent.

Arthur konnte die geschäftige Geräuschkulisse hören, als Ausrüstung zusammengetragen und alles für die Erkundung vorbereitet wurde, und bei der Vorstellung, dass Eudoras Besatzung die Ausrüstung der *Aurora* benutzen würde, brodelte heiße Wut in ihm.

Er brauchte dringend einen Plan, was er als Nächstes tun sollte. Eudora gab unentwegt Befehle und Arthur erfuhr, dass die komplette Crew von Bord gehen würde.

Das Treiben dauerte bereits etwa einen Glockenschlag lang an, als mehrere Besatzungsmitglieder plötzlich erschrockene Schreie ausstießen.

Dann hörte Arthur andere Stimmen, die nicht der Besatzung gehörten. Stimmen in einer fremden Sprache. Am Rand des Schiffs hasteten hektische Schritte umher und Arthur konnte durch die Lücke erkennen, dass die Crew zur Gangway eilte. Er hob die Luke ein wenig an, um besser sehen zu können.

Er erhaschte einen Blick auf jemanden in einer engen grünen Hose. Eine Frauenstimme sagte irgendetwas, das Arthur nicht verstand.

»Wer seid ihr?«, wollte Eudora wissen.

Es folgte eine kurze Pause, dann sprach die Frau erneut, diesmal auf Lontonisch. »Dies ist unser Zuhause. Wer seid *ihr?*«

Die komplette Besatzung war rund um Eudora versammelt und Arthur konnte nur die Füße der Frau und ihrer Begleiter erkennen.

Es folgten einige aufgeregte Worte in der fremden Sprache.

»Die Schwalbe auf eurem Wolkenschiff … Seid ihr … Culpfeifer?«

»Culpfeifer?«, fragte Eudora verdutzt.

»Seid ihr die Familie Culpfeifer aus Lontown? Sind Sie die Kapitänin dieses Wolkenschiffs … Harriet?«

»Ja, ja, das bin ich«, antwortete Eudora.

Unter Deck klappte Arthur die Kinnlade herunter. Es entstand eine Pause, gefolgt von noch mehr geraunten Worten.

»Haben Sie den Ring, Kapitänin Culpfeifer?«

»Äh, ja, er ist in Lontown. Aber bitte, nennen Sie mich Harriet.«

Lügnerin, dachte Arthur, während ihm gleichzeitig Hunderte neue Fragen durch den Kopf wirbelten. Erstens: In diesem unentdeckten Land lebten Menschen? Zweitens: Woher bei allen ratternden Zahnrädern kannten sie Harriet? War es möglich, dass sie Octavies Ring meinten? Den Ring mit dem Vogel darauf?

»Kapitänin Culpfeifer, wir heißen Sie herzlich zu Hause willkommen.«

»Oh! Wie freundlich von Ihnen … Vielen Dank.«

»Obwohl wir normalerweise keine Fremden in Ihrer Besatzung tolerieren würden. Hat Ihnen die Ringträgerin das nicht erklärt?«

»Es tut mir furchtbar leid, aber ohne sie hätte ich es niemals hierhergeschafft und sie sind wirklich die Diskretion in Person. Ich muss jedoch gestehen, dass mir die Ringträgerin nur sehr wenig über mein, äh … Erbe erzählt hat, also wenn Sie vielleicht meine Wissenslücken füllen könnten?«

»Bitte folgen Sie uns, Kapitänin Culpfeifer.«

»Eigentlich heiße ich Culpfeffer, der Name wurde vor einiger Zeit angepasst.«

Arthur kauerte in der Dunkelheit, spitzte die Ohren und verdrehte die Augen über Eudoras Dreistigkeit. Sie hatte nicht nur Harriets Namen geklaut, sie korrigierte sie auch noch!

»Wir bringen Sie direkt zu Professor Excelsis. Die Schwimmenden Flügel befinden sich ganz in der Nähe. Sie werden nichts brauchen – wir haben mehr als genug für alle.«

»Mehr als genug? Wie wundervoll.«

»Kommen Sie, Sie müssen nach der langen Reise ja furchtbar hungrig sein.«

Arthurs Magen drohte laut zu knurren.

»Oh, ja, vielen Dank.«

Die Dielen auf dem Deck knarrten, als die Besatzung einer nach dem anderen von Bord ging.

Arthur zählte stumm bis dreißig, als der letzte Schritt auf dem Schiff verhallt war. Er wollte weder zu lange noch zu kurz warten, war jedoch so nervös, dass er es ohnehin nicht viel länger in seinem Versteck ausgehalten hätte. Er öffnete vorsichtig die Luke, blickte auf das leere Deck hinaus und kletterte dann nach oben. Rundum war alles hell und grün. Es tat ihm richtig in den Augen weh, nachdem er so lange in der Dunkelheit ausgeharrt hatte. Er bat Parthena flüsternd, nicht davonzufliegen. »Es tut mir leid, mein Mädchen, aber sie würden dich entdecken. Es ist nicht sicher.«

Er brauchte einen Plan, und zwar schnell. An Bord bleiben, die *Aurora* starten und wieder nach Stella Oceanus fliegen? Aber er konnte ein Wolkenschiff unmöglich allein segeln und es stand vollkommen außer Frage, dass er sich diesen Nachtflüsterer-Biestern noch einmal freiwillig näherte! Aber er konnte auch nicht hierbleiben und warten – worauf? Den anderen zu folgen, war seine einzige Option. Aber blieb ihm vorher noch genügend Zeit, sich etwas zu essen und zu trinken zu holen? Er wollte Eudora nicht verlieren, und wenn er sich den dichten, grünen Regenwald ringsum so anschaute, dann bestand diese Gefahr definitiv.

Parthena hüpfte aus der Luke, den Trinkschlauch im Schnabel. Arthur lächelte. »Ja, Wasser ist das Wichtigste. Also gut, dann komm.« Sie flog zu ihm, landete auf seiner Schulter und sie eilten die Gangway hinunter.

Er wünschte sich, er hätte noch mehr Zeit, um weitere Vorräte einzupacken, aber den anderen dicht auf den Fersen zu bleiben, war seine einzige Chance. Vielleicht konnte er sich den

Einheimischen gegenüber ja als Mitglied der Besatzung ausgeben? Eudora würde ihm nicht widersprechen können, weil er ihr größeres Geheimnis kannte. Arthur schüttelte den Kopf, aber diese ganze merkwürdige Situation ergab einfach keinen Sinn. Woher kannten diese Menschen Harriet Culpfeffer? Harriet konnte doch nichts von diesem Ort gewusst haben. Oder doch?

Es fiel ihm nicht schwer, der Gruppe zu folgen, da die Crew vor ihm die prächtige Vegetation völlig niedergetrampelt hatte. Er ließ sich weit genug zurückfallen, um nicht entdeckt zu werden, und blieb doch dicht genug an ihnen dran, um sie nicht zu verlieren. Der Weg führte leicht bergauf. Die *Aurora* war auf einem kraterartigen Gipfel gelandet, mit dem weiten Ozean im Hintergrund und einem Uferstreifen voller saftig grüner Pflanzen vor sich. Als Arthur den höchsten Punkt des Bergkamms erreichte, blieb er unwillkürlich stehen, wie gelähmt von der unglaublichen Schönheit dessen, was er sah.

Das Land schien endlos: Smaragdgrüner Wald erstreckte sich, so weit das Auge reichte, mit silbern glitzernden Flüssen und Seen zwischen mächtigen Bäumen, deren Kronen höher aufragten, als er es jemals gesehen hatte. Im Osten erhoben sich gigantische Berge, die ebenfalls in Grün gehüllt waren. Er atmete die feuchte Luft ein und spürte die herrliche Wärme der Sonne auf seinen Wangen. Vögel zwitscherten und Insekten summten und brummten überall um ihn herum. Parthenas Krallen bohrten sich noch ein wenig tiefer in seine Schulter.

»Ich weiß. Bald ist es wieder sicher genug, dass du fliegen kannst, versprochen.«

Der Weg schien sich vor ihnen in mehrere Richtungen zu teilen. Arthur lauschte nach Stimmen, aber plötzlich waren da keine mehr. *Trödle nicht, triff eine Entscheidung*, ermahnte er sich selbst und folgte dem Pfad nach Westen.

Er hörte immer noch keine Stimmen, dann verschwand auch der Pfad.

Arthur hatte sich verirrt.

Er konnte Parthena nicht in die Lüfte schicken, damit sie Ausschau hielt, denn obwohl allmählich Panik in ihm aufstieg, wollte er nicht riskieren, dass Eudora sie entdeckte. Er trottete weiter durch ein Feld voller Farne. Einige der Wedel waren mannshoch und es fiel ihm schwer zu erkennen, wohin er ging.

Doch dann erinnerte er sich wieder an etwas, das sein Vater immer gesagt hatte: *Wenn du keine Ahnung hast, was du tun sollst, dann triff einfach die logischste Entscheidung, die du treffen kannst, und halte mit absoluter Entschlossenheit daran fest.* Er würde einfach weiter geradeaus gehen. Was machte es schon, wenn ein riesiger Dschungel vor ihm lag? Er würde einfach immer weiterstapfen – die anderen konnten schließlich noch nicht weit gekommen sein.

»Augen stets aufs Ziel gerichtet«, ermutigte er sich selbst und marschierte lächelnd weiter.

Doch nach drei Schritten schien sich der Boden unter seinen Füßen aufzulösen. Arthur stürzte ungeschickt in die Tiefe und wedelte mit dem Arm in der Luft herum, während ihn die Erde verschluckte.

Kapitel 14

DIE MEERESKÖNIGIN II

Auch in dieser Nacht tat niemand aus der Culpfeffer-Besatzung ein Auge zu.

Marie hatte das Gefühl, ihre Seele sei völlig überspannt, wie ein viel zu straffes Gummiseil, das jeden Moment zu zerreißen drohte. Es war nun schon vier Tage her. Sie war noch nie so lange von Arthur getrennt gewesen und sie hatte keine Ahnung, ob er noch am Leben war. Wenn die Vane-Crew auf sie geschossen hatte, was hatten sie dann erst Arthur angetan? Sie versuchte, den grauenvollen Gedanken zu verdrängen und sich auf das Schiff der Acquafreedas zu konzentrieren, das auf sie zusegelte.

Das Grab war tatsächlich leer gewesen. Gallus erklärte ihnen, dass sie zwar Everest Wrigglesworths Schiffswrack gefunden hatten, aber nicht seine Leiche, daher war das Grab lediglich ein Zeichen ihres Respekts. Es hatte sich als unmöglich erwiesen, den Dorfbewohnern noch weitere Informationen zu entlocken. Marie hatte Harriet von dem Ring um Gallus' Hals erzählt, aber er trug ihn nicht mehr und stritt ab, es jemals getan zu haben.

Als die Acquafreedas eintrafen, sprach Harriet sofort mit Evelyn, die in einen schillernd türkisfarbenen einteiligen Anzug gekleidet war, ihr Haar wie die Schwanzflosse eines Fisches über der Schulter geflochten. Marie fand, dass Evelyn trotz ihrer geringen Körpergröße eine Aura von wilder Entschlossenheit und Autorität ausstrahlte.

Dann rief Harriet die Besatzung zusammen. »Das größere Schiff der Acquafreedas transportiert noch ein kleineres Schiff und sie sind einverstanden, dass wir damit der *Aurora* folgen. Es ist schneller, daher ist es für unsere Zwecke besser geeignet. Aber ich will nicht riskieren, dass alle mit uns kommen. Gilly, Meriwether, Barnes, Forbes, Cranken, Forester, Keene, Wordle, Hurley und Dr. Quirke: Ich möchte, dass ihr auf Nova wartet, bis wir wieder zurückkommen. Evelyn hat zugestimmt, in der Nähe zu bleiben. Falls das Schlimmste eintrifft und wir nicht wieder zurückkehren, könnt ihr mit ihnen nach Lontown zurücksegeln.«

Queenie gab ein besorgtes Miauen von sich. Harriet nahm sie hoch und streichelte sie. »Es tut mir leid, meine Liebe, aber du musst auch hierbleiben. Behalte diese Inselbewohner für mich im Auge und pass auf meine Besatzung auf.« Sie drückte Queenie Gilly auf den Arm. »Und du passt bitte auf Queenie auf. Sie mag dich, aber sie könnte sich vielleicht als etwas widerspenstig erweisen, wenn sie auf der *Victoria* bleiben muss.«

Gilly nickte.

»Felicitas, Welby und Marie kommen mit mir auf das Meeresschiff. Marie, ich nehme an, dass du uns begleiten willst?«

Marie nickte energisch.

»Gut. Dann brechen wir unverzüglich auf. Wir liegen ohnehin bereits mehrere Tage zurück.«

Harriet nahm Marie beiseite und schaute ihr mit großem Ernst direkt in die Augen. »Ich nehme die Menschen mit, denen ich in der ganzen Weite am meisten vertraue. Aber ich will, dass du weißt, dass du dich nicht dafür schämen musst, wenn du lieber hierbleiben willst. Wir haben keine Ahnung, was auf uns zukommt. Die Leute auf dieser Insel wissen definitiv mehr über das, was dort draußen liegt, als sie uns sagen wollen.«

»Ich komme mit.«

Harriet nickte.

»Sollen wir das Wolkenkanu auch mitnehmen?«, fragte Marie. Es stand seit ihrer Ankunft am Strand.

»Ja, gute Idee. Aber wir sollten uns beeilen.«

Nachdem sie ihre Vorräte in ein kleines Boot verladen hatten, segelten Harriet, Marie, Felicitas und Welby vom Strand zum Ankerplatz der *Meeresgöttin*, dem gewaltigen Schiff der Acquafreedas: Harriet und Felicitas mit Evelyn Acquafreeda in dem Transportboot, Marie und Welby im Wolkenkanu. Der mächtige Holzrumpf der *Meeresgöttin* war in tiefem Mitternachtsblau gestrichen und sie verfügte über drei stabile Masten und zahlreiche Segel in verschiedenen Größen und Richtungen. An ihrem Heck war ein kleineres Schiff festgemacht, das im selben Blau angestrichen war, und auf seiner Seite prangte in goldenen Buchstaben der Name *Meeresgöttin II*. Es hatte zwei Segel und eine windschnittige Form, die Marie Hoffnung gab, dass sie damit schnell vorankommen würden.

Sie vertäuten das Wolkenkanu an der *Meeresgöttin* und kletterten über eine Leiter an Bord.

»Wir hieven euer kleines Wolkenschiff an Bord der *Meeresgöttin II* und verladen eure Vorräte«, sagte Evelyn. »Wir haben euch überlassen, was wir entbehren konnten.«

»Vielen Dank, Evelyn.«

»Ich freue mich, wenn ich dir helfen kann, Harriet. Deine Eltern haben nie auf mich herabgesehen, weil ich an unserer alten Familientradition festhalten wollte, vor allem als einige andere versucht haben, mir die Mitgliedschaft in der Geografischen Gesellschaft zu entziehen.« Marie musste nicht raten, um zu wissen, wen sie damit meinte. »Die *Meeresgöttin II* hat ein Doppelsegel. Hattest du nicht erwähnt, dass du mit Schiffen dieser Art vertraut bist?«

»Es ist zwar eine Weile her, aber ich werde schon damit zurechtkommen.«

»Natürlich hat es einen Pechharzmotor, aber den benutzen wir nur im Notfall, falls der Wind abflaut.« Sie legte eine Hand auf Harriets Schulter. »Viel Glück.«

Dann lächelte sie Marie an. »Wie ich höre, fühlst du dich zwischen den Wolken richtig wohl. Mal sehen, wie es dir auf den Wellen ergeht.«

Harriet, Marie, Welby und Felicitas kletterten an Bord der *Meeresgöttin II* und stachen in See.

Die restliche Besatzung winkte ihnen zum Abschied vom Strand aus zu. Marie krampfte sich das Herz zusammen, da sie sich nun auf getrennten Wegen befanden. Sie blickte zu den drei anderen hinüber: Harriet stand am Steuer, Welby kämpfte mit den Segeln und Felicitas verstaute geschäftig ihre Ausrüstung und Vorräte. Marie wusste, dass sie sich mit aller Kraft an ihnen festhalten musste. Sie waren ihre Familie. Nur Arthur fehlte und sie spürte die Trennung von ihm als ein schmerzhaftes Stechen in ihrer Brust.

Die einzige Möglichkeit, all das durchzustehen, bestand darin, zu tun, was sie am besten konnte: pragmatisch zu sein und sich auf das zu konzentrieren, wofür sie eine Lösung finden konnte. »Ich schaue mir mal den Motor an«, rief sie Harriet zu. »Ich will sichergehen, dass alle Klappen sauber und nicht verstopft sind, nur für den Fall, dass wir ihn brauchen.«

»Ausgezeichnete Idee.«

Als sie wieder an Deck zurückkehrte, war die Insel Nova nur noch ein kleiner Punkt im Westen, aber Marie wurde trotzdem das Gefühl nicht los, dass sie auf einem Wolkenschiff bereits viel weiter vorangekommen wären. Es herrschte starker Wellengang und Marie hasste den ungleichmäßigen, schaukelnden Rhythmus des Schiffes schon jetzt.

Felicitas reichte ihr eine Tasse süßen Tee und einen Moorkeks.

»Ich glaube, mir geht's nicht so gut«, sagte Marie, blickte auf den Moorkeks und war sich sicher, dass ihr Gesicht dieselbe Farbe hatte wie das Gebäck.

»Du gewöhnst dich schon dran. Hier, ich habe noch ein paar Pfefferminzdrops von den Streifern übrig. Die helfen vielleicht.«

»Welby ist ziemlich still«, bemerkte Marie und schaute zu ihm hinüber. Er saß ein Stück entfernt, hielt eins der Segeltaue in der Hand und blickte starr geradeaus.

Felicitas legte einen Arm um Marie und zog sie zu sich heran. »Ich glaube, ohne die Gewissheit seiner Karten und Diagramme fühlt er sich ein bisschen verloren, und um ehrlich zu sein … Na ja, ich glaube, er fühlt sich schuldig, du weißt schon … wegen Arthur. Er hat mir erzählt, dass er bei seinem Navigationsunterricht ziemlich streng zu ihm war.«

Marie schaute in Felicitas' dunkle Augen. »Keiner von uns wollte auf Arthur hören. Er hat mir gesagt, dass wir unserem Instinkt vertrauen sollen, aber ich dachte, es sei nur wieder sein übliches Problem: *Erst handeln, dann nachdenken.* Ich dachte, ich müsste diejenige sein, die ihn daran erinnert, praktischer zu denken, logischer, aber …« Sie schluckte schwer. »Glaubst du, es geht ihm gut?«

Felicitas blickte auf ihre Füße hinunter und wackelte mit den Zehen. »Da bin ich mir ganz sicher, Liebes.«

KAPITEL 15

ARTHUR ALLEIN

Arthur fiel durch ein Meer aus Farnen, dann Kletterpflanzen, Felsen und Matsch und schließlich über rutschiges Geröll und durch brechende Zweige, die nach ihm zu greifen schienen. Seine Kleider waren zerrissen, seine Haut zerkratzt. Er fuchtelte wild mit dem Arm und versuchte, sich an irgendetwas festzuhalten, und beinahe wäre es ihm auch gelungen – doch dann kam das tosende Wasser und er schlitterte immer weiter und schlug wilde Purzelbäume.

Erst als er nicht mehr weiter fallen konnte, blieb er endlich liegen.

Er stöhnte und verzog vor Schmerzen das Gesicht. Ihm tat der Rücken weh, seine Schulter, sein Knöchel. Alles.

Einen Augenblick lang schien der Dschungel um ihn in Schweigen verfallen zu sein, aber schon im nächsten Moment zwitscherte wieder ein Vogel, dann noch einer, und die komplette Geräuschkulisse erwachte erneut zum Leben. Er hatte das Gefühl, unsichtbar geworden zu sein, inmitten eines riesigen blättrigen Ungeheuers.

Und vielleicht wäre er auch einfach dort liegen geblieben und hätte sich völlig von dem erstickenden Blattwerk verschlingen lassen, wenn ihm nicht plötzlich bewusst geworden wäre …

»Parthena!« Seine Stimme war kaum mehr als ein kratzendes Flüstern.

Hatte sie nicht auf seiner Schulter gesessen? Vielleicht war auch sie verletzt!

Er blickte in die gähnende grüne Dunkelheit empor. Es war schwer zu glauben, dass er sich noch vor wenigen Augenblicken in strahlendem Sonnenschein befunden hatte. Er griff nach der nächstbesten Pflanze, um sich hochzuziehen, und Stacheln bissen sich in seine Handfläche. »Au!« Er zog die Stacheln, so gut er konnte, mit den Zähnen heraus und schrie: »Parthena!«

Keine Spur von ihr. Ein Wasserfall ergoss sich nicht weit entfernt über eine Felswand und schien im Nichts zu verschwinden. Arthurs Hose war zerrissen und er begutachtete seinen Knöchel. Es sah zwar nicht aus, als sei er gebrochen, aber er pochte schmerzhaft. Dann sah Arthur etwas Schwarzes an seiner Wade. Er betrachtete es genauer. Es schien daran zu kleben. Plötzlich erkannte er, dass es ein lebendiges Wesen war, und er stieß einen Schrei aus, riss es ab und schleuderte es ins Grün.

Im nächsten Moment hörte er ein krächzendes Husten ganz in der Nähe.

»Wer ist da?«, rief Arthur. Konnte es jemand aus der Vane-Crew sein?

Ein seltsamer, gebeugter Schatten huschte durch die Bäume.

Arthurs Herz raste nach dem Sturz immer noch wie wild und pulsierte in seinen Ohren. Die Gestalt kam näher.

Die Kreatur war größer als er, mit grünem Fell und riesigem Kopf. *Bitte sei freundlich*, flehte er stumm. *Wie die Gedankenwölfe, nicht wie die Nachtflüsterer.* Die Angst kroch ihm mit nervösen Mäusepfoten über den Rücken, Schweißperlen rannen über sein Gesicht. Die Erde matschte unter den Füßen des Tieres, das sich immer weiter näherte, bis es schließlich in voller Größe über ihm aufragte. Arthurs Herz hämmerte wie donnernde Motorkolben, Dunkelheit und Angst drohten ihn zu ersticken. Dann strich sich das Wesen über die langen Schnurrhaare und sagte: »Mein armes altes Ding, was bei allen ratternden Zahnrädern machst du denn da?«

Arthur war völlig perplex, der Mund stand ihm sperrangelweit offen. Erleichterung überflutete ihn, so als hätte sich der Knoten in seinem Magen wie durch Zauberhand gelöst. Vor ihm stand gar keine fremdartige Kreatur, sondern ein Mann! Er sprach mit einem unverkennbaren Uptown-Akzent, und der vermeintliche riesige Schädel war in Wahrheit nur ein völlig überdimensionierter Hut, während der Mantel des Mannes aus Moos gefertigt zu sein schien.

»Wer sind Sie?«, stammelte Arthur.

»Du bist doch derjenige, der einfach so vor meiner Tür gelandet ist, deshalb würde ich sagen, die Höflichkeit gebietet es, dass du mir diese Frage zuerst beantwortest. Du kommst doch nicht aus Erythea, oder?«

Arthur konnte es nicht glauben. Der Mann hatte das Wort gesagt: Erythea! Er schüttelte den Kopf. »Ich komme aus Lontown. Mein Name ist Arthur Brightstorm.«

»Aus Lontown?« Auf dem Gesicht des Mannes breitete sich

ein strahlendes Lächeln aus und er klatschte aufgeregt in die Hände. »Na, na, na, das gute alte Lontown, was du nicht sagst! Ich war mir sicher, ich hätte ein Wolkenschiff gehört, und dachte, ich sollte mal nachsehen, was los ist. Aber dann habe ich mich selbst davon überzeugt, dass ich es mir doch nur eingebildet hatte. Arthur Brightstorm? Gute Güte, das ist wirklich fantastisch.« Er redete ohne Punkt und Komma, die Worte galoppierten förmlich aus seinem Mund. »Wie hast du …? Wo … Was um alles in der …?«

Er verstummte für einen Moment und schüttelte den Kopf. »Wir haben noch jede Menge Zeit für Fragen. Immer schön eins nach dem anderen. Lass mich dir erst mal helfen.« Er streckte eine Hand aus und Arthur erkannte sofort die vier Dreiecke, die auf seinen Arm tätowiert waren. Die Erkenntnis traf ihn wie ein Blitz, und im selben Moment fügte der Mann hinzu: »Ich bin Everest, Everest Wrigglesworth.«

Wieder klappte Arthur die Kinnlade herunter. »Sie sind noch am Leben!«

Everest Wrigglesworth schaute an sich hinunter. »Oh, in der Tat, das bin ich. Du hast wirklich eine fixe Auffassungsgabe!« Er grinste schelmisch und zog Arthur auf die Beine.

Arthur konnte nicht glauben, was er da hörte und sah. Einen Augenblick lang fragte er sich, ob er sich den Kopf bei seinem Sturz wohl ein wenig zu heftig gestoßen hatte und ob das alles nur ein Traum war, aber die Hand des Mannes in seiner eigenen war eindeutig real.

»Gute Güte, du hast wirklich einen ziemlichen Sturz hinter dir. Ich denke, du kannst von Glück sagen, dass du noch am Leben bist – ganz davon zu schweigen, dass du ohne einen gebrochenen Knochen davongekommen zu sein scheinst. Das sieht mir eher nach einer Verstauchung aus.« Er zeigte auf Arthurs Knöchel, blickte sich dann um und brach einen Ast von einem Baum in der Nähe ab. »Hier, den kannst du als provisorische Krücke benutzen. Aber jetzt beeil dich, ich bin schon viel zu lange hier draußen. Wir wollen schließlich nicht von einem sintflutartigen Wolkenbruch erwischt werden. Hier in der Gegend sind sie besonders häufig und draußen auf dem Meer hat erst vor einer Weile ein heftiger Sturm getobt.«

»Aber meine Freundin ist noch hier draußen. Sie ist ein Weisewesen, ein Vogel. Ich habe sie verloren.«

Everest hob den Blick. »Hier unten kann sie unmöglich fliegen. Ich bin mir sicher, dass es ihr gut geht – alles, was Flügel oder Flossen hat, ist hier in Sicherheit. Beine sind hier das Problem, deshalb bist du im Augenblick eindeutig im Nachteil. Komm mit, alter Junge. Wir müssen den Wasserläufen folgen, damit wir uns nicht verirren, und hier im Wald wird das eine Ewigkeit dauern. Aber du musst gut aufpassen, dass du nicht ausrutschst. Am besten steckst du dir den Ast unter die Achsel, ich stütze deinen anderen Arm und ... Ah, verstehe. Nun gut. Ich bin mir sicher, dass wir schon zurechtkommen werden.«

Sie begannen, sich einen Weg durch die Farne zu bahnen, und folgten dem ersten Bach.

»Bleib stehen, alter Junge!«, rief Wrigglesworths plötzlich. »Blutegel!«

Er starrte auf Arthurs Arm. Arthur blickte ebenfalls an sich hinunter und sah das nächste der schwarzen glänzenden Viecher an seinem Handgelenk, konnte die Stelle jedoch unmöglich erreichen.

»Diese Dinger saugen dich komplett aus. Zum Glück ist es nur ein kleiner.«

»Ein kleiner? Er ist fünf Zentimeter breit!«

»Ah, noch ein Baby. Manche von ihnen sind so groß wie ein Robbenjunges in den Nordklippen!«

Arthur lachte unsicher und hoffte, dass Wrigglesworth sich nur einen Scherz erlaubte.

»Ich darf doch?« Er pflückte den Blutegel von Arthurs Handgelenk und warf ihn weg.

Sie gingen langsam weiter stromaufwärts und Arthur warf alle paar Sekunden einen prüfenden Blick auf seinen Arm und seine Beine, um nach den schleimigen schwarzen Blutsaugern Ausschau zu halten.

»Wir dachten, Sie wären tot«, sagte Arthur.

»Wirklich? Aber ich bin doch erst seit ein paar Monden fort.«

»Zwölf, um genau zu sein.«

»Was? Wirklich? Wie die Zeit rast, wenn man in Erythea ist!«

»Eine ganze Armada ist auf der Suche nach Ihnen. Oder jedenfalls war sie das, bis wir erfahren haben, dass Sie tot sind. Dann sind alle wieder umgekehrt.«

»Tot? Was für ein Unsinn. Aber es sind wohl nicht *alle* umgekehrt, was?« Er betrachtete Arthur von oben bis unten. »Eine ganze Armada? Wer hätte geglaubt, dass sich jemand so sehr für einen dussligen alten Entdecker wie mich interessiert, wenn eure talentierte neue Generation längst nachgerückt ist? Na, na, na. Und ich dachte, ich könnte mich still und heimlich davonschleichen und mit der größten Überraschung von allen wieder zurückkehren. Bist du mit deinem Vater hergekommen? Ernest, nicht wahr?«

Die Worte krampften sich zu einem Klumpen in seiner Brust zusammen, aber Arthur ließ es sich nicht anmerken. »Nein, ich bin mit Harriet Culpfeffer und ihrer Besatzung hier.«

»Eine hochanständige Familie, die Culpfeffers. Octavie Culpfeffer war eine gute Freundin von mir, auch wenn wir uns schon vor langer Zeit voneinander entfremdet haben.« Everest starrte einen Moment lang auf einen unsichtbaren Punkt in der Ferne, einen glasigen Ausdruck in den Augen. »Lässt dein Vater dich schon auf eigene Faust die Welt entdecken? Am besten lernt man sein Handwerk, wenn man auf eigenen Beinen stehen muss, weißt du?«

Arthur beschlich das Gefühl, dass Everest Wrigglesworth nicht notwendigerweise Fragen stellte, um Antworten darauf zu erhalten.

»Sehr respektabler Kerl, das fand ich schon immer, auch wenn ihn einige sehr herablassend behandelt haben. Wirklich, ich bin absolut dafür, dass jeder sein Glück versuchen sollte. Wir können schließlich nicht alle zu den altehrwürdigen Entdeckerfamilien des Ersten Kontinents gehören.«

»Sie meinen Vornatania.«

»Ja, ja, der Erste, Vornatania, ist doch ein und dasselbe.«

»Nicht wirklich«, wiedersprach ihm Arthur.

»Was macht dein Knöchel?«

»Tut weh.«

»Ah, sieh da!« Wrigglesworth schnappte sich einen Zweig von einem Busch und riss ein Stück der Rinde ab. »Kau darauf herum, das wird helfen.«

Die Rinde schmeckte bitter und fühlte sich in Arthurs Mund an, als würde er versuchen, eine Stiefelsohle zu zerkauen.

Nachdem sie den Wasserläufen noch eine Zeit lang gefolgt waren und etwas unbeholfen Smalltalk über das Wetter in Lontown gemacht hatten, schienen sie sich plötzlich in einem Sumpf zu befinden. Feuchter Nebel waberte zwischen den tief herabhängenden Ästen der Bäume. Frösche quakten ein lärmendes Konzert.

»Da sind wir!«

»Ach ja?«, fragte Arthur entschieden weniger beeindruckt, als er selbst gehofft hatte. Nach allem, was er vor seinem Sturz gesehen hatte, war dieses Land ein wahres Paradies, daher schien ihm dieser dunkle, schwüle Sumpf eine eher eigenartige Wahl für ein gemütliches Zuhause zu sein. Er schlug nach ein paar Moskitos auf seinem Gesicht.

»Komm mit.«

Ein Stück entfernt kam eine Behausung in Sicht, offensichtlich von Menschen gemacht.

Es war ein Haus auf Stelzen: eine alte, schuppenartige Hütte mit schiefem Kamin und Bogenfenstern. Als sie sich ihr näherten, erkannte Arthur jedoch, dass sie gar nicht auf Stelzen stand, sondern auf einer Art Kurbeln.

»Beeindruckend, nicht wahr?«

»Es ist definitiv interessant.«

»Das komplette Haus lässt sich knapp zwanzig Meter in die Höhe fahren. Es steht auf Kurbeln und Zahnrädern – eigentlich ziemlich primitiv, deshalb gilt die Technik auf diesem Kontinent inzwischen auch als Antik-Tech, als Relikt aus vergangenen Zeiten.«

Arthur stellte sich vor, wie Marie sofort darauf zugestürmt wäre, um den Mechanismus genauer zu begutachten. Er vermisste sie so sehr. Nun war er zwar wenigstens nicht mehr allein, aber er hatte trotzdem das Gefühl, in zwei Teile gespalten worden zu sein und die eine Hälfte auf Nova zurückgelassen zu haben.

»Viele von ihnen sind inzwischen verfallen, weil die meisten hier die Blasenhäuser vorziehen – sehr beliebt im Süden, wie ich höre. Altbewährte Baumhäuser sind eher was für Traditionalisten. Dann gibt's da noch die modernen Wasserfallhäuser. Aber natürlich entscheiden sich die meisten ohnehin, nach Tempestra zu ziehen, um in der Stadt zu leben.«

»Ich glaube, dorthin wollte auch der Rest der Besatzung … bevor ich abgestürzt bin, meine ich.« Arthur spielte mit dem Gedanken, Everest alles über die Vane-Crew zu erzählen, aber er war sich immer noch nicht ganz sicher, was er von ihm halten sollte.

»Vielleicht können wir dich ja dort hinbringen, sobald sich dein Knöchel ein wenig erholt hat. Ich lasse das Haus herunter, dann musst du nicht so viele Treppen steigen.«

Everest machte sich daran, an einer großen Kurbel zu drehen. Es krachte und ächzte und Ketten begannen zu rasseln. Das komplette Haus neigte sich ein Stück nach vorn und mehrere Moosklumpen plumpsten in den Sumpf. Dann, während Wrigglesworth weiter an der Kurbel drehte, schwang das Gebäude wieder nach hinten und senkte sich langsam ab.

»Diese antike Technologie reicht mehrere Jahrhunderte zurück. Faszinierend, nicht wahr? Es ist der Grund, warum ich hiergeblieben bin – es gibt hier so vieles zu dokumentieren!«

Das Haus rastete kurz vor der Sumpfoberfläche ein und Everest zog Arthur mit sich durch die Tür. Überall standen mit Papieren, Büchern, Töpfen und Gläsern vollgestopfte Regale, auf dem Boden lag ein riesiger Haufen aus Decken und Kissen auf einer als provisorisches Bett fungierenden Matratze und daneben standen ein rustikaler Tisch, ein Stuhl und ein Herd.

Auf dem Tisch befand sich ein riesiges Barometer, das ganz anders aussah als das, das Meriwether benutzte. Während ihres *sehr trocken, heiter, wechselhaft, regnerisch* und *stürmisch* anzeigen konnte, zeigte dieses entweder *heiter, regnerisch, noch regnerischer, sintflutartiger Regen, Sturm* und *ÜBERSCHWEMMUNG* an. Im Augenblick stand der Zeiger auf *heiter*.

Everest klopfte auf das Barometer, aber es blieb auf *heiter* stehen. »Wir können unten bleiben. Gut, ich koche uns erst mal einen Tee und verarzte deine Wunden. Setz dich am besten auf den Stuhl, dann kannst du dein Bein hochlegen.«

Arthur ließ sich auf den Stuhl fallen, erleichtert, seinen Knöchel endlich entlasten zu können. »Überschwemmung klingt ja ziemlich übel.«

»Bei den schlimmsten Überschwemmungen hier steht das Wasser etwa zehn Meter hoch, wir sind also in Sicherheit.«

»Zehn Meter!« Arthur erstickte beinahe an seinen eigenen Worten.

»M-hm, aber hier kommen sie meist nicht so plötzlich wie auf der Nordseite des Landes.« Everest zog einen Baumstumpf mit einem Kissen unter dem Tisch hervor und legte Arthurs Knöchel darauf. »Direkt am Fuß der Berge sind die Überschwemmungen am schlimmsten. Das komplexe Wettersystem hier hängt von verschiedenen Faktoren ab, die alle zusammengenommen für ziemliches … nun, Chaos sorgen.«

»Chaos?«

»Chaos, jedenfalls nach unseren Maßstäben. Hier sind die Menschen allerdings absolut daran gewöhnt. Es ist wirklich fantastisch, wie sich die Einheimischen an das Ökosystem angepasst haben.«

»Mr Wrigglesworth, nach allem, was ich gehört habe, wissen die Menschen hier alles über uns – aber wir wissen nicht das Geringste über sie.«

Everest kniff die Augen zusammen und seine Stirn sah auf einmal ganz verrunzelt aus, wie die Rinde eines Baums. »Faszinierend, nicht wahr? Ich habe es mir zur Lebensaufgabe gemacht, einen Weg hierher zu finden. Alle haben mich für einen törichten Narren gehalten.«

»Der Bund der Vier«, sagte Arthur und zeigte auf Everests Arm mit den vier Dreiecken.

»Na, du hast deine Hausaufgaben ja wirklich gemacht.« Wrigglesworth zwirbelte das Ende seines grauen Barts um einen Finger und beäugte Arthur einen Moment lang.

»Ich mag Bücher.«

Everest lächelte. »Ich auch.«

»Ich habe Ihre kommentierte Originalausgabe von *Entdeckungen des Dritten Zeitalters* gelesen.«

»Was du nicht sagst.« Everest streckte stolz die Brust heraus.

»Es war äußerst interessant … an einigen Stellen.«

»Nur an einigen Stellen?« Er ließ die Schultern sinken.

Arthur lehnte sich zu ihm. »An einigen, nun, *verborgenen* Stellen …«

Ein Funkeln brachte Everests Augen zum Leuchten. »Mein lieber alter Junge, du hast doch nicht etwa …?«

Arthur nickte. »Die Worte mit Zitronensaft lesbar zu machen, war wirklich clever. Genau wie das Geheimfach in der Schublade auf der Mangroveninsel.«

»Na, was sagt man dazu? Du bist wirklich ein kluges Kerlchen! Ich werde mich in Zukunft wohl ein bisschen mehr anstrengen müssen!« Everest nahm einen Krug aus dem Regal und goss für Arthur Wasser in einen Holzbecher. Dann trottete er zur Tür und öffnete sie hinaus in den Regenwald.

Ihre Unterhaltung wurde von einer Geräuschkulisse aus prasselndem Regen und quakenden Fröschen untermalt, die hin und wieder vom charakteristischen Trällern oder Pfeifen eines Vogels durchbrochen wurde. Es roch wie in einem überwucherten Gewächshaus: eine Mischung aus Vegetation, Feuchtigkeit, Erde, Holz und verwesenden Pflanzen. Aber es war kein unangenehmer Geruch – es roch nach Leben.

»Also, wie geht's Kapitänin Culpfeffer?«, erkundigte sich Everest. »Ich habe ihre Karriere mit großem Interesse verfolgt.«

Arthur räusperte sich nervös. Er konnte so nicht weitermachen. »Mr Wrigglesworth, ich muss Ihnen etwas sagen. Ich bin gar nicht wirklich mit der Culpfeffer-Crew hier.«

Everest drehte sich zu ihm um und blickte ihn mit zusammengekniffenen Augen neugierig an.

»Ich bin mit den Vanes hier, aber nicht freiwillig«, fügte Arthur hastig hinzu.

»Was in aller Weite hat bitte diese Frau hier zu suchen? Wie ist sie …?«

»Sie ist in Ihr Haus in Lontown eingebrochen und hat einige Ihrer Tagebücher geklaut.«

Everest knallte den Wasserkessel auf den Herd. »Ich wusste doch, dass ich die Tagebücher vor meiner Abreise hätte verbrennen sollen! Diese Frau hat keinerlei Ehre im Leib. Thaddeus, ihr Vater, war genauso. Ich würde eher einem Moskito vertrauen, der geschworen hat, mich nicht zu stechen!« Er schlug eine Mücke weg, die auf seinem Arm saß.

Arthur verzerrte das Gesicht. »Es kommt noch schlimmer. Sie ist auf dem Weg in die Stadt und gibt sich als Harriet aus.«

»Sie gibt sich als Harriet Culpfeffer aus? Warum sollte sie das denn tun?«

»Ich weiß es nicht. Aber es sah so aus, als hätten die Einheimischen, die auf der *Aurora* waren, das Wappen der Culpfeffers auf dem Schiff erkannt: die beiden Schwalben.«

»Tatsächlich?« Everest legte den Kopf in den Nacken und die Stirn in tiefe Falten.

Arthur nickte.

»Nun, mein lieber alter Junge, ich denke, wir sollten uns in die Stadt aufmachen und herausfinden, was sie vorhat – sobald dein Knöchel ein wenig verheilt ist. Aus dieser Ecke des Landes ist der Weg ziemlich weit.«

Everest ging zum Regal und griff nach einer Flasche mit brauner Flüssigkeit. Er schenkte zwei Kokosnussschalen ein und reichte Arthur eine davon. »Bis das Wasser kocht, gönnen wir uns eine Portion Dschungel-Vitaminsuppe. Man kann sie wunderbar kalt zu sich nehmen. Ich habe ein wenig mit verschiedenen Vitaminen und Mineralien experimentiert, die hier in der Gegend zu finden sind.«

Arthur nahm die Schale entgegen, aber von dem schlammig faulen Gestank drehte sich ihm der Magen um.

Everest missverstand seine Reaktion als Zurückhaltung und klopfte ihm auf den Rücken. »Keine Angst! Sämtliche Zutaten sind absolut ungefährlich und wurden von der einheimischen Bevölkerung abgesegnet. Trink aus, alter Junge. Davon wachsen dir endlich Haare auf der Brust und außerdem hält es die Insekten davon ab, dir in der Nacht das Blut auszusaugen. Du schlägst damit sozusagen zwei Moskitos mit einer Klappe!« Everest lehnte sich zu ihm, die Augen weit und ein Grinsen auf dem Gesicht.

Arthur lächelte unbeholfen und hielt einen Moment inne. Er war sich sicher, dass Wrigglesworth ihm jeden Moment sagen würde, dass er nur einen Witz gemacht hatte.

Aber stattdessen sagte Everest: »Jetzt komm schon, bist du nun ein Entdecker oder nicht? Zum Wohl!« Wrigglesworth stieß mit Arthurs Kokosnussschale an und leerte die trübe Flüssigkeit in seiner eigenen Schale in einem Zug.

Arthur hielt die Luft an, schloss die Augen und versuchte, sich vorzustellen, es sei Felicitas' Allerlei-Gemüse-Suppe. Aber das Zeug schmeckte widerwärtig, nach verschimmeltem Käse und vergorenem Gras. Er musste furchtbar würgen.

Everest lachte. »Braver Junge! Wie ich den wahren Lontowner Abenteuergeist doch vermisst habe!« Er blickte sehnsuchtsvoll ins Leere und wandte sich ab, um sich von der Dschungelsuppe nachzuschenken. Arthur kippte seine eigene Schale schnell in einen Blumentopf mit einer Palme aus, der neben ihm stand, und murmelte eine hastige Entschuldigung in Richtung der Pflanze.

»Gut, wie es aussieht, haben wir ein bisschen Zeit totzuschlagen, während dein verletzter Knöchel heilt. Ich würde sagen, ungefähr eine Woche. Ich will sämtliche Neuigkeiten aus Lontown von dir hören und ich möchte alles wissen, was auf deiner Reise hierher passiert ist.«

Arthur nickte. »Aber wie haben *Sie* denn den Weg hierher gefunden, Mr Wrigglesworth?«

»Mein Wolkenschiff ist abgestürzt. Mir ist der Treibstoff ausgegangen, und dann haben sich diese verfluchten Nachtflüsterer auf mich gestürzt.«

»Die haben Sie auch in Ihrem Tagebuch gemalt, richtig?«

»Ja. Als ich sie gezeichnet habe, war ich ihnen noch nicht selbst begegnet. Aber die Leute auf Nova erzählen einem so einiges, wenn man sie nur mit genügend Rum versorgt! Wie dem auch sei, zum Glück war damals gerade ein Meeresschiff aus Erythea auf dem Meer unterwegs, das von dem Feuervogel beschützt wurde. Sie hatten Mitleid mit mir, haben mich gerettet und mich in die Stadt gebracht. Sie wollten wissen, ob ich vorhabe, wieder nach Hause zurückzukehren, was ich natürlich verneinte. Ich hatte das untrügliche Gefühl, dass dies keine Option war. Also haben sie mir erlaubt hierzubleiben, was mir nur recht war. Schließlich konnte ich es kaum erwarten, diese neue Welt zu erforschen und ihre Geschichte und Technologie zu entdecken.«

»Was genau sind die Nachtflüsterer denn? Wir haben es unversehrt an ihnen vorbeigeschafft, aber ich glaube, wir hatten einfach nur Glück.«

»Wirklich kuriose Kreaturen. Sie ernähren sich von Energie, soweit ich es verstehe. Von elektrischer Energie, wo immer sie sie auch finden können: in Stürmen, Erinnerungen … Was glaubst du wohl, warum es noch nie zuvor jemand so weit geschafft hat? Andererseits bin ich eher Historiker als Zoologe, also ...« Er zuckte mit den Schultern.

»Dann sind sie also so eine Art Barriere zwischen diesem Kontinent und der Welt dort draußen, damit dieses Land ein Geheimnis bleibt?«

»Ganz genau.«

»Und die Erytheaner haben Sie hierbleiben lassen, obwohl Sie aus der Außenwelt stammen?«

»Ja, aber sie beobachten mich sehr genau. Einer von ihnen ist immer ganz in der Nähe. Natürlich würden Fremde wie wir sie niemals entdecken. Sie verschmelzen mit dem Urwald wie ein Chamäleon. Aber ich weiß, dass sie da sind.«

Arthur blickte misstrauisch aus dem Fenster. »Sind sie jetzt auch dort draußen?«

»Vielleicht.« Everest schenkte Arthurs Kokosnussschale nach und rückte mit seinem Stuhl näher an ihn heran. »Und jetzt trink aus und erzähl mir von zu Hause.«

Arthur grinste unbehaglich und sein Magen sehnte sich schmerzlich nach einem von Felicitas' köstlichen Gerichten. Er freute sich, Everest von Lontown zu erzählen, aber über die lange Zwangspause, die er einlegen musste, war er alles andere als begeistert – vor allem wenn er die ganze Zeit in einer Hütte eingesperrt war und grünen Schleim trinken musste. Ihn beschlich das dumpfe Gefühl, dass es eine sehr lange Woche werden würde.

KAPITEL 16

DER FEUERVOGEL

Die Tage verstrichen. Marie hasste den Wellengang auf dem Meer. Er war erbarmungsloser als die Wolken, so als würden die Wellen sie mit klebrigem Griff festhalten. Hoch oben am Himmel fühlte sie sich wie ein Teil der Wolken, gleichberechtigt, aber das Meer schien sie beherrschen zu wollen. Es hielt sie mit seinem schaukelnden Rhythmus gepackt und sie musste ständig das unschöne Gefühl hinunterschlucken, sich übergeben zu müssen.

Außerdem konnte sie nicht aufhören, an Arthur zu denken. Zur Ablenkung beschäftigte sie sich mit dem Wolkenkanu, reinigte den kleinen Wassermotor und notierte in ihrem Tagebuch verschiedene Verbesserungsmöglichkeiten.

Am Horizont erhob sich eine Wand aus unheilvollen Wolken. Worauf segelten sie zu? Stürme waren schon in Wolkenschiffen kein Vergnügen und Marie konnte sich gut vorstellen, dass sie auf einem Meeresschiff noch viel schlimmer sein würden. Vielleicht sollten sie an Bord lieber alles doppelt sichern.

Harriet starrte in die Ferne, die Hände am Steuerrad, hoch konzentriert und so still, wie Marie sie noch nie zuvor erlebt hatte.

»Hier, für dich.« Felicitas reichte ihr eine Tasse. »Ich habe einen neuen Pfefferminztee ausprobiert. Ich hoffe, er hilft gegen die Übelkeit.«

Die Wolken hatten sich innerhalb kürzester Zeit schier übermächtig aufgetürmt.

»Ich frage mich, was Meriwether wohl dazu sagen würde.« Marie deutete auf die unheilvoll drohende Wand vor ihnen. Sie ging all die Fachbegriffe für Wolken, die sie kannte, in ihrem Kopf durch: Stratus, Kumulus, Zirrus, Nimbostratus. Diese hier erschienen ihr jedoch unfassbar riesig und mit keiner der Wolken zu vergleichen, die sie zu Hause schon einmal gesehen hatte. Wäre es möglich, eine Maschine zu erfinden, die diese Wolke wortwörtlich in Luft auflöste? Sie blickte in den Himmel empor. Noch nie war er ihr weiter entfernt vorgekommen, vom Rest der Welt getrennt und unerreichbar.

»Harriet bringt uns ganz bestimmt unbeschadet da durch, keine Sorge. Wahrscheinlich ist es nur eine Nebelbank. Es sind sicher keine Turbulenzen oder irgendetwas anderes, das uns gefährlich werden könnte.«

Aber Marie konnte nicht umhin zu bemerken, wie Felicitas nervös mit ihren nackten Zehen wackelte. Außerdem gefiel ihr ganz und gar nicht, dass der Wind während des letzten Glockenschlags deutlich abgeflaut war und die Segel erschlafft waren. Die Wellen wogten auf unheimliche Weise immer sanfter, je weiter sie sich dem Nebel näherten. *Die Stille kommt vor dem Sturm*, hatte ihr Vater immer gesagt und Marie wusste, dass es wahr war – genauso wie stille Gedanken manchmal den besten Ideen vorausgingen oder wie vor einer Explosion ein Augenblick des Vakuums entstand.

Marie stellte sich neben Harriet, während sie sich der gewaltigen Wolke näherten. Auch Welby und Felicitas gesellten sich zu ihnen. War die *Aurora* durch denselben Nebel geflogen? Wie weit lagen sie hinter ihr zurück?

»Drossle den Motor, Welby. Wir müssen vorsichtig sein«, sagte Harriet.

Welby verschwand unter Deck, und kurz darauf war ein Brummen zu hören, als sich der rumpelnde Motor auf halbe Kraft verlangsamte, dann auf ein Viertel, bevor er schließlich fast komplett verstummte.

Harriet umklammerte ihren Kompass.

»Schaut euch das Wasser an. Kommt es euch nicht auch unheimlich ruhig vor?«, fragte Felicitas.

Im nächsten Moment wurden sie von dem dichten Nebel verschluckt.

Das einzige Geräusch war der Bug des Meeresschiffs, der durch das stille Wasser schnitt. Ringsum herrschte undurchdringliches Grau.

Harriet schaute Marie an und lächelte ihr aufmunternd zu. »Keine Sorge. Nur weil wir nichts sehen, heißt das nicht, dass wir nicht richtig navigieren können.«

Sie glitten weiter durch die Dunkelheit.

»Land in Sicht!«, rief Harriet plötzlich. »Vorsichtig … vorsichtig.«

Der Nebel hatte sich ein wenig gelichtet und sie konnten rund hundert Meter weit sehen. Sie befanden sich zwischen hoch aufragenden, zerklüfteten Inseln – schmale Felsen, die das Meer durchbohrten.

»Wenn wir mit dem Rumpf gegen einen dieser Felsen prallen, könnten wir einen verheerenden Schaden davontragen.« Welby runzelte die Stirn.

»Wir … wir kehren doch nicht wieder um, oder?«, fragte Marie leise.

»Nein!«, antworteten Harriet, Welby und Felicitas wie aus einem Mund.

»Aber wir müssen zusammenarbeiten. Marie, du gehst mit Felicitas vorn an Steuerbord auf Position. Welby, du übernimmst Backbord. Haltet die Adleraugen offen!«

Sie befanden sich in einem Labyrinth aus mächtigen Felsensäulen, seltsam karg und ohne Leben und ganz anders als die Inseln, die sie hinter sich gelassen hatten.

»An Backbord wird's eng!«, warnte Welby.

»Komm nicht zu weit rüber, Harry, hier ist auch nicht viel Platz!«, rief Felicitas.

Harriet blickte über ihre Schulter. »Es klart auf. Ich glaube, das Schlimmste haben wir überstanden.«

Doch sie hatte die Worte kaum ausgesprochen, als das Schiff zu schwanken begann. Wellen bauschten sich vor ihnen auf und eine steife Brise zerzauste Harriets Haar. Die Wolken verfinsterten sich noch mehr, zunächst ganz langsam, dann immer schneller, so als würde die Nacht in dreifacher Geschwindigkeit hereinbrechen.

Marie zupfte Felicitas am Ärmel. »Was sind denn das für dunkle Formen da auf den Felsen?« Ihr entging nicht, dass Felicitas ihren Glückslöffel fest umklammerte.

»Ich weiß es nicht. Wahrscheinlich irgendwelche Pflanzen … oder …« Sie verstummte.

Dann erhellte ein Blitz in der Ferne den Himmel, und kurz darauf folgte ein leises Donnergrollen.

»Der Sturm zieht von Süden auf, wir drehen nach Norden ab!«, rief Harriet.

Plötzlich nahm Marie auf der nächsten Felsspitze etwas aus dem Augenwinkel wahr. »Hat sich das gerade bewegt?«, fragte sie atemlos und ihr Herz pochte wie wild. Was immer »das« auch war, es schien mehrere Meter lang zu sein, deshalb fiel es ihr nicht schwer, es im Auge zu behalten.

Das Schiff drehte nach Nordosten ab, doch nicht weit vor ihnen erleuchtete ein weiterer Blitz den Himmel, gefolgt von einem gewaltigen Donnerschlag, bei dem Marie und Felicitas ein erschrockenes Kreischen entwich.

Dann zuckte die dunkle Gestalt auf der Klippe.

Sie *lebte*.

Ein riesiger Kopf mit Tentakeln hob sich von dem senkrecht aufragenden Felsen und blickte in den Himmel empor. Das Ding klammerte sich mit mächtigen Krallenfüßen an den Steinen fest.

»Was ist das?«

Harriet beobachtete es wachsam. »Ganz ruhig. Nicht die Nerven verlieren.«

Dann bemerkten sie ein weiteres dieser Wesen, und noch eines. Die Kreaturen waren überall und krallten sich an die zerklüfteten Felsen. Ein eigenartiges Flüstern schwebte durch die Luft. Stammte es von den Wesen?

»Das gefällt mir überhaupt nicht«, raunte Felicitas.

»Das sind die Kreaturen aus Everests Tagebuch«, sagte Harriet ganz leise. »Die Nachtflüsterer!«

»Ich dachte, Gilly hätte gesagt, dass sie wahrscheinlich höchstens so groß sind wie kleine Fledermäuse!«

Erneut leuchtete ein Blitz am Himmel auf, diesmal in einem gewaltigen Zickzack aus blendendem Licht. Das Meeresschiff schaukelte noch heftiger, und dann war ein seltsames Geräusch zu vernehmen, so als würde die Luft durcheinandergepeitscht. Eine der Kreaturen stieg in die Lüfte auf, dann noch eine und noch eine.

»Marie, Felicitas, geht unter Deck!«, schrie Harriet.

Sie starrten beide auf die Biester, wie gelähmt von dem Geschehen, das sich um sie herum abspielte.

»Das ist ein Befehl!«

Felicitas packte Marie an der Hand. »Komm mit!«

Die Kreaturen flogen in Wellenbewegungen über sie hinweg, die Krallen hinter sich ausgestreckt, die schwarze, ledrige Haut vor Nässe glänzend. Es war das leise Zischen von Luft zu hören, so als hätte der Wind eine eigene Stimme.

Doch bevor Felicitas und Marie die Luke erreichten und nach unten klettern konnten, landete eine der Kreaturen direkt darauf. Ihre mächtigen Flügel waren nach innen gefaltet und die Vorderkrallen ruhten auf dem Deck. Tentakel ergossen sich von ihrem Kopf und an der Wirbelsäule hinab bis zum Schwanz, mit dem sie immer wieder auf die Holzdielen schlug. Sie beobachtete die beiden mit milchig weißen Augen. Dann machte das Ding einen Schritt auf sie zu und etwas sehr Eigenartiges passierte.

Jemand flüsterte Marie etwas zu. Es war Arthur. Sie war mit Arthur in ihrem alten Zuhause, dem Haus der Familie Brightstorm, kurz bevor ihr Vater nach Südpolaris aufbrach. Sie konnte ihn in der Tür sehen – konnte ihn tatsächlich sehen, *so als stünde er direkt vor ihr und …*

Wie aus weiter Ferne hörte Marie Harriet rufen: »Volle Kraft voraus!«

Das Schiff beschleunigte, die Kreatur taumelte rückwärts und Marie und Felicitas wurden zu Boden geworfen. Als sie auf das Deck knallte, sah Marie Hunderte der seltsamen Wesen von den Felsen aufsteigen und in einem mächtigen Wirbel in den Himmel emporflattern. Der nächste Blitzschlag leuchtete auf, dann noch einer. Warmer tropischer Regen rasselte wie Pistolenkugeln auf das Deck.

Die Kreatur richtete sich wieder auf und beobachtete sie beide eindringlich, bevor sie Marie erneut mit ihrem starren Blick gefangen nahm. Sie hörte ein Flüstern. *»Es ist gut, alles ist gut.«*

Marie sah sich und Arthur im Garten des Brightstorm-Hauses, mit ihrem Vater. Sie lachten und tobten umher, spielten Fangen. Es war eine wunderschöne Erinnerung. Sie war drei Jahre alt und sie wollte unbedingt von den Zitronenkeksen kosten, die ihr Vater frisch gebacken hatte. Aber sie lachten so herzlich und das warme Sonnenlicht flutete den Garten und es roch nach Rosen und … Etwas streifte über ihre Wange und –

Welby stieß sie zur Seite.

»Verschwinde!«, brüllte er und stach mit einem langen Stab nach der Kreatur. Sie zog sich zurück und flatterte davon.

Felicitas half Marie auf die Beine. »O weh, o weh!«

»Was ist passiert?«, stöhnte Marie.

»Du bist auf das Ding zugegangen und einen Moment lang klebten seine Tentakel an deinem Kopf. Ich hab versucht, dich zurückzuziehen, aber du hast mich weggestoßen.«

»Ich kann … mich nicht daran erinnern.«

Felicitas zerrte Marie zum Heck des Schiffs.

Ein Blitz jagte den nächsten und erleuchtete den Himmel.

Der Schwarm der finsteren Kreaturen stieg in einer schwarzen Spirale immer höher. Ihre Körper leuchteten zwischen den Wolken auf, so als würden sie irgendwie mit dem Sturm reagieren – so als würde er sie aufladen.

Das Meeresschiff geriet gewaltig ins Wanken und beinahe wären sie erneut umgekippt. Harriet umklammerte fest das Steuerrad.

»Vorsicht an Backbord!«, schrie Welby, als ein neuer Felsen hinter einer Nebelwolke auftauchte. Harriet drehte das Steuer blitzschnell herum und das Meeresschiff machte einen gewaltigen Satz über die Wellen und knarrte dabei ganz furchtbar.

Über ihnen kreisten die Nachtflüsterer, kamen immer näher und näher. Das Schiff begann, sich zu drehen.

Eine Kreatur landete direkt vor Harriet am Bug. Wieder rief sie Felicitas und Marie zu, sich unter Deck zu flüchten, aber die beiden konnten sich noch nicht einmal aufrecht halten. Ein weiteres Biest landete an der Steuerbordseite neben Felicitas. »Marie, lauf zur Luke. Bring dich in Sicherheit!«

Marie blickte sich panisch um. An Backbord hockte noch eins von ihnen, dicht neben Welby.

Inzwischen ergoss sich der Regen in Strömen und überflutete das Deck. Marie versuchte, sich wieder aufzurappeln, um Felicitas zu helfen, rutschte jedoch aus und fiel hin.

Dann rauschte plötzlich etwas leuchtend Rotes über sie hinweg, wie aus dem Nichts. Marie hob den Blick und erkannte die muskulöse, rubinrote Brust eines Vogels mit gewaltigen, feuerroten Schwingen, mindestens drei Meter breit, die mit rhythmischen Schlägen durch den treibenden Regen schlugen. Sein Schwanz wehte wie ein scharlachroter Umhang am Himmel. Er schien direkt auf Harriet zuzufliegen, die immer noch verzweifelt das Steuer umklammerte. Der riesige Vogel landete hinter ihr auf dem Deck, breitete die Flügel in einer seltsamen, schützenden Geste aus, öffnete dann seinen tiefroten Schnabel und kreischte den Nachtflüsterern entgegen – ein Schrei, so schrill, als würde eine Klinge die Luft zerschneiden.

Sofort begannen die Nachtflüsterer, sich zurückzuziehen.

Doch bevor ein Gefühl der Erleichterung bei ihnen einsetzen konnte, ertönte ein gewaltiger Knall, gefolgt von einer mächtigen Explosion aus Holz und Felsen. Alles bebte und wankte heftig und Marie wurde quer über das Schiff geschleudert. Sie landete auf dem Rücken, an Steuerbord, das Schiff kippte noch weiter und … Wasser … überall … Sie war halb unter zersplittertem Holz begraben, während das Wasser immer weiter stieg und sie völlig umschloss.

Marie strampelte Richtung Oberfläche, kämpfte gegen das Gewicht ihres Werkzeuggürtels an. Über ihr herrschte das reinste Chaos: Blitze, die fliehenden Nachtflüsterer, der Feuervogel, der sich an den Bug des Schiffes krallte. Das zerborstene Schiff mit klaffendem Leck – und nirgends eine Spur von Harriet, Felicitas oder Welby. Die Wellen zerrten Marie immer weiter vom Schiff fort. Verzweifelt schrie sie nach Harriet.

Dann sah sie es, nicht weit entfernt – das Wolkenkanu schaukelte im Wasser. Es war ihre einzige Chance. Sie strampelte mit aller Kraft darauf zu und streckte die Hand danach aus. Eine dichte Nebelwolke hüllte sie ein, bis auch das letzte Stück des sinkenden Meeresschiffes im Grau verschwand und sie von den Wellen davongetragen wurde. *Halt dich fest*, befahl sie sich selbst. *Halt dich fest!*

Sie bekam das Tau des Wolkenkanus zu fassen, wickelte es um ihre Hand und klammerte sich ans Leben.

KAPITEL 17

ÜBERSCHWEMMUNG

Es war unglaublich, wie schnell das Barometer von *heiter* auf *Überschwemmung* wanderte, und dies war bereits Arthurs dritte Überschwemmung seit seiner Ankunft in Erythea. Sein Knöchel war noch stärker geschwollen und hatte sich noch weiter verfärbt, daher war er die ganze Zeit ans Bett gefesselt gewesen, während Everest alle möglichen Blätter und Kräutermischungen auf die schmerzende Stelle legte, damit sie schneller verheilte.

Arthur beschlich jedoch das dumpfe Gefühl, dass er einfach gern experimentierte, da nichts wirklich zu helfen schien. Nichtsdestotrotz fühlte sich sein Knöchel nach einiger Zeit wieder fast normal an, und als er bei einem flüchtigen Blick auf das Barometer sah, dass sich die nächste Überschwemmung ankündigte, warnte er Everest, der gerade draußen vor dem

Haus Pflanzensaft schöpfte. Gemeinsam machten sie sich eifrig daran, alles vor der nächsten Sintflut in Sicherheit zu bringen.

Everest hüpfte wie ein großer grauer Hase durchs Unterholz, sammelte die überall verstreut liegenden Ausrüstungsgegenstände ein und schleuderte sie durch die offene Tür ins Haus. Inzwischen wusste Arthur, wie er das Feuer im Herd löschen, die Kaminklappe schließen, die Fensterläden sichern und die auf einen Haufen geworfene Ausrüstung verstauen musste. Als er im Haus alles erledigt hatte, ging er auf die Holzveranda hinaus und fragte Everest, ob er ihm noch irgendwie behilflich sein könne.

»Nein, schon gut, ich bin hier fast fertig. Hast du den Kamin verriegelt?«

»Ja, und das Feuer im Herd gelöscht.«

»Sehr gut, mein lieber alter Junge. Es ist viel zu riskant, es bei einer Überschwemmung brennen zu lassen.«

Ringsum war der Boden des Dschungels auf unterschiedlichste Weise zum Leben erwacht: Zahlreiche Blätter rollten sich zusammen und zogen sich zurück, einige Insekten und Tiere krabbelten an den mächtigen Baumstämmen hinauf, während sich andere im sumpfigen Boden vergruben und wieder andere erst daraus auftauchten. Die Greifer beispielsweise wurden erst jetzt aktiv. Everest hatte Arthur bei der letzten Überschwemmung auf diese ungewöhnlichen, bissigen Wasserechsen aufmerksam gemacht, als eine von ihnen versucht hatte, auf ihre Holzveranda zu klettern. Sie hatten rasiermesserscharfe Zähne und blühten bei Überschwemmungen erst so richtig auf, wenn sie versuchten, sich all die unglückseligen Kreaturen zu schnappen, die von dem Sturm überrascht worden waren.

Ein Wassertropfen landete auf Arthurs Nase, während irgendwo im Westen ein Donner grollte. Dann kam das leise Trommeln des Regens und ersetzte das übliche Vogelgezwitscher und Summen der Insekten.

»Ich helfe nur kurz diesem kleinen Kerlchen«, rief Everest ihm zu und hob eine Schnecke auf, die so groß war, dass er beide Hände dafür brauchte. »Natürlich ist diese Spezies so perfekt an ihre Umgebung angepasst, dass sie sich über zwanzig Glockenschläge lang einfach in ihrem Haus verkriechen kann, ohne Luft holen zu müssen. Allerdings glaube ich, dass es sich bei diesem speziellen Exemplar um ein etwas in die Jahre gekommenes Weisewesen handelt, das einen trockenen Unterschlupf und ein bisschen menschengemachten Komfort während einer Überschwemmung sehr zu schätzen weiß. Ich habe sie Gertrude genannt, nach Madame Gainsford von der Geografischen Gesellschaft in Lontown. Ich hatte zugegebenermaßen schon immer eine kleine Schwäche für sie.«

Erneut rumpelte ein Donnerschlag, näher diesmal, und der Urwald verdunkelte sich zusehends, so als ginge der Nachmittag im Zeitraffer in den Abend über. Auch der Regen wurde stärker.

»Wir sollten lieber die Beine ausfahren und das Haus in Sicherheit bringen«, rief Arthur und blickte besorgt auf die graue Finsternis des heraufziehenden Sturms. Dann fiel ihm auf, dass sich die vom Himmel prasselnden Wassertropfen auf den Blättern und Zweigen wir knisterndes Feuer anhörten. *Wie eigenartig, dass zwei komplette Gegensätze so ähnlich klingen können*, dachte Arthur.

Als er sich wieder umdrehte, sah er, dass sich ein ziemlich großer Greifer bis auf wenige Meter an Everest herangeschlichen hatte. »Beeilen Sie sich! Da ist ein Greifer hinter Ihnen, keine zehn Schritte entfernt!«, brüllte er über das Trommelgetöse des strömenden Regens hinweg.

Everest hüpfte behände durch das bereits knöcheltiefe Wasser und seine schlaksigen Beine flogen förmlich durch die Luft, während der Greifer den Kopf blitzschnell in seine Richtung schwang. Das Wasser war jedoch noch nicht tief genug für die geschickte Schwimmtechnik der Echse und sie konnte Everest nur mit ihren golden gestreiften Augen beobachten.

Everest eilte ins Haus und setzte die riesige Schnecke auf einer Decke ab. »Schnell, zünde die Lampe an, damit wir etwas sehen können, wenn wir die Kurbel betätigen.«

Arthur zückte seinen Feuerzünder und steckte die brennende Lampe anschließend wieder in ihre Halterung. Dann begannen sie, an der Kurbel zu drehen, mit der sich das wacklige Haus nach oben fahren ließ. Ein Blitz zuckte und der nächste Donner knallte und fast gleichzeitig noch einer.

Während sie nach oben stiegen, brachen die wütenden Wassermassen aus den Wolken und der Regen rauschte tosend vom Himmel. Draußen war es inzwischen so dunkel, als wäre es finsterste Nacht, und es ließ sich unmöglich sagen, wie hoch sie sich bereits befanden. Sie mussten einfach weiterkurbeln, bis der Mechanismus irgendwann einrastete. Es fiel Arthur immer schwerer, an der Kurbel zu drehen, je heftiger der Regen wurde, und von der Anstrengung und der immensen Luftfeuchtigkeit bildeten sich Schweißperlen auf seinem ganzen Körper. Nach mehreren Minuten ließ sich die Kurbel schließlich nicht mehr bewegen und rastete ein.

»Geschafft. Gut gemacht, alter Junge«, rief Everest. Er klopfte Arthur anerkennend auf den Rücken. Blitze leuchteten in schneller Folge auf und das Grollen des Donners ließ Arthurs Stuhl vibrieren.

»Diese Dinger sind für die Ewigkeit gebaut. Kein Grund, sich Sorgen zu machen.« Everest fächelte sich mit einem Tagebuch Luft zu. »Das war die blitzschnellste Überschwemmung, die ich hier bisher erlebt habe. Wir müssen uns langsam der *Matarnya*-Saison nähern, wie die Einheimischen es nennen. Ich glaube, das lässt sich in etwa mit ›noch nasser‹ übersetzen.«

»Großartig«, murmelte Arthur.

Everest kicherte amüsiert.

Kapitel 18

MARIE ALLEIN

Es war, als wäre der Sturm nur ein Traum gewesen. Marie lag reglos am Strand, ihre Gliedmaßen schwer wie Blei, und ließ die Wärme der Sonne ihre Gedanken überfluten. Sie wusste, dass das, was geschehen war, in dem Moment, in dem sie die Augen wieder öffnete, real werden würde. Neben sich hörte sie das Wolkenkanu sanft in den Wellen schaukeln, die über ihre Füße schäumten.

Das Gefährt hatte ihr das Leben gerettet. Sie konnte sich noch daran erinnern, wie sie es an den Strand geschleppt hatte, würgend und Salzwasser spuckend, bevor sie im Sand zusammengebrochen war.

Sie krallte die Hände in den weichen, warmen Sand. Irgendetwas summte über ihr. Ihre Augenlider flatterten schwer, als sie sich zwang, sie zu öffnen. Der Himmel war so grell. Wie konnte er so strahlend hell sein, wenn er noch vor Kurzem so düster und stürmisch gewesen war?

Eine riesige Libelle mit der Flügelspanne eines großen Tellers sauste über sie hinweg. Marie setzte sich erschrocken auf und das Tier flog davon, kehrte ein paar Sekunden später jedoch wieder zurück und schwebte mehrere Meter entfernt in der Luft, so als hätte die fremdartige Kreatur am Stand ihre Neugier geweckt.

Marie rappelte sich vorsichtig auf und fragte sich einen Augenblick lang, ob sie wieder auf Nova war. Vielleicht hatte der Sturm sie ja zurückgetrieben? Dann blickte sie jedoch zu den mächtigen, von dichtem, saftig grünem Wald bedeckten Bergen hinauf. Die Bäume waren doppelt, vielleicht sogar dreimal so hoch wie alle, die sie jemals gesehen hatte. In diesem Moment wusste sie, dass sie sich an einem neuen, einem riesigen Ort befand.

Arthur hatte die ganze Zeit recht gehabt.

Es *gab* einen vierten Kontinent.

Obwohl es sinnlos war, rief sie laut Arthurs Namen, dann Harriets, Felicitas' und Welbys. Mehrere Vögel stoben am Rand des Dschungels auf und flogen ins Landesinnere davon.

Marie versuchte, ruhig und gleichmäßig zu atmen, und blickte sich um. Die Bucht wirkte abgeschieden, mit beinahe strahlend weißem Sand, so als hätte die Sonne all seine Farbe gebleicht. Zu ihrer Linken ragten die gigantischen bewaldeten Berge auf, vor ihr lag noch mehr Dschungel und überall sonst erstreckte sich nur Meer. Es waren nirgendwo Trümmer des verunglückten Meeresschiffs zu entdecken.

Marie schaute mit zusammengekniffenen Augen über das Wasser, wo die Sonne wie Diamantstaub auf den Wellen funkelte, aber da war nichts. Mit einem Mal kam sie sich furchtbar klein vor und hatte das Gefühl, jemand hätte eine riesige Leere um ihr Herz aufgerissen und flüsterte ihr kalt ins Ohr: *Du bist ganz allein.*

Die Flut schien wieder einzulaufen, deshalb zog sie das Wolkenkanu noch höher an den Strand und suchte darin nach irgendetwas, das ihr von Nutzen sein konnte. Sie überprüfte ihren Werkzeuggürtel: Schraubenschlüssel, kleines Klappmesser, Schraubenzieher und ein Kompass mit gesprungenem Glas. Sie tippte darauf.

Großartig. Das Ding, das ihr am meisten genützt hätte, war kaputt.

Plötzlich fiel ihr auf, wie furchtbar durstig sie war, und außerdem hatte sie noch immer einen schrecklichen Salzwassergeschmack im Mund. Sie blickte sich um und schluckte den Drang hinunter, einfach loszuheulen. Es war leicht, Entscheidungen zu treffen, wenn Arthur und der Rest der Besatzung an ihrer Seite waren, aber allein …

Denk wie Harriet, forderte sie sich selbst auf. *Was würde Harriet tun? Innehalten, nachdenken, beobachten, einen Plan ausarbeiten. Ruhig bleiben.*

Die Finne des Wolkenkanus war abgebrochen, aber Marie schloss die Möglichkeit, sich wieder aufs Meer hinauszuwagen, ohnehin sofort aus. Die Berge wirkten unvorstellbar hoch und wären ein guter Aussichtspunkt, um die Gegend zu überblicken, aber es wäre zweifellos viel zu gefährlich, sie zu erklimmen, ganz davon zu schweigen, dass sie viel zu lange brauchen würde, um auch nur ein Stück weit hinaufzusteigen. Außerdem würde sie ohne Wasser bei dieser Hitze sicher nicht länger als drei Tage durchhalten, vielleicht sogar weniger.

Falls einer der anderen den Schiffbruch überlebt hatte, befand er oder sie sich vielleicht an einem anderen Strand, womöglich gar nicht weit von ihr entfernt, deshalb sollte sie sich nicht zu tief ins Landesinnere begeben. Vielleicht war es am besten, wenn sie nur so weit vordrang, bis sie auf Trinkwasser stieß. Sie würde ihren Weg markieren müssen, damit sie wieder zurückfand. Falls Harriet und die anderen zufällig an diesen Strand kamen, konnten sie Marie so mithilfe der Wegmarkierungen aufspüren. Grübelnd biss sie sich auf die Unterlippe.

Ein paar Meter entfernt säumte ein Waldstreifen, in dem die Bäume weniger dicht zu stehen schienen, den Strand. Nachdem sie das Wolkenkanu zur Sicherheit noch höher auf den Sand gehievt hatte, marschierte sie entschlossen darauf zu. Es sah aus, als würde das Land dort noch weiter abfallen, daher war es durchaus möglich, dass sie dort Wasser finden würde.

Nach ein paar Schritten hielt sie noch einmal inne, suchte nach einem abgebrochenen Ast und schrieb vor den Bäumen in den Sand: *Marie hier entlang*.

Mit dem Klappmesser an ihrem Gürtel schnitt sie ein Stück ihres Ärmels ab und band es an einen nahen Baum, bevor sie noch einmal das Wolkenkanu durchsuchte, nur für den Fall, dass sie irgendetwas übersehen hatte. Sie entdeckte ein Seil und konnte sich nicht entscheiden, ob sie es mitnehmen oder dazu benutzen sollte, das Wolkenkanu zu vertäuen. Schließlich schnitt sie es entzwei. Wenn die Wellen zu hoch stiegen und sie ihre einzige Transportmöglichkeit verlor, gab es für sie keine Hoffnung mehr, aber andererseits konnte sich ein Seil im Dschungel ebenfalls als nützlich erweisen. Sie würde Wasser finden, trockenes Holz sammeln und dann an den Strand zurückkehren, um ein Feuer zu machen und sich ein Lager zu bauen. Sie schob entschlossen die Ärmel hoch und machte sich endgültig auf den Weg in die Bäume.

Ihre Füße matschten über den dunklen, feuchten Waldboden. Ihr wurde bewusst, dass es schier unmöglich sein würde, hier trockenes Holz für ein Feuer zu finden. Hin und wieder blieb sie stehen und brach einen Zweig an einem der Bäume ab, damit sie den Rückweg wiederfand. Die Bäume wurden allmählich immer höher und dichter, und ein Durcheinander aus Zwitschern, Kreischen, Trällern, Pfeifen und Tirilieren erfüllte die Luft. Von oben brach hier und da Licht in weißen Streifen zu ihr hindurch, geschwächt durch Hunderte von Pflanzen, die alle um einen kleinen Sonnenstrahl wetteiferten, sodass am Boden nur trübes, dunkles Dämmerlicht übrig blieb.

Marie kam nur mühevoll voran, da sie nichts weiter als das Klappmesser aus ihrem Werkzeuggürtel hatte, um sich einen Pfad durch das Dickicht zu bahnen.

Während sie sich langsam vorankämpfte, entdeckte sie eine Pflanze, die wie eine Kohlpalme aussah und sie an etwas erinnerte, das Harriet ihnen über das Holzsammeln im Dschungel beigebracht hatte: Je höher, desto besser, deshalb immer oben suchen, nicht auf dem Boden. Sie wählte den höchsten Palmwedel, den sie erreichen konnte, und schnitt ihn dicht am Stamm ab. Er war viel größer als die, die sie in Stella Oceanus gesehen hatte, und tatsächlich: Als sie den Blattstängel zerbrach und auseinanderzog, sah sie darin die dünnen Fäden, die sich gut zum Entfachen eines Feuers eigneten. Sie steckte sie in ihre Tasche, schlang weitere Palmblätter um ihren Hals und hoffte, dass sie so trocknen würden.

Sie marschierte weiter durch den Urwald und entdeckte einige Baumfarne mit feinen Haaren an den Seiten. Sie riss ein paar davon ab und steckte sie ebenfalls ein, in der Hoffnung, dass sie sich gut als Kienspan eignen würden. Dann erinnerte sie sich wieder daran, wie Harriet im Immerwährenden Wald auf dem Eiskontinent Baumharz gesammelt hatte, um eine Fackel zu basteln, und beschloss, selbst welches zu sammeln. Trotz allem erkannte sie jedoch noch immer nirgends ein Anzeichen für eine Wasserquelle.

Wie war es möglich, dass es an einem so feuchten Ort kein Trinkwasser gab?

Dann hörte sie plötzlich ein Geräusch, das wie das langsame Tropfen von Wasser klang. Sie folgte ihm und entdeckte einen kleinen Tümpel neben einem dichten Gebüsch. In ihren hohlen Händen schöpfte sie etwas von dem Wasser und tauchte vorsichtig die Zunge hinein. Es schmeckte frisch, aber sie widerstand dem Drang, es zu trinken, als ihr wieder einfiel, dass Felicitas stets darauf bestand, Wasser abzukochen, selbst wenn es sauber aussah. Dann wurde ihr jedoch klar, dass sie nichts hatte, worin sie das Wasser hätte abkochen oder transportieren können.

Nachdenklich steckte Marie ihre Haarschleife hinters Ohr und blickte sich suchend um. Hier würde sie sicher nichts Menschengemachtes oder irgendeinen Behälter aus Metall finden, den sie benutzen konnte.

Sie seufzte tief und plötzlich hörte sie Arthurs Stimme in ihrem Kopf, der ihr sagte, dass es immer einen Weg gab. Ihr wurde bewusst, dass sie zwar gut darin war, Dinge zu entwerfen und zu bauen, dass ihr jedoch oft erst Arthurs Ermutigung dabei half, neue Herausforderungen zu meistern. Alles, was sie brauchte, war etwas, durch das kein Wasser hindurchsickern würde. Einige der Pflanzen hatten riesige, dicke Blätter, die größten, die sie jemals gesehen hatte. Vielleicht konnte sie eines davon zu einem

Gefäß formen, um es mit Wasser zu füllen, und es dann mit ihrer Haarschleife zubinden?

Nachdem sie ein passendes Blatt ausgewählt hatte, schaute sie sich nach dem besten Platz um, um ein Feuer anzuzünden. Sie schob den Blättervorhang beiseite und blickte mit zusammengekniffenen Augen in die Dunkelheit. Vor ihr lag eine Höhle! Dort konnte sie ein Feuer machen, und sie eignete sich definitiv besser als Lagerplatz als der Strand.

Nach einer Weile hatte sie den Eingangsbereich von den dichtesten Pflanzen befreit und machte sich daran, ein Feuer zu entfachen. Sie war unglaublich erleichtert, dass sie Harriets Feuerzünder an ihrem Gürtel befestigt hatte. Nach ein paar Versuchen züngelte eine Flamme hoch und Marie arrangierte die gesammelten Zweige vorsichtig zu einem Kegel, um sie nicht sofort wieder zu ersticken. Als sie zuversichtlich war, dass das Feuer weiterbrennen würde, formte sie das Blatt zu einem Gefäß und schöpfte Wasser. Sie versah den Rand mit zwei Löchern, durch die sie ihre Haarschleife zog, und erhielt so eine einigermaßen stabile Schüssel.

Das Wasser kochte schnell und sie tauchte das Blattgefäß anschließend bis zur Hälfte in den Tümpel ein, um es abzukühlen. Als sie es trinken konnte, schüttete sie sich alles auf einmal in den Mund und schluckte es gierig hinunter, so als wäre es der köstlichste Honig aus dem fernen Tarn.

Die Höhle erstreckte sich tief in die Felsen und Marie beschloss, sie mit größter Vorsicht zu erkunden. Sie hatte zwar keine Ahnung, was für Kreaturen in diesem neuen Land lauerten, aber es waren ganz sicher eine Menge und höchstwahrscheinlich gehörten zumindest einige von ihnen nicht unbedingt zur freundlichen Sorte.

Als die Höhle eine Kurve beschrieb und leicht bergauf führte, erkannte Marie einen schwachen Lichtschein. Sie folgte dem Licht in einen weiteren Höhlenabschnitt und ihr stockte vor Staunen der Atem: Die Kammer, in der sie sich befand, funkelte vor rosa Edelsteinen, die in den zerklüfteten Wänden prangten. In der Mitte der Höhlendecke befand sich eine große Öffnung, durch die gesprenkeltes Sonnenlicht hereinströmte. Der Boden war uneben, deshalb beschloss sie, die Höhle noch weiter zu erkunden – vielleicht fand sie eine Stelle, die einen besseren Lagerplatz abgab. Über ihr fiel das Licht durch mehrere kleinere Löcher im Fels herein, als sie einen großen Felsvorsprung entdeckte, der sich bestens als Ort für ein Lagerfeuer und eine kleine Ruhepause eignete.

Nach ihrer Wanderung durch den Dschungel war sie völlig erschöpft – genau wie von der Anstrengung, ihre Gedanken an die anderen ständig zu verdrängen.

Sie entzündete ein weiteres kleines Feuer, und schon kurz darauf hatte sie keine Kraft mehr, dem Schlaf noch länger zu widerstehen.

KAPITEL 19

DAS USEM

Am nächsten Morgen war der Sturm vorbei. Arthur hatte noch nie zuvor solche Regenmassen gesehen. Obwohl Everest nicht müde wurde, ihm zu versichern, dass das Unwetter hier nicht annähernd so schlimm gewesen war wie in den nördlichen Bergen von Erythea, tröstete es ihn wenig, wenn er dem Knarren der Holzbeine lauschte und das Schwanken des wackligen alten Hauses über dem Hochwasser spürte. Everest behauptete zwar, dass diese Häuser für die Ewigkeit gebaut waren, aber auch das beruhigte Arthur kaum, seit er das Wasser aus dem vollgelaufenen Kamin abgeschöpft und den steten Strom, der durch die Fenster eingedrungen war und den kompletten Boden überflutet hatte, zur Tür hinausgefegt hatte. Everest schien hingegen eher besorgt zu sein, das Wasser könnte seine Tagebücher beschädigen, als darüber, dass sie ertrinken könnten.

Doch am Ende hatte er recht behalten: Das Haus stand noch immer auf seinen ausgefahrenen Beinen.

Das Erste, was Arthur an diesem Morgen tat, war, einen Blick auf das Barometer zu werfen. Es stand auf *heiter*. »Puh!«, stieß er aus und schaute aus dem Fenster. Es war erstaunlich, wie weit das Wasser über Nacht bereits zurückgegangen war. Sie betätigten die Kurbel und sanken ganze zehn Meter tiefer.

»Das liegt an dem Wurzelsystem. Einige der Bäume hier fungieren als eine Art natürlicher Abfluss: Sie saugen das Wasser auf und lassen es dann wieder in die Luft entweichen.« Everest zog Arthur mit sich zur Tür und zeigte zu den Baumkronen hinauf. »Siehst du, wie es verdunstet?«

Ringsum stieg im morgendlichen Sonnenschein Feuchtigkeit von den Blättern auf und der Urwald über ihnen sah aus wie ein riesiges Dampfbad.

»Selbstverständlich erhält sich dieser Kreislauf ganz von selbst: Sintflutartige Regenfälle führen zu riesigen Verdunstungsmengen, wenn die Bäume das Wasser aufnehmen und wieder freisetzen. Dann steigt die feuchte Luft nach oben, sammelt sich über dem Gebirge und fällt in Form von Regen wieder auf die Erde. Aber natürlich haben die Erytheaner ein sehr kluges Abwassersystem installiert, um den Prozess zu unterstützen. Großartige Erfinder, die Menschen hier.«

»Auch in der Stadt?«

»O nein, in der Stadt funktioniert das ganz anders. Es ist … nun … das wirst du ja selbst sehen, wenn wir dort sind. Aber ihre Erfindungen sind überall um uns herum. Ich habe dich nicht darauf hingewiesen, weil ich neugierig war, ob du es selbst entdecken würdest.«

»Was entdecken?«

»Wirf einen Blick aus dem Fenster und sag mir, was du siehst.«
»Bäume, Bäume und noch mehr Bäume?«
»Was ist mit dem Baum dort drüben?«
Arthur rümpfte verwirrt die Nase. »Ähm … er ist ein Baum wie jeder andere?«
»Falsch, falsch, falsch!« Everest vollführte einen seltsamen stampfenden Tanz auf seinen dünnen kleinen Beinen.
»Was meinen Sie denn?«, fragte Arthur.
»Dieser Baum ist gar kein Baum.«
Vielleicht war Everest Wrigglesworth ja ein kleines bisschen verrückt geworden, weil er so lange allein in diesem Wald gehaust hatte. »Es *ist* ein Baum«, beharrte Arthur, lächelte jedoch freundlich, so als würde er sich mit einem Kleinkind unterhalten.
»Nein. Es *sieht aus* wie ein Baum, aber es *ist* keiner.«
Everest benahm sich ungefähr so vernünftig wie ein Moorkeks.
»O…kay. Was immer Sie sagen, Mr W.«
»Es ist ein *Abflussbaum!* Er sieht genauso aus wie all die anderen Bäume um ihn herum, aber darin befinden sich Rohre, die in die Erde führen, durch den kompletten Sumpf verlaufen und das Wasser bis ins Meer transportieren. Genial, findest du nicht?«
»Was? Aber er sieht völlig echt aus. Es steigt sogar Dampf von ihm auf, genau wie bei den anderen.« Arthur war sicher, dass Everest sich nur einen Scherz mit ihm erlaubte.
»Sie nennen es Öko-Tech. In der erytheanischen Sprache heißt es natürlich anders, aber das ist die lontonische Übersetzung, die der Bedeutung am nächsten kommt. Der Baum arbeitet im perfekten Einklang mit der Natur und lässt nur so viel Wasser abfließen, dass die Bewohner der Gegend hier ge-

nügend Zeit haben, sich bei einer Überschwemmung in Sicherheit zu bringen, ohne dabei den ursprünglichen Lebensraum zu zerstören oder das Klima auf eine Weise zu schädigen, die das natürliche Ökosystem verändern würde.«

»Ehrlich?«, fragte Arthur zweifelnd.

»Ja, ehrlich. Ich habe haufenweise Tagebücher damit gefüllt und alles genau dokumentiert. In Tempestra ist diesem Thema sogar eine komplette Abteilung der Bibliothek gewidmet.«

»Dort gibt es eine Bibliothek?« Arthurs Augen leuchteten vor Neugier.

»Die Menschen hier schätzen Wissen über alles andere – aber nicht nur Wissen um des Wissens willen. Sie schätzen das Wissen über ihren Kontinent, die Pflanzen, die Lebewesen und die Bäume, und vor allem schätzen sie das Wissen über ihren Platz in dieser Welt. Wusstest du, dass es hier keine Könige oder Politiker oder irgendeinen ähnlichen Unsinn gibt? Stattdessen gibt es Gelehrte.«

»Bei uns gibt es auch Gelehrte«, erwiderte Arthur.

»Ja, aber Erythea wird von Gelehrten *regiert*. Tatsächlich ist das höchste Amt hier das des Professus Excelsis!«

»Ein Professor hat hier das Sagen?«, staunte Arthur.

Everest nickte.

Es klang faszinierend. Arthur konnte es gar nicht erwarten, die Stadt endlich zu besuchen. Beinahe hätte er darüber völlig vergessen, aus welchem Grund er dorthin musste: Er musste Eudora finden und den Menschen hier die Wahrheit darüber erzählen, wer sie in Wirklichkeit war – und dann einen Weg finden, um nach Stella Oceanus zurückzureisen, zurück zu Marie und dem Rest der Crew. Zurück zu seiner Familie. Ihm wurde ganz schwindelig, wenn er nur daran dachte, was alles vor ihm lag.

»Mein Knöchel fühlt sich schon viel besser an«, sagte er. »Aber ich vermute, wir können nicht aufbrechen, bevor das Wasser noch weiter zurückgegangen ist, oder? Es sieht immer noch aus, als würde es mir bis zu den Schultern reichen. Vielleicht heute Nachmittag? Oder morgen?«

Everest grinste. »Komm, wir gönnen uns erst mal ein ordentliches Dschungelfrühstück, und danach brechen wir auf. Wie klingt das?«

»Aber das Wasser ist doch immer noch viel zu tief.«

Everest lächelte nur. »Das spielt keine Rolle. Habe ich dir nicht eben erzählt, dass die Erytheaner sehr einfallsreich sind? Aber zuerst wird gefrühstückt. Ich habe Feigen, eine Ananas und diese köstliche lila Frucht. Ich habe keine Ahnung, was es ist, aber bisher habe ich mir dabei noch keine Vergiftung eingefangen.« Er zuckte mit den Schultern.

Nach dem Frühstück bat Everest Arthur, den Tisch beiseitezuräumen. Er rollte den Teppich auf und enthüllte eine Tür im Boden. Darunter befand sich eine Art Fahrzeug, das aussah wie eine Minikutsche mit Glasdach und in etwa die Form eines großen Eisenschuhs hatte.

»Ich nenne es das Unterwasser-Sumpfland-Entdecker-Mobil.«

»Sehr einprägsam.«

»Oder kurz: USEM.«

»Und was machen wir damit?«

»Wie der Name schon sagt: Wir können uns damit unter Wasser fortbewegen.«

»Wow! Haben Sie das gebaut?« Arthur musste an die Acquafreedas denken, die von einigen in Lontown dafür verspottet wurden, dass sie das Meer unter Wasser erkunden wollten. Er stellte sich vor, wie sehr dieses Fahrzeug Marie fasziniert hätte und dass sie sofort nach unten geklettert wäre, um herauszufinden, wie es funktionierte. Er lächelte leise.

»Nun, genau genommen haben es die Erytheaner gebaut … Natürlich ist die Technologie sehr alt, und heutzutage würden sie sie nicht mehr verwenden. Ich musste es fast komplett restaurieren. Es wird von einem Aufziehmechanismus angetrieben, aber ich würde es gern so umbauen, dass es mit den Ionenplatten funktioniert, die sie auch in der Stadt verwenden.«

»Wir fahren damit nach Tempestra?«, fragte Arthur zweifelnd.

»Es sieht zwar klein aus und ist eigentlich auch nur für eine Person gedacht, aber ich bin mir sicher, dass wir uns auch gemeinsam hineinquetschen können.«

»Und ist es auch wirklich sicher?«

»Ja … Nun, das nehme ich jedenfalls an.«

»Sie nehmen es an?« Arthur gefiel die Sache immer weniger. Everest hatte ganz eindeutig ein eher entspanntes Verhältnis zu tödlichen Gefahren.

»Man könnte sagen, unser kleiner Ausflug wird seine Jungfernfahrt.«

»Vielleicht sollten wir doch lieber warten, bis das Wasser noch ein wenig zurückgegangen ist.« Arthur setzte sich demonstrativ wieder.

»Mein lieber alter Junge, nach einer so gewaltigen Überschwemmung kann es oft mehrere Tage dauern, bis auch der letzte Rest des Wassers vollständig im Sumpf versickert ist … Aber wenn du lieber noch warten willst?«

Die vergangenen Tage mit Everest waren zwar interessant gewesen, aber Arthur musste endlich etwas unternehmen. »Nein, wenn Sie wirklich sicher sind …«

»Wir sind schließlich beide hier, oder etwa nicht, Arthur Brightstorm? Lebendig und putzmunter, auf einem Kontinent, von dem du bis vor ein paar Tagen noch nicht einmal wusstest, dass er existiert. Ich würde sagen, wir haben nicht nur das Herz und den Mut echter Entdecker, sondern auch das Glück auf unserer Seite.«

Auch wenn sich Arthur nicht ganz sicher war, ob er es tatsächlich als Mut oder eher als blindes Drauflosstürmen bezeichnen sollte, ließ er sich von Everests Begeisterung anstecken. Sein Optimismus strömte ihm genauso aus allen Poren wie Harriet. Und wie seinem Vater.

»Wenn du bereit bist, bin ich es auch!« Everest klopfte ihm fest auf den Rücken und Arthur hatte schon Angst, er hätte sich dabei seinen dünnen kleinen Arm gebrochen. Er nickte und kletterte in das USEM.

»Das ist die richtige Einstellung, alter Junge!«

Der Innenraum des Fahrzeugs war eng und roch nach brackigem Tümpel. Während Everest draußen das Zahnrad aufzog, lauschte Arthur dem Ticken des seltsamen Mechanismus, der das Gefährt antrieb. Es war ein dumpfer Knall zu hören, als es sich ein wenig absenkte, und Arthur klammerte sich erschrocken an seinem Sitz fest.

»Kein Grund zur Sorge«, versicherte Everest, kletterte ungeschickt neben ihn und trat dabei mit seiner knochigen Ferse auf Arthurs Bein. Arthur unterdrückte ein *Autsch.* Dann ließ sich Everest neben ihn auf den Sitz plumpsen und sie hockten aneinandergequetscht da wie zwei Sardinen in der Büchse.

»Gemütlich, oder?« Everest streckte einen Arm aus und zog das Glasdach über ihren Köpfen zu. »Dann mal los!«

Arthur versuchte, die Panik zu ignorieren, die in seinem Magen rumorte. Die Tage in der Wetterschutzkabine der *Aurora* lagen noch nicht lange zurück und er musste an Harriet denken und daran, wie ungern sie sich in geschlossenen Räumen aufhielt. Er war sich ziemlich sicher, dass es ihm allmählich genauso ging.

Während sich die Plattform mit dem USEM absenkte, konnten sie die Sumpflandschaft ringsum erkennen. Kletterpflanzen hingen von den Bäumen wie moosige Ketten, riesige Seerosenblätter schwammen auf der Oberfläche des Hochwassers. Klumpen aus grünen Blättern trieben unter ihnen vorbei und sahen beinahe aus wie Gras. Dann tauchten sie langsam unter und das Wasser reichte bis zum Glas. Arthur drückte die Fäuste fest zusammen, als sie noch tiefer sanken und die Wasserlinie auf ihrer Augenhöhe stand, und dann noch tiefer, bis das Wasser über ihre Köpfe hinwegströmte. Nach einem weiteren halben Meter war schließlich ein *Klonk* zu hören, als die Plattform auf dem Boden auftraf und sie in eine völlig neue Welt abtauchten.

Das Wasser war trüb, aber sie konnten immerhin einige Meter weit sehen, bis zu den Stämmen und Wurzeln der nächsten Bäume. Äste wogten träge hin und her, so als verstriche die Zeit hier unten langsamer. Einige ihrer Blätter waren aufgerollt, andere tanzten sanft in der Strömung. Ein großer goldener Frosch schwamm an ihrem Fenster vorbei und hielt kurz inne, um sie zu begutachten, bevor er wieder verschwand.

Plötzlich kam Arthur ein Gedanke. »Äh … Wie viel Luft haben wir hier drin?«

Everest tippte auf eine Anzeige vor ihm. »Ich würde sagen: genug.«

»Und wie viel ist genug?«

Everest winkte geistesabwesend mit einer Hand ab.

Arthur musste zugeben, dass er in diesem Moment Welbys penible Detailversessenheit vermisste.

»Das USEM verfügt über irgendein Luftgeneratordingsbums. Ich bin noch nicht ganz dahintergekommen, wie es funktioniert.« Everest zuckte mit den Schultern.

»Oh … sehr beruhigend.«

»Wer wagt, gewinnt!« Und damit zog der Entdecker einen großen Hebel zurück, der ein weiteres *Klonk* auslöste, gefolgt von einem leisen Schwirren, das vermutlich von dem kleinen Propeller hinter ihnen stammte, und sie setzten sich in Bewegung.

»Ich bin der Kapitän und du übernimmst die Rolle des Navigators!«, rief Everest aufgeregt.

»Aber ich habe keine Ahnung, wo Tempestra überhaupt liegt!«

»Lotse mich einfach grob in Richtung Nordosten und drück uns die Daumen! Wir können nicht die ganze Strecke in diesem Ding zurücklegen, das würde Wochen dauern, aber ungefähr eine halbe Tagesreise entfernt befindet sich ein wirklich freundliches Blasenhaus-Dörfchen. Vielleicht leiht uns dort jemand ein anderes Fahrzeug.«

Einmal mehr wurde offensichtlich, dass Everest Wrigglesworth keinen allzu großen Wert auf Sicherheit legte: Er sauste unerschrocken zwischen den Bäumen hindurch, während Arthur versuchte, ihm mithilfe einer scheinbar hastig dahingekritzelten Karte, die er nicht verstand, Anweisungen zu geben.

Nachdem sie mehrere Minuten lang durch den Unterwasserwald gerumpelt und Arthurs Knöchel vom angespannten Festklammern schon ganz weiß waren, beschloss er, diese einmalige Erfahrung einfach zu genießen. Eine ganz neue Welt voller Tiere – Fische, Frösche, Echsen und sogar Wasserschlangen –

war um ihn herum zu entdecken. Nach einer Weile wurde das Wasser allmählich klarer.

»Ah, da ist es!«, verkündete Everest.

»Sind wir in der Nähe des Dorfs?«

»Natürlich nicht – nicht bei dem Schneckentempo, in dem sich dieses Ding vorwärtsbewegt. Aber wir fahren in die richtige Richtung. Wir sollten gleich auf einen Arm des größten Flusses treffen.«

Eine riesige Form schwamm am Fenster vorbei, so schnell, dass Arthur nicht erkennen konnte, was es war. Kurz darauf blitzte sie erneut vor ihnen auf. »Dort draußen ist irgendetwas!«

»Das sind nur Flussdelfine, wirklich faszinierende Kreaturen. Die einzige Delfinart, die ich kenne, die im Landesinneren lebt.«

Eines der Tiere schwamm auf Arthurs Seite neben ihnen her und betrachtete sie mit intelligenten Augen. »Sind sie Weisewesen?«

»Weise ist ein sehr weiter Begriff, Arthur. Aber wenn ich eines mit Sicherheit weiß, dann dass die Weite voller Überraschungen steckt und wir Menschen die unzähligen Möglichkeiten oft unterschätzen. Das liegt in unserer Natur, fürchte ich. Wir in Lontown neigen dazu, uns auf ein Podest zu stellen. Nun, zumindest einige Leute, nicht alle. Vielleicht fühlen sich einige von anderen bedroht oder haben Angst, dass sie ihr eigenes Ansehen schmälern könnten?«

Arthur wusste, dass er von Leuten wie Eudora und dem Rest der Vanes sprach. »Ich schätze, darum ziehen es die Erytheaner auch vor, unter sich zu bleiben«, fügte Arthur hinzu. »Wie sieht's mit der Luft aus?«

Everest klopfte auf die Anzeige. »Wir haben noch ein wenig Zeit.«

Sie folgten dem Flussbett.

»Das habe ich ganz zu erwähnen vergessen: Bei einem Notfall schlag einfach die Scheibe ein und schwimm nach oben. Da drüben ist ein Hammer.«

»Oh, danke«, erwiderte Arthur stirnrunzelnd.

Nach einer Weile war ein Surren zu hören und Arthur schaute nach oben und sah etwas, das wie ein Schiffsrumpf wirkte.

»Wir sind fast da.«

»Im Dorf?«

»Geduld, mein lieber alter Junge. Fast, aber noch nicht ganz. Hier lassen wir das USEM fürs Erste zurück.« Everest fuhr eine scharfe Kurve und sie stiegen am Flussufer empor. »Das Antriebsrad sollte uns nach oben bringen.«

Über ihnen wurde es heller und schon bald durchbrachen sie die Oberfläche. Doch dann ruckelte das USEM plötzlich unsanft und rutschte ein Stück zurück nach unten. Everest versuchte, Gas zu geben, aber das USEM wackelte nur unruhig. »Ah, ich glaube, wir sind im Schlamm stecken geblieben. Kein Problem: Ich werfe einfach den Anker und ...« Er schaute Arthur mit glänzenden Augen an und strich sich über den Bart. »Habe ich dich eigentlich schon mal gefragt, ob du schwimmen kannst?«

Arthur bemerkte, wie Everests Blick zu seinem fehlenden Arm huschte. »Ja, natürlich kann ich schwimmen.«

»Gut, weil wir nämlich ans Ufer schwimmen müssen. Pass auf Flussschlangen, Greifer und alles andere auf, was sonst noch haufenweise scharfe Zähne hat.«

Arthur musste mit einem Mal weiß wie Schnee aussehen, denn Everest legte eine Hand auf seine Schulter und fügte hinzu: »War nur ein Witz!« Dann stieß er jedoch ein seltsames, nervöses Lachen aus, das Arthur vom Gegenteil überzeugte.

Everest öffnete das Dach des Gefährts und sie steckten die Köpfe hinaus. Die Luft über dem See war wunderbar klar und frisch und Arthur atmete sie in kräftigen Zügen ein. Wasserfälle stürzten von mächtigen Felsen am Ufer, das sich bis zum Horizont erstreckte.

»Wir sind noch ein wenig weiter entfernt, als ich gehofft hatte, aber wir können da drüben bei dem Wasserfall ans Ufer schwimmen und von dort aus zu Fuß weitergehen.«

Bevor er wusste, was passierte, hatte sich Everest aus dem USEM abgestoßen und schwamm flink wie ein Fisch Richtung Ufer. Arthur schwamm ihm hinterher, tat sein Bestes, um mit ihm mitzuhalten, und strampelte wie wild mit den Beinen – nicht nur um schneller voranzukommen, sondern auch weil er hoffte, damit allem, was ihn möglicherweise als Abendessen betrachtete, einen kräftigen Tritt gegen den Kiefer verpassen zu können.

Schon nach kurzer Zeit stellte Arthur fest, dass er auf dem Grund des Sees stehen konnte, und sie wateten an das steinige Ufer vor dem Wasserfall. Arthur stützte sich mit der Hand auf dem Knie ab und schnappte japsend nach Luft.

»Vergiss nicht, nach oben zu schauen«, sagte Everest.

Arthur tat es und sah hoch oben zwischen den Bäumen etwas schillern: gigantische Glaskugeln, die neben den herabstürzenden Kaskaden in den Felsen eingelassen zu sein schienen.

»Sind das Häuser?«, fragte er atemlos.

»In der Tat! Sind sie nicht unglaublich?«

Erst jetzt bemerkte Arthur, dass neben dem Wasserfall Kinder mit sonnengebräunter Haut, engen braunen Hosen und knöchelhohen Gummistiefeln spielten und kletterten, während im Wasser einige elegant wirkende Boote vor Anker lagen.

Offensichtlich hatte man ihre Ankunft bereits entdeckt: Eine

Frau kam auf sie zu. Sie trug die gleiche enge grüne Hose, die Arthur bereits bei den Erytheanern auf der Aurora gesehen hatte, und dazu eine passende eng anliegende Jacke. Ihr langes, zu einem Zopf geflochtenes Haar hing über ihre Schulter.

»Everest, wir haben dich ja seit mindestens zwei Wochen nicht mehr gesehen! Wir hatten schon Angst, du wärst in deinem Antik-Tech davongespült worden!« Sie lachte, blickte demonstrativ zu Arthur und wartete darauf, dass Everest ihr erklärte, wer er war.

»Oh … ja, das ist Arthur. Er hat sich verirrt. Ich nehme an, ihr habt die Neuigkeiten von dem Schiff aus Vornatania gehört, der Culpfeffer-Crew?«

Sie nickte. »Natürlich. Sie sind überall *das* Gesprächsthema.«

»Wir sind auf dem Weg in die Stadt und haben uns gefragt, ob wir einen eurer Schwimmenden Flügel ausleihen könnten?«

»Nein«, antwortete die Frau unverblümt.

»Ich dachte, du hättest gesagt, sie seien freundlich«, flüsterte Arthur.

»Nein, denn wenn ihr nach Norden schaut, seht ihr, dass sich bereits wieder mächtige Wolken bilden. Die nächste Überschwemmung steht bevor. Bitte, seid unsere Gäste, bis die Wasserwege wieder sicher sind und ihr eure Reise fortsetzen könnt.«

»Wir sollen in einer dieser Kugeln übernachten?«, fragte Arthur nervös.

Everest klopfte ihm auf den Rücken. »Keine Angst. Sie sind absolut wasserdicht, und wenn der Seespiegel steigt, bietet sich von dort eine wirklich grandiose Aussicht!«

Kapitel 20

DIE FLUT

Es war die Kälte, die Marie aus ihrem Traum riss, in dem sie mit Arthur und den anderen wieder auf dem Wolkenschiff war.

Es war nicht dieselbe lähmende Kälte wie die, die sie in Südpolaris erlebt hatte, eher ein lästiger Temperaturumschwung. Irgendwo im nebligen Zustand zwischen Schlaf und Bewusstsein nahm sie wahr, dass ihr Lagerfeuer erloschen war und sich alles nass anfühlte.

Sie zwang sich, die Augen zu öffnen. Es drang fast kein Licht von oben herein ... weil Wasser herabrauschte! Nach einem Moment der Ungläubigkeit erwachte sie aus ihrer Starre. Die Höhle stand bereits bis zu ihrem Felsvorsprung unter Wasser. Marie konnte sich unmöglich Richtung Eingang zurückzuziehen.

Voller Panik schnappte sie hektisch nach Luft. Der Wasserstrom war so gewaltig, dass sie kaum etwas erkennen konnte.

Ohne nachzudenken, eilte sie an den Felsen entlang und tastete die Wand nach irgendwelchen Kanten und Vorsprüngen ab, in der Hoffnung, in Sicherheit klettern zu können. Nicht allzu weit von einem der Löcher in der Höhlendecke entfernt entdeckte sie einen Vorsprung, hievte sich hinauf und fand einen weiteren. Die Felsen waren furchtbar rutschig und ihr Herz hämmerte, während sie sich verzweifelt an den Stein krallte. Als sie nach der nächsten Felskante griff, rutschten ihre Finger ab und sie wäre beinahe in die Tiefe gestürzt. Das Wasser donnerte und toste um sie herum, aber sie würde es schaffen, solange sie sich nur richtig festhielt.

Unter ihr bewegte sich etwas im Wasser, lang und echsenartig. Es durchbrach die Oberfläche und schien sie mit seinem Blick zu fixieren. Spitze Zähne ragten aus seinem Maul. Es war nicht so groß wie ein Krokodil und höchstens so lang wie ihr Unterarm. Trotzdem war Marie sich sicher, dass es ihr schlimme Verletzungen zufügen konnte – und wo eines dieser Tiere war, waren vielleicht noch mehr. Sie musste hier raus.

Nachdem sie ein paarmal tief Luft geholt hatte, blickte sie in das dämmrige Licht empor. Ringsum rauschten die Wassermassen herab. Plötzlich sah sie ein Gesicht, das zu ihr herabblickte. Es gehörte einem kleinen, bärenähnlichen Tier, das sich an die Felswand klammerte und eine Hand nach ihr ausstreckte.

Vor lauter Überraschung verlor sie den Halt und stürzte rückwärts ins Wasser. Sie wirbelte endlos in der unbarmherzigen Strömung und wusste schon bald nicht mehr, wo oben und unten war. Ihre Lungenflügel schmerzten vor Anspannung, kämpften um Luft.

Nach mehreren kraftvollen Tritten traf sie tatsächlich etwas und hoffte inständig, dass es die Wasserechse war. Es gelang ihr, die Wasseroberfläche zu durchbrechen und japsend nach Luft zu schnappen, aber das Wasser ergoss sich weiter mit unaufhaltsamem Tosen durch die Decke und die Höhle füllte sich in rasantem Tempo. Ihr Herz raste.

Wenn sie es zurück zu der Öffnung schaffte, konnte sie vielleicht warten, bis sich die Kammer komplett gefüllt hatte, und so nach draußen gelangen. Aber würde es ihr wirklich gelingen, durch die hereinströmenden Wassermassen hinaufzuklettern, ohne in der überfluteten Höhle in den sicheren Tod zu stürzen? Irgendetwas streifte ihr Bein und sie stieß ein Kreischen aus und trat mit voller Wucht danach, bevor sie alle Kraft daran setzte, sich wieder der Öffnung zu nähern. Doch die Macht des hereinrauschenden Wassers war so gewaltig, dass sie kaum einen Zentimeter vorankam.

Sie blickte sich verzweifelt um und sah den Bären, der sich in der Nähe der Öffnung über ihr an den Felsen klammerte und sie mit weit aufgerissenen Augen anstarrte. Sie fragte sich, ob sie sich das Tier in ihrer Panik womöglich nur einbildete.

Vielleicht würde der Regen ja bald nachlassen und sie konnte sich an einem Felsvorsprung festhalten, bis der Wasserpegel wieder gesunken war? Doch der Niederschlag schien mit jedem Moment stärker zu werden. Die Angst hielt Marie mit eisigem Griff gepackt.

Die Edelsteine in den Höhlenwänden funkelten wie rote Sterne, und ihr kam der eigenartige Gedanke, dass ihr Leben, falls dies wirklich das Ende war, wenigstens an einem so wunderschönen Ort enden würde.

Gib niemals auf. Das hatte ihr Vater immer gesagt. Das sagte Harriet immer. Und Arty.

Arthur. Sie *musste* ihn wiedersehen. Sie konnte nicht zulassen, dass hier alles endete.

Sie setzte all ihre Kraft daran, so nahe wie möglich an die Öffnung heranzukommen, und erreichte schließlich den nächsten kleinen Felsvorsprung. Sie krallte sich mit dem Mut der Verzweiflung daran fest und fand mit dem Fuß einen kleinen Absatz unter Wasser. Erneut strich etwas an ihr vorbei und sie drückte sich schwungvoll ab und hievte sich zu zwei Dritteln aus dem Wasser.

Das Loch war noch etwa zwei Meter weit entfernt – sie musste nur ein wenig höher kommen. Sie entdeckte einen Edelstein, an dem sie sich festhalten konnte, stemmte die Füße fest gegen den Felsen und griff danach.

Über ihr beobachtete sie das kleine bärenähnliche Tier weiter mit wachsamen Augen, aber Marie zwang sich, es zu ignorieren. Falls es gefährlich war und dieser intensive Blick bedeutete, dass es abwog, ob sie sich als seine nächste Mahlzeit eignete, dann konnte sie ohnehin nichts dagegen tun. Vielleicht wartete es ja nur darauf, dass sie ertrank. Was immer es von ihr wollte, es spielte keine Rolle. Sie musste raus aus dieser Höhle – es war ihre einzige Chance.

Sie ließ den Blick auf der Suche nach einem weiteren Felsvorsprung über die Wände schweifen, aber da war nichts. Tausenderlei Gedanken fluteten in Sekundenschnelle ihren Kopf. Wenn sie nur nicht in der Höhle eingeschlafen wäre. Wenn ihr Meeresschiff nur keinen Schiffbruch erlitten hätte. Wenn Eudora nur nicht die *Aurora* mitsamt Arthur an Bord gestohlen hätte.

Es war allein Eudoras Schuld. Das alles. Marie schrie ihren Frust laut hinaus, aber der Schrei verlor sich im Tosen des Wassers.

Der Bär war verschwunden. Wahrscheinlich hatte sie ihm Angst eingejagt. Jetzt war sie wirklich allein und würde bald sterben. Die Strömung des Wassers war so stark, dass es beinahe unmöglich für sie war, sich weiter festzuhalten.

Doch dann tauchte der Bär plötzlich wieder auf, ließ sich kopfüber hinabhängen und streckte eine seltsame kleine, mit Schwimmhäuten besetzte Pfote nach ihr aus. Er versuchte, ihr zu helfen!

Mit allerletzter Kraft griff sie danach und ließ auch mit der anderen Hand los, streckte sich zu ihrem unverhofften Retter aus und stöhnte laut vor Anstrengung und Erschöpfung.

Aber sie konnte sich nicht halten.

Marie landete mit einem Platschen wieder im Wasser und wurde von der Strömung nach unten gezogen. Es gelang ihr, an die Oberfläche zu strampeln, aber Tränen der Frustration und der Angst brannten in ihren Augen, als sie vergeblich versuchte, gegen die Strömung zu der Öffnung zurückzuschwimmen. Sie strampelte ein letztes Mal, bevor sie von dem mächtigen Wasserfall erfasst und wieder nach unten gedrückt wurde.

Etwas streifte ihre Hand und ein eigenartiger Gedanke blitzte in ihrem Kopf auf: Sie konnte noch nicht einmal frei wählen zwischen dem Tod durch Ertrinken oder dem Tod durch eine riesige Echse. Es würde allein darauf ankommen, was als Erstes passierte. Und eigentlich war es doch schon beinahe komisch, dass sie überhaupt darüber nachdachte, während sie hilflos von der Strömung mitgerissen wurde.

Aber das Ding, was immer es auch war, hatte ihre Hand nicht nur gestreift – es hatte sie gepackt, hielt sie fest und zog nun daran. Sein Griff war unglaublich stark. Marie musste Luft holen und strampelte Richtung Oberfläche, wurde jedoch sofort wieder nach unten gezerrt. Vielleicht war es ja der erste Biss der Echse? Sie hätte geschrien, wenn sie damit nicht das letzte bisschen Atemluft aus ihrer Lunge hätte entweichen lassen. Doch dann bemerkte sie, dass sie sich langsam von der Strömung entfernte, und plötzlich konnte sie im unheimlichen rosa Lichtschein erkennen, dass es das Bärenwesen war, das sie festhielt. Es zog sie entschlossen mit sich und sie ließ es geschehen, weil sie wusste, dass ihr ohnehin nichts anderes übrig blieb. Ihre Lunge brannte. In einer weiteren kleinen Höhlenkammer durchbrachen sie endlich die Oberfläche und Marie schnappte gierig japsend nach Luft.

Der Bär hielt ihre Hand weiter fest, seine Augen voller Besorgnis. Eine Art Kiemen zogen sich an seinem Kiefer zusammen. Was *war* das nur für ein eigenartiges Tier? Ein Wasserbär vielleicht? Konnte es sich dabei um das gleiche Wesen handeln, von dem Arthur behauptet hatte, er hätte es auf Nova gesehen? Doch Marie blieb keine Zeit, um darüber nachzudenken, da das Wasser noch immer höher stieg. Der Wasserbär zog sanft an ihrem Arm, als wollte er sagen: *Wir müssen weiter.*

Marie nickte. Sie holte ein paarmal tief Luft und sie tauchten erneut unter. Die Strömung war hier weniger turbulent und sie schwammen nach oben in einen weiteren Höhlenteil. Nach einer Weile tauchten sie auf und sie konnte erneut tief durchatmen. Sie befanden sich in einer größeren Kammer und Marie fragte sich, ob sie vielleicht hierbleiben und abwarten würden, bis der Regen aufhörte. Dann sah sie jedoch, dass der Wasserspiegel auch hier stetig anstieg.

Maries Retter packte ihre Arme mit seinen eigenartigen Schwimmhautpfoten und schaute ihr tief in die Augen. Er versuchte, ihr etwas mitzuteilen, und in diesem Moment wusste sie mit absoluter Sicherheit, dass es sich bei dem Tier um ein Weisewesen handelte.

Seine Augen sagten ihr, dass sie ihm vertrauen konnte.

Und das tat sie. Sie wusste nicht, warum oder wie, aber sie spürte es deutlich in ihrem Herzen.

Sie holte erneut tief Luft und nickte dem Bären zu, aber er starrte sie nur weiter an, also atmete sie noch ein paarmal tief ein, weil sie wusste, dass er ihr mitteilen wollte, dass sie sich für eine längere Strecke unter Wasser wappnen musste.

Sie tauchten wieder unter und der Wasserbär zog sie mit sich, diesmal durch einen langen Tunnel. Sie konnte kaum etwas sehen, aber in den Wänden schienen weniger der rosa Edelsteine zu stecken. *Lass nicht los, lass nicht los*, wiederholte sie immer wieder in ihrem Kopf, während sich ihre Lunge in dem sehnsüchtigen Wunsch nach Luft zusammenkrampfte. Schwindel und Panik erfassten sie und das mattrosa Licht verblasste immer mehr, als sie das Bewusstsein zu verlieren drohte. Trotzdem strampelte sie weiter und der kleine Wasserbär zerrte sie mit aller Kraft mit sich.

Dann sah sie endlich Licht. Nicht das rosa Licht der Höhlenedelsteine, sondern das graue Licht des Sturms. Über ihnen befand sich eine Öffnung! Sie tauchten auf und Marie schnappte keuchend nach Luft.

Der Wasserbär hielt ihre Hand noch immer und zog sie durch die Öffnung hinaus auf das felsige Ufer. Sie waren von dichtem Wald umgeben. Riesige Bäume ragten um sie herum auf, die Stämme so dick, dass man mindestens sechs Leute gebraucht hätte, um sie zu umfassen. Das Wasser stürzte in derart unglaublichen Mengen vom Himmel, wie Marie es in ihren ganzen dreizehn Jahren noch nicht erlebt hatte. Sie war zwar ohnehin bereits klatschnass und das Haar klebte an ihrem Gesicht, aber nun fühlte sich ihre Kleidung mit einem Mal doppelt so schwer an, während der unerbittliche Regen weiter auf sie niederprasselte.

Das Wasser stand ihr bis zu den Knien und die pelzige kleine Schnauze des Wasserbären ragte gerade noch über der Oberfläche heraus.

Er drängte sie weiter. Marie wusste, dass sie noch nicht in Sicherheit waren und das Wasser weiter stieg. Schon bald würde es ihr bis zu den Oberschenkeln reichen. Der Wasserbär versuchte, sie schwimmend mitzuziehen, aber sie war zu langsam. Also kletterte er an ihrem Rücken hinauf, setzte sich auf ihre Schulter, schlang seinen Schwanz um ihren Hals und zeigte mit seiner Schwimmhautpfote nach vorn. Das Wasser reichte nun bis über Maries Hüften und es fiel ihr immer schwerer voranzukommen. Neben ihr bewegte sich etwas – ein herabfallender Ast?

Nein, es hatte Augen.

Golden gestreifte Augen fixierten sie und ein schuppiger, spitziger Schwanz wedelte – es war die gleiche Kreatur, die sie schon in der Höhle gesehen hatte: eine große Echse mit spitzer Schnauze, nur dass dieses Exemplar so groß war wie sie selbst und mit gefletschten Zähnen auf sie zuschwamm.

Der Wasserbär gestikulierte wild in Richtung eines Baums. Marie stürzte sich darauf, grapschte nach einem Ast, zog sich nach oben und fand mit den Füßen Halt. Sie jaulte auf, als sie über ihre Schulter blickte und sah, wie sich ein mächtiger Kiefer öffnete und tausend messerscharfe Zähne nach ihr schnappten. Von einem gewaltigen Adrenalinschub getrieben, zog sie sich und ihren neuen Freund aus dem Wasser. Das Maul voller Zähne klappte nur wenige Zentimeter entfernt von ihr zu, während sie den Baum hinaufkletterte.

Der Wasserbär sprang von ihrer Schulter und führte sie von Ast zu Ast. Als Marie erneut nach unten schaute, hatte sie das Gefühl, das Wasser würde sie langsam einholen, und jedes Mal wenn sie glaubte, ihr Körper könnte unmöglich noch mehr Energie aufbringen, holte sie noch mal so viel Kraft aus sich heraus und griff nach dem nächsten Ast, drückte sich mit den Füßen ab und kletterte höher und höher und höher.

Nach einer Weile mussten sie höher gestiegen sein als die Dächer und Glockentürme von Lontown, höher als der Turm der Geografischen Gesellschaft.

Der Wasserbär wurde ein wenig langsamer und Marie nahm es als Zeichen dafür, dass sie sich allmählich in Sicherheit befanden. Sie mussten zu gut zwei Dritteln an diesem gigantischen Baum hinaufgeklettert sein. Sie gönnte sich eine Pause, die Füße auf einem dicken Ast ruhend, während sie sich mit den Armen an einen weiteren klammerte und keuchend Atem schöpfte. Sie riskierte einen Blick auf das Wasser in der Tiefe, aber es lag nun weit unter ihnen.

Sie seufzte erleichtert, blickte sich um und schnappte überrascht nach Luft. In den Bäumen ringsum hockten Hunderte Wasserbären, hingen an ihren Schwänzen von den Ästen, umklammerten die Baumstämme oder lugten über den Rand von scheinbar riesigen Vogelnestern.

Der Wasserbär, der sie gerettet hatte, hatte einen Ausdruck auf dem Gesicht, der eindeutig wie ein Lächeln aussah. Er streckte von oben eine Hand zu ihr aus. Sie nahm seine kleine Schwimmhautpfote und folgte ihm durch die Baumkrone in eines der Nester. Ein Dach aus Blättern schützte sie vor dem noch immer fallenden Regen. Vielleicht hatte er tatsächlich ein wenig nachgelassen, Marie konnte es nicht mit Sicherheit sagen.

Sie ließ sich in dem Nest nieder und zählte zehn Atemzüge, jeder von ihnen deutlich ruhiger als der vorherige. Der Wasserbär reichte ihr eine Pfote voller Nüsse und Beeren. Sie begutachtete sie vorsichtig – schließlich wollte sie sich nicht vergiften –, aber als wollte es ihr zeigen, dass sie keine Angst haben musste, aß das Tier selbst ein paar davon.

Sie schmeckten süß und nahrhaft und mit jedem winzigen Bissen spürte Marie, wie ihre Energie zurückkehrte. Auch die meisten anderen Wasserbären hatten sich inzwischen in Nester zurückgezogen, doch zwei der Tiere fielen Marie besonders auf. Sie waren ein wenig größer als ihr neuer Freund und blickten wachsam zu ihnen herunter. Im Gegensatz zu ihrem Retter kamen sie Marie jedoch nicht wie Weisewesen vor, auch wenn sie ein wenig besorgt wirkten.

»Sind das deine Eltern?«, fragte sie.

Einen Moment lang glaubte sie fast, der Wasserbär würde ihr wie die Gedankenwölfe durch Telepathie antworten, aber das tat er nicht. Stattdessen nahm er ihre Hand und strich mit dem Rücken seiner Pfote darüber. Er fühlte sich pelzig an, anders als die Schwimmhäute und seine Handflächen. Konnte diese kleine Geste vielleicht »Ja« bedeuten?

»Dann sind sie also deine Eltern?«, fragte sie erneut. Wieder streichelte der Wasserbär mit seiner Pfote über ihre Handfläche. »Ich glaube, du sagst ›Ja‹!« Sie lächelte. Trotz all der Schrecken, die sie in den vergangenen vierundzwanzig Glockenschlägen erlebt hatte, fühlte sie sich zum ersten Mal wieder sicher und legte sich erschöpft hin.

Das Nest war mit Blättern und Moos ausgekleidet und in die

Seiten waren einige der leuchtenden rosa Edelsteine eingearbeitet. Maries Augenlider fühlten sich mit einem Mal unkontrollierbar schwer an. Der Sturm verzog sich, der Regen wurde schwächer und die Nacht brach herein.

Der Wasserbär legte sich dicht neben sie. Marie wollte nicht einschlafen, bis der Regen ganz aufgehört hatte, aber wer wusste schon, was in diesem seltsamen neuen Land alles passieren konnte? Vielleicht würde er auch niemals aufhören. Der Wasserbär wirkte jedoch völlig entspannt und der Regen wurde zu einem sanften Tröpfeln. Dann rissen die Wolken auf und machten den Sternen Platz, die den Himmel in beruhigenden Glanz tauchten.

Erst dann erlaubte Marie es sich, in einen langen, tiefen, heilsamen Schlaf zu sinken.

Kapitel 21

DIE WASSERFÄLLE

Das Kugelhaus, in dem Arthur und Everest die Nacht verbrachten, unterschied sich völlig von Everests Hütte. Als das Wasser während der Überschwemmung immer weiter gestiegen war, war in sämtlichen Häusern automatisch das Licht angegangen. Everest hatte ihm erklärt, dass die Energieversorgung der Häuser mit Ionenbatterien betrieben wurde, aufgeladen durch den Wasserfall.

Arthur war sich vorgekommen wie in einem magischen Unterwasserreich. Die Kugeln waren absolut dicht, an den Seiten jedoch mit Rettungskapseln ausgestattet, die abgekoppelt werden und im Wasser treiben konnten, bis der Regen wieder abflaute. Die Kapseln verfügten über spezielle Fächer, um Lebensmittel aufzubewahren, und und sogar über eine Toilette. Arthur hatte die Nacht über kaum geschlafen und die vorbeischwimmenden Wasserkreaturen beobachtet, die vom schillernden Licht der Kapseln erleuchtet wurden, bis der Wasserspiegel schließlich wieder gesunken und es beinahe Tag war.

Als er endlich erwachte, schaukelten zahlreiche elegant aussehende Boote beim Fischen auf dem See.

»Ah, die Schwimmenden Flügel«, sagte Everest.

»Nennen sie so ihre Boote?«, wollte Arthur wissen.

Everest nickte. »Nun, jedenfalls diese Art von Boot. Es ist ihr gebräuchlichstes Fortbewegungsmittel. Der Regen und die Überschwemmungen bringen viele Nährstoffe aus den Baumkronen mit, die ein wahres Festmahl für die Fische im See sind«, erklärte Everest ihm. »Die Einheimischen hier wissen diese Fülle nach einer Überschwemmung bestens zu nutzen.«

Sie kletterten über mehrere Leitern, die im Zickzack über die Felsen führten, aus dem Kugelhaus zurück auf den Boden.

»Wir können uns doch nicht einfach ein Boot nehmen!«, rief Arthur Everest zu. »Werden die Leute, die hier wohnen, denn nicht ein bisschen … na ja … wütend auf uns sein?«

»Mein Lieber, du bist jetzt in Erythea. Hier teilen die Menschen, was sie haben: Häuser, Fahrzeuge, Essen. Schwimmende Flügel sind kein Privatbesitz, sie sind ein Teil des Lebens. Ist das Boot auf eine bestimmte Weise festgemacht, bedeutet das, dass es jeder benutzen kann, der es benötigt.«

»Wow! Stellen Sie sich nur vor, in Lontown wäre es genauso! Dann könnte man sich einfach ein Wolkenschiff schnappen und losfliegen, wohin man will.«

»Es gibt vieles, das wir von den Menschen hier lernen könnten. Wenn sie uns nur ließen.«

»Sie lassen Sie doch hier wohnen, damit Sie von ihnen lernen, oder?«

Everest wurde einen Moment lang sehr still. Er senkte den Blick Richtung Boden, seufzte dann und antwortete: »Wie ich schon sagte, das liegt nur daran, dass ich ihnen versprochen habe, niemals nach Lontown zurückzukehren.«

Arthur spürte, wie die Panik in seinen Adern zu kribbeln begann. Was, wenn sie ihn ebenfalls zwangen hierzubleiben? Was, wenn sie ihn nicht zu Marie und den anderen zurückkehren ließen?

Everest klopfte ihm auf die Schulter. »Mach dir keine Sorgen über Dinge, die noch gar nicht geschehen sind. Die Erytheaner wissen sicher bereits, dass du hier bist, deshalb kannst du es ohnehin nicht mehr ändern. Lass uns einfach einen Schritt – oder besser: einen Schwimmzug – vor den anderen setzen und sehen, was passiert, ja?«

Arthur nickte.

Sie mussten dem Fluss ein wenig stromaufwärts folgen, bis sie einen freien Schwimmenden Flügel fanden. Schließlich entdeckten sie eines der Boote, das auf der anderen Seite einer kleinen Schlucht festgemacht war.

»Und wie kommen wir jetzt da rüber?«, fragte Arthur. »Ah, wie wäre es damit?« Er zeigte auf einen umgestürzten Baum, der bis zur anderen Seite reichte. Er war perfekt. Arthur setzte einen Fuß darauf, doch Everest packte ihn am Arm und zog ihn zurück.

»Nicht so schnell, alter Junge. Ich weiß ja, dass du scheinbar eine besondere Vorliebe fürs Fallen hast, aber du solltest lieber mal genauer hinsehen. Die einzigen lebendigen Dinge auf diesem Stamm scheinen die Kletterranken zu sein – der Baum sieht mir ziemlich verrottet aus.« Er brach ein kleines Stück davon ab und zerbröselte es in seiner Hand.

»Oh, das war knapp! Und was machen wir dann?«

Everest zerrte an einer Kletterpflanze, die von einem der mächtigen Bäume hing. »Die hier scheint mir ziemlich sicher zu sein.« Plötzlich war von oben ein Krächzen zu hören.

Arthur hob den Blick. »Parthena! Es geht dir gut! Du hast mich gefunden!« Sie landete vor ihm und hüpfte auf seinen Arm.

»Ah, dein Weisewesen«, sagte Everest beeindruckt. »Sie ist wirklich ein prachtvoller Vogel – so strahlend weiß und mit einer äußerst beachtlichen Flügelspannweite!« Und dann rannte er plötzlich los und schwang sich an der Liane mit einem lauten »Juhu!« auf die andere Seite.

Arthur schüttelte den Kopf. »Ich wünschte, ich könnte fliegen wie du, Parthena.« Er streichelte ihr den Kopf und setzte sie auf dem Boden ab. »Aber es hilft alles nichts.« Er schnappte sich eine Kletterpflanze, zerrte ein paarmal kräftig daran, rannte los und … »Juhuuuu!«, grölte er im Schwung.

Mit einem lauten *Plumps* landete er auf der anderen Seite.

Everest half ihm auf die Beine. »Hoch mit dir. Diesmal verletzungsfrei, hoffe ich? Gut.«

Parthena flog mit nur einem einzigen Flügelschlag zu ihnen.

Der Schwimmende Flügel glich eher einer schmalen Plattform als einem Boot. »So zieht man die Lenksäule hoch …« Everest zog an einem dünnen Metallstab mit einem Griff am Ende. »Es ist üblich, dass der Fahrer steht, aber die Passagiere dürfen sich gern setzen. Die Finne ist mit kleinen, sehr leistungsstarken Motoren ausgestattet – oder besser gesagt, der Flügel, wie er hier genannt wird. Daher auch der Name ›Schwimmender Flügel‹. Wenn man anfängt, sich zu bewegen, hebt sich das Boot durch den Schwung an und schwebt ein kleines Stück über der Wasseroberfläche. Aufgrund der fehlenden Reibung sind die Boote sehr schnell. Die Ionenbatterien im Propeller werden mithilfe der Wasserfälle aufgeladen und sind anschließend wochenlang einsatzfähig!«

Arthur kam der Gedanke, dass die Schwimmenden Flügel Maries Wolkenkanu gar nicht so unähnlich waren, auch wenn sie im Gegensatz zu ihrer Erfindung nicht aus dem Wasser abheben und einen kleinen Zwischenflug einlegen konnten.

»Spring auf!«, rief Everest.

Arthur setzte sich hinter ihn und hielt sich am schmalen Rand des Schwimmenden Flügels fest. »Sind Sie schon mal mit so einem Ding gefahren?«, wollte er wissen.

»Natürlich! Na ja, ein oder zwei Mal, allein.«

Arthur schluckte. »Parthena, vielleicht ist es sicherer, wenn du über uns fliegst.«

Everest drehte den Hebel am oberen Ende der Lenksäule und der Motor sprang an. Er zog die Säule zurück und sie setzten sich in Bewegung. Sie schwebten höchsten dreißig Zentimeter über dem Wasser und rasten den Fluss hinunter, während Parthena zufrieden über ihnen dahinglitt.

»Ich glaube, wir sollten versuchen, uns vor Eudora zu verstecken, wenn wir ankommen«, rief Arthur. »Wir sagen einfach, dass ich vom Rest der Besatzung getrennt wurde. So können wir alles aus der Ferne beobachten und herausfinden, was sie vorhat.«

Everest nickte. »Wenn du das für das Beste hältst.«

Schon bald breitete sich der Fluss zu einem riesigen Mündungsgebiet aus. Kaskaden stürzten ringsum in die Tiefe und ganz am Ende befand sich ein gigantischer Wasserfall, der aussah, als sei er so breit wie ganz Uptown. Als sie sich ihm näherten, erkannte Arthur, dass darin ein riesiges Bauwerk vom Fuß bis zum oberen Ende aufragte, das ein Teil des Wasserfalls zu sein schien.

»Beeindruckend, was?«, rief Everest.

»Was ist das? Wohnen darin Leute?«

»Es ist kein Wohngebäude, eher ein riesiger Motor.«

»Ein Motor? Läuft er mit Pechharz?«

»Große Weite, nein! Erytheaner würden niemals Pechharz verwenden. Sie betrachten es als schreckliche Beleidigung für die Natur, gewaltige Gruben auszuheben, bloß um an Treibstoff zu kommen. Sie benutzen nur, was der Natur keinen Schaden zufügt.«

»Und wie funktioniert er dann?«

»Turbinen drehen sich in der Strömung und erzeugen Energie.«

»Und wofür erzeugen sie Energie?«

Everest bedachte ihn mit einem schelmischen Grinsen. »Komm jetzt – auf nach oben.«

KAPITEL 22

LÖWENHERZ

Marie erwachte im hellen Sonnenschein. Der Wasserbär war verschwunden. Vorsichtig lugte sie über den Rand des Nests in den Wald hinab. Das Wasser war zurückgegangen, auch wenn sie nicht mit Sicherheit sagen konnte, ob es komplett versickert war. Trotzdem sah es beinahe aus, als wäre nie etwas passiert. Die Blätter unter ihr hatten sich nach dem Regen wieder zu ihrer vollen Größe entfaltet, so als wollten sie auch das letzte bisschen Sonnenlicht in sich aufsaugen.

Sie konnte andere Wasserbären in den Baumwipfeln sehen. Einige von ihnen schaukelten zufrieden an ihren Schwänzen hängend, während andere durch die Äste kletterten. Von *ihrem* Wasserbären, dem, der ihr das Leben gerettet hatte, entdeckte sie jedoch nirgendwo eine Spur.

Neben ihr lag ein Häuflein aus Beeren und Nüssen. Das Tier

musste sie für Marie zurückgelassen haben. Sie aß die Hälfte davon, weil sie sich nicht sicher war, ob wirklich alle für sie bestimmt waren. Sie stellte fest, dass die rosa Edelsteine im Nest bei Tageslicht ihren Glanz verloren und wie ganz gewöhnliche Edelsteine aussahen. Nicht dass Marie Edelsteine als etwas Gewöhnliches betrachtet hätte. Aber das brillante Leuchten, das in der Dunkelheit in ihnen geschillert hatte, war erloschen.

Marie hörte ein Rascheln unter sich und ihr Wasserbär kletterte zurück ins Nest. Er hielt ihr eine glockenförmige Blume hin.

»Oh, die ist wirklich sehr hübsch, wie nett von dir.« Sie nahm die Blume, lächelte und steckte sie sich hinters Ohr.

Der Wasserbär blickte sie mit einem neugierigen Stirnrunzeln an. Dann nahm er eine weitere der Blumen, führte sie zum Mund und trank den Inhalt.

»Oh!«, sagte Marie ein wenig verlegen. »Ich soll daraus trinken!« Sie zog die Blüte wieder hinter ihrem Ohr hervor und saugte am Ende des Kelchs, genauso wie der Wasserbär es getan hatte. Nichts passierte, und der Wasserbär nahm sie ihr vorsichtig aus der Hand und zeigte ihr, wo sie drücken musste, damit sich der Kelch der Glockenblume öffnete. Süßer Nektar rann ihre Kehle hinunter. Er schmeckte köstlich und war fast noch durstlöschender als Wasser. Marie kam der Gedanke, dass Durst in diesem Land allgegenwärtig zu sein schien, obwohl es hier so viel Wasser gab. Sie betrachtete die Blume genauer und fand, sie könnte sie als Inspiration für ein Ventil in ihrem Wolkenkanu benutzen, um es länger in der Luft zu halten.

Der Wasserbär kletterte wieder auf ihre Schulter.

»Hast du auch einen Namen?«, fragte sie.

Natürlich antwortete er ihr nicht. Die Wasserbären schienen überhaupt nicht viele Laute von sich zu geben. Stattdessen nahm er ihre Hand und strich mit dem Rücken seiner Pfote darüber.

»Ist das ein Ja?« Dann fiel ihr jedoch auf, dass er diesmal in die andere Richtung streichelte. Der Wasserbär tat es erneut, als wollte er seine Antwort bekräftigen.

»In die eine Richtung bedeutet es *nein* und in die andere *ja?*«

Der Wasserbär machte die Geste für *ja*.

Sie legte eine Hand auf ihre Brust. »Mein Name ist Marie.«

Er schaute sie an.

»Marie«, wiederholte sie langsamer.

Er schien zu lächeln.

»Ich glaube, du brauchst einen Namen. Jemand, der so tapfer ist wie du, verdient einen besonders guten Namen. Einen Namen, der wirklich zu ihm passt.«

Dann hatte sie eine Idee. »Löwenherz! Ich werde dich Löwenherz nennen. Ist das in Ordnung?«

Er schien kurz zu überlegen, nahm dann ihre Hand und streichelte *Ja*.

»Also, Löwenherz, tapferster Wasserbär in … wo immer wir hier auch sind. Wie bei allen ratternden Zahnrädern soll ich nur meine Familie wiederfinden?«, fragte sie traurig.

Ihr tat noch immer alles weh, außerdem hatte sie keine Ahnung, in welcher Richtung sich der Strand befand, an dem sie angespült worden war. Davon abgesehen war sie sich nicht sicher, ob ihr die riesige Wasserechse mit den Rasiermesserzähnen noch unten auflauerte. Für den Moment war sie in Sicherheit und wieder stellte sie sich vor, was Harriet wohl tun würde: Wahrscheinlich würde sie ihr sagen, dass sie einen Schritt zurückmachen und ihre Situation in aller Ruhe betrachten sollte. *Schau dir an, was du hast und wo du bist, deine direkte Umge-*

bung. Halte nach Dingen Ausschau, die dir auf dem nächsten Abschnitt deines Weges von Nutzen sein könnten.

Marie überprüfte ihren Werkzeuggürtel und seufzte tief, als ihr Blick auf den zerbrochenen Kompass fiel. Wenigstens hatte sie noch immer ihren Feuerzünder und das Messer. Vielleicht würden die Wasserbären sie ja noch einen Tag hierbleiben lassen, dann konnte sie den Weg der Sonne von Ost nach West beobachten und hätte eine bessere Ahnung davon, wo sie sich befand.

Sie könnte etwas essen, noch mehr von dem Blumenwasser trinken und ihre schmerzenden Glieder ausruhen, bevor sie sich mit neuer Kraft wieder auf den Weg machte. Sie linste erneut über den Rand des Nests. Es war ein weiter Weg bis nach unten – sie hatte keine Ahnung, wie sie es überhaupt so weit nach oben geschafft hatte – und sie fühlte sich noch nicht bereit dafür, den Abstieg zum Waldboden zu wagen. Ihre erste Entscheidung war getroffen.

* * *

Marie konnte einem Gedanken nicht entfliehen, der ihr den ganzen Tag durch den Kopf ging: Die einzige Möglichkeit, sich zu orientieren, war es, höher in die Baumkronen hinaufzuklettern, um zu sehen, was sie umgab.

Sie hatte die Himmelsrichtungen grob bestimmt, indem sie den Lauf der Sonne verfolgt hatte, aber auf dem Waldboden, im Unterholz, würde sie die Sonne nur schwer beobachten können. Außerdem war sie sich nicht sicher, wie exakt ihre Einschätzung wirklich war, da sie sich in einem vollkommen anderen Teil der Weite befand. Sie musste sich wenigstens einen allgemeinen Überblick über das Land verschaffen, wenn sie am nächsten Morgen aufbrechen wollte.

Sie hatte beschlossen, vor allem auf das Wetter zu achten: Das Letzte, was sie wollte, war, von einer weiteren sintflutartigen Überschwemmung überrascht zu werden.

An Bord des Wolkenschiffs oder auf den Dächern von Lontown hatte ihr die Höhe nie etwas ausgemacht, aber sie war nicht an die Baumkronen gewöhnt, deshalb hatte sie den ganzen Morgen damit zugebracht, aus den wenigen Dingen, die ihr zur Verfügung standen, einen Sicherheitsgurt zu basteln. In diesem Moment war sie wirklich froh, dass sie das Seil aus dem Wolkenkanu mitgenommen hatte. Nun konnte sie eine Schlinge um einen mittelgroßen Ast befestigen, der ihr Gewicht sicher tragen würde.

Nach einiger Zeit verschwand Löwenherz für eine Weile, zusammen mit den meisten anderen Wasserbären. Als er wieder zurückkehrte, hatte er frisches Obst in einem Bauchbeutel dabei, der Marie bisher noch gar nicht aufgefallen war.

»Wie praktisch! So einen könnte ich für mein Werkzeug auch gut gebrauchen«, sagte sie lächelnd.

Dann holte Löwenherz einen der rosa Edelsteine aus seinem Beutel und reichte ihn ihr.

»Danke, der ist wunderschön.« Marie sah, dass auch viele der anderen Wasserbären mit Früchten und rosa Edelsteinen zurückgekehrt waren.

Löwenherz holt den nächsten Stein aus seinem Beutel, steckte ihn in die Wand des Nests und schaute Marie erwartungsvoll an. Sie entdeckte eine Stelle, die ihr passend erschien, und steckte ihren Edelstein ebenfalls hinein. »Na, das wird heute Abend wirklich wundervoll aussehen!«

Was für seltsame Wesen diese Bären doch waren. Sie wirkten so glücklich und zufrieden. Sie konnten unter Wasser atmen, in den Baumkronen umherklettern und Häuser bauen, die sie in wahrhaft magische Orte verwandelten.

»Warte, bis ich meinem Bruder Arty von dir erzähle. Wenn ich ihn finde, bringe ich ihn hierher, wenn das in Ordnung ist?« Löwenherz nahm ihre Hand und streichelte ein *Ja*.

»Hast du auch einen Bruder? Das sind doch deine Eltern in dem Haus da oben, oder?«

Löwenherz streichelte erst *Nein*, dann *Ja*. Dann reichte er Marie eine der Früchte. Sie schälte sie und teilte sie mit ihm. Sie schmeckte erfrischend und süß und Marie fühlte sich wunderbar gesättigt. Ihr war jedoch bewusst, dass sie nicht für immer hier sitzen bleiben konnte.

»Ich muss höher in die Baumkronen hinaufklettern, damit ich mir überlegen kann, was ich als Nächstes tun will.« Sie hatte keine Ahnung, wie viel Löwenherz wirklich verstand, aber seine Augen schienen ihr zu sagen, dass er genau wusste, was sie ihm sagen wollte. Außerdem wirkte er ein wenig besorgt.

»Ich habe mir einen Sicherheitsgurt gebastelt, mir kann also nichts passieren. Du glaubst mir das jetzt wahrscheinlich nicht, aber normalerweise begebe ich mich nicht in allzu große Gefahr … außer damals, als wir auf dem Eiskontinent abgestürzt sind. Oder als Arty und ich uns auf Eudoras Wolkenschiff geschlichen haben und Tuyok beinahe gestorben wäre … Und dann war da noch die Sache, als Arty auf dem zugefrorenen See eingebrochen ist … und in Südpolaris, als Eudora Vane uns töten wollte … Aber abgesehen davon …«

Löwenherz gab ein leises Wimmern von sich.

»Du kannst mit mir nach oben klettern, wenn du willst.«

Sie machte sich ganz langsam und bedächtig an den Aufstieg und wählte die Äste, auf die sie trat, mit äußerster Vorsicht aus, wobei sie den Sicherheitsgurt methodisch an einem nach dem anderen einklinkte. Je weiter sie sich nach oben bewegte, desto heller wurde es, bis sie schließlich fast die Baumwipfel erreicht hatte.

»Nur noch ein Ast«, flüsterte sie sich selbst zu, als sie ihren Sicherheitsgurt einhakte und dann einen großen Schritt machte. Vorsichtig richtete sie sich auf.

Marie hätte am liebsten laut geschrien, als sie das Wunder erblickte, das sich vor ihr erstreckte, aber sie musste ganz ruhig bleiben und sich konzentrieren. Sie befand sich auf halber Höhe des riesigen Dschungelgebirges, das sie vom Strand aus gesehen hatte. Die Baumkronen umschlossen sie wie ein smaragdgrünes Meer. Vor ihr ragte der höchste der Berge auf, die sie ebenfalls vom Strand aus erblickt hatte. Nun konnte sie erkennen, dass er die Form eines Vulkans hatte, auch wenn er von Vegetation bedeckt war.

Das Licht hier oben war blendend grell. Im – ihren Berechnungen nach – Westen erstreckte sich das türkisfarbene Meer und sie vermutete, dass sich auch der Strand, an dem sie gelandet war, irgendwo in dieser Richtung befand. In der Ferne konnte sie schwach einige zerklüftete Formen erkennen, die sie für die Inseln der Nachtflüsterer hielt.

Sie senkte den Blick und schluckte die Gefühle hinunter, die ihr die Tränen in die Augen treiben wollten. Wo waren Harriet, Felicitas und Welby? Waren sie noch am Leben? Dann erinnerte sie sich wieder an diesen seltsamen scharlachroten Vogel, der ausgesehen hatte wie … Die Erkenntnis traf sie wie ein Blitz. Sie konnte nicht glauben, dass es ihr bisher nicht aufgegangen war! Der leuchtende Vogel, seine Schwingen und sein feuerroter Schwanz waren real gewesen, da war sie sich ganz sicher, und er hatte genauso ausgesehen wie der Vogel auf Octavies Ring. Sie legte eine Hand auf den Beutel an ihrem Werkzeuggürtel, in dem sie den Ring seit ihrem Streit mit Arthur aufbewahrt hatte.

Der mythische Feuervogel!

Sie versuchte, Ruhe zu bewahren. Warum war der Feuervogel zu ihnen gekommen? Und warum hatte er eindeutig Harriet beschützt? Marie wusste, dass sie sämtliche Hoffnungen begraben konnte, Antworten auf diese Fragen zu finden, aber sie konnte nicht verhindern, dass sie ihr trotzdem durch den Kopf wirbelten.

»Konzentrier dich«, ermahnte sie sich selbst und drehte sich ein wenig zur Seite, um in eine andere Richtung zu blicken. Strände und Berge, Hochebenen, tiefer liegende Täler und dichter Dschungel, so weit das Auge reichte. Dann erkannte sie nicht weit entfernt einige silberne Schlieren.

Vorsichtig nahm sie das Binoskop von ihrem Gürtel. »Flüsse!«

Wenn du dich jemals verirrst, folge dem Fluss. Flüsse führen zu Menschen, hatte ihr Vater ihr einmal gesagt. Wenn Arthur irgendwo dort draußen war, dann sollte sie den Flüssen folgen. Aber sie musste auch versuchen, Harriet und die anderen zu finden.

Sie richtete den Blick wieder auf die Strände und holte sie mit dem Binoskop so nahe heran, wie es ging. Sie konnte nichts Ungewöhnliches erkennen, aber falls es Harriet und die beiden anderen tatsächlich an Land geschafft hatten, dann wahrscheinlich dorthin. Entweder das, oder sie steckten auf den rauen Felseninseln fest und waren diesen grässlichen Kreaturen ausgeliefert. Marie bezweifelte, dass der Feuervogel die Biester auf Dauer in Schach halten konnte, und dann …

Sie schüttelte den Gedanken ab.

Marie beschloss zu versuchen, an den Strand zurückzukehren, falls das Wetter es zuließ, und von dort der Lücke in den Bäumen Richtung Süden zu folgen. Eine Lücke zwischen den Bäumen wies mit großer Wahrscheinlichkeit auf einen Fluss hin, auch wenn es sich von hier oben nur schwer mit Sicherheit sagen ließ. Sie blickte wieder zu den silbern schillernden Streifen inmitten des fernen Grüns. Sie durchzogen das Land wie große Adern.

Sie drehte sich erneut ein wenig – und sah plötzlich etwas, bei dessen Anblick sie nicht nur sämtliche Konzentration, sondern auch den Halt verlor. Sie rutschte ab und fiel!

Sie war davon überzeugt, dass sie immer weiter in die Tiefe stürzen würde, aber der Sicherheitsgurt fing sie auf und bremste ihren Fall mit einem unsanften Ruck. Sie schwang an dem Seil zwischen den Baumkronen hin und her. Ihr Binoskop rauschte allerdings durch die Blätter hinab und landete mit einem schrecklichen Scheppern in der Tiefe.

Der Wasserbär stieß ein Quieken aus, während Marie geschickt einen Ast mit den Füßen umklammerte, sie daraufstellte und sich aufrichtete. »Ratternde Zahnräder, das war knapp.«

Sie holte ein paarmal tief Luft. Was sie zwischen den Bäumen gesehen hatte, konnte nur eine Halluzination gewesen sein, auch wenn es ihr ganz klar erschienen war: In den Baumkronen hatte ein Junge gesessen und sie beobachtet!

Kapitel 23

TEMPESTRA

Die Geräusche des Dschungels wurden vom Donnern eines riesigen Wasserfalls übertönt. Erst als sie sich ihm mit dem Schwimmenden Flügel näherten, wurde Arthur bewusst, wie gewaltig er tatsächlich war, und er hatte alle Mühe, den vor Staunen geöffneten Mund wieder zuzumachen. Hoch oben ragte ein gigantischer Turm am Rande des Abgrunds auf, der sich in dem steten Strom nach unten fortsetzte, sodass der Stein eins mit den herabstürzenden Wassermassen war. Er war ein wahres Kunstwerk, mit abgerundeten Kanten, von Säulen gesäumten Bogengängen und allem Anschein nach riesigen Rädern, die sich gleichmäßig mit der Strömung drehten. Für Arthur war es kaum vorstellbar, dass jemand tatsächlich ein solches Gebäude erschaffen konnte.

»Beeindruckend, nicht wahr?«, fragte Everest.

Alles, was Arthur zustande brachte, war ein Kopfnicken. Nachdem er noch ein paar Sekunden wie angewurzelt dagestanden hatte, sagte er schließlich: »Ich hätte mir nie vorgestellt, dass ein Gebäude so aussehen könnte. Ich meine, die Zitadelle von Nadvaaryn ist schon unglaublich, aber das hier kann locker mit ihr mithalten. Die Stadt muss wohl ganz in der Nähe sein. Wo ist sie?«

Everest zeigte aufwärts. »Da oben.«

»Und wie sollen wir da hinkommen?«

»Siehst du, dass sich direkt hinter dem Wasservorhang hier und da etwas bewegt?«

Arthur nickte.

»*So* kommen wir dorthin. Aber zuerst mal müssen wir hinter das Wasser.«

Sie steuerten den Schwimmenden Flügel an die Seite des Wasserfalls und machten ihn an einem Steg fest.

»Vorsicht, hier kann es ziemlich rutschig sein.« Everest führte Arthur am Ufer entlang, wo der nahe Wasserfall mit mächtigem Tosen in den See stürzte. »Natürlich haben die Erytheaner bestens auf diese Umgebung angepasste Kleidung entwickelt. Mikrotechnologiestiefel zum Beispiel, die sich mit Hunderten winziger Saugnäpfe an den Felsen klammern. Ich muss unbedingt daran denken, mir welche zu besorgen, solange wir in der Stadt sind. Mein letztes Paar habe ich bei einer Überschwemmung verloren.«

Arthur stieß einen Schrei aus, als er beinahe ausrutschte.

»Siehst du? Schön langsam, alter Junge.«

Sie schoben sich vorsichtig weiter, bis sie sich schließlich hinter dem Wasserfall befanden. Das Getöse war ohrenbetäubend. Obwohl Everest laut brüllte, konnte Arthur ihn nicht verstehen. Everest deutete auf eine Tür und Arthur folgte ihm hindurch. Er fand sich in einem leeren, weißen Raum wieder, aus dem mehrere Türen hinausführten. »Wo sind denn alle?«

»Die Energieversorgungstechnologie funktioniert vollkommen selbstständig, daher wird normalerweise kaum Personal benötigt, aber es sollte trotzdem jemand hier sein ...«

Sie gingen in einen Nebenraum, in dem eine Frau stand und aussah, als würde sie bereits auf sie warten. Sie trug eine schicke grüne Hose und Jacke. Der Stoff sah leicht und luftig aus und schillerte wunderschön. Sie sagte irgendetwas in einer fremden Sprache. Everest versuchte zu antworten, aber die Frau lächelte freundlich und schüttelte den Kopf. »Du bist der Vornatanier. Ich habe schon gehört, dass du auf dem Weg hierher bist.«

Everest sah Arthur an. »Ich habe dir ja gesagt, dass sie mich genau im Auge behalten.«

»Und wer ist dein Begleiter?«

»Er gehört zur Culpfeffer-Crew, die vor einigen Tagen hier gelandet ist. Sie wurden getrennt.«

Ihre Augen verengten sich, dann nickte sie jedoch und bedeutete ihnen mit einer Geste, in eine Kabine zu steigen. Ein Fahrstuhl, wie Arthur vermutete. Sie betraten den Lift, und nachdem die Frau einen Hebel betätigt hatte, begann die Kabine, nach oben zu steigen. Sie befanden sich direkt hinter dem Wasserfall, wodurch es aussah, als hätte sich ein schimmernder Filter über die Welt gelegt.

Während sie nach oben fuhren, brach die Liftkabine jedoch hin und wieder durch den herabstürzenden Fluss und sie erhaschten einen flüchtigen Blick auf den großen See, der unter ihnen schillerte. Arthur bildete sich ein, er könnte bis über den Urwald und das Glitzern des Meeres hinaussehen.

Schließlich fanden sie sich ganz oben in schwindelnder Höhe wieder und traten in einen steinernen Flur. Ein Mann in ähnlicher grüner Kleidung nickte ihnen zu und führte sie weiter.

»Wollt ihr euch erst hier ausruhen oder reist ihr direkt in die Stadt weiter? Der Rest der Besatzung ist bei Professus Excelsis zu Gast und dort untergebracht. Ich nehme an, du möchtest so schnell wie möglich wieder zu ihnen stoßen?« Er betrachtete Arthur neugierig. »Wir können ihnen eine Nachricht zukommen lassen, damit sie wissen, dass es dir gut geht.«

»Nein, nicht nötig, wir gehen sofort zu ihnen«, antwortete Everest. »Das wird eine riesige Überraschung für sie, meinst du nicht auch, mein lieber alter Junge?«

Sie folgten dem Mann durch mehrere steinerne Korridore, bis sie schließlich eine Tür erreichten. Arthur hätte schwören können, dass es so gut wie unmöglich war, ihn noch mehr zu überraschen, aber dann sah er die Stadt vor sich.

In einiger Entfernung, in der Mitte der weiten Wasserebene, erhob sich Tempestra wie ein riesiges Juwel, das aus elfenbeinfarbenem Stein gehauen war. Die zahlreichen Kuppeln erinnerten Arthur an Lontown, auch wenn sie viel verschnörkelter waren als die Türme seiner Heimatstadt. Die Linien und Kurven der Gebäude ahmten die Formen und Wellen der Natur nach. Hohe, majestätische Bogengänge ragten in verschiedenen Höhen auf und zwischen den Gebäuden spannten sich anmutige Brücken. Im Zentrum befand sich die höchste der Kuppeln, der höchste Punkt weit und breit, abgesehen von den Bergen, die das Plateau im Norden und Osten säumten.

Arthur konnte es gar nicht erwarten, sich alles aus der Nähe anzuschauen. Ein langer Steg erstreckte sich von der Rückseite der Energiefälle in das Seeplateau.

»Wir müssen ziemlich weit rausgehen, weil man mit einem Schwimmenden Flügel nicht zu nah an den Abgrund fahren kann – jedenfalls nicht wir Neu-Erytheaner.« Everest ging ihm auf dem Holzsteg voraus, seine spindeldürren Beine ganz zappelig vor Aufregung. Arthur konnte nicht anders, als sich von seiner Begeisterung anstecken zu lassen und sich ebenfalls über diesen unglaublichen Ort zu freuen.

»Gibt's hier denn gar keine Wolkenschiffe?«, fragte Arthur.

»Ich habe den Eindruck, dass man sie hier im Allgemeinen nicht besonders schätzt. Die Menschen hier nennen sie Donnerwolken!«

Schon bald rauschten sie in einem anderen Schwimmenden Flügel über den See Richtung Stadt. Die Gischt sprühte auf Arthurs Haut, kühl und erfrischend in der sengenden Hitze, und Parthena gesellte sich mit einem lauten Kreischen zu ihnen. Sie flog neben ihnen her und neigte sich immer wieder leicht zur Seite, sodass ihre Flügelspitzen über die Wasseroberfläche streiften. Je näher sie der Stadt kamen, desto mehr fühlte Arthur sich an die Zitadelle erinnert, doch während diese aus Stein aufragte, erhob sich Tempestra aus dem Wasser.

Jetzt, aus der Nähe, konnte er erkennen, dass einige der Dächer grün waren, und die Mauern schienen aus Stein und Glas erbaut zu sein. Die Stadt setzte sich sogar unter Wasser fort!

»Der Wasserspiegel hebt und senkt sich, genau wie im Rest des Landes. Hier ist es zwar nicht so extrem wie im Westen, aber trotzdem deutlich zu merken.«

Everest lenkte das Boot zu einem nahen Steg und machte den Schwimmenden Flügel an einem Pfosten fest. Es war offensichtlich, dass man sie bereits erwartet hatte. Eine Delegation stand am Ende des Piers bereit, um sie in Empfang zu nehmen.

Eine groß gewachsene, elegante Dame kam auf sie zu. Sie hatte glänzendes schwarzes Haar und perfekt glatte, braune Haut. Sie trug eine Jacke mit hohem Kragen, die aus demselben seidigen Material gefertigt zu sein schien wie die Uniform der Frau aus dem Lift. Der einzige Unterschied war eine aufwendige Stickerei aus Bronzefaden, die aussah, als würden sich Kletterpflanzen in wunderschönen Mustern über ihren Oberkörper und die Ärmel ranken. Sie betrachtete sie beide mit ihren waldgrünen Augen.

»Willkommen in Tempestra. Mein Name ist Tauria Verada, ich bin die Professus Excelsis von Erythea.«

Arthur war sich nicht sicher, ob er sich verbeugen oder ihr die Hand schütteln sollte, aber da sie sich nicht bewegte, neigte er respektvoll den Kopf und erwiderte: »Ich bin Arthur Brightstorm, ein Mitglied der Culpfeffer-Crew.«

Sie runzelte die Stirn. »Miss Culpfeffer hat gar kein vermisstes Besatzungsmitglied erwähnt.«

»Ich wurde von den anderen getrennt, aber zum Glück bin ich Mr Wrigglesworth in die Arme gelaufen – oder besser gesagt: gefallen.«

»Ich werde dafür sorgen, dass jemand Miss Culpfeffer informiert, dass man dich gefunden hat.«

»Nicht nötig«, warf Everest ein. »Wir wollen sie überraschen. Wo können wir sie finden?«

»Ihr Quartier befindet sich im Besucherflügel. Ich werde veranlassen, dass man dort ebenfalls ein Zimmer für euch vorbereitet.« Tauria winkte einem Mann zu, der ein paar Meter entfernt wartete.

Er trug ganz ähnliche Kleidung und hatte dieselbe ruhige Haltung. Seine Haut war blass, sein Haar jedoch dunkel und lang, wie Taurias. »Ich bin Cassea. Ich werde euch eure Zimmer zeigen.«

Sie folgten ihm durch einen mit Giebeln versehenen Eingang in ein Gebäude und weiter durch lange Korridore, in denen sie herrliche grüne Pflanzen und Trinkwasserbrunnen passierten. In die Steinmauern und die Decke waren lückenlos Kletterpflanzen, Blätter und andere natürliche Formen graviert. Durch die Dekoration wirkte es, als befände sich ein Teil des Urwalds in der Stadt, oder umgekehrt. Es versprühte gleichzeitig ein modernes und antikes Flair und der weiße Stein und das viele Grün strahlten eine bestechende Ruhe aus. Hin und wieder kamen sie am Eingang eines Obstgartens vorbei, in dem Orangenbäume wuchsen, Palmen aufragten oder Leute saßen, um zu lesen, zu schreiben oder zu malen. Der ganze Ort erfüllte Arthur mit großer Ehrfurcht.

Sein Zimmer war ebenso imposant, genau wie Everests, der direkt nebenan untergebracht war. »Ihr dürft selbstverständlich kommen und gehen, wie es euch beliebt«, sagte Cassea. »Ich kann dich sofort zu deiner Crew bringen, wenn du willst. Oder vielleicht möchtest du lieber eine Führung durch die Stadt oder eine kleine Erfrischung?«

Arthur hatte keine Ahnung, was er tun würde, wenn er auf Eudora traf. Er brauchte noch mehr Zeit, um darüber nachzudenken und alles mit Everest zu besprechen. »Ich glaube, ich ruhe mich erst mal aus, vielen Dank.«

Es fühlte sich gut an, wieder einen Raum ganz für sich allein zu haben, aber gleichzeitig zu wissen, dass Everest ganz in seiner Nähe war. Doch was *sollte* er als Nächstes tun?

»Deine Crew speist heute Abend mit Tauria. Du bist herzlich eingeladen dazuzustoßen, sobald du dich erholt hast. Ruf mich einfach, falls du noch irgendetwas brauchst.« Cassea neigte kurz den Kopf und ging zur Tür.

»Entschuldigung!«, rief Arthur ihm nach. »Und wie mache ich das?«

Cassea lächelte und öffnete eine Hand. Ein weißer Schmetterling flatterte von der Wand und landete auf seiner Handfläche. Er flüsterte ihm etwas zu, und dann flog der Schmetterling zu Arthur. Instinktiv streckte er seine eigene Hand aus, damit der Falter darauf landen konnte.

»Halte einfach eine Hand hoch, dann kommt einer der Weisewesen-Schmetterlinge zu dir. Du flüsterst ihm deine Nachricht zu und sagst ihm, an wen er sie übermitteln soll, und er wird sie für dich überbringen.«

Arthur konnte es nicht glauben – die winzige Stimme gehörte tatsächlich dem Schmetterling!

Cassea verschwand und Arthur ließ sich auf das riesige Bett in der Mitte des Raums fallen. Durchs Fenster konnte er Parthena glücklich über dem Seeplateau kreisen sehen.

»Was für ein unglaublicher Ort«, sagte er zu sich selbst. Aber er konnte sich nicht zu lange ausruhen – er musste einen Plan schmieden, um die Wahrheit über Eudora zu enthüllen.

Er setzte sich wieder auf, als langsam eine Idee in ihm Gestalt annahm.

KAPITEL 24

FLORIAN

Nachdem sie eine weitere Nacht im Nest des Wasserbären geschlafen hatte, kam Marie zu dem Schluss, dass sie vermutlich wirklich unter Halluzinationen gelitten hatte und der Junge nur eine Ausgeburt ihrer Fantasie gewesen war. Wahrscheinlich hatte sie an Arthur gedacht, deshalb hatte ihr Verstand das Bild eines Jungen heraufbeschworen. Am Abend hatte es wieder zu regnen begonnen, zwar nicht so heftig wie am Tag zuvor, aber trotzdem hatte sich ihr Herzschlag deutlich beschleunigt. Sie konnte nicht einschlafen, bis der Regen wieder aufgehört hatte, was glücklicherweise nicht allzu lange dauerte.

Heute war das Wetter wieder schön, es stand nicht eine einzige Wolke am Himmel und unter ihr schien der Waldboden relativ trocken zu sein. Löwenherz' Wasserbäreneltern waren zu ihnen gekommen und saßen ganz in der Nähe.

»Ich muss jetzt los«, sagte Marie zu Löwenherz. »Danke, dass du mir das Leben gerettet hast. Ich werde dir auf ewig dankbar sein. Ein Teil von mir wünscht sich, ich könnte für immer hierbleiben, aber …« Sie seufzte und freute sich ganz und gar nicht darauf, sich wieder den Gefahren dort unten auszusetzen. »Ich muss meine eigene Familie finden.«

Sie streichelte alle zum Abschied, schaute Löwenherz dann noch einmal ganz tief in die Augen und begann, nach unten zu klettern. Löwenherz folgte ihr ein kleines Stück und hüpfte immer wieder auf ihre Schulter, aber irgendwann legte Marie seine kleine Schwimmhautpfote in ihre Hand und machte die Geste für *nein*. »Du hast Eltern, und glaube mir: Das ist ein wirklich großes Glück. Du gehörst hierher, an euren wundervollen Zufluchtsort in den Baumkronen.«

Löwenherz nahm ihre Hand, streichelte dreimal nacheinander *Nein* und ließ seine Pfote dann in ihrer Hand liegen.

»Ich muss wirklich los.« Marie lächelte traurig und wischte sich mit der freien Hand über die Augen, bevor sie ihn auf einen Ast setzte und ihre Hand aus seiner löste. Löwenherz stieß ein trauriges Seufzen aus, steckte eine Pfote in seinen Beutel und reichte ihr einen der rosa Edelsteine.

»Für mich?« Sie lächelte etwas fröhlicher.

Löwenherz streichelte *Ja*.

Wenigstens würde ihr der Stein das Gefühl geben, ein Teil dieses Ortes, ein Teil von Löwenherz zu sein, und sie auf dem Rest ihres Weges begleiten. Sie blickte in seine leuchtenden, intelligenten Augen und sagte: »Vielen Dank dafür, dass du mich gerettet hast. Ich werde dich niemals vergessen.« Dann kletterte sie weiter nach unten, konzentrierte sich auf ihren Abstieg und versuchte, den schrecklichen Kloß in ihrem Hals hinunterzuschlucken. Sie warf noch einen letzten Blick zurück, um Löwenherz' Gesicht noch einmal zu sehen, und setzte dann ihren Weg durch den Dschungel fort. Nun war sie wieder völlig allein.

* * *

Marie hatte schon völlig vergessen, wie erstickend schwül es am Waldboden war. Sie hatte das Gefühl, jedes noch so winzige Insekt wollte einen Bissen von ihr abhaben. Noch schlimmer war jedoch, dass sie keine einzige der Wasserblumen entdecken konnte, die Löwenherz ihr gebracht hatte, und langsam immer durstiger wurde. Sie hatte die Höhlen bereits vor einer Weile hinter sich gelassen und einen Glockenschlag lang war sie sich sicher gewesen, dass sie auf die Strände zusteuerte, bevor sie einen Glockenschlag später sämtliche Zuversicht wieder verlor. Sie sammelte gerade Kohlpalmenblätter und schlang sie sich um den Hals, damit sie trockneten, als ihr plötzlich etwas ins Auge fiel.

Das Herz hämmerte ihr wie wild in der Brust.

Dort war irgendjemand – oder irgendetwas. Sie war sich *sicher*, dass sie zwischen den Bäumen ein Gesicht erspäht hatte, aber nun war dort nichts mehr zu sehen. Sie ging weiter, mit dem eindeutigen Gefühl, verfolgt zu werden. Vielleicht war es Löwenherz? Sie erhaschte erneut einen flüchtigen Blick auf die schattenhafte Gestalt, doch mit dem nächsten Wimpernschlag war sie wieder verschwunden.

Nach einer Weile beschloss sie, wieder höher zu klettern, um sich neu zu orientieren. Außerdem würde sie so die Möglichkeit haben, den umliegenden Wald besser zu überblicken und herauszufinden, wer sie beschattete.

Sie wollte gerade den Sicherheitsgurt von ihrem Gürtel lösen, als sich etwas auf sie stürzte. Sie riss abwehrend die Hände hoch und trat um sich, fiel aber dennoch zu Boden.

Das Gesicht eines Jungen schaute auf sie herab.

»Geh von mir runter!«, schrie sie.

Der Junge runzelte die Stirn und blinzelte sie mit riesigen flaschengrünen Augen an. Er schüttelte den Kopf, als wollte er einen falschen Gedanken abschütteln.

»Ich … ich dachte, du wärst aus der Stadt … Aber du hast gerade Lontonisch mit mir gesprochen. Musst du üben?«

»Was üben?«

»Lontonisch.«

»Natürlich nicht!«, erwiderte sie gereizt.

»Moment, warte mal … Und warum sprichst du dann Lontonisch?« Er betrachtete neugierig. »Woher kommst du?«

»Woher kommst *du?*«

»Ich komme von hier. Und du ganz eindeutig … *nicht.*«

Sie stieß ihn von sich. »Es ist sehr unhöflich, Leute einfach so anzuspringen. Du kannst von Glück sagen, dass ich mein Messer nicht in der Hand hatte – ich hätte dich erstechen können.«

»Nein, hättest du nicht.«

»Woher willst du das denn wissen?«

»Weil ich kein Messer in deiner Hand gesehen habe, bevor ich mich auf dich gestürzt habe.« Er streckte eine Hand aus und berührte ihre Kleidung. »So eigenartige Sachen.«

Sie versteifte sich und legte misstrauisch den Kopf in den Nacken. »Na ja, und deine sind sehr … grün.«

»Lebst du im Westen? Bist du wirklich aus Vornatania?«

»Bin ich. Und was ist mit dir? Wohnst du hier?«

»Natürlich wohne ich hier. Und trotzdem redest du mit mir, als wäre das hier *dein* Zuhause. Wie bist du hierhergekommen?«

»Na ja … das ist ein bisschen kompliziert. Gibt's hier in der Nähe eine Stadt?«, fragte Marie hoffnungsvoll. Wenn es hier noch mehr Menschen gab, fand sie vielleicht auch Harriet und die anderen wieder.

Der Junge betrachtete sie neugierig. »Im Osten ist eine Baumkronenstadt. Hier in der Gegend leben keine Erytheaner. Sie ist zu unberechenbar.«

»Und was machst du dann hier draußen?«, fragte sie misstrauisch.

»Und wieder tust du so, als wäre ich hier der Eindringling! Was ist denn das da alles an deinem Gürtel?«

Sie schlug seine Hand weg. »Mein Werkzeug.«

»Lass mich mal sehen.«

»Nein.«

»Das hier sieht kaputt aus«, sagte er und streckte eine Hand nach dem Kompass aus.

»Ja, aber ohne mein anderes Werkzeug kann ich das im Moment nicht ändern und ich bin mir ziemlich sicher, dass du mir auch nicht dabei helfen kannst, es zu reparieren.« Sie bedachte ihn mit einem leicht sarkastischen Lächeln, zog dann jedoch die Stirn in Falten, als ihr wieder einfiel, dass sie seinetwegen beinahe von einem Baumriesen gefallen wäre. »Dann warst du das also, den ich in den Baumkronen gesehen habe?«

Er grinste.

»Deinetwegen bin ich abgestürzt!«

»War ich etwa in deiner Nähe?«

»Na ja … nein, aber –«

»Und wie kann es dann sein, dass du meinetwegen runtergefallen bist?«

»Du hast mir Angst eingejagt.«

Er kniff die Augen zusammen. »Ich bin mir nicht sicher, ob du wirklich zu den ängstlichen Leuten gehörst. Tollpatschig, ja, und furchtbar laut, wenn du dich durch den Dschungel bewegst.« Er schüttelte den Kopf.

Marie stieß ein Schnauben aus. »Du sprichst dieselbe Sprache wie ich.« Aufgrund seines Akzents vermutete sie, dass es nicht seine Muttersprache war. Ein Gedanke traf sie wie ein Blitz: Sie befand sich auf einem Kontinent, der den Menschen in Vornatania vollkommen unbekannt war, und doch beherrschte dieser Junge ihre Sprache – die Menschen hier mussten also von *ihnen* wissen. *Wegen Everest Wrigglesworth?*, fragte sie sich.

»Wir sprechen viele Sprachen.« Er zuckte mit den Schultern. »Die Sprachen zahlreicher Inseln, die Sprache der südlichsten Gefilde von Erythea, die Sprache der Alten, die Sprache des Waldes.« Der Junge richtete den Blick zum Himmel empor, bildete mit den Lippen ein großes O und stieß ein seltsames, johlendes Heulen aus, so laut, dass Marie vor Schreck zusammenzuckte, als hätte ihr ein defektes Triebwerk einen Schlag versetzt.

Kurz darauf ertönte zur Antwort von irgendwo aus der Ferne ein ähnliches Heulen in den Bäumen.

»Das ist … äh … beeindruckend«, stammelte Marie.

»Was tust du denn hier? Wie bist du an den Angariis vorbeigekommen?«

»Angariis?«

Wieder kniff er die Augen zusammen und sie konnte sehen, dass er abwog, ob sie wirklich nur ein dummes Mädchen war, das sich im Dschungel verirrt hatte, oder womöglich doch eine Gefahr darstellte. Sein Stirnrunzeln verriet ihr, dass er sich noch nicht entschieden hatte.

»Wir haben nicht nach eurem Land gesucht. Wir haben

Schiffbruch erlitten.« Sie fand, dass sie ihn damit nicht angelogen hatten. Schließlich hatten sie tatsächlich nach Arthur gesucht, theoretisch.

»Und dabei wurdet ihr getrennt? Sind die anderen noch am Leben?«

»Das hoffe ich.«

»Ich muss dich in die Stadt bringen. So verlangt es die Schrift.«

Marie rutschte das Herz in die Hose. »So verlangt es die Schrift? Meinst du das Gesetz?«

Er nickte.

»Und was, wenn ich nicht will?«

Er zuckte mit den Schultern. »Wenn du dir sicher bist, dass du hier auch nur einen Tag lang überleben kannst, ohne gefressen zu werden … oder in der nächsten Überschwemmung zu ertrinken …«

Ihre Haut kribbelte am ganzen Körper.

»Wenn es dir wirklich lieber ist, dann … Ich dachte nur, du wolltest vielleicht deine Freunde wiederfinden.« Und ohne ihr überhaupt die Chance zu geben, darauf zu antworten, zuckte er mit den Schultern, wandte sich ab und sprang auf einen der Bäume.

»Hey!«

»Viel Glück, fremdes Mädchen!«

Der Ast, auf den der Junge gesprungen war, war so hoch, dass Marie ihn unmöglich erreichen konnte. Trotzdem war sie wild entschlossen, biss die Zähne zusammen, holte Schwung und sprang ab.

Der Junge kletterte noch höher in den Baum hinauf, aber sie folgte ihm. Er hüpfte in einen anderen Baum und kraxelte immer weiter. Sie befand sich nun so hoch, dass sie sich böse verletzen konnte, falls sie abstürzte. »Komm schon«, sprach sie sich selbst Mut zu.

Rings um sie hingen Kletterpflanzen herab. Vielleicht konnte sie sich an einer von ihnen festbinden? Sie erhaschte einen Blick auf den Jungen, mehrere Bäume entfernt. »Warte!«

Er blickte sich zu ihr um und sie bildete sich ein, ein hämisches Grinsen auf seinem Gesicht zu erkennen.

»Ratternde Zahnräder«, fauchte sie leise, schnappte sich die nächstbeste Kletterranke und sprang beherzt ab.

Sie landete ungeschickt auf dem nächsten Ast und für einen grauenvollen Augenblick der Unentschlossenheit war sie wie erstarrt, ob sie sich weiter in Todesangst an die Kletterpflanze klammern oder sie loslassen sollte, um sich an irgendeinem Teil des Baums festzuhalten. Sie stieß ein Kreischen aus, grapschte nach dem Ast und warf sich halb stolpernd, halb fallend darauf, die Beine links und rechts darum geschlungen, sodass sie ihn ungeschickt umarmte.

»Mir geht's gut!«, schrie sie. Nicht dass der Junge auch nur das geringste Anzeichen von Besorgnis an den Tag gelegt hätte. Aber er war ihre einzige Chance, deshalb durfte sie ihn nicht aus den Augen verlieren. Sie richtete sich auf und hielt nach einer weiteren Kletterpflanze Ausschau. Diesmal gelang es ihr, dichter am Stamm zu landen und nicht zu stolpern.

Der Junge steckte seinen Kopf auf der anderen Seite des Baums hervor und Marie entfuhr ein Quietschen.

»Du hast mich erschreckt!«, blaffte sie.

»Ich hätte nicht gedacht, dass du mir tatsächlich folgen würdest! Ich wäre wieder zurückgekommen, um dich zu holen.« Er schaute sie an, als wäre sie geistig umnachtet. »Du verstehst also, dass du mit mir in die Stadt kommen musst?«

Sie nickte.

»Aber vorher muss ich noch in der Baumkronenstadt vorbei. Ich nehme an, du würdest dich etwas weiter unten wohler fühlen?«

»Ich komme schon zurecht, aber wenn du meinst …«

»Du bewegst dich ungefähr so grazil durch die Bäume wie eine überdimensionierte Wasserechse. Komm mit.« Er hielt ihr seine Hand hin, aber Marie ignorierte sie und blickte sich nach der besten Route zurück nach unten um.

»Und nur damit du's weißt: Ich bin zu Hause in Lontown andauernd über die Dächer geklettert. Ich bin nur noch nicht an diese Bäume gewöhnt.«

»Dann ist eure Denkweise also wirklich so starr, wie es immer heißt.«

»Was meinst du denn damit?«

Er antwortete nicht und schwang sich auf einen niedrigeren Ast. Sie eilte ihm hinterher und folgte einer ähnlichen Route, versuchte jedoch eine etwas andere Technik.

»Ihr seid störrisch, weil ihr immer glaubt, ihr wüsstet es besser.«

Sie stemmte empört die Hände in die Hüften, geriet jedoch ein wenig ins Wanken und lehnte sich gegen den Baum. »Das stimmt überhaupt nicht.«

»Ihr seid draußen in der Natur total ungeschickt.«

»Nein, bin ich nicht. Sind *wir* nicht.«

Er huschte weiter, bis er einen etwas höheren Ast erreichte. Seine Bewegungen waren präzise und perfekt balanciert.

»Ihr habt riesige Löcher in eure Hügel gegraben, damit eure Wolkenschiffe fliegen können.« Seine Miene wirkte eher verwirrt als entrüstet.

»Nicht *alle* tun das.«

»Und in eurer Hauptstadt gibt's viel mehr Ziegelsteine als Bäume.«

»Na ja, das stimmt nicht ganz.« Aber auch in diesem Punkt hatte er recht.

»Ihr glaubt, ihr wärt allen weit voraus, aber in Wahrheit liegt ihr um Längen zurück.«

»Was soll das denn nun wieder heißen?« Sie rutschte aus und stürzte beinahe ab. »Nur damit du's weißt: Wir haben eine großartige Universitas und zahlreiche Erfinder, die die Entdeckungsreisen mit Wolkenschiffen revolutionieren.«

Er bewegte sich wieder schneller und sauste förmlich durchs Unterholz. »In Tempestra wirst du sehen, was wahrer Fortschritt bedeutet.«

Marie wünschte sich, ihr Wolkenkanu wäre in der Nähe. Damit hätte sie ihn endlich zum Schweigen gebracht. Sie beschloss jedoch, für den Moment lieber nichts mehr zu sagen, weil sie Angst hatte, sie würde ihn sonst nur wieder anschreien. Allerdings blieb ihr sowieso kaum eine andere Wahl: Der Junge flitzte mit einer solchen Geschwindigkeit durch den Wald, dass sie kaum Luft holen konnte, wenn sie ihn nicht verlieren wollte.

»Ich habe gehört, dass ihr die Großen Lande als den Ersten, Zweiten und Dritten Kontinent bezeichnet. Ihr Lontowner glaubt eben gern, ihr stündet an erster Stelle.«

Der Junge mochte im Augenblick vielleicht ihre beste Chance sein zu überleben, aber er rutschte in rasantem Tempo auf der Liste ihrer Lieblingsmenschen abwärts. »Jetzt warte mal einen Glockenschlag!« Marie rannte ihm nach und grapschte nach seinem Arm, rutschte in ihrer Hast jedoch aus und landete mit einem dumpfen Schlag auf dem Boden, wo sie unsanft mit dem

Ellenbogen aufprallte. Sie hätte vor Schmerzen geheult, wenn sie nicht so wütend gewesen wäre. Sie biss die Zähne zusammen. »Wir haben sicher Fehler gemacht, aber wir lernen daraus und verbessern uns immer mehr.«

Die Blätter ringsum raschelten in der sanften Brise.

»Es tut mir leid. Ich hab dich doch nur aufgezogen. Bist du verletzt?«

Sie schüttelte den Kopf und presste die Lippen noch fester zusammen. Er ging neben ihr in die Hocke und untersuchte vorsichtig ihren Arm. »Verstaucht, aber nicht gebrochen. Wie heißt du?«

»Marie. Ich bin eine Brightstorm«, antwortete sie stolz.

»Ich bin Florian.« Er betrachtete sie von oben bis unten. »Ruh dich für einen Moment hier aus.«

Und damit huschte er wieselflink an einem nahen Baum hinauf.

»Was machst du denn?«, rief sie ihm nach.

»Ich besorge dir etwas gegen die Schmerzen.«

Er brach ein Stück Rinde ab. »Hier, kau das. Das wird helfen.«

Sie warf ihm einen skeptischen Blick zu, beschloss dann jedoch, es zu versuchen. Die Rinde schmeckte furchtbar bitter.

»Wo ist deine Familie?«, fragte er.

Bei dem Wort bildete sich ein Kloß in Maries Hals. Sie zuckte mit den Schultern.

»Bist du ganz *allein* an den Angariis vorbeigekommen?«

»Nicht ganz. Wir haben Schiffbruch erlitten und …« Erneut schluckte sie die in ihr aufsteigende Angst hinunter. »Und ich weiß nicht, was mit den anderen passiert ist. Wir wollen niemandem Schwierigkeiten machen. Wir sind nur auf der Suche nach einem vermissten Entdecker. Er war hierher unterwegs und, na ja, wir dachten, er wäre tot, aber dann haben wir herausgefunden, dass er das doch nicht ist. Na ja, nicht wir, sondern mein Bruder …« Sie machte eine Pause und atmete ein paarmal tief durch. »Zumindest war er sich sicher, dass noch mehr dahintersteckt, und ich, na ja, ich habe nicht auf ihn gehört und wir haben ihn allein gelassen, und dann hat diese furchtbare Frau …« Sie blickte in die großen grünen Augen des Jungen. »Ich meine, diese *wirklich unglaublich furchtbare* Frau … also, sie hat unser Wolkenschiff gestohlen und Arthur war noch an Bord und sie wollten hierher und ich habe keine Ahnung, was mit ihm passiert ist, und –«

Der Junge rückte ein wenig näher. Er hatte ein Beinahelächeln im Gesicht, das ihr zeigte, dass er Mitgefühl für sie empfand. »Tut mir leid.« Er überlegte kurz und fügte dann hinzu: »Ich muss dich in die Stadt bringen. Ich verstoße gegen die Regeln, wenn ich es nicht tue, und vielleicht kann man dir dort ja weiterhelfen.«

Marie nickte. Angenommen, Eudora Vane und Arthur hatten es durch die Nachtflüsterer geschafft, dann waren sie höchstwahrscheinlich ebenfalls auf dem Weg in die Stadt oder bereits dorthin gebracht worden.

»Wir können ja unterwegs nach ihnen suchen. Ich muss nur einen kleinen Zwischenstopp einlegen, aber wir müssen sowieso irgendwo übernachten.«

»Werde ich denn sehr großen Ärger bekommen, weil ich hierhergekommen bin?«

Der Junge zuckte mit den Schultern. »In letzter Zeit ist sonst nur noch einer aus eurem Lande hier aufgetaucht.«

Marie runzelte die Stirn. »Doch nicht Wrigglesworth?«

»Doch, genau der!«

Sie konnte nicht glauben, dass er tatsächlich am Leben war, noch dazu hier, auf diesem Kontinent!

»Wir gehen nach Osten. In der Stadt dort sind wir sicher, falls der nächste Regen kommt.«

Sie marschierten viele Glockenschläge lang durch den Wald, bis es später Nachmittag war und sie eine auf den ersten Blick völlig unscheinbare Stelle erreichten, an der Florian stehen blieb und verkündete: »Wir sind da.«

Marie blickte sich um. Abgesehen von den üblichen Baumstämmen war nichts zu erkennen. »Ich sehe keine Stadt«, sagte sie zweifelnd.

»Dann schau mal genauer hin«, forderte er sie auf.

KAPITEL 25

BEWEISE

In dem Kleiderschrank in Arthurs Zimmer befanden sich mehrere der grünen Hosen und Oberteile, die er bereits an den Erytheanern gesehen hatte. Sie sahen aus, als wären sie zu eng für ihn und bei diesem Wetter viel zu warm. Vielleicht waren die Einheimischen ja einfach an die heißen Temperaturen gewöhnt? Er beschloss, sie trotzdem anzuprobieren, da seine eigenen Kleider völlig zerschlissen und zerfetzt waren. Nachdem er in der riesigsten Badewanne, die er jemals gesehen hatte, ein Bad genommen hatte, war es an Zeit, die Stadt zu erkunden und herauszufinden, was Eudora vorhatte. Wenn er dabei in der Menge untertauchen konnte, war dies die beste Voraussetzung.

Arthur schlüpfte in die Hose und stellte erstaunt fest, dass sich der Stoff seltsam kühl auf seiner Haut anfühlte. Er krempelte den rechten Ärmel eines grünen, langen Hemds nach oben und zog es an. Auch das Oberteil fühlte sich unglaublich erfrischend an und er konnte sich bequem darin bewegen. Er fuhr mit den Fingerspitzen über das aufwendige Blattmuster und fragte sich, was man in Lontown wohl zu dieser neuen Mode sagen würde.

Er klopfte nebenan bei Everest, doch als dieser die Tür öffnete, erkannte Arthur ihn kaum wieder. Sein Bar war getrimmt, sein moosiger Mantel verschwunden und er trug eine schicke grüne Tunika mit einer passenden Hose.

»Mein lieber alter Junge, du erstrahlst in völlig neuem Glanz!«

»Äh … Sie auch! Ich wollte mich mal umschauen und sehen, ob ich Eudora finde. Sie waren schon mal hier, deshalb dachte ich, Sie könnten mir vielleicht dabei helfen? Cassea hat mir seine Hilfe ebenfalls angeboten, aber ich will nicht, dass er schon Verdacht schöpft.«

Everest nickte. »So gut kenne ich mich hier zwar auch nicht aus, aber sie haben mich nach meiner Ankunft damals zu einer ausführlichen Stadtführung mitgenommen. Ich bin mir sicher, dass ich uns schon irgendwie durch die Straßen lotsen kann.«

Sie schlenderten über Stege mit aufwendigem Gitterwerk zwischen den Gebäuden hindurch und folgten langen Gassen, neben denen sich kleine Flüsse dahinschlängelten.

»Die Bibliothek ist da unten.«

Arthur fragte sich, welche Bücher er dort wohl finden würde. Aufzeichnungen über ihre Geschichte, über die Pflanzen, die gewaltigen Stürme, die Nachtflüsterer …

»Aber ich sollte wohl besser Bibliothek*en* sagen«, korrigierte sich Everest. »Sie erstrecken sich über fünf Ebenen.«

»Fünf Ebenen voller Bücher?«, fragte Arthur erstaunt.

»Ihre Gesellschaft schätzt das Lernen über alles andere. Sie glauben, dass die einzig wahre Weisheit in unserem Wissen liegt, dass wir nur sehr wenig wissen und danach streben sollten, mehr zu lernen. Also ja, die Bibliotheken sind ein wichtiger Teil dieser Stadt.«

Es war der Ort, den Arthur am liebsten sofort erkundet hätte, aber vielleicht nicht die vielversprechendste Wahl, wenn sie Eudora Vane finden wollten.

Sie stiegen eine elfenbeinweiße Wendeltreppe hinauf. Sie führte hoch über den See hinaus, bevor sie wieder in dem Gebäude verschwand. Nun, da sie in ihrer neuen Kleidung in der Menge untergingen, lächelten die Stadtbewohner, denen sie begegneten, sie genauso freundlich an wie die anderen Erytheaner.

»Wir sind hier in der Arena des Wissens. Hierher kommen Leute aus ganz Erythea und darüber hinaus zusammen und teilen ihre neuesten Forschungen und ihr Wissen miteinander.«

Es war ein weitläufiger Raum mit einem Springbrunnen in der Mitte. Von seinen säulengesäumten Bogengängen bot sich ein Blick auf die Berge und Wälder ringsum. Größere und kleinere Gruppen von Erytheaner saßen auf Bänken oder standen zusammen und unterhielten sich.

Everest blieb stehen und lehnte sich zu Arthur. »Ich weiß das, weil ich eine Zeit lang *das* Gesprächsthema in diesem Saal war. Außerdem versammeln sich auch die Agenten meist hier, wenn sie wieder zurückkehren.«

»Agenten?«

»Erytheaner, die in die Weite reisen. Agenten haben die Aufgabe, sich in der Fremde zu integrieren und nicht aufzufallen, und sie erstatten regelmäßig Bericht an die Heimat.«

Weiße Schmetterlinge saßen an den Wänden des Wissenssaals. Arthur fragte sich, welche Botschaften und Geheimnisse sie wohl schon gehört hatten.

»Komm, wir gehen auf den Markt, einen Happen essen.« Everest tätschelte sich den Bauch. »Er ist gleich da drüben. Ach, das hätte ich ja fast vergessen: Wir müssen eine Ebene nach unten und dann weiter geradeaus. Folge mir. Auf der Ostseite des Marktes befindet sich außerdem ein riesiger Bereich, der allein dem Lernen gewidmet ist, und …«

Arthur zog Everest am Ärmel, um ihn aufzuhalten. Er hatte eine Stimme gehört. Eine Stimme, bei der ihm das Blut in den Adern gefror und die hinter ihrem honigsüßen Säuseln nichts als herzlose Absichten versteckte.

Eudora Vane.

»… wundervoll. Ja, das ist fast der richtige Farbton. Nur noch einen Hauch intensiver.«

Ganz langsam schlich Arthur sich näher an die Tür heran, aus der die Stimme zu ihnen drang, und blieb davor stehen.

»Ich glaube, das ist der Textiltechnologieraum«, flüsterte Everest.

Arthur lugte vorsichtig durch einen Spalt in der Tür. Der Raum war voll von stickenden, geschäftigen Erytheanern.

»Aber Miss Culpfeffer, die traditionelle Farbe ist aus gutem Grund Grün. Es dient in einigen der gefährlicheren Gegenden des Waldes nicht nur als Tarnung, sondern symbolisiert auch unsere Einheit mit –«

»Malarina, so heißen Sie doch, nicht wahr?«, unterbrach Eudora sie süßlich.

»Marinya«, korrigierte die Frau sie.

»Sie müssen verstehen, dass die Dinge in der Weite ein wenig anders laufen«, beharrte Eudora. »Vielleicht ist es für Sie an der Zeit, mal etwas Neues auszuprobieren. Was kann es schon schaden, es einfach mal zu versuchen, Malarina?«

Die Frau lächelte unbehaglich.

»Ich bin mir sicher, dass es irgendetwas gibt, das Sie tun können, um die Farbe zu verstärken. Vielleicht hat eine Pflanze des Waldes das korrekte Pigment? Oder irgendein Käfer?«

Arthur rollte mit den Augen. Er konnte den Gedanken nicht ertragen, dass die Erytheaner glaubten, sie wäre Harriet Culpfeffer. Die echte Harriet interessierte nicht für fünf Heller, welche Farbe ihre Klamotten hatten.

»Wenn Sie nun so freundlich wären, mir zu zeigen, wo sich das große Kartenarchiv von Erythea befindet? Ich würde die geologischen Besonderheiten dieses Landes liebend gern genauer studieren. Das ist eine meiner großen Leidenschaften.«

»Natürlich, Miss Culpfeffer. Das Archiv befindet sich im Bibliotheksbereich, im Geologieraum.«

»Wundervoll. Wo steckt mein Assistent, Smethwyck?«

Hastig zog Arthur sich von der Tür zurück, als Eudora sich in seine Richtung drehte. Er zerrte Everest mit sich den Korridor hinunter, kurz bevor Smethwycks schmieriger Tonfall hinter der Ecke zu hören war.

»Hier rein«, sagte Arthur und zog Everest in den nächstbesten Raum. Er verfügte über eine hohe Bogendecke und die Wände waren von Steinregalen gesäumt.

Ein junger Mann kam auf sie zu und sprach sie auf Erytheanisch an. Arthur lächelte und nickte.

Der Mann runzelte die Stirn, sagte erneut etwas auf Erytheanisch und zeigte dann auf Arthurs Füße.

Als Arthur ihn nur stumm anstarrte, sagte Everest: »*Methia, etia.*«

»Was haben Sie zu ihm gesagt?«, flüsterte Arthur, als der junge Mann vor ihm in die Hocke ging und seine Füße begutachtete.

»Ich habe während meiner Zeit hier ein paar Worte aufgeschnappt und ich glaube, das bedeutet: *Schuhe, bitte.*«

Everest nickte in Richtung der Regale, auf denen unzählige Paare verschiedener grüner und brauner Schuhe ordentlich aufgereiht standen.

»Oh … verstehe.«

Auf dem Weg in den Bibliotheksbereich war Arthur richtig begeistert von seinen neuen Schuhen. »Sie fühlen sich an wie eine zweite Haut!«, sagte er. »Und sie sind so rutschfest. Ich habe das Gefühl, ich könnte damit eine senkrechte Wand hinaufklettern. Für die Dächer von Lontown wären sie perfekt!«

»Hier, ich glaube, das ist der Geologieraum.«

Der Raum war riesig, mit langen Reihen aus Steinregalen, die mit dicken, mächtigen Wälzern gefüllt waren, einige von ihnen so groß wie Arthur.

An verschiedenen Tischen saßen Leute in Bücher vertieft. Sie entdeckten Eudora mit Smethwyck an einem der größeren Tische, und Arthur huschte einen der Gänge zwischen den Regalreihen hinunter, ganz in ihrer Nähe. Vorsichtig schob er ein paar Bücher zur Seite, damit sie durch die Lücke spicken konnten.

Eudora blätterte geistesabwesend durch die Seiten eines alten grünen Buchs. »Hier *muss* irgendwo Gold sein. Wir wissen, dass die Agenten goldene Ringe tragen, und wenn wir die Quelle finden und uns so viel wie möglich davon beschaffen können, bevor wir wieder abreisen, würde uns das ein Vermögen einbringen und anderen einen Vorgeschmack darauf geben, was hier alles zu holen ist.«

»Ich habe versucht, die Quelle aufzuspüren, aber niemand hier scheint unser Wort *Gold* zu verstehen, Eudora.«

Sie gab ein tadelndes Zischen von sich. »Sie haben es nur nicht angestrengt genug versucht. Sie müssen Mittel und Wege finden, sie zu überzeugen. Bezahlen Sie sie, wenn es sein muss.«

»Das habe ich ja versucht. Gulden haben keinen Wert für sie. So funktioniert das hier nicht.«

»Jeder hat seinen Preis. Und wenn sie sich partout nicht überzeugen lassen wollen, dann kehren wir eben mit Verstärkung zurück. Sie werden gar nicht wissen, wie ihnen geschieht.«

Smethwyck erwiderte mit gedämpfter Stimme: »Wir müssen auch auf dem Rückweg wieder an diesen Kreaturen vorbei. Das wird nicht leicht werden.«

»Mit der *Aurora* schon. Auf dem Weg hierher haben wir es schließlich auch geschafft.«

»Mit Hängen und Würgen.« Eine Schweißperle tropfte von Smethwycks Stirn.

Eudora kniff die Augen zusammen. »Wenn Sie zu viel Angst haben, dann lasse ich Sie eben hier und übertrage Ihre Position an jemanden mit etwas mehr Mut.«

Miptera flatterte von Eudoras Schulter und klapperte mit ihren Beißwerkzeugen vor Smethwycks Gesicht herum.

»Oh, wischen Sie sich endlich diesen verstörten Ausdruck aus dem Gesicht.« Eudora senkte die Stimme. »Ich habe ein paar Fragen gestellt. Die Erytheaner sind sehr hilfsbereit gegenüber ihresgleichen. Die seit Langem vermisste Verwandte ist endlich zurückgekehrt und sie werden mir alles bringen, worum ich sie bitte. Alles, was ich tun muss, ist, ihnen zu versichern, wie wundervoll es hier ist und dass ich am liebsten für immer hierbleiben würde, und schon beantworten sie mir all meine Fragen.

Wie sich herausstellt, gibt es hier einen Vogel, der die Erytheaner vor den Nachtflüsterern beschützt. Einen Feuervogel.«

»Wie aus dem Mythos?«

»Es ist der größte Vogel auf dem Planeten und niemand weiß, wie alt er ist. Wir brauchen natürlich die richtige Ausrüstung, um ihn zu fangen … und einen passenden Käfig. Schreiben Sie es mit auf unsere Liste.«

Smethwyck begann, auf die Seiten zu kritzeln.

»Vielleicht könnte er uns auf dem Rückweg beschützen. Wir könnten zur Sicherheit einen Erytheaner mit an Bord nehmen – diese Schneidermeisterin vielleicht. Sie könnte mir in Lontown wenigstens von Nutzen sein.«

Eines der Bücher auf dem Regal kippte nach vorn. Eudora riss den Kopf hoch, aber Arthur duckte sich blitzschnell.

»Wir verschwinden von hier!«, flüsterte er Everest zu und schob ihn vorwärts. Hastig stolperten sie den Gang hinunter.

»Hier entlang«, zischte Everest energisch und zog Arthur in Richtung einer anderen Tür, die in die angrenzende Sprachenbibliothek führte.

Von dort rannten sie in Everests Zimmer zurück.

»Wir müssen Eudora bloßstellen. Sie haben gehört, was sie vorhat. Selbst wenn sie ihr auf die Schliche kommen, werden sie glauben, dass Harriet für das alles verantwortlich ist.«

»Aber wir haben keinerlei Beweise, dass sie *nicht* Harriet ist. Unser Wort steht gegen ihres und das ihrer Crew.«

»Doch, wir haben einen Beweis!« Als er Miptera gesehen hatte, war Arthur ein Licht aufgegangen. »Ihre Tätowierung. Ist Ihnen aufgefallen, dass sie besonders lange Ärmel trägt?«

Everest dachte einen Moment lang darüber nach. »Ja … ich glaube, das könnte funktionieren.«

»Cassea hat mir erzählt, dass sie heute Abend alle gemeinsam mit Tauria Verada essen – dann schlagen wir zu.«

* * *

Arthur und Everest brachen frühzeitig zum Abendessen auf und stiegen mehrere geschwungene Treppen in einen großen, offenen Saal hinauf, in den durch die Bogenfenster eine willkommene Brise hereinwehte.

Arthur kämmte sein Haar anders, um so unauffällig wie möglich zu wirken, und trug beide Ärmel seines Hemds heruntergekrempelt, um zu verbergen, dass er nur einen Arm hatte. Falls auch nur ein Mitglied von Eudoras Besatzung seinen fehlenden Arm entdeckte, wäre er sofort enttarnt. Everest hatte sich zur Tarnung für einen grünen Hut mit breiter Krempe entschieden.

»Damit ziehen Sie doch nur unnötig Aufmerksamkeit auf sich, Mr Wrigglesworth.«

»Unsinn. Er wirft einen Schatten auf mein Gesicht«, entgegnete Everest, setzte sich den Hut salopp etwas schräger auf und bewunderte sein Spiegelbild in einem der Fenster.

Im Speisesaal standen bereits einige Professoren in Gruppen zusammen und plauderten miteinander, aber Eudora Vane war noch nirgends zu sehen.

»Kommen Sie, wir setzen uns hier hin.« Arthur konnte Eudoras widerlich süßes Parfüm riechen, bevor er sie sah.

»Harriet, warum setzen Sie sich nicht zu mir?«, sagte Tauria, als sie den Raum betrat, dicht gefolgt von Eudora. »Ich würde Ihnen gern noch mehr über unseren Geheimhaltungskodex erzählen und vielleicht ein wenig über ihr Erbe.«

»Es wäre mir eine Ehre«, antwortete Eudora strahlend.

Die große Gästeschar nahm nach und nach am Tisch Platz. Arthur hatte Everest überzeugen können, seinen Hut abzunehmen und unter dem Tisch zu verstauen. Trotzdem versuchten sie weiter, in ihre Unterhaltung vertieft zu wirken, damit niemand ihre Gesichter sehen konnte.

Kurz darauf wurden große Tabletts mit Essen in den Saal gebracht: Kokosnussreis, duftendes Gemüse und eine Auswahl an bunten Früchten. Eine Kulisse aus Essgeräuschen und Unterhaltungen breitete sich im Raum aus, aber in Arthurs Ohren hallte nur sein eigener hämmernder Herzschlag wider. Wann war der richtige Zeitpunkt? Ihr Plan war ihm perfekt erschienen, aber nun kam er ihm mit einem Mal zu groß vor, zu wichtig, um ihn allein in die Tat umzusetzen …

Er hatte zwar Everest an seiner Seite, aber normalerweise saß dort Marie. Dann musste er jedoch wieder an Nova denken und daran, was Eudora ihnen hatte antun wollen – und bevor er wusste, was passierte, war er auf den Beinen und zeigte mit dem Finger auf sie.

Schon im nächsten Moment wirkten alle im Raum wie erstarrt und schauten ihn an. Eudoras Augen weiteten sich.

Bevor Arthur noch einmal darüber nachdenken konnte, purzelten die Worte nur so aus ihm heraus. »Diese Frau ist nicht Harriet Culpfeffer. Sie ist eine Betrügerin!«

»Wie bitte?«, fragte Tauria. »Hast du gerade gesagt, das sei nicht Harriet Culpfeffer?«

Eudora lachte zischend. »Lächerlich.«

»Lächerlich – allerdings«, spuckte Arthur aus.

Tauria schaute Eudora an und blickte dann wieder zu Arthur zurück.

»Aber bist du nicht ein Mitglied von Kapitänin Culpfeffers Crew?«

»Ja.«

»Und du bist mit dem Culpfeffer-Wolkenschiff hier angekommen?«

»Ja, aber sie wussten nicht, dass ich an Bord war.«

»Dann warst du also ein blinder Passagier?«, fragte Tauria und kniff die Augen zusammen.

»Nein ... so war das nicht. Harriet Culpfeffer – die *echte* Harriet, meine ich – ist noch auf Nova. Ihr Wolkenschiff wurde von der Frau gestohlen, die Sie für Harriet halten. Von *dieser* Frau.«

Taurias Stirnrunzeln vertiefte sich und sie schaute wieder zu Eudora. »Kennen Sie diesen Jungen?«

Eudora nickte. »Ja. Aber ich kann ihm nicht übel nehmen, dass er ein wenig verwirrt ist. Der Junge hat letztes Jahr seinen Vater verloren, und seither ist er nicht mehr derselbe. Er weiß nicht, was er sagt.«

Plötzlich wurde Arthur bewusst, dass Everest noch kein einziges Wort gesagt hatte. »Sagen Sie ihnen, wer sie wirklich ist, Mr Wrigglesworth.«

Eudora klappte die Kinnlade herunter, als sie hörte, dass Everest Wrigglesworth sich ebenfalls im Raum befand.

»Nun, äh, ja ... der Junge ist auf dem Schiff hier eingetroffen«, stammelte er, »und ... ich habe ihm geholfen hierherzukommen, und er hat recht: Sie ist –«

»Sie ist nicht Harriet Culpfeffer!«, rief Arthur wütend. »Das Wappen der Culpfeffers zeigt zwei Schwalben im Flug. Diese Frau trägt es nicht – sie ist Eudora Vane, aus der Familie der Vanes! Zeig ihnen deine Tätowierung, Eudora!«

»Das ist absolut lächerlich. Ich sollte nicht auf so demütigende Weise beweisen müssen, wer ich bin. Noch dazu wegen der Anschuldigungen eines blinden Passagiers!« Eudora erhob sich.

»Sehen Sie? Sie wird es nicht tun!«, sagte Arthur mit einem Gefühl des Triumphs.

Tauria legte sanft eine Hand auf Eudoras Arm. »Kapitänin Culpfeffer, es wäre doch gewiss die schnellste Möglichkeit, diese Anschuldigung zu widerlegen, damit wir alle wieder unser Essen genießen können.«

Ein Grinsen begann, sich auf Arthurs Gesicht auszubreiten, und sein Herz raste wie wild.

»Na schön«, sagte Eudora, die Lippen zusammengepresst. Sie wandte den Blick keinen Moment lang von Arthur ab, rollte ihren Ärmel hinauf und …

Dort war die Tätowierung – zwei Schwalben im Flug.

KAPITEL 26

DIE BAUMKRONENSTADT

Marie erkannte ungewöhnliche Formen, die sich in Spiralen um die Bäume nach oben schlängelten.

»Ist das eine Treppe?«, staunte sie.

Florian lächelte. »Im Wald musst du immer daran denken, nach oben zu schauen.«

Die Treppen schraubten sich so weit hinauf, wie Marie blicken konnte, und verschwanden dann in den Baumkronen. Florian zog sie zu einer von ihnen hinüber und hüpfte auf die erste Stufe. »Komm mit, hier können wir heute übernachten. Und außerdem gibt es da jemanden, den ich dir gern vorstellen würde.«

»Was ist das hier für ein Ort?«

»Althuria, aber manche nennen sie auch die Baumkronenstadt.«

Sie stiegen die Wendeltreppe, die aus geschickt verflochtenen Ästen bestand, durchs Unterholz hinauf und folgten dann einem Bogengang aus Kletterpflanzen weiter aufwärts.

»Das ist unglaublich. Wie natürliche Baukunst«, murmelte Marie träumerisch.

Kurz darauf fiel das Licht in breiteren Strahlen durch das Blätterdach und die Bauten in den oberen Schichten der Bäume waren zu erkennen. In Lontown hatte ihr Vater ihnen ein Baumhaus im Garten gebaut, als sie noch klein gewesen waren. Maries Haut kribbelte, als sie sich wieder daran erinnerte, wie er ihr erlaubt hatte, das Werkzeug aus dem Gürtel ihrer Mutter zu benutzen, daran, wie ihre Hände gemeinsam gesägt und gehämmert und das kleine Baumhaus in ihrem Garten erschaffen hatten. Zwischen die Baumstämme hier hätte jedoch ein halbes Wolkenschiff gepasst!

Als sie noch höher stiegen, konnte Marie erkennen, dass sich mehrere Gebäude zwischen den Baumkronen befanden. Sie waren um die mächtigen Äste gebaut, schienen jedoch auch Teil der Bäume zu sein, so als wären sie auf ganz natürliche Weise gewachsen. Hier waren Natur und Ingenieurskunst in perfekter Harmonie vereint.

»Sie sind wunderschön und so kunstvoll gebaut«, sagte Marie, blickte voller Bewunderung auf die filigranen Rahmen der Türen und Fenster und staunte über die ineinander verwobenen Verbindungsbrücken. »Es ist einfach unglaublich.«

In den Baumkronen waren Menschen zu erkennen. Sie schlenderten über die Brücken und durch die Bogengänge. Marie versteifte sich plötzlich: Was, wenn sie hier unerwünscht war?

»Du bist mit mir hier.« Florian lächelte, als hätte er ihre Gedanken gelesen. »Du brauchst keine Angst zu haben. Komm jetzt.«

Er führte sie weiter nach oben und über eine der Brücken. Er lächelte, grüßte die Leute, denen sie begegneten, und wechselte ein paar Worte in einer Sprache mit ihnen, die Marie nicht verstand, die aber wunderschön klang.

Vor einem der Baumhäuser blieben sie stehen. »Hier wohnt meine Schwester.« Florian schaute Marie an. Er biss sich auf die Unterlippe.

»Was ist denn?«

»Ich sollte dir vielleicht sagen, dass sie möglicherweise nicht weiß, wer ich bin … Sie hat Probleme, sich zu erinnern.«

Marie runzelte die Stirn und nickte. Vorsichtig folgte sie Florian nach drinnen.

»Das ist Herminia.« Er zeigte auf eine junge Frau, die an einem Tisch saß und an etwas herumschraubte, das nach einer Art Lampe aussah. Ihr dunkelbraunes Haar war zu zwei aufwendigen Seitenzöpfen geflochten und sie hatte hohe Wangenknochen und große grüne Augen. *»Herminia, pre dada istea, Marie Brightstorm.«*

Herminia runzelte die Stirn und blickte zwischen den beiden hin und her. Der Ausdruck auf ihrem Gesicht war der eines Menschen, der versuchte, etwas zu verstehen. Arthur hatte immer einen ganz ähnlichen Ausdruck im Gesicht, wenn er sich bemühte, etwas besonders Kompliziertes aus Welbys Unterricht zu begreifen. Herminia sah jedoch so aus, als würde sie nicht nur versuchen, Marie einzuordnen, sondern auch Florian.

»Istea manina, Florian«, sagte er geduldig und Marie sah eine Traurigkeit in seinen Augen, die sie wiedererkannte. Es war dieselbe Traurigkeit, die sie in sich trug, seit sie von Arthur getrennt worden war.

Florian holte eine Frucht aus seiner Tasche und hielt sie seiner Schwester mit zitternder Hand hin. Herminia starrte erst auf die Frucht, dann wieder auf Florian.

»*Istea manina*«, sagte er leise.

Als würde eine neue Knospe aufblühen, breitete sich ein Lächeln der Erkenntnis auf ihren Lippen und in ihren Augen aus. »Florian?«

»Ja«, antwortete er und strahlte selbst übers ganze Gesicht.

Herminia schnitt die Frucht in kleine Happen und teilte sie zwischen ihnen auf. Dann setzten sie sich auf den Boden, um sie zu essen. Marie schwieg, während sich die Geschwister weiter unterhielten. Die meiste Zeit redete Florian und Herminia lauschte seinen Worten wie ein kleines Kind, das sich von einer Geschichte völlig mitreißen ließ, obwohl sie ganz eindeutig ein paar Jahre älter war als er.

Florian warf Marie einen Blick zu. »Es tut mir leid, aber Herminia spricht kein Lontonisch. Früher schon, aber … na ja.« Er lächelte traurig. »Ich habe sie gerade gefragt, ob in den letzten Tagen irgendwelche Fremden hier waren, aber sie hat niemanden gesehen, obwohl ich fürchte, dass sie es genauso gut vergessen haben könnte. Ich erkundige mich auch noch in einigen anderen Häusern hier.«

Draußen war die Dämmerung hereingebrochen. Florian steckte etwas, das aussah wie eine Energiezelle, in eine passende Buchse und ein wunderbar goldenes Licht erfüllte den Raum.

»Wow, was ist das?«

Er dachte einen Moment lang darüber nach. »In eurer Sprache gibt es kein Wort dafür. Eine Art Wasserenergiespeicher?«

»Na, was immer es auch ist, es ist faszinierend! Ganz anders als unsere Pechharzlampen zu Hause. Ich würde es mir sehr gern genauer anschauen, wenn …« Marie verstummte, als in den Baumkronen ringsum weitere Lichter zu brennen begannen. Sie stellte sich in den Türbogen und blickte voller Staunen hinaus. Sie sah Hunderte von Baumhäusern, Treppen und Brücken, die alle im Glanz der Lichter erstrahlten. Der Anblick war schlichtweg atemberaubend.

Florian hielt ihr seine Hand hin und lächelte. »Komm mit.«

Sie stiegen eine Treppe hinauf, die in schwindelnde Höhen führte, bis sie schließlich auf einer Plattform über den Blättern endete. Sterne funkelten am nachtblauen Himmel, und obwohl sie noch immer große Angst um Arthur und die anderen hatte, fühlte sie sich ihnen in diesem Moment eng verbunden, wo immer sie auch sein mochten. Beinahe hatte sie das Gefühl, wieder auf dem Deck der *Aurora* zu stehen und durch die Nacht zu fliegen.

Nach einer Weile fragte Florian: »Ist die Welt dort draußen sehr groß?«

Marie schaute ihn an und im goldenen Licht auf der Plattform konnte sie so vieles in seinem Gesicht erkennen: Traurigkeit und Sehnsucht. Er erinnerte sie an Arthur. Sie nickte, und nach einem Moment des Schweigens fragte sie: »Geht es … deiner Schwester gut?«

Er drehte sich zu ihr um. »Ihr seid durch die Nachtflüsterer gesegelt, um hierherzukommen.«

»Ja.«

»Meine Schwester wollte Agentin werden.«

»Was ist das?«

»Erytheanische Agenten beobachten die Welt dort draußen und erstatten dann in der Stadt Bericht.«

»Oh«, sagte Marie und musste an die Menschen auf Nova denken.

»Sie wurde abgelehnt. Die Professoren in der Stadt hatten das Gefühl, dass ihre Absichten von eigenen Wünschen getrieben wurden und nicht davon, was das Beste für Erythea war.«

»Aber sie wollte doch nur die Weite sehen.«

Er zuckte mit den Schultern. »Eines Nachts hat sie beschlossen, trotzdem aufzubrechen.«

»Deine Schwester wurde von den Nachtflüsterern gefangen, hab ich recht?«

Er nickte. »Sie ist auf sie zugesegelt, weil sie wusste, dass der Feuervogel sie beschützen würde. Aber eine Gruppe von Agenten hat gesehen, wie sie aufgebrochen ist, und ist ihr gefolgt. Der Feuervogel kann uns nicht alle auf einmal beschützen, und er beschützt immer die Gruppe mit den meisten Erytheanern. Meine Schwester wurde an den Klippen von ihnen getrennt.«

Er verfiel für eine Weile in Schweigen.

»Als man sie fand, hatte sie überhaupt keine Erinnerungen mehr ... Sie konnte sich noch nicht mal ... sie konnte sich noch nicht mal mehr an mein Gesicht erinnern. Ich helfe ihr dabei, ihre Erinnerungen wieder zurückzuholen. Ich komme hierher, wann immer ich kann, und erzähle ihr Geschichten von früher, als wir noch klein waren. Wie sie mir das Klettern beigebracht hat oder wie man die Pampafrüchte in der Nähe des Wasserbärengebiets findet.«

»Du hast Früchte gesammelt, als ich dich gesehen habe?«

Er nickte. »Die Geschichten helfen ihr dabei, sich zu erinnern. Wenn sie die Früchte sieht und schmeckt, hilft es ihrem Gedächtnis auf die Sprünge. Manchmal erinnert sie sich dann an irgendeine Kleinigkeit, wie wir gemeinsam an einem Schwimmenden Flügel herumgebastelt haben oder so. Wir haben immer versucht, sie zu verbessern und schneller zu machen, indem wir ein zusätzliches Segel angebaut haben und solche Sachen. An manchen Tagen erinnert sie sich aber auch an gar nichts. Ich würde sie gern noch öfter besuchen, aber die Professoren sind der Ansicht, dass es für meine Sprachfähigkeiten am besten ist, wenn ich in der Stadt wohne.«

»Es tut mir so leid, dass ihr das passiert ist. Und dir.« Marie musste an all die Erinnerungen denken, die sie mit Arthur teilte, an all die Erfahrungen, an die nur sie beide sich erinnern konnten. All die Freude, Entdeckungen, Trauer und Verluste, die sie verbanden. Diese Erinnerungen erzählten von einer Vergangenheit, die sie geformt hatte. »Es ist ein bisschen komisch, sich so zu verstecken. Die Erytheaner haben so viel, das sie mit anderen teilen könnten. Es gibt so vieles, das wir von euch lernen könnten – und das ihr von uns lernen könntet.«

Florian zuckte mit den Schultern und wandte den Blick ab. »Es ist, wie es ist. Es steht mir nicht zu, es infrage zu stellen.«

Der Ausdruck in seinen Augen verriet ihr jedoch, dass er es sehr wohl infrage stellte. »Wenn du Lontown sehen könntest, die Zitadelle besuchen und die Könige kennenlernen, wenn du sehen könntest ...« Sie brach ab, weil sie spürte, dass er sich dabei nur noch schlechter fühlte.

Sie saßen noch eine Weile schweigend da, bis Marie fragte: »Was ist ein *Schwimmender Flügel?* Du hast gesagt, ihr habt gerne Schwimmende Flügel umgebaut?«

Florian grinste breit und erhob sich. »Das zeige ich dir morgen.«

Sie gingen wieder nach unten, wo Herminia sie mit einem Lächeln begrüßte und ihnen süßen roten Beerensaft einschenkte.

Florian atmete die frische Luft tief ein uns sagte: »Ich glaube, heute Nacht bleibt es trocken.«

Sie kletterten in zwei aus Blättern geflochtene Hängematten auf der Terrasse.

»Gute Nacht, Marie Brightstorm.«

»Gute Nacht, Florian.«

Marie nahm den zerbrochenen Kompass von ihrem Gürtel, holte den rosa Edelstein aus ihrer Hosentasche und hielt beides ganz fest. Sie schlief ein, während sie dem Orchester der miteinander wetteifernden krächzenden und quakenden Rufe der Nacht lauschte, die Welten von den kläffenden Füchsen, keifenden Katzen und rumpelnden Pechharzkarren in den Straßen von Lontown entfernt waren.

* * *

Am nächsten Morgen fand Marie ihren Kompass neben sich in der Hängematte. Er war repariert.

Sie schaute sich nach Florian um und entdeckte ihn in einem der Baumkronenhäuser, in eine Unterhaltung mit Herminia vertieft.

Es war *nicht* alles nur ein Traum gewesen. Sie ließ den Blick über die unglaublichen Brücken und Gebäude in den Bäumen schweifen und begann, die Konstruktionen zu analysieren und in ihrem Gedächtnis abzuspeichern, wie sie erbaut worden waren.

Florian kehrte zurück und seine flaschengrünen Augen leuchteten mit einem strahlenden Lächeln. »Heute ist ein guter Tag. Herminia kann sich noch an gestern erinnern.«

»Wie lange bist du denn schon wach?«

Er zuckte mit den Schultern. »Lange genug, um ein paar Sachen zu erledigen.«

»Oh, ja, danke«, sagte Marie und hielt den Kompass hoch.

»Und das habe ich dir auch noch gemacht, weil du ihn ganz leicht verlieren könntest, wenn du ihn lose in deine Hosentasche steckst oder in der Hand hältst. Heute Nacht ist er auch runtergefallen, aber zum Glück nicht über den Rand.« Er reichte ihr eine Halskette aus geschickt geflochtener Schnur, an der der rosa Edelstein baumelte, den Löwenherz ihr geschenkt hatte. Florian wandte den Blick ab.

»Oh! Na, dann … ein doppeltes Dankeschön«, sagte sie und legte die Kette um ihren Hals.

»Von Osten ziehen Wolken auf. Wir sollten jetzt lieber in die Stadt aufbrechen. Es tut mir leid, dass wir deine Freunde noch nicht gefunden haben, aber wir können unterwegs weiter nach ihnen suchen. Ein Nachbar meinte, er hätte heute Morgen im Süden Rauch aufsteigen sehen. Vielleicht war es ein Lagerfeuer.«

Hoffnung flutete ihre Brust.

»Es könnte natürlich auch nur ein anderer Erytheaner gewesen sein«, fügte Florian hinzu. »Aber wir gehen hin und finden es heraus.«

Sie verabschiedeten sich von Herminia und stiegen die lange Wendeltreppe wieder hinunter.

»Der Rauch wurde gar nicht weit von hier gesehen. Wir können zu Fuß hingehen, dann wieder zurückkommen und uns einen Schwimmenden Flügel organisieren.«

Nachdem sie eine Weile durch den Wald gewandert waren, blieb Florian plötzlich wie angewurzelt stehen und schnupperte. Er sagte irgendetwas in seiner eigenen Sprache und seine Augen waren weit und wachsam.

»Was ist denn?«, fragte Marie.

»Pantheras.«

»Was ist das?«

»Schnell.« Florian schöpfte eine Portion Matsch auf und klatschte ihn ihr in die Hand.

»Igitt, was machst du denn da?«

Er begann, seinen Körper mit Schlamm einzureiben. »Beeil dich!«

Einen Moment lang glaubte sie, er mache Witze, aber seine Miene wirkte todernst. Sie schaufelte noch mehr Matsch auf und tat es ihm nach.

»Dein Gesicht auch, schnell. Du musst dich überall damit einschmieren, um deinen Geruch zu verbergen, falls er ihn nicht schon längst gewittert hat.«

Er schubste sie in ein Gebüsch aus Farnen und legte einen Finger auf die Lippen. Sie warteten. Nach ein paar Minuten zeigte er nach vorn. Zuerst konnte sie nichts sehen, aber dann entdeckte sie eine geschmeidige, katzenhafte Gestalt, die sich nicht weit entfernt zwischen den Bäumen bewegte. Sie blieben völlig regungslos sitzen, bis sie an ihnen vorbeigetrottet war.

»Sie kommen nicht oft in diese Gegend. Sie sind nicht die besten Schwimmer und wollen nicht in eine Überschwemmung geraten, aber im Moment haben sich die Wolken verzogen. Wahrscheinlich ist er von Westen gekommen und hat unseren Geruch noch nicht wahrgenommen. Oder vielleicht hat er auch eine andere Fährte gewittert …«

Marie war halb von Aufregung, halb von Panik erfüllt. Konnte es wirklich sein, dass …? »Glaubst du, der Pantheras ist jemand anderem auf der Spur?«

»Schon möglich. Komm, wir folgen ihm. Aber beweg dich genauso wie ich.«

Vorsichtig schlichen sie bergab.

Nach einer Weile erhaschte Marie durch die Bäume einen Blick auf eine große Lichtung – und hätte beinahe sie vor Freude einen Schrei ausgestoßen. Sie schlug sich jedoch gerade noch rechtzeitig eine Hand auf den Mund. Dort am Lagerfeuer stand Felicitas! Ihre Kleider waren zerschlissen und ihr Haar ergoss sich zerzaust über ihre Schulter, aber sie war am Leben!

Der Pantheras schlich sich am Rand der Bäume entlang, wie eine riesige Version von Queenie, nur ein wenig anmutiger und mit *viel* größeren Zähnen.

»Was sollen wir denn jetzt machen? Er könnte sie jeden Moment angreifen«, flüsterte Marie nervös.

Florian schaute sie an. »Wir müssen ihn ablenken.«

»Du machst wohl Witze!«, zischte sie.

»Nein, ganz und gar nicht. Wir geben uns zu erkennen, das wird ihn einschüchtern, weil wir zu zweit sind. Aber wenn er uns trotzdem angreift, müssen wir uns so groß und furchteinflößend wie möglich aufrichten.«

Marie nickte zitternd, und dann traten sie gemeinsam aus den Büschen hervor. Es funktionierte – der Pantheras drehte sich sofort zu ihnen um.

»Schau ihm nicht in die Augen, sonst betrachtet er es als Herausforderung.«

»Das hättest du auch schon ein bisschen früher erwähnen können!«

Das Tier wich einen Schritt zurück.

Auch Felicitas musste den Pantheras inzwischen entdeckt haben, denn sie stieß einen gellenden Schrei aus. Marie war voll und ganz auf die Kreatur konzentriert, die gerade zum Sprung ansetzte, als Florian im nächsten Moment die Arme über den Kopf riss und ein so lautes, kraftvolles Brüllen ausstieß, dass

Marie vor Schreck zusammenzuckte. Dann erwachte sie endlich aus ihrer Starre und tat es ihm nach.

Das Tier wirkte verunsichert, also brüllten sie noch lauter.

Es wich ein paar Schritte zurück, drehte sich dann um und preschte in den Dschungel davon.

Marie rannte zu Felicitas, die bei ihrem Anblick ein kreischendes Johlen von sich gab, und im nächsten Moment platzten auch Welby und Harriet aus dem Dickicht des Dschungels und fuchtelten angriffslustig mit den Ästen herum, die sie in den Händen hielten.

Marie bremste abrupt ab, als ihr wieder einfiel, dass sie von oben bis unten mit Schlamm bedeckt war. »Ich bin es!«, rief sie immer wieder, und dann schlang Felicitas plötzlich die Arme um sie, drückte sie so fest an sich, dass sie ihr beinahe alle Knochen brach, und in der nächsten Sekunde stürzten sich auch Harriet und Welby auf sie.

»Ich hab's euch doch gesagt! Ich hab es in meinen Zehen gespürt, Harry! Heute ist ein guter Tag!«

Harriet strich Marie das Haar aus dem Gesicht. »Was ist passiert? Wir waren ganz krank vor Sorge um dich! Ich hatte solche Angst, dass du ertrunken bist, aber Felicitas hat mir verboten, so etwas auch nur zu denken. Sie hat gesagt, sie wüsste ganz genau, dass es dir gut geht.«

»Das Wolkenkanu hat mir das Leben gerettet. Irgendwie habe ich es hierher geschafft … Na ja, an einen Strand ein wenig nördlich von hier, und dann …« Sie holte tief Luft. Es war zu viel passiert. Sie schüttelte den Kopf.

»Du hast später noch jede Menge Zeit, uns alles zu erzählen. Jetzt sagst du uns erst mal, wer dein Freund da oben auf dem Baum ist.«

Florian war an einem Baum in der Nähe ein Stück hinaufgeklettert und beobachtete sie vorsichtig.

Marie winkte ihn zu sich. »Das ist Florian. Er hat auf mich aufgepasst. Er kann uns in die Stadt bringen. Wir glauben, dass Arthur und die Vane-Crew auch dort sein könnten. Außerdem muss er uns offiziell *melden*, weil niemand hier will, dass Lontowner von diesem Land erfahren.«

»Oh, tatsächlich?«, erwiderte Harriet und neigte neugierig den Kopf zur Seite. »Dann spricht er also Lontonisch?« Sie wechselte einen fragenden Blick mit Welby. »Ist es noch weit, Florian?«

»Wenn wir auf den Wasserwegen mit einem Schwimmenden Flügel reisen, geht es ganz schnell«, antwortete er.

Sie packten zusammen und wanderten durch den Dschungel zurück in Richtung der Baumkronenstadt. Welby, der mit seiner weisen, tiefen Stimme am besten Geschichten zum Besten geben konnte, erzählte noch einmal von dem Angriff der Nachtflüsterer und von dem großen roten Vogel mit dem Feuerschwanz, der sie gerettet hatte. Und davon, wie ihr Schiff an den Felsen zerschellt war und wie sie sich mit letzter Kraft auf ein großes Stück des zerstörten Schiffsrumpfs hatten retten können. Der Feuervogel hatte sie bis ans Ufer geleitet.

Florian schwieg, während sie durch den Wald marschierten, und lauschte der Geschichte aufmerksam.

»Kannst du uns etwas über den Feuervogel erzählen, Florian?«, fragte Harriet nach einer Weile.

Er überlegte einen Moment. »Wir nennen den Vogel Aeterna. Er ist so alt wie das Land und weder männlich noch weiblich. Er *ist* einfach. Aeterna lebt auf dem höchsten der Berge und wacht über die Erytheaner.«

Marie fand, dass Aeterna ein wundervoller Name war. Je mehr sie von der Weite sah, desto mehr erstaunte sie sie.

»Was meinst du damit, er ›wacht‹ über euch?«, fragte Felicitas.

»Er beschützt uns vor den Nachtflüsterern, wenn wir nach Westen reisen wollen.«

»Hör mir auf mit diesen Nachtflüsterern!«, sagte Felicitas und fuchtelte mit ihrem Löffel herum. »Obwohl ich zugeben muss, dass ich mich nicht an alles erinnern kann. So als hätten sie mir ein paar Bruchstücke gestohlen.«

»Genau das tun sie auch«, erwiderte Florian. »Wenn man ihnen nicht entkommt, dann verliert man nach und nach all seine Erinnerungen.«

Sie traten zwischen den Bäumen hervor in einen kleinen Fluss unter der Baumkronenstadt. Das Wasser war klar wie Kristall und mehrere schmale Boote waren an einer Gruppe von Bäumen ganz in der Nähe festgemacht.

»So was hab ich noch nie gesehen«, sagte Harriet, während sie zu den Wendeltreppen emporblickte.

»Für uns alle brauchen wir zwei Schwimmende Flügel, deshalb muss ich einem von euch beibringen, wie sie funktionieren. Marie?«

Sie nickte eifrig.

Harriet, Welby und Felicitas blickten sich auf der Lichtung um, zeigten immer wieder auf die unglaublichen Bauten und unterhielten sich begeistert, während Florian zwei der Schwimmenden Flügel von den Bäumen losmachte.

Marie gesellte sich zu ihm. »Es tut mir leid, dass ich dachte, du könntest meinen Kompass nicht reparieren.«

»Und mir tut's leid, dass ich dachte, du könntest … überhaupt nichts.«

»Hey!«

Sie lachten und Marie kam der Gedanke, wie anders Florian auf einmal wirkte, jetzt, da sie ihn besser kannte.

Geduldig erklärte er ihr, wie der Schwimmende Flügel funktionierte, und beantwortete ihre unzähligen Fragen zu dem winzigen Motor, dem Propeller und der Energiezelle. Sie staunte darüber, wie ähnlich das Boot in vielen Punkten ihrem Wolkenkanu war. Dann zeigte er ihr, wo sie die Füße platzieren und wie sie mit dem Griff und der Lenkstange steuern musste. Marie verstand es intuitiv und sauste schon bald unter dem Applaus der anderen übers Wasser. Sogar einige der Baumkronenbewohner waren gekommen, um ihr zuzusehen.

Schlitternd kam sie neben Florians Schwimmendem Flügel wieder zum Stehen. »Was ist da an deinem Boot hintendrauf?«

»Ah, das ist meine persönliche Innovation.« Er hisste ein kleines Segel am Heck. »Mit dieser Hand lenke ich und mit der anderen richte ich das Segel aus. Hier unten funktioniert es nicht, aber auf der Himmelsstraße fliegt es damit praktisch davon!«

»Auf der Himmelsstraße?«, fragte Marie interessiert.

Felicitas und Harriet setzten sich zu Florian ins Boot und Welby fuhr mit Marie. Sie warfen die kleinen Motoren an und rauschten schon bald in östlicher Richtung über den Fluss.

Nach mehreren Glockenschlägen lichtete sich der Wald allmählich und schließlich befanden sie sich auf einer Hochebene. Der Fluss, auf dem sie unterwegs waren, führte zu einer erhöhten Wasserstraße, einer Art natürlichem Aquädukt, auch wenn einige Teile konstruiert zu sein schienen. In der Ferne schimmerte ein riesiger See, in dessen Mitte ein kleiner Berg aufragte.

Florian fuhr voraus. Inzwischen hatte er das Segel gesetzt, das sich prall im Wind blähte, und obwohl in seinem Schwimmenden Flügel eine Person mehr saß, schoss er fast doppelt so schnell dahin. Doch auch Maries Schwimmender Flügel glitt rasant übers Wasser und Florian drosselte das Tempo ein wenig, damit sie zu ihm aufschließen konnte.

»Sehr beeindruckend«, rief sie ihm zu und er lächelte strahlend.

Je weiter sie fuhren, desto mehr Wasserstraßen waren zu erkennen, die alle zu einem weitläufigen Plateau führten, und um sie herum wimmelte es von immer mehr Booten.

»Noch immer keine Spur von der *Aurora*«, sagte Welby.

Marie wusste, dass er Arthur vermisste, und die konzentrierten Falten auf seiner Stirn verrieten ihr, wie besorgt er war. »Vielleicht haben sie es gar nicht bis hierher geschafft? Vielleicht sind sie umgekehrt, bevor sie die Nachtflüsterer erreicht haben? Dort haben wir jedenfalls auch keine Spur von ihnen gesehen.« Sie fragte sich, ob der Feuervogel ihnen genauso geholfen hatte. Entweder das, oder sie waren …

Sie durfte noch nicht einmal daran denken. Außerdem wusste sie tief in ihrem Herzen, dass es Arthur gut ging. Oder klammerte sie sich einfach nur an eine falsche Hoffnung?

Sie verstummten alle, als sie sich dem Seeplateau näherten, denn mit einem Mal konnten sie erkennen, dass aus seiner Mitte gar kein kleiner Berg aufragte, sondern eine riesige Stadt.

»Na, wenn du gerade denkst, du hättest alles gesehen!«, rief Felicitas aus. »Welby, Sie sind in ihrem Leben schon weit gereist, aber ich wette, nicht mal Sie haben jemals etwas Derartiges gesehen!«

»Da haben Sie recht, Miss Wiggety, das habe ich nicht.«

Das Bauwerk war unglaublich: Die Torbogen und Säulen waren mathematisch präzise und völlig symmetrisch, und es sah ganz so aus, als befinde sich ein Teil der Stadt unter Wasser! Marie staunte über die verblüffende Ingenieurskunst, die nötig war, um die Gebäude wasserdicht zu machen.

Dann blieb ihr Blick an etwas am Himmel über ihr hängen: Etwas V-Förmiges schwebte über dem See. Ihr Herz wurde von Freude und Erleichterung geflutet. Der Schwimmende Flügel begann zu wackeln, als sie für einen Moment die Konzentration verlor, doch sie fand sie sofort wieder und umklammerte den Griff des Steuers vor lauter Glück über den unerwarteten Anblick noch fester.

»Parthena!«, schrie sie, und dann rief sie den anderen zu: »Arthur muss hier sein!«

Kapitel 27

WAHRHEIT, LÜGEN, TÄTOWIERUNGEN

Auf dem Pier wurden sie von einer in vornehme grüne Roben gekleideten Frau begrüßt. Sie sagte in ihrer Muttersprache etwas zu Florian und er antwortete ihr ausführlich.

»Verstehst du, was sie sagen?«, flüsterte Marie Welby zu, der neben ihr stand.

»Diese Sprache klingt ganz anders als alle, die ich jemals gehört habe. Ich fürchte, ich habe keine Ahnung.«

Florian wandte sich von der Frau ab und erklärte: »Wir müssen hier warten.«

»Aber Arthur ist hier!«, protestierte Marie und versuchte, an der Frau vorbeizukommen, doch diese versperrte ihr den Weg.

Marie seufzte tief und ergab sich in ihr Schicksal. Voller Faszination betrachtete sie das unglaubliche Bauwerk vor ihnen, mit seinen geschwungenen Kurven und Spiralen, eleganten Bogengängen und Kuppeln. Aber sie entdeckte auch klug verborgene technische Elemente darin, etwa die Rillen in den Mauern, die wie dekorative Felsgravuren aussahen. Marie erkannte jedoch, dass es sich dabei um Schienen handelte, durch die sich die Stege mit dem Wasserspiegel heben oder senken und so mit den verschiedenen Bogengängen verbinden konnten.

Nach einer Weile kam eine weitere elegant gekleidete Dame in Begleitung eines Mannes über den Steg auf sie zu.

»Ich bin Tauria Verada, Professus Excelsis von Erythea. Das ist Cassea Sigart, mein Assistent.«

Harriet trat vor. »Ich bin Harriet Culpfeffer und das sind Felicitas Wiggety, William Welby und Marie Brightstorm, alle aus Lontown, Vornatania.«

Die Frau wirkte einen Moment lang völlig verdutzt. Dann begann sie, mit Cassea zu flüstern.

Marie schaute indessen Welby an, ebenso verdutzt. Sie hatte keine Ahnung gehabt, dass er William hieß! Für sie war er immer nur Welby gewesen. Sie konnte nicht glauben, dass sie und Arthur nie auf die Idee gekommen waren, ihn nach seinem Vornamen zu fragen!

Als Tauria fertig war, nickte Cassea. Dann wandte sie sich wieder ihnen zu. »Wir sind ein friedliches Volk. Wir wollen keine Schwierigkeiten und setzen alles daran, um die Menschen hier davor zu schützen.«

Harriet hob beide Hände. »Wir wollen Ihnen auch keine Schwierigkeiten machen. Wir sind nicht bewaffnet und wir wollen nichts Böses. Wir suchen nur nach jemandem, einem Jungen: Arthur Brightstorm.«

Tauria presste einen Moment lang nachdenklich die Lippen

zusammen. Dann sagte sie: »Wir in Erythea sind aufrichtige Menschen. Wir gehen aufrichtig mit unserem Land um und wir gehen aufrichtig miteinander um, deshalb will ich auch aufrichtig zu euch sein: Wir haben bereits eine Harriet Culpfeffer hier in der Stadt.«

»Wie bitte?«, stieß Harriet aus, sichtlich schockiert.

Sie tauschten alle vier einen ungläubigen Blick.

Dann tauchte plötzlich Eudora Vane auf und stolzierte auf sie zu, als gehörte ihr der ganze Pier, während ihr rosa Schal in der sanften Brise flatterte. »Sie haben nach mir geschickt, Tauria? Ich dachte, wir könnten uns noch einmal über –« Als sie Harriet erblickte, blieb sie wie angewurzelt stehen.

Marie stürzte nach vorn, aber Harriet drängte sich als Erste an Tauria vorbei und stürmte auf Eudora zu.

Felicitas hielt Marie zurück. »Überlass das Harriet.«

»Wo ist Arthur?«, wollte Harriet wissen. »Was hast du mit ihm gemacht? Wenn du ihm auch nur ein Haar gekrümmt hast, dann werde ich –« Sie stieß Eudora gegen die Schultern, sodass diese rückwärtstaumelte.

»Miss … äh … Culpfeffer zwei, wir leben hier in Frieden«, ermahnte Cassea sie und zog Harriet zurück.

»Es gibt nur *eine* Harriet Culpfeffer«, erwiderte Harriet ruhig, aber bestimmt. »Und ich kann Ihnen versichern, dass es nicht diese Person ist!«

»Wir können alle dafür bürgen, dass unsere die wahre Harriet ist«, rief Welby.

»Genau wie die Besatzung der anderen Harriet für sie bürgen würde«, entgegnete Tauria. »Können Sie mir Ihr Familienwappen zeigen?«

»Natürlich«, sagte Harriet und schob ihren Ärmel hoch.

»Genau dasselbe wie bei der anderen«, murmelte Tauria kopfschüttelnd.

Zwei Erytheaner zerrten Harriet unsanft zurück.

»Das ist unmöglich!«, rief Welby.

»Allerdings!«, grummelte Marie, rannte den Pier hinunter und stürzte sich auf Eudora, die einen Schrei ausstieß, als sie beide ins Wasser plumpsten.

Sie strampelte sich von Marie frei und schwamm zurück zum Steg. Cassea zog die Wasser spuckende Eudora aus dem See, während Florian seine Hand ausstreckte, um Marie zu helfen. »Du hast wirklich Mut.«

Welby schnappte sich Eudoras Arm und Felicitas schob ihren nassen Ärmel nach oben. Tinte verschmierte, als sich die falsche Tätowierung über Eudoras wahrem Symbol auflöste.

Tauria stand mit offenem Mund da. »Arthur Brightstorm hatte recht.«

»Bitte, er ist mein Bruder. Ich muss zu ihm!«, rief Marie und Tränen traten ihr in die Augen.

Felicitas legte einen Arm um sie.

»Cassea, bitte sorge dafür, dass diese Frau …« Tauria gestikulierte in Richtung der triefnassen und vor Wut schäumenden Eudora und blickte dann wieder zu Harriet. »Wie heißt sie?«

»Eudora Vane«, antwortete Harriet tonlos.

»Cassea, bitte sorge dafür, dass Eudora Vane eingesperrt wird, genau wie sämtliche Mitglieder ihrer Besatzung.«

* * *

Ein Schlüssel drehte sich im Schloss.

»Das wird auch Zeit!«, sagte Arthur und sprang von seinem

Bett auf. »Ihr könnt mich hier nicht gefangen halten. Ich dachte, ihr wärt ein friedliebendes Volk. Mich in einem Zimmer als Geisel zu halten ist –« Er riss die Tür auf.

Arthurs Herz explodierte vor Überraschung und Freude. Er konnte gar nicht glauben, was er sah.

»Marie!«

Sie warfen sich einander in die Arme und drückten sich ganz fest. Keiner von ihnen wollte als Erster wieder loslassen, nur für den Fall, dass das den Zauber durchbrechen würde und plötzlich nicht mehr wahr wäre, dass sie sich wiederhatten. Aber nach einer Weile lösten sie sich doch voneinander und betrachteten sich gegenseitig von oben bis unten, ihre Augen nass vor Tränen.

»Du siehst aus, als hättest du den halben Dschungel mitgebracht!«, sagte Arthur. »Wo ist denn dein Haarband?«

Sie tastete an der Stelle danach, an der sie es normalerweise trug.

»Oh, das hab ich ja ganz vergessen. Ich habe es benutzt, um Wasser zu kochen.«

»Was? Eine neue Erfindung?«

»Eher eine Improvisation. Aber du siehst aus, als würdest du dich hier schon ganz wie zu Hause fühlen.« Marie begutachtete ihn erneut.

»Äh … ja, nach ein paar Tagen in den Sümpfen haben meine eigenen Klamotten ziemlich gemuffelt, und diese hier sind wirklich schick, findest du nicht?«

Sie lachte. Die Spannung in ihrem Herzen hatte sich völlig in Luft aufgelöst. Das grauenvolle, erdrückende Gefühl, das sie gespürt hatte, seit sie getrennt worden waren, war verschwunden.

»Was ist denn das für ein rosa Edelstein um deinen Hals?«, wollte Arthur wissen. »Der leuchtet ja richtig!«

»Ein Wasserbär hat ihn mir geschenkt. Ist eine lange Geschichte.«

»Wie die Kreatur, die ich in Nova gesehen habe?«, fragte er.

»Ja, ich glaube schon. Aber der Bär, den ich getroffen habe, war ein Weisewesen!«

»Ehrlich?«

Cassea, der die ganze Zeit im Flur gestanden und sich zurückgehalten hatten, räusperte sich vorsichtig. »Ich lasse euch jetzt allein. Ihr habt einander sicher viel zu erzählen. Aber Tauria Verada würde gern schon bald mit euch allen sprechen.« Er wandte sich ab und entfernte sich.

Arthur starrte Marie an. »Euch *allen?* Warte mal, wie bei allen ratternden Zahnrädern bist du denn eigentlich hierhergekommen? Wer ist noch hier, Marie?«

»Harry, Felicitas und Welby. Sie können es gar nicht erwarten, dich wiederzusehen. Aber sie haben mich zuerst zu dir gelassen.«

»Harriet ist hier? Das bedeutet …«

»Arthur, es ist etwas wirklich Seltsames passiert, als wir hier ankamen. Diese Professor Dings–«

»Tauria Verada. Ich habe sie auch schon kennengelernt.«

»Ja, genau die. Na, jedenfalls meinte sie, Harriet Culpfeffer sei bereits in der Stadt! Du hättest mal Harriets Gesicht sehen sollen, als Eudora aufgetaucht ist!«

»Sie war die ganze Zeit hier in der Stadt und hat sich als Harriet ausgegeben.«

»Warum sollte sie das denn tun?«

»Es hat alles damit angefangen, dass wir mit der *Aurora* hier gelandet sind …«

»Dann ist die *Aurora* also hier?«

»Na ja, nicht hier in der Stadt. Sie steht im Dschungel, irgendwo in der Nähe der Küste.«

»Und ist sie noch intakt?«

»Ja. Und jetzt hör auf, mich ständig zu unterbrechen, Marie, sonst verliere ich den Faden.«

»Entschuldige.«

»Also, wir sind gelandet, und dann sind die Erytheaner aufgetaucht. Sie haben die aufgemalte Schwalbe auf der *Aurora* gesehen und *Culpfeifer* gesagt, und plötzlich waren sie total freundlich, und dann hat sie – Eudora, meine ich –, gesagt: *Ja, ich bin Harriet Culpfeffer!*«

»Warte mal kurz. Woher bei allen ratternden Zahnrädern kennen sie Harriet denn?«

Arthur ließ sich auf einen Stuhl fallen. »Genau das habe ich mich auch gefragt!«

»Aber Harriet meinte doch, dass sie nichts über diesen Kontinent weiß.«

»Glaubst du, sie hat uns die Wahrheit gesagt?«

»Harriet hätte es uns erzählt, wenn sie mehr wüsste. Oder?«

»Hast du den Ring noch?«

Marie holte ihn aus ihrem Beutel und reichte ihn Arthur.

»Er hat irgendetwas damit zu tun, das weiß ich einfach.«

»Harriet ist der aufrichtigste Mensch, den wir kennen, Arty.«

»Everest behauptet, der Feuervogel sei real.«

»Das ist er! Ich habe ihn gesehen. Die Erytheaner nennen ihn Aeterna.«

Arthur klappte den Mund auf und zu wie ein Guppy.

»Ich habe ihn bei den Nachtflüsterern gesehen.«

»Ernsthaft? Du hast sie auch gesehen? Diese Biester sind wirklich Furcht einflößend!«

»Florian sagt, wenn sie dich erwischen, rauben sie dir auch noch die letzte Erinnerung, die du hast.«

»Wer ist Florian? Ach, ist auch egal, erzähl mir lieber noch mehr über den Feuervogel und die Nachtflüsterer.«

Marie erzählte ihm von dem Sturm, vom Angriff der Nachtflüsterer, wie der Feuervogel aufgetaucht war und Harriet beschützt hatte, wie sie selbst ins Meer geschleudert worden war und wie das Wolkenkanu sie gerettet hatte.

»Könnte Harriet ... eine von ihnen sein? Eine Erytheanerin?«

»Falls ja, dann bin ich mir sicher, dass sie keine Ahnung davon hat.«

»Hinter diesem Ring steckt mehr, als wir wissen.«

»Weißt du, wo Harriet jetzt ist?«

»Ich hab's dir doch gesagt: Sie warten alle darauf, dich zu sehen!«

Er nahm ihre Hand. »Dann lass uns endlich zu ihnen laufen!«

Marie hielt ihn zurück. »Warte noch kurz. Hast du gerade Everest gesagt?«

»O ja! Er war die ganze Zeit hier. Ich bin ihm sozusagen über den Weg gefallen.«

»Gefallen?« Marie neigte den Kopf zur Seite. »Wie hast du das denn angestellt? Na, jedenfalls hast du wohl nicht geguckt, wo du hingehst – *mal wieder.*«

»Vielleicht ...« Er lachte. »Komm jetzt.«

»Warte, nur noch eine Sache, bevor wir gehen.«

»Was denn?«

»Wusstest du, dass Welbys Vorname William ist? William Welby!«

Arthur spürte ein leises Stechen im Herzen. Ihm wurde bewusst, wie sehr er Welby vermisst hatte, sosehr er sich auch darüber ärgern mochte, dass er ihn ständig korrigierte und ihn mit seinen hochgezogenen Augenbrauen beurteilte.

»Will Welby«, sagte er. »Wenn man gerade denkt, man kennt jemanden, was?« Sie schauten einander an, und in diesem Moment empfanden sie reines Glück. Sie hatten beide das Gefühl, wieder zu Hause zu sein, obwohl sie Tausende Meilen von Lontown entfernt waren.

Dann hörten sie eine unverkennbare Stimme: »Jetzt passen Sie mal gut auf: Ich kann auf keinen Fall auch nur noch einen Moment länger warten. Wenn Sie mich nicht sofort zu Arthur Brightstorm lassen, dann schnappe ich mir meinen Löffel und –«

»Felicitas!«, rief Arthur.

Felicitas tauchte in der Tür auf und starrte ihn an, das Gesicht vor Tränen ganz verquollen. »Oh, bei meinen Hühneraugen! Ich wusste doch, dass dieses Kribbeln in meinen Zehen etwas zu bedeuten hat!« Sie stürmte auf Arthur zu, nahm ihn ganz fest in die Arme und zog dann auch Marie zu sich heran. »Endlich wieder vereint«, schluchzte sie.

Dann stand plötzlich Harriet neben ihnen und Arthur stieß einen Freudenschrei aus, bevor sie sich ebenfalls in ihre Umarmung warf und ein Durcheinander aus Lachen und Geplapper ertönte, in dem niemand verstehen konnte, was der andere sagte. Irgendwann verstummten sie jedoch kurz, um Luft zu holen, und hörten ein leises Räuspern hinter sich.

»Welby!« Arthur lächelte. Auch Welbys Augen waren feucht vor Tränen, und dann umarmten sie sich alle erneut.

KAPITEL 28

ENTHÜLLUNGEN

An jenem Abend war die Culpfeffer-Besatzung eingeladen, mit den Professoren zu speisen. Auch Everest gesellte sich zu ihnen.

»Mein liebes altes Mädchen, es ist mir eine Freude, dich kennenzulernen!«, begrüßte er Marie. »Also, ich muss schon sagen, ihr gleicht euch wie ein Ei dem anderen, mit euren Sommersprossen und eurem rostbraunen Haar. Wer hätte gedacht, dass dasselbe entschlossene Feuer in den Augen zweier verschiedener Menschen funkeln kann?« Er erzählte ihnen, dass es Eudora und ihrer Crew gelungen war, die Erytheaner davon zu überzeugen, Arthur hätte Everests Verstand mit seinen wilden Fantastereien vergiftet – bis Harriet und die anderen aufgetaucht waren. »Ich mag auf meine alten Tage geistig vielleicht nicht mehr ganz so rege sein, aber *so* leicht zu beeinflussen bin ich nun auch wieder nicht!«

Tauria Verada führte sie zu den Stühlen, die um den rechteckigen Tisch in der Mitte des großen Kuppelsaals standen. Harriet ließ sich neben ihr nieder, Everest gegenüber, dann Welby und Felicitas mit Arthur und Marie am Ende der Tafel neben Cassea und einem freien Platz.

»Dann ist Everest Wrigglesworth also doch noch am Leben«, bemerkte Welby trocken.

»Danke für die Einladung, mit Ihnen zu Abend zu essen«, sagte Harriet respektvoll.

Tauria nickte. »Es tut mir leid, was passiert ist. Die Betrügerin, diese Eudora Vane, wurde mit ihrer gesamten Besatzung in eine sichere Zone gebracht.«

»Eine sichere Zone?«, sagte Arthur und fragte sich, ob man irgendeinen Ort wirklich so bezeichnen konnte, wenn Eudora in der Nähe war.

Tauria lächelte. »Wir müssen nur sehr selten davon Gebrauch machen. Wie ich bereits sagte, sind wir ein sehr friedliebendes Volk. Wir führen ein glückliches Leben, fernab von all den Schwierigkeiten der Weite. Dafür sorgen die Nachtflüsterer.«

»Aber haben Sie denn nicht das Gefühl, etwas zu verpassen, wenn Sie kein Teil der Weite sind?«, fragte Harriet.

»Es ist genau so, wie es schon immer war«, antwortete Tauria.

Leise Schritte waren zu hören und Florian betrat den Raum. Er setzte sich auf den freien Platz neben Marie.

Sie grinste ihn an.

»Wir sind dir sehr zu Dank verpflichtet, dass du unseren Gästen geholfen hast, Florian«, sagte Tauria. »Florian ist einer unserer besten jungen Gelehrten. Er zeigt ein unglaubliches Talent für Sprachen. Ich bin mir sicher, dass er eines Tages zum Professus Linguis ernannt wird.«

Er lächelte schüchtern und schaute Marie an.

Arthur beobachtete ihn misstrauisch und flüsterte Marie dann zu: »Woher kennst du ihn?«

»Er hat mir geholfen, uns, meine ich, im Dschungel.«

»Ich mag ihn nicht.«

»Mach dich nicht lächerlich, Arthur. Ohne ihn wäre ich überhaupt nicht hier.«

»Er lächelt dich die ganze Zeit an.«

»Was für ein schreckliches Verbrechen«, neckte sie ihn.

»Wie ich bereits sagte«, nahm Tauria den Faden wieder auf, »hatten wir bislang fast nie Bedarf, von der sicheren Zone Gebrauch zu machen. Aber wie die Ankunft von Mr Wrigglesworth und zwei weiteren Schiffsbesatzungen in unserem Lande zeigt, hat sie durchaus ihre Berechtigung.«

»Bitte, würden Sie mir sagen, woher Sie das Culpfeffer-Wappen kennen?«, fragte Harriet.

»Unsere Agenten senden wir größtenteils nach Stella Oceanus aus, wie Sie es nennen. Sie halten dort nach all jenen Ausschau, die planen, sich weiter nach Osten zu wagen. Natürlich würden wir es vorziehen, wenn sie es gar nicht bis zu den Nachtflüsterern schafften – dieses Schicksal wünschen wir niemandem, noch nicht einmal den Menschen aus Lontown.«

»Aber dann verstehe ich nicht, warum Sie Eudora willkommen geheißen haben, als sie behauptet hat, sie wäre ich.«

»Wir dachten, es sei vielleicht an der Zeit.«

»An der Zeit wofür?« Harriet wirkte noch verwirrter als zuvor und Arthur und Marie tauschten einen Blick – jetzt waren sie sich beide ganz sicher, dass Harriet wirklich nicht mehr wusste als sie.

»Dass Sie den Ring zurückbringen.«

Arthur holte den Ring aus seiner Hosentasche und legte ihn auf den Tisch. »Diesen hier?«

»Ja, genau!«, bestätigte Tauria überrascht.

»Ist das …?«, begann Harriet.

»Wir haben eine Agentin in Lontown«, erklärte Tauria.

»Octavie!«, riefen Harriet, Arthur und Marie wie aus einem Mund.

»Das erytheanische Erbe der Culpfeifers … ich meine: Culpfeffers, reicht viele Generationen zurück. Normalerweise ziehen es unsere Agenten vor, in der Nähe von Erythea zu bleiben. Aber vor vielen Jahrzehnten, als der Lontowner Entdeckerdrang neue Höhen erreichte, haben wir eine Agentin namens Argentia Culpfeifer ausgesandt. Sie ist hier sehr berühmt. Sie begegnete in der Ferne einem jungen Entdecker und die beiden hatten zwei gemeinsame Kinder: Octavie und Leviah.«

»Wie es scheint, wissen Sie mehr über meine Familie als ich«, sagte Harriet leise. »Ich habe wirklich ein erytheanisches Erbe?«, fügte sie ungläubig hinzu.

Tauria nickte. »Es wurde entschieden, den Ring des Wächterwesens Aeterna an die folgende Generation weiterzugeben, zusammen mit dem Wissen um unsere Lande. Da Octavie keine eigenen Kinder hatte, sollte sie ihn an die Blutlinie ihres Bruders Leviah weitergeben.«

»Meines Großvaters?«

»Als jüngste Generation der Culpfeffer-Linie sollte das Wissen um den Ring an Sie weitergereicht werden. Octavie muss zu dem Schluss gekommen sein, dass es an der Zeit war, genau wie Argentia damals, als Octavie und ihre Freunde uns beinahe entdeckt hätten.« Tauria warf Everest, der ziemlich verdutzt wirkte, einen scharfen Blick zu. »Das ist der Grund, warum Aeterna Sie vor den Nachtflüsterern beschützt hat. Wir wissen nicht, woher der Feuervogel es weiß, aber er hilft allen wahren Erytheanern, sicher nach Hause zu kommen. Argentia hat sich für die Schwalbe als Symbol entschieden, weil sie dafür stand, dass sie stets den Weg zurück nach Hause finden konnte, zurück nach Erythea, falls es nötig sein sollte. Die Schwalbe zieht jedes Jahr von hier nach Vornatania, daher erschien es ihr passend.«

»Und als Ihre Leute die Schwalbe auf dem Wolkenschiff gesehen haben, wussten sie, dass ein Culpfeffer nach Hause zurückgekehrt ist«, sagte Arthur.

»Und warum hat Octavie meinem Großvater Leviah dann nichts davon gesagt? Oder meiner Mutter? Warum wusste *ich* nichts davon?« Harriet klang zweifelnd.

»Weil es schwer sein kann, Geheimnisse zu bewahren. Sie können eine große Last für einen Menschen sein und Argentia wusste, dass ihre Entscheidung, in Lontown zu bleiben und sich dort niederzulassen, die schwerste war, die sie jemals würde treffen müssen. Sie wollte Erythea beschützen, indem sie das Wissen darum stets nur einer Person auf einmal anvertraute.«

»Verzeihen Sie, dass ich mich einmische«, sagte Felicitas, »aber beschützen wovor?«

Einige Momente verstrichen, in denen Tauria ihre Worte mit Bedacht abzuwägen schien. »Wir versuchen nicht mit allen Mitteln, unsere Lande vor dem Rest der Welt geheim zu halten. Anfangs, vor vielen Jahren, als unsere Meeresschiffe die unzähligen Inseln im Westen erreichten, haben wir die Menschen dort beobachtet und von ihnen gelernt. Doch je weiter wir uns vorwagten, desto wachsamer wurden wir, was einige der Gefahren dort draußen betraf. Eure Wolkenschiffe und die Verschmutzung durch das Pechharz zum Beispiel. Oder gewisse Menschen, die von Titeln und Besitz besessen sind, zu denen allem Anschein nach auch diese Eudora Vane gehört.«

»Wir sind aber nicht alle so«, warf Marie ein.

»Die Nachtflüsterer wurden zu einer Art natürlicher Mauer für uns, als wären sie nur dort, um uns zu beschützen. Anfangs wagten sich nur Meeresschiffe in unsere Richtung, die nach ihrer Begegnung mit den Nachtflüsterern einfach verschwanden – oder Schiffbruch erlitten. Und falls doch einige von ihnen überlebten, konnten sie sich nicht mehr daran erinnern, was geschehen war.«

»Und so hat sich alles in einen Mythos verwandelt«, sagte Harriet. »Die Bestwick-Fords waren sich sicher, dass sie den Feuervogel gesehen hatten, aber in ihren Tagebüchern beschrieben sie ihn als Traum und hielten ihn selbst für reine Einbildung. Aber er war real! Sie haben ihn gesehen, aber sie hatten es wieder vergessen.«

»Das ergibt Sinn, Harriet«, sagte Marie. »Schau dir doch nur mal die Wassertechnologie hier an: All das, was sie von ihren Eltern und du von deinen gelernt habt, hat dazu geführt, dass du ein unglaubliches Wolkenschiff mit Wassermotor entwickelt hast.«

»Ihr Wolkenschiff wird mit Wasser angetrieben?«, fragte Tauria beeindruckt. »Ich hatte mich schon gewundert, dass es das Schiff mit Pechharz überhaupt bis zu uns geschafft hat.«

Harriet nickte. »Und diese junge Dame hier ist ebenfalls eine sehr begabte Ingenieurin. Sie hat eine kleinere Version davon entworfen, ein Wolkenkanu, das ebenfalls über einen Mini-Wassermotor verfügt. Es ist Ihren Schwimmenden Flügeln hier sehr ähnlich.«

»Faszinierend. Bist du sicher, dass du nicht auch aus Erythea stammst?« Tauria lächelte. »Wir müssen dir unbedingt unsere technische Bibliothek zeigen.«

»Was werden Sie mit Eudora Vane machen?«, fragte Everest neugierig.

»Das haben wir noch nicht entschieden. Aber nachdem wir von ihrer wahren Identität erfahren hatten, haben wir die Tagebücher gefunden, die Eudora während ihres Aufenthalts hier in der Stadt geführt hat. Sie listet darin zahlreiche Dinge auf, die sie mit zurück nach Lontown nehmen wollte. Natürlich könnten wir etwas Derartiges niemals erlauben. Der Rat der Professus wird morgen tagen und beschließen, wie wir am besten weiter vorgehen werden.«

* * *

Später ging Arthur zusammen mit Marie in die geografische Bibliothek, obwohl ihm nicht verborgen blieb, dass sie es kaum erwarten konnte, die technische Bibliothek zu besuchen. Sie betraten den großen, mit Büchern, Globen und Landkarten gefüllten Raum. Die verschiedenen Gegenden von Erythea waren in mehreren Bänden dokumentiert und er häufte sie alle auf einem der Tische aufeinander.

»Wir sind hier an der Spitze des Kontinents, Marie. Südlich von hier wartet noch so viel mehr und noch weiter östlich liegen auch noch unzählige Inseln. Ich frage mich, ob man wohl irgendwann die Inseln von Carrickmurggus erreicht, wenn man von hier aus einfach immer weitersegelt.«

»Vielleicht. Es ist ziemlich cool, dass die Leute, die hier das Sagen haben, alle Professoren sind«, fand Marie. »Was glaubst du, wohin sie Eudora und ihre Crew gebracht haben?«

Arthur zuckte mit den Schultern. »In ein tiefes Verlies unter Wasser hoffentlich.«

»Das klingt ja schrecklich.«

»Eine schreckliche Bestrafung für eine schreckliche Frau.«

»Was denkst du, was sie tun werden?«

»Sie für immer einsperren?«

»Ich meine mit uns. Wir wissen jetzt von ihnen, deshalb sind wir eine Gefahr für sie.«

»Wir werden es zu Hause aber niemandem erzählen. Ich meine, es wird natürlich nicht leicht werden, aber –«

»Dad hat immer gesagt: *Dein Wort ist bindend.*«

Arthur nickte.

»*Wir* wissen, dass wir es niemandem erzählen werden, aber woher sollen *sie* es wissen? Mr Wrigglesworth haben sie auch nicht genug vertraut, um ihn wieder nach Hause zurückkehren zu lassen. Aufgrund ihrer Abstammung mögen sie Harriet vielleicht vertrauen, aber uns wohl eher nicht, oder Felicitas oder Welby.«

»Will Welby – ich kann mich immer noch nicht daran gewöhnen …« Ein Husten vom Nebentisch ließ Arthur verstummen. Eine Landkarte raschelte und Welby lugte dahinter hervor.

»Oh, tut mir leid, ich hab dich gar nicht gesehen«, sagte Arthur und sein Gesicht lief knallrot an.

Welby zog die Augenbrauen hoch und lächelte dann. »Ich habe eben immer gern ein paar Überraschungen für dich in der Hinterhand.«

Die Tür öffnete sich und Florian kam herein. Er entdeckte sie und lächelte.

Marie winkte ihn zu ihnen an den Tisch.

»Was soll das denn?«, zischte Arthur.

»Ich bin nur freundlich … und außerdem können wir ihn wegen Eudora fragen.«

»Oh, ja, okay. Gute Idee.«

Florian setzte sich und Marie lehnte sich zu ihm und flüsterte: »Weißt du, wo Eudora ist?«

Er nickte. »Drüben bei den Energiefällen.«

»Wo ist das?«

»Dort bin ich in die Stadt gekommen«, sagte Arthur.

»Und sie kann bestimmt nicht fliehen?«

»Ganz sicher nicht, die Räume sind verriegelt. Aber selbst wenn es ihr gelingen würde zu entkommen, säße sie fest. Sie weiß nicht, wie man die Fahrstühle bedient. Und außerdem würde jemand sie sehen, wenn sie versuchen würde, über den See zu fliehen.«

»Und die Professoren werden morgen entscheiden, was mit ihr passiert?«

Florian nickte.

»Was passiert denn hier normalerweise mit Leuten, die etwas Falsches tun?«, wollte Marie wissen.

Florian zuckte mit den Schultern. »Sie müssen der Stadt etwas zurückgeben, hilfsbereiter sein.«

»Ooh, vielleicht verdonnern sie Eudora ja dazu, die Toiletten zu schrubben!«

Arthur lachte. »Na, das würde ich liebend gern sehen!«

KAPITEL 29

DAS GESTÄNDNIS

Am nächsten Morgen wurden sie alle von Schmetterlingen zu einem Treffen in den zentralen Kuppelsaal bestellt. Man führte sie durch einen Bogengang in ein Hinterzimmer und eine lange Wendeltreppe hinauf, die in einem kleinen, offenen Pavillon mit Alabastersäulen und einem gebogenen Dach endete. Eine tropische Brise wehte hindurch und in der Ferne schmiegten sich Wolken an die umliegenden Berge. Sie befanden sich am höchsten Punkt der Stadt.

Zwölf Professorinnen und Professoren aus Erythea saßen im Halbkreis auf Steinbänken in der Mitte. Sie waren in offiziell aussehende Roben in den natürlichen Farbtönen der Bäume, Berge und Steine, des Wassers und des Regenwalds gekleidet: Oliv, Umbra, Zimt, Salbei, Zitrone, Türkis, Grafit, Gold, Silber und Smaragd. Die Gewänder verfügten über lange, breite Ärmel, hohe Kragen und weite Hosenbeine, alle aufwendig mit filigranen Mustern und den Kreaturen des Waldes bestickt.

»Ich komme mir auf einmal ziemlich schäbig vor«, flüsterte Arthur Marie zu.

»Bitte, setzt euch doch.«

Harriet, Arthur, Marie, Felicitas und Welby ließen sich gegenüber dem Rat der Professus nieder.

Tauria, die in ihr übliches Smaragdgrün gekleidet war, erhob sich. »Der Rat der Professus hat sich ausführlich mit Harriet unterhalten und alle Fakten über Eudora Vane und ihre Besatzung erhalten. Falls wir uns zuvor noch unsicher waren, sind wir nun, nachdem wir erfahren haben, was in Südpolaris geschehen ist und was sie eurer Familie angetan hat ...« Sie blickte Arthur und Marie an. »Nun, wir sind zu einer einstimmigen Entscheidung gelangt.«

Die fünf lehnten sich gespannt nach vorn.

»Wir können dieser Frau nicht vertrauen und es ihr unmöglich erlauben, weiter in Erythea zu bleiben. Wir haben dies Everest Wrigglesworth nur gestattet, weil wir sehen konnten, dass er ein guter, friedfertiger Mensch ist. Diese Frau stellt jedoch ganz eindeutig eine Gefahr für unser Volk dar. Morgen früh werden Eudora Vane und ihre Besatzung zu den Nachtflüsterern gebracht, wo sie bleiben werden, bis sie ihre Erinnerungen an Erythea – oder besser gesagt: *all* ihre Erinnerungen – verloren haben.«

»Das hatte ich nicht erwartet«, flüsterte Arthur.

»Ziemlich hart«, erwiderte Marie leise.

Tauria warf ihnen einen Blick zu.

Harriet erhob sich. »Werdet ihr sie für immer dort zurücklassen?«

»Wir werden sie nach Erythea zurückholen und eine sinnvolle Aufgabe für sie finden. Sie werden sich nicht mehr an ihr vorheriges Leben erinnern, aber wir können ihnen zu einem Leben mit einer neuen Perspektive verhelfen.«

»Und was ist mit mir und meiner Besatzung?«, fragte Harriet, die Hände in die Hüften gestemmt, die Beine ein wenig gespreizt.

»Auch darüber haben wir ausführlich debattiert.«

Arthur schluckte.

»Wir vertrauen Ihnen, Harriet. Und wenn Sie uns Ihr Wort geben, dann sind wir bereit, auch den anderen vier zu vertrauen. Wir werden euch nach Lontown zurückkehren lassen, unter der Bedingung, dass ihr niemandem davon berichtet, was ihr auf eurer Reise jenseits von Nova erlebt habt. Wenn ihr uns dieses Versprechen geben könnt, dann dürft ihr wieder zurückkehren.«

Sie schauten einander an und Arthur wusste, dass sie alle dasselbe dachten: Entdeckungsreisen erweiterten den Horizont, nicht nur ihren eigenen, sondern auch den der Menschen zu Hause in Lontown. Es gab so vieles, das die Vornatanier von diesen Menschen lernen konnten – und so vieles, das die Menschen hier von ihnen lernen konnten. Aber was blieb ihnen schon für eine Wahl?

»Ihr habt mein Wort«, versprach Harriet ernst.

»Und was ist mit Wrigglesworth?«, fragte Welby.

Tauria schüttelte den Kopf. »Er muss bis ans Ende seiner Tage bei uns bleiben. Zu viele von euch halten ihn für tot, und wenn er lebendig wieder nach Hause zurückkehren würde, selbst wenn er schwört, dass er niemandem etwas verrät … Nun, es würde einfach zu viele Probleme nach sich ziehen. Wir haben mit Mr Wrigglesworth darüber gesprochen und er versteht unseren Standpunkt.

Aber es steht euch selbstverständlich frei, so lange hierzubleiben, wie ihr wollt«, fügte Tauria hinzu. »Ihr solltet dabei jedoch an die Geschichten denken, die ihr erfinden müsst, um eure Spuren zu verwischen.«

»Können Sie Eudora nicht einfach einsperren?«, fragte Felicitas.

»Unser Urteil ist gefallen. Ich fürchte, es steht nicht zur Diskussion.«

»Eudora wird niemals zulassen, dass man ihr das antut. Sie wird einen Weg finden zu fliehen«, sagte Arthur.

»Sie wird glauben, dass wir sie verbannen und sicher zurück nach Westen bringen. Sie wird ihr Schicksal erst in allerletzter Sekunde erkennen. Wenn es bereits zu spät ist. Genau wie ihre Besatzung.«

* * *

Zurück in Arthurs Zimmer, saßen die Zwillinge am Fenster und blickten auf das Plateau hinaus.

»Das gefällt mir nicht, Marie. Sosehr ich Eudora Vane auch hasse, es fühlt sich einfach nicht richtig an.«

»Wir sollten uns wegen des Urteils über Eudora nicht schlecht fühlen. Nicht nach allem, was sie getan hat.«

Arthur dachte einen Moment lang darüber nach. Parthena stieß ein Kreischen aus. »Da ist noch etwas anderes.«

»Was denn?«

»Wenn Eudora all ihre Erinnerungen an die Nachtflüsterer verliert, dann gehen die Wahrheit und die Beweise für das, was sie getan hat, auch verloren. Wie sollen wir dann jemals wahre Gerechtigkeit für Dad erlangen?«

Marie starrte ihren Bruder an. Er hatte recht. Seufzend ließ sie die Schultern hängen.

Es klopfte an der Tür und Florian betrat den Raum.

»Ein paar von uns wollen in Wasserschuhen raus aufs Plateau und ich dachte, du würdest vielleicht gern mitkommen.«

Marie lächelte breit und schaute Arthur an.

»Du natürlich auch, Arthur«, fügte Florian hastig hinzu.

»Was sind denn Wasserschuhe?«, fragte Arthur.

»Das wirst du schon sehen. Kommt mit!«

Das Plateau schimmerte in der Nachmittagssonne. Sie kamen sich vor, als stünden sie auf dem Gipfel der Weite, inmitten ihres bestgehüteten Geheimnisses.

Die Wasserschuhe glichen einer Art Minibooten für die Füße. Man stellte sich in sie hinein, ohne unterzugehen, konnte über die Wasseroberfläche gleiten und mithilfe eines Paddels das Tempo kontrollieren. Arthur erkannte, dass sein Eisenarm in diesem Fall durchaus hilfreich gewesen wäre. Mit einem Arm zu paddeln, würde nicht ganz leicht werden.

Er tauchte das Paddel vor seinem Körper ein und wäre beinahe ins Wasser geplumpst. Er schaute zu Florian hinüber, der sein Paddel flacher hielt und es eher über die Oberfläche streifen ließ, anstatt es tief einzutauchen. Arthur veränderte seinen Griff und versuchte es erneut. Nach einer Weile hatte er den Bogen raus und paddelte neben Marie her.

»Du hast die Technik ja wirklich schnell gemeistert«, sagte er.

»Es ist ganz leicht, sobald man die Physik dahinter versteht und seinem Instinkt vertraut. Diese Schuhe sind wirklich unglaublich.«

»Wir werden nur niemandem davon erzählen können.«

»Von den Wasserschuhen?«

»Nicht nur das, von allem hier – von *Erythea*. Wir können der Geografischen Gesellschaft nichts davon berichten, oder dem *Lontowner Boten* oder …« Arthur brach ab.

Marie schaute ihn an. »Ich weiß.«

»Ich kann einfach nicht aufhören, daran zu denken, was sie Eudora und ihrer Besatzung antun wollen. Nach dem morgigen Tag wird das, was mit Dad passiert ist, wie komplett ausgelöscht sein, und das fühlt sich einfach nicht richtig an. Stell dir nur mal vor, die Nachtflüsterer hätten uns erwischt? Stell dir vor, wir hätten all unsere Erinnerungen an Dad verloren. Wir haben das Brightstorm-Haus verloren und all unsere Sachen wurden verkauft. Unsere Erinnerungen sind alles, was wir noch haben.«

Marie zitterte trotz der Nachmittagshitze. »Das wäre schrecklich. Als die Nachtflüsterer unser Schiff auf dem Weg hierher angegriffen haben, hat mich einen Moment lang einer von ihnen erwischt. Ich habe eine Erinnerung an Dad gesehen. Es ging dabei um … Ich weiß es nicht mehr. Wenn der Feuervogel nicht gekommen wäre, hätte ich sie alle verlieren können. Genau das ist auch mit Florians Schwester passiert. Es ist wirklich traurig, jemanden so zu sehen, so als hätte sich ein großer Teil dieses Menschen einfach in Luft aufgelöst.«

Sie verfielen in Schweigen und glitten weiter gemeinsam auf den See hinaus.

Schließlich schaute Arthur sie an. »Ich hab nachgedacht.«

Marie warf ihrem Bruder einen *Was-für-einen-verrückten-Plan-hast-du-dir-jetzt-wieder-in-den-Kopf-gesetzt?*-Blick zu. »Na, dann lass mal hören«, sagte sie zögernd.

»Wir sollten sie noch vor morgen dazu bringen, ein schriftliches Geständnis abzulegen.«

Marie lachte, doch dann erkannte sie, dass er es absolut ernst meinte. »Entschuldige, das musst du noch mal wiederholen, weil es sich so angehört hat, als würdest du Eudora Vane dazu bringen wollen, alles zu gestehen, was mit Sicherheit der dämlichste Plan seit der Erfindung dämlicher Pläne wäre!«

»Ich habe mir die Sache gut überlegt. Wir schleichen uns zu ihr und sagen ihr, was sie tun soll.«

»Ach so, wir tauchen also einfach auf, wo immer sie festgehalten wird, brechen ein und sagen: ›Hi, Eudora, weißt du noch, wie du unseren Vater und seine komplette Besatzung vergiftet hast? Wir finden, es ist Zeit, dass du ein schriftliches Geständnis ablegst!‹«

»Nicht *genau* so.«

»Dann vielleicht: ›Eudora, was du in Südpolaris getan hast, muss wirklich schwer auf deinem Gewissen lasten. Hier sind ein Bleistift und ein Blatt Papier. Jetzt kannst du dir alles von der Seele schreiben, ganz einfach.‹« Marie schüttelte den Kopf. »Eudora würde niemals freiwillig *irgendetwas* für *irgendjemanden* tun. Sie versteht nur Profit, Macht und Geld – und sie wäre zu allem bereit, um den Vanes für immer den obersten Platz auf dem Podest der Lontowner Entdeckerfamilien zu sichern.«

»Wir haben Macht.«

Sie blickte ihren Bruder stirnrunzelnd an.

»Wir wissen, was mit ihr passieren wird. Was sie ihr antun werden. Was, wenn wir ihr helfen und sie mit zurück nach Westen nehmen, ohne dass sie ihre Erinnerungen verliert?«

»Und wie sollen wir das anstellen?«

»Darauf habe ich auch noch keine Antwort. Aber, na ja …

Wir müssten unseren Teil der Abmachung ja nicht unbedingt einhalten.«

Marie starrte ihn an. »Dann wären wir genauso schlimm wie sie.«

»Dann bitten wir eben Harriet um Hilfe.«

Sie paddelten weiter auf den See hinaus, beide tief in Gedanken versunken.

Nach einer Weile bemerkte Arthur, dass Marie sich nicht mehr bewegte und Richtung Nordosten blickte. »Was ist denn?«

Dunkle Wolken bildeten sich am Horizont. Blitze zuckten in weiter Ferne. Die nächste Überschwemmung nahte.

Florian steuerte zu ihnen. »Keine Sorge. In der Stadt sind wir in Sicherheit. Das Unwetter wird bald wieder vorbei sein. Aber wir sollten trotzdem reingehen.«

Als sie den Steg erreichten, hatte die graue Wolkenwand sie bereits eingeholt und die ersten Regentropfen prasselten auf das Plateau und erschufen Tausende von Ringen in sich stets verändernden, tanzenden Mustern.

»Wird das Wasser höher steigen als bis hier? Wir sind hier doch schon ziemlich weit oben, oder?«

»Wird es, aber wir sind daran gewöhnt. Kommt, schaut es euch an.«

Sie folgten Florian eine Treppe hinunter, wo das Wasser fast bis zur Hälfte der Fenster reichte. »Die ganze Stadt ist wasserdicht. Und die drei Ebenen über uns sind es auch, obwohl das Wasser fast nie über diese Etage steigt.«

Arthur kam ein Gedanke. »Florian?«

»Ja?«

»Du weißt doch, wo Eudora Vane und ihre Crew an den Energiefällen festgehalten werden, oder?«

Er nickte.

»Wir müssen heute Abend zu ihr und mit ihr reden. Wir haben noch etwas sehr Wichtiges zu erledigen, bevor sie morgen zu den Nachtflüsterern gebracht wird.«

Florian legte die Stirn in Falten. »Und du willst, dass ich euch zu ihr bringe?«

»Ja.«

Er schaute Marie an. »Willst du das auch?«

Sie konnte spüren, wie sie trotz all ihrer Sommersprossen rot anlief. Dann nickte sie.

Er überlegte. »Wenn Tauria das herausfindet …«

»Das wird sie nicht. Wir sind blitzschnell drin und wieder draußen.«

»Dann sollten wir sofort gehen, bevor der Sturm zu stark wird.«

* * *

Der Himmel war wolkengrau und warmer Regen fiel in dicken Tropfen auf das Plateau, während der Schwimmende Flügel lautlos auf den Turm in den Energiefällen zuraste.

»Wie sollen wir die Wache ablenken?«, fragte Marie.

»Überlasst das mir«, sagte Florian.

Sie glitten auf den Steg zu, doch als sie den Turm erreichten, steuerte Florian daran vorbei.

»Was machst du denn?«, fragte Marie nervös.

»Die Fenster des Raums, in dem Eudora festgehalten wird, sind hier drüben. Die Wachen werden nichts mitbekommen.«

Arthur musste zugeben, dass die Idee ebenso einfach wie clever war. »Aber sind wir dort nicht zu dicht am Wasserfall?«

Florian lenkte den Schwimmenden Flügel zu einem kleinen

Fenster und hielt das Boot völlig ruhig. »Uns kann nichts passieren, solange der Regen nicht noch stärker wird.«

»*Noch* stärker?« Marie strich sich das klatschnasse Haar aus dem Gesicht und blickte Arthur mit weiten Augen an.

»Bringen wir's hinter uns«, sagte er und lugte durchs Fenster.

Eudora befand sich tatsächlich in dem Raum. Entlang der Wände verliefen mehrere Rohre und in der Mitte stand ein provisorisches Bett. Eudora sah längst nicht so adrett aus wie üblich: Ihr Hemd war zerknittert, ihr Haar wirkte matt und ungekämmt und ihre Wangen hager und blass.

»Hey!«, raunte Arthur ihr leise zu.

Eudora hob den Blick, offensichtlich verwirrt. Dennoch sagte sie mit künstlich heiterer Stimme: »Was für eine angenehme Überraschung.«

Marie spähte nun ebenfalls durch das Fenster.

»Na, schau an, mein Neffe *und* meine Nichte kommen mich besuchen!«

»Nenn uns nicht so«, zischte Marie.

»Was hat sie gesagt?«, rief Florian, plötzlich mit panischem Ausdruck.

Marie drehte sich zu ihm um. »Keine Sorge, ich erkläre es dir später – es ist nicht so, wie es klingt.«

Arthur beschloss, dass es am besten war, die Sache einfach hinter sich zu bringen. »Sie fahren dich morgen zu den Nachtflüsterern. Sie werden dich dort zurücklassen, bis all deine Erinnerungen ausgelöscht sind, damit du nie mehr eine Bedrohung für sie darstellen kannst.«

Florian scharrte unbehaglich mit den Füßen über die Bretter. »Sollten wir ihr das wirklich verraten?«, flüsterte er Marie zu.

Sie legte beruhigend eine Hand auf seinen Arm.

Einen flüchtigen Moment lang war ein kaum merkliches Zittern in Eudoras scheinbar so gefasster Haltung zu erkennen.

»Du wirst alles Wissen verlieren, das du jemals angesammelt hast«, fuhr Arthur fort. »Denn genau das tun die Nachtflüsterer. Sie ernähren sich von deinen Erinnerungen, bis nichts mehr übrig ist – du wirst dich nicht mehr an deine Expeditionen erinnern, an Lontown, an deine Besatzung, deine Eltern, deine …«

In diesem Moment sah Arthur, wie entsetzliche Angst in Eudoras Gesicht aufblitzte.

»… Schwester.«

Sie würde sich nicht mehr an Violetta erinnern. Arthurs und Maries Mutter und Eudoras Schwester, die sie so sehr geliebt und die einen anderen Weg als sie selbst gewählt hätte. Einen Weg, der Eudora dazu getrieben hatte, grauenvolle Dinge zu tun. Sie war das Einzige, was ihr wirklich etwas bedeutete, und einen Moment lang konnte Arthur es in ihren Augen sehen.

»Wir wollen, dass du ein Geständnis darüber ablegst, was du wirklich in Südpolaris getan hast«, sagte Marie.

Für eine Weile blieb Eudora ungewöhnlich still, dann sagte sie ruhig: »Ich weiß nicht, was ihr meint.«

»Du weißt genau, was wir meinen.« Arthur schob ihr durch das Fenster ein Notizbuch und einen Bleistift zu. »Wenn du uns hilfst, nehmen wir dich mit zurück nach Lontown. Du wirst zwar keine Erinnerungen mehr haben, aber du hast unser Wort, dass wir dich zurück nach Hause bringen werden.«

Sie betrachtete die beiden mehrere Augenblicke lang. »Ein Geständnis für mein Leben. Ein interessanter Vorschlag, Brightstorms. Aber ich gedenke nicht, ihn anzunehmen.«

»Aber sie werden dafür sorgen, dass die Nachtflüsterer dir auch die letzte deiner Erinnerungen rauben!«

Eudora lächelte. »Vielleicht. Und wenn sie es wirklich tun, was machst es dann für einen Unterschied für mich, ob ich gestehe oder nicht? Wenn ich gestehe, ist mein Ruf zerstört. Gestehe ich nicht, bleibt er jedoch intakt.«

»Aber du wirst noch nicht einmal mehr wissen, wer du bist!«

»Jedes Mal wenn man mir ein Angebot macht, stelle ich mir selbst *eine* Frage: Was habe ich davon? Ihr habt mir einen Vorschlag unterbreitet, der mir absolut keinen Nutzen bringt.« Sie stellte sich an das kleine Fenster. »Das waren so ziemlich die schlechtesten Verhandlungen in der Geschichte. Kein Wunder, dass euer Vater ein nutzloser –«

»Wage es ja nicht –«

Marie legte eine Hand auf Arthurs Arm. »Sie ist deine Worte nicht wert.«

Eudora lächelte so süß wie rosa Zuckerwatte. »Danke für euer Angebot, aber ich lehne ab. Ich schätze, mein letzter Sieg wird es sein, die Wahrheit mit ins Grab zu nehmen.«

»Wir müssen los«, drängte Florian. »Der Regen wird stärker.«

Eudoras Augen leuchteten auf. »Komm näher! Was ist das da um deinen Hals, Kind?«

Ein rosa Leuchten blitzte auf Maries Brust auf. Sie verfluchte sich selbst dafür, dass sie den Kristall vergessen hatte.

»Woher hast du den? Ich würde ihn wirklich gern haben. Und da es mein Schicksal zu sein scheint, all meine Erinnerungen zu verlieren, könntest du mir nicht wenigstens etwas schenken, von dem du weißt, dass es mir auch dann noch viel bedeuten wird, wenn ich nur noch eine Hülle meiner selbst bin?«

Marie wich zurück. »Du bekommst gar nichts, und morgen wirst du auch gar nichts mehr *sein*. Lasst uns von hier verschwinden. Sie ist keinen weiteren Atemzug wert.«

KAPITEL 30

DIE VERFOLGUNGSJAGD

»Ich wusste doch, dass es eine blöde Idee ist!« Marie eilte über den Pier nach Tempestra zurück. »Ich weiß wirklich nicht, warum ich mich von dir immer wieder zu solchen Sachen überreden lasse, Arty.«

»Weil es einen Versuch wert war?«, warf Florian ein.

Marie funkelte ihn an. »Schlag du dich nicht auf seine Seite.«

Der Regen trommelte mit donnernder Wucht auf den Steg.

»Wenigstens sind wir nicht erwischt worden und niemand wird es je erfahren«, schnaubte sie wütend und warf Arthur einen Seitenblick zu.

»Es war alles umsonst!«, rief Arthur und trat gegen einen Pfosten.

Marie blieb stehen und verzog die Lippen. »Wir müssen akzeptieren, dass wir nichts dagegen tun können. Uns bleibt nichts anderes übrig, als zuzulassen, dass die Erytheaner Eudora morgen fortbringen. Und dann fahren wir nach Hause und führen weiter unser Leben. Ich gehe auf die Lontowner Universitas und du kannst … tun, was immer *du* tun willst.«

»Ich will Gerechtigkeit«, blaffte er sie an.

»Tja, man kriegt aber nun mal nicht immer das, was man will.«

Florian wich langsam vor den beiden zurück.

»Wo gehst du denn hin?«, fragte Marie barsch.

Er zuckte unbehaglich die Schultern. »Ich dachte, ich lasse euch zwei euren Streit allein austragen.«

Sie seufzte. »Komm schon, zeig uns wenigstens, wo wir noch mehr von diesen köstlichen Pampafrüchten finden, bevor wir wieder abreisen müssen.«

Florian führte sie durch die elfenbeinfarbenen Korridore. »Schaut mal! Das Wasser reicht inzwischen bis zur nächsten Ebene. In den nördlichen Bergen müssen unglaubliche Regenmassen niedergehen«, sagte er.

Sie stellten sich alle drei ans Fenster. Das Wasser reichte bis zur Mitte der Scheibe.

Blitze zuckten in der Ferne, einer alle paar Sekunden.

»Es ist wirklich wild hier«, fand Marie. »Wild, aber wunderschön.«

Florian schaute sie an und lächelte.

Während Arthur die leuchtenden Zickzacke am Himmel betrachtete, sauste etwas Silbernes am Fenster vorbei. Ein Insekt. »Was war das? Es sah aus wie Miptera!«

Der nächste silberne Blitz.

»Da war es schon wieder.«

»Ja, ich habe es auch gesehen«, sagte Florian.

»Vielleicht *war* es ja Miptera, Arty. Sie werden wohl kaum Eudoras Insekt mit ihr eingesperrt haben, oder? Falls sie überhaupt etwas von Miptera wussten!«

»Ich schätze nicht.«

»Wahrscheinlich fühlt sie sich ohne Eudora ein wenig verloren und versucht, vor dem Sturm Schutz zu finden.« Marie musste an Löwenherz denken.

»Vorsicht, Marie, es klingt ja fast, als würde dir dieses bösartige, bissige Ungeheuer tatsächlich leidtun.«

Die Kinder folgten dem Korridor in eine der Küchen. Sie bogen um die Ecke und Arthur gab einen erschrockenen Laut von sich, als er beinahe mit Everest zusammenprallte.

»Tut mir leid, mein lieber alter Junge. Ich habe nur ...«

»Die Küche geplündert? Das hatten wir auch gerade vor!«

»Ja! Ihr habt mich erwischt!« Er lachte und eilte an ihnen vorbei.

In der Küche fanden sie Felicitas, zusammen mit einem der Köche von Tempestra. Sie machte sich wie wild Notizen.

»Die Brightstorm-Zwillinge!«, rief sie. »Und ihr Freund!« Sie klopfte aufgeregt mit ihrem Glückslöffel auf den Tisch. »Schaut euch nur mal diese Rezepte an! Bei einigen der Zutaten werde ich zu Hause improvisieren müssen, aber auf dem Rückweg nach Lontown kann ich mich zumindest mit einigen ähnlichen Sachen eindecken. Ich werde alles in einem Buch zusammenfassen, natürlich nur für unseren persönlichen Gebrauch, schließlich darf ich nichts davon ausplaudern. Wir nennen es Köstlichkeiten aus Fernost ... Nein: Essen wie im Osten ... Nein, das ist es auch noch nicht ...«

»Hochgenüsse aus Fernost?«, schlug Marie vor.

»Perfekt!«

Der Abstand zwischen den grellen Blitzen verringerte sich. Dann war plötzlich ein Beben zu spüren, als sich von unten Fensterläden vor die Fenster schoben, um sie zu verdecken.

»Was ist denn los?«, wollte Marie wissen.

»Wie es aussieht, steht uns heute Nacht eine echte Überschwemmung bevor«, antwortete Florian. »Wenn das Wasser eine gewisse Höhe erreicht, setzt automatisch die nächste Stufe der Schutzmaßnahmen ein, weil das Gewicht des zusätzlichen Wassers mehr Druck auf unsere Gebäude ausübt. Hier dauert es zwar länger als im äußersten Westen, bis alles überflutet ist, aber wenn der Regen in den Bergen besonders heftig ist, kann das Wasser auch hier sehr weit steigen. Wir können erst wieder nach draußen, wenn es so weit zurückgegangen ist, dass keine Gefahr mehr für uns besteht.«

Nachdem sie sich ein wahres Festmahl aus würzigen Süßkartoffeltartes, Schokoladen-Kokos-Keksen, Ananas-Pekannuss-Kuchen und Mangosaft hatten schmecken lassen, gingen Arthur, Marie und Florian auf Arthurs Zimmer zurück, das ein Stockwerk höher lag und noch nicht mit Fensterläden verschlossen war.

Sie schauten vom Fenster aus zu, wie im Nordwesten die weißen Hitzefunken der Blitze den Nachthimmel spalteten.

»Ich kann mir vorstellen, dass den Nachtflüsterern das gefallen würde«, sagte Arthur.

»Vielleicht zieht der Gewittersturm ja über sie hinweg und sie kriegen heute Nacht so viel Energie, dass sie die Erinnerungen der Vane-Crew gar nicht mehr wollen.« Marie seufzte. »Hast du Eudoras Gesicht gesehen, als du gesagt hast, dass sie ihre Erinnerungen an Mum verlieren wird?«

Arthur nickte. »Ich glaube nicht, dass ich sie vorher schon

jemals verängstigt gesehen habe, aber dieser Gedanke hat ihr wirklich zugesetzt.«

»Ich wünschte, *wir* hätten Erinnerungen an sie.«

»Es tut mir leid, dass ihr sie nie kennengelernt habt«, sagte Florian.

Marie setzte sich auf die Fensterbank. »Ich weiß, dass das, was Eudora getan hat, unverzeihlich war, aber es ist nicht richtig, jemandem als Bestrafung all seine Erinnerungen zu nehmen.«

»Stell dir nur mal vor, wir würden all unseren Erinnerungen an Dad verlieren, oder an einander«, erwiderte Arthur.

Marie hustete laut.

»Oh, entschuldige, Florian, ich hab ganz vergessen, dass … äh … Marie hat mir erzählt, was mit deiner Schwester passiert ist.«

Florian nickte schweigend, als wollte er sagen, es sei schon in Ordnung.

Sie beobachteten, wie drei Blitze in Folge aufleuchteten, und verfielen dann wieder für eine Weile in Schweigen, bis Arthur murmelte: »Vielleicht …«

Marie schaute ihn an. »Was?«

»Was, wenn wir Eudora trotzdem helfen, auch wenn sie nicht gestehen will? Weil es das Richtige ist?«

»Aber was ist mit all den Dingen, die sie von hier mitnehmen wollte? Was passiert, wenn sie an den Nachtflüsterern vorbeikommt und das Geheimnis verrät? Sie ist immer noch eine Bedrohung.«

»Können wir wirklich mit der Erinnerung und dem Wissen leben, dass wir etwas hätten unternehmen sollen, um das alles zu verhindern? Sie ist ein grauenvoller Mensch – der schlimmste überhaupt –, aber selbst sie hat ein Recht auf ihre Erinnerungen.«

Arthur und Marie blickten einander tief in die Augen.

»Wir müssen ihr helfen, Arty, oder?«

Er nickte. »Ja. Das Ganze fühlt sich einfach völlig falsch an und Dad hat immer gesagt –«

»Vertraue deinem Instinkt.«

Sie schauten beide zu Florian.

»Ich weiß, dass das sehr viel verlangt ist, aber wirst du uns helfen?«, fragte Marie. »Falls du dir wegen des Geheimnisses Sorgen machst … Nun, es wird sicher ohnehin nicht ewig bestehen können. Die Acquafreedas, eine weitere Entdeckerfamilie, arbeiten zum Beispiel an der Entwicklung eines Unterwasserschiffs. Wie sollten die Nachtflüsterer sie dann aufhalten, falls sie irgendwann beschließen hierherzureisen?«

Für einen Moment starrte Florian nur ins Leere, dann antwortete er: »Wenn Erytheas großes Geheimnis sowieso schon so gut wie zerstört ist … vielleicht ist es dann wirklich an der Zeit, dass wir unsere Einstellung ändern. Wir könnten morgen früh aufbrechen, wenn das Wasser weit genug zurückgegangen ist, bevor Tauria Verada die Vane-Crew abholen lässt.«

»Wir könnten es so aussehen lassen, als hätte sich Eudora selbst befreit«, schlug Arthur vor.

»Am Fuß der Energiefälle befindet sich ein Fluss, der in ein Mündungsgebiet fließt. Ich könnte ihr und ihrer Crew ein Boot beschaffen. Danach allerdings wären sie auf sich allein gestellt.«

»Aber wenigstens hätten wir getan, was wir konnten«, erwiderte Marie.

Das Wasser reichte inzwischen fast bis zu ihrem Fenster. Die Fensterläden der zweiten Ebene begannen hochzufahren.

Arthur sah zu, wie das grelle Leuchten der Blitze langsam verschwand. »Sieht aus, als sei alles, was wir bis morgen tun können, einen Plan auszuarbeiten und zu versuchen, ein bisschen zu schlafen.«

* * *

Arthur, Marie und Florian blieben die ganze Nacht gemeinsam in Arthurs Zimmer, um verschiedene Ideen durchzugehen. Sie nickten dabei immer wieder ein, bis sich die Fensterläden schließlich wieder öffneten und den Blick auf die diesigen Pfirsichtöne, den gedämpften Grauschleier und das schattige Grün der Morgendämmerung im Regenwald freigaben. Sie eilten ans Fenster, um die Lage zu sondieren. Der Wasserspiegel des Seeplateaus schien noch immer erhöht zu sein, aber nur rund einen Meter über dem üblichen Stand zu liegen.

»Sind die Bootsstege nicht auch unter Wasser?«, fragte Arthur.

»Sie heben und senken sich bis zu einer gewissen Höhe, es sollte also kein Problem sein«, antwortete Florian.

Die drei eilten nach draußen und machten einen der Schwimmenden Flügel los. Florian übernahm das Steuer und lenkte sie vom Pier weg.

Während sie auf den großen Bau im Wasserfall zusegelten, glitt Parthena von der höchsten Kuppel herunter und schwebte zu ihnen.

Florian ließ das Boot rasant über den See rauschen und Marie und Arthur gingen ihren Plan noch einmal durch. »Die Ersatzschlüssel zu den Lagerräumen werden im Kontrollraum aufbewahrt. Florian schnappt sich die Schlüssel, während wir die diensthabende Wache ablenken. Wir lassen die Gefangenen frei und fahren mit dem Hauptlift zum Fuß des Wasserfalls hinunter, wo weitere Schwimmende Flügel warten. Von dort bringen wir sie an die Südseite, wo die Fischerboote vor Anker liegen.«

Sie erreichten den Steg an den Energiefällen und sprangen schnell von Bord, doch bevor sie auch nur einen Schritt weiterkonnten, stürmte ein Erytheaner aus dem Gebäude und brüllte ihnen etwas entgegen.

Arthur rutschte das Herz in die Hose. Man hatte sie erwischt, bevor sie überhaupt richtig angefangen hatten!

Der Mann redete in energischem Erytheanisch auf sie ein und fuchtelte wild mit den Armen herum.

Tiefe Falten gruben sich in Florians Stirn, während der Mann weitersprach. Er gab ihm eine ausführliche Antwort und schaute dann die Zwillinge an. »Sie sind entkommen.«

Arthur hatte das Gefühl, jemand hätte ihm einen Schlag in die Magengrube verpasst.

»Er wollte ihnen heute Morgen etwas zu essen bringen, es ist noch gar nicht lange her, und als er die Tür öffnete, waren sie fort. Er sagt, dass zahlreiche Schwimmende Flügel fehlen. Möglicherweise sind sie heute Morgen schon ganz früh geflohen oder gestern spät nachts, bevor die Überschwemmung das Plateau wirklich erreicht hatte«, sagte Florian. »Der Sturm war im Norden am stärksten, deshalb könnte es sein, dass sie in den Kugelhäusern im Süden Zuflucht gesucht haben. Oder vielleicht haben sie es sogar über die Himmelsstraße zur Baumkronenstadt geschafft.«

»Aber wie?«

Arthur tigerte einen Moment lang auf und ab. Dann fiel ihm wieder ein, wie er Miptera am Abend zuvor an ihrem Fenster hatte vorbeiflattern sehen. »Sie hatten Hilfe.«

»Von wem?«, fragte Marie.

Arthur zuckte hilflos mit den Schultern. »Ich weiß es nicht. Aber ich wette, Miptera hat eine Nachricht überbracht, als wir sie letzte Nacht gesehen haben.«

Die erytheanische Wache segelte mit ihnen zurück in die Stadt und eilte davon, um die Professus zu informieren.

»Wir werden richtig Ärger bekommen, wenn sie herausfinden, dass wir an den Energiefällen waren«, befürchtete Marie.

Florian schüttelte den Kopf. »Ich habe der Wache gesagt, dass du dich für den Mechanismus der Pumpe interessierst und dass ich versprochen hatte, dir alles zu zeigen.«

»Ich schätze, wir sollten froh sein, dass sie entkommen sind. Schließlich wollten wir ihnen selbst dabei helfen«, sagte Arthur.

Marie ging nervös auf und ab. »Aber wir wollten es auf unsere Weise tun. Jetzt hat sie einen Vorsprung, und wer weiß, was sie vorhat.«

»Sie muss auf dem Weg zur *Aurora* sein!« Mit einem Mal kam ihnen ihr Plan, Eudora zur Flucht zu verhelfen, völlig falsch vor. Arthur fühlte sich, als wäre er in einem wirren Netz unterschiedlichster Regungen gefangen.

Keine Minute später eilten Tauria, Cassea, Harriet, Welby und Felicitas über den Steg auf sie zu.

»Wo ist Everest?«, flüsterte Arthur Marie zu, doch noch während er die Worte aussprach, traf ihn die Erkenntnis wie ein Schlag: Er war derjenige, der Eudora geholfen hatte!

Tauria und Harriet begannen, aufgeregt miteinander zu reden, und nickten dann beide. Arthur hörte vage, wie sie Everests Namen erwähnten.

Dann wandte sich Harriet ihnen zu: »Sie glauben, Eudora könnte auf dem Weg zur *Aurora* sei. Vielleicht hat sie geahnt, was sie vorhatten. Tauria schickt sofort einen Suchtrupp dorthin.«

Arthur blickte den Steg hinunter, seine Schuldgefühle wie ein schweres Gewicht um seinen Hals. Es war falsch, Eudora ihre Erinnerungen zu nehmen, aber es war genauso falsch, sie mit der *Aurora* entkommen zu lassen. Wenn sie Eudora nicht erzählt hätten, was die Erytheaner mit ihr vorhatten, wäre sie dann noch immer hinter Schloss und Riegel?

Die Schwimmenden Flügel mit den Erytheanern sausten bereits davon.

»Sie wissen nicht, mit welcher Strategie sie es an den Nachtflüsterern vorbeischaffen will, aber sie wollen sie erwischen, bevor sie sie erreicht«, erklärte Harriet.

»Ich weiß, was sie tun wird. Sie wird die Wetterschutzkabine benutzen, um an ihnen vorbeizukommen. Genauso hat sie es auch auf dem Weg hierher gemacht«, erwiderte Arthur. »Vielleicht können wir ihnen ja den Weg abschneiden, falls sie noch nicht weit genug gekommen sind. Parthena könnte vorausfliegen und uns sagen, welcher Route sie folgt.«

»Gute Idee, Arthur.«

Er rief Parthena zu sich, die auf dem Pier wartete. »Kannst du die Gegend erkunden und sehen, ob du Eudora irgendwo entdeckst?«

Sie stieß ein Kreischen aus, schwang sich in die Lüfte und flog davon.

Arthur stieg mit Welby und Cassea in einen Schwimmenden Flügel, Marie mit Florian in einen zweiten und Harriet teilte sich mit Tauria und Felicitas einen dritten. Die Boote schossen wie der Wind über die Himmelsstraße. Florians Schwimmender Flügel war dank seines verbesserten Segels der schnellste und er musste mehrmals die Geschwindigkeit drosseln, damit die anderen zu ihnen aufschließen konnten. Nach einer Weile tauchte Parthena wieder am Himmel auf und landete kurz darauf neben Arthur. Alle drei Boote hielten an und Welby breitete eine Karte aus. Parthena pickte mit dem Schnabel auf das Gebiet rund um die Berge.

»Sieht aus, als hätten sie den Weg über die Höhlen gewählt, wenn euer Vogel recht hat«, sagte Tauria.

»Sie hat immer recht«, erklärte Arthur.

»Dann schlage ich vor, dass wir uns aufteilen. Harriet und ich fahren zur *Aurora* und fangen sie mit dem Rest des Suchtrupps ab. Arthur, Felicitas und Cassea, ihr folgt dem mittleren Wasserweg, nur für den Fall, dass die Vane-Crew beschließt, wieder umzukehren. Florian und Marie nehmen den nördlichen Fluss. Damit haben wir sämtliche Optionen abgedeckt. Die Himmelsstraße gabelt sich gleich dort vorne in die verschiedenen Wasserwege. Viel Glück!«

Und damit schossen die Schwimmenden Flügel in verschiedene Richtungen davon.

* * *

Marie und Florian konnten in vollem Tempo weitersausen, da sie nun nicht mehr auf die anderen warten mussten. Es kam Marie seltsam vor, nicht automatisch mit Arthur eingeteilt worden zu sein, aber weil sie schließlich auch getrennt voneinander in Erythea angekommen waren und Tauria wusste, dass Florian sie in die Stadt gebracht hatte, nahm sie an, dass es der Professus wie die logische Wahl erschienen war.

Während sie übers Wasser rauschten, wurde Marie schlagartig bewusst, warum Eudora auf dem Weg in die Höhlen sein musste. »Der rosa Kristall!«, rief sie Florian zu. »Sie hat ihn gestern bei mir gesehen. Sie muss herausgefunden haben, wo die Edelsteine zu finden sind.«

Florian drehte sich zu ihr um.

»*Ich* habe es ihr nicht gesagt. Du warst dabei – das hätte ich niemals getan. Aber ich weiß, wie ihr Verstand funktioniert. Und deshalb weiß ich auch, dass sie genau dorthin unterwegs ist.«

Florian nickte. »Wir müssen uns beeilen!«

Sie rasten weiter. Florian nahm den schnellsten Weg, den er kannte: Er folgte dem Fluss nördlich der Baumkronenstadt, dann einigen kleinen Bachläufen, um den Stromschnellen zu entgehen, und steuerte sie schließlich weiter durch einen Tunnel aus gigantischen Bäumen und hinein in den dichten Wald. Im Dschungel hielten sie nur kurz an, um sich zu vergewissern, dass sie auf dem richtigen Weg waren. Die Mittagshitze brannte unerbittlich auf sie nieder.

Als sie bereits ganz in der Nähe der Höhlen waren und den schmalen Bachläufen mit dem Boot nicht weiter folgen konnten, ließen sie den Schwimmenden Flügel zurück.

»Hier durch!«, drängte Florian.

Marie bildete sich ein, die mächtigen Stämme der Wasserbärenbäume zu erkennen. Sie blickte nach oben, als plötzlich die Hoffnung in ihr aufkeimte, sie könnte Löwenherz doch noch einmal wiedersehen. Aber im Wald war es geradezu unheimlich still, nicht der Hauch einer Brise wehte. Selbst das übliche Krächzen, Summen und Zwitschern, der typische Gesang des Dschungels, waren völlig verstummt.

»Das gefällt mir nicht«, flüsterte sie.

Sie bewegten sich schweigend und lautlos weiter und der Untergrund wurde immer felsiger. Ein Klumpen aus Blei bildete sich in Maries Bauch, als sie sich der Höhle näherten, in der sie die letzte Überschwemmung erlebt hatte. Aber es war nicht nur diese Erinnerung, die sie beunruhigte.

Irgendetwas stimmte nicht. Sie konnte es spüren.

Florian beugte sich nach unten und hob einen heruntergefallenen Edelstein vom Boden auf.

Und dann sahen sie es.

Eine Woge des Entsetzens schwappte über sie hinweg. Florian nahm Maries Hand. Er spürte dasselbe wie sie, das war offensichtlich. Rosa Edelsteine funkelten überall auf dem Waldboden, so als hätte sich jemand völlig überhastet aus dem Staub gemacht, und dazwischen lagen zahlreiche tote Wasserbären.

Florian stieß ein Heulen aus und Marie sank auf die Knie. Diese armen Kreaturen! Es war grauenvoll, so als wäre sie in einem schrecklichen Albtraum gefangen. Und dann kam Marie ein furchtbarer Gedanke: Was, wenn einer von ihnen Löwenherz war?

Ein leises Wimmern war hinter einem der Bäume zu hören und es erfüllte ihr Herz mit Kummer und Freude gleichermaßen. »Es ist schon gut«, sagte Marie leise. »Du kannst jetzt rauskommen. Niemand hier wird dir etwas tun.«

Aber der Wasserbär rannte davon und kletterte an einem Baum hinauf.

»Er hat Todesangst vor uns!«, sagte Marie. Sie blickte Florian an. »Wir wollten Eudora helfen, und jetzt sieh dir nur an, was sie getan hat! Wenn wir nicht zu ihr gegangen wären, hätte sie nichts von ihrer Bestrafung erfahren, und dann hätte sie nicht …« Die Last der Verantwortung drückte auf ihre Brust, so als würde sie in einem riesigen Schraubstock zerquetscht.

Florian drehte sie zu sich und schaute ihr in die Augen. »*Du* hast das hier nicht getan.«

»Ich weiß, aber …« Maries Stimme zitterte.

»Du könntest dein ganzes Leben damit zubringen, dich zu fragen, was passiert wäre, wenn die Dinge anders gelaufen wären, aber es würde nicht das Geringste verändern. Was, wenn der Rat der Professus keine so harte Bestrafung beschlossen hätte? Was, wenn wir sie bei der Flucht erwischt hätten? Was, wenn mein Volk sich nicht vom Rest der Weite abschirmen würde? Was, wenn …?« Er seufzte. »So kannst du nicht leben. Du bist ein guter Mensch und wolltest das Richtige tun. Das weiß ich.«

Ganz in der Nähe war ein Rascheln zu hören, und dann tauchte ein weiterer Wasserbär auf. Marie erkannte die Zeichnung auf seinem Gesicht wieder – es war Löwenherz. Er wimmerte leise und stieß dann einen so durchdringenden Klagelaut aus, dass Marie sich wünschte, sie könnte alles ungeschehen machen und die Zeit zurückdrehen.

Sie nahm Löwenherz auf den Arm und er kletterte auf ihre Schulter, schlang den Schwanz um ihren Arm und vergrub das Gesicht an ihrem Hals. »War eine Frau hier? Wahrscheinlich rosa gekleidet?«

Er nahm ihre Hand und streichelte *Ja*.

Löwenherz klammerte sich ganz fest an sie.

»Wir müssen weiter«, sagte Florian. »Ich komme später wieder zurück und begrabe sie.«

Marie nickte und schaute Löwenherz an. »Es tut mir leid, aber ich muss jetzt gehen.« Löwenherz ließ sie nicht los. Sie versuchte, seine kleinen Schwimmhautpfoten von ihrem Arm zu schälen.

Florian legte eine Hand auf ihre. »Nimm ihn mit.«

»Aber …«

»Ich glaube nicht, dass du eine andere Wahl hast, Marie.«

KAPITEL 31

AUF, AUF UND …

Marie und Florian kehrten zu ihrem Schwimmenden Flügel zurück und setzten ihre Fahrt Richtung Strand fort. Florian folgte scheinbar intuitiv dem Weg über Bäche und Wasserläufe. Nach einer Weile mündete ihr Fluss in einen größeren und sie sahen Arthur, Welby und Cassea vor sich, die der mittleren Route gefolgt waren. Ihre Schwimmenden Flügel kamen nebeneinander zum Stehen.

»Sie sind auf dem Weg zur *Aurora*«, sagte Arthur. »Parthena ist die ganze Zeit vorausgeflogen und konnte uns auf dem Laufenden halten. Es ist nicht mehr weit. Warte mal … ist das ein Wasserbär auf deiner Schulter, Marie?«

»Ja, er ist das Weisewesen, von dem ich dir erzählt habe.«

»Er sieht wirklich genauso aus wie der, den ich auf Nova gesehen habe! Wie ist er … Ach, vergiss es, du kannst es mir später erzählen. Harriet und die anderen versuchen, Eudora abzufangen, bevor sie starten kann. Aber nach allem, was Parthena uns mitgeteilt hat, sieht es fast so aus, als seien wir näher dran – und uns bleibt nicht mehr viel Zeit.«

Marie stieß ein frustriertes Knurren aus und das Blut brodelte in ihren Adern. Sie war noch nie so wütend gewesen, hatte sich noch nie so hilflos gefühlt – außer in Südpolaris. »Nicht noch mal«, zischte sie.

Das leise Tuckern eines Motors ertönte und die *Aurora* stieg am südlichen Himmel auf.

»Was können wir tun?« Arthur schaute jeden Einzelnen von ihnen an.

Plötzlich hatte Marie einen Geistesblitz. »Das Wolkenkanu! Ich habe es am Strand zurückgelassen … aber die Finne ist bei dem Sturm abgebrochen.«

»Was ist ein Wolkenkanu?«, fragte Cassea verwirrt.

»Ein kleines Wolkenschiff. Es hat einen Wassermotor und schwebt normalerweise dicht über der Wasseroberfläche. Aber es ist auch mit einem Ballon ausgestattet, um höher aufzusteigen. Es kann also auch fliegen … für ungefähr eine Minute am Stück.«

»Können wir den Schaden beheben?«

»Was, wenn wir es mit einem Teil des Schwimmenden Flügels reparieren? Dann könnten wir damit übers Meer fliegen.«

»Aber sie sind bereits gestartet!«, rief Arthur verzweifelt. »Uns bleibt keine Zeit mehr. Sie sind gleich weg!«

Marie schüttelte den Kopf. »Tja, aber einen anderen Plan haben wir nicht, und es ist immerhin besser als nichts.«

Sie folgten dem Flusslauf, bis sie schließlich aus den Bäumen auftauchten und weißer Sand sich vor ihnen ausbreitete.

»Die *Aurora* ist noch gar nicht so weit weg, wie ich dachte«, sagte Arthur und zeigte in den Himmel.

»Dort oben verläuft der Jetstream«, erklärte Cassea. »Er strömt aus westlicher Richtung nach Erythea. Wenn man nach Westen fliegt, muss man dagegen ankämpfen, deshalb kommt man nur langsam voran. Wenn er auf die Berge trifft, fällt er ab, und dadurch entsteht weiter unten eine schnelle Luftströmung in die entgegengesetzte Richtung. Sie ist großartig, wenn man sich in einem Meeresschiff befindet und nach Westen segeln will, aber nicht wenn man weiter oben in einem Wolkenschiff fliegt.«

»Und warum fliegen sie dann nicht einfach tiefer?«, fragte Arthur.

»Weil sie nichts davon wissen. Sie nehmen wahrscheinlich an, dass sich der Wind gedreht hat, als sie gestartet sind«, sagte Welby.

Marie sprang aus dem Schwimmenden Flügel und rannte zu dem Baum hinüber, an dem sie das Wolkenkanu zurückgelassen hatte. Sie begutachtete den Schaden am Rumpf erneut. »Ich habe keine Ahnung, ob wir das rechtzeitig schaffen«, murmelte sie. Florian kam zu ihr und sie schaute ihn fragend an. »Wie wär's, wenn du uns mit dem Schwimmenden Flügel ziehst? Du fährst so weit raus, wie du kannst, und so schnell, wie du kannst. Dann lässt du uns los und wir steigen so lange auf, bis wir höher sind als die *Aurora*.«

Florian dachte einen Moment lang darüber nach. »Möglich ist es. Aber wir wären noch viel schneller, wenn ihr auch so ein Segel hättet wie mein Schwimmender Flügel.«

»Dann lass uns mal sehen, was wir haben, um uns eines zu basteln!«, sagte Marie.

Marie, Florian und Cassea machten sich sofort an die Arbeit

und verwandelten den Stoff, der den Stauraum des Wolkenkanus bedeckte, in ein improvisiertes Segel.

»Und was machen wir, wenn wir die *Aurora* erreichen?«, fragte Arthur. »Sie sind uns zahlenmäßig überlegen und in das Wolkenkanu passen wir auch nur zu zweit, mit ein bisschen Quetschen zu dritt.«

»Hast du meine Kampfkunstfähigkeiten etwa schon wieder vergessen?«, fragte Welby mit einem Zwinkern.

Arthur lächelte. »Aber sollten wir nicht trotzdem, ihr wisst schon, einen Plan haben?« Arthur konnte nicht glauben, dass Welby ihnen nicht sofort hundert Gründe aufzählte, warum sie das hier nicht tun sollten.

»Hin und wieder befindet man sich in einer Situation, in der man auch die besten Pläne über Bord werfen muss, Arthur Brightstorm, und dies ist eine davon.« Welby schenkte ihm ein Lächeln und wandte sich dann den anderen zu, die noch immer mit dem Segel beschäftigt waren. »Florian wird uns für den Anfang abschleppen. Ich fliege mit euch im Wolkenkanu und Cassea wird Harriet und Tauria Bericht erstatten, sobald sie hier eintreffen.«

Alle nickten zustimmend.

Marie knotete das letzte Seil fest.

»Das Segel wird uns dabei helfen, die nötige Geschwindigkeit zu erreichen, um genügend Auftrieb zu bekommen«, sagte Welby. »Ich setze mich hinten rein und richte das Segel aus – ich hatte auf dem Weg hierher schließlich jede Menge Übung. Cassea, sobald Harriet hier ist, soll sie in einem der Schwimmenden Flügel so dicht wie möglich zu uns fahren, nur für den Fall.« Er klatschte in die Hände. »Gut, worauf warten wir noch?«

Nachdem Marie Löwenherz versprochen hatte, dass sie wieder zurückkehren würde, ließ der Wasserbär sie los und blickte ihnen vom Strand aus widerwillig und sehr wachsam nach. Gemeinsam trugen sie das Wolkenkanu und den Schwimmenden Flügel in die flachen Wellen und vertäuten die Boote miteinander. Arthur blickte immer wieder über das Meer hinaus zur *Aurora*, die nach wie vor nur langsam, aber stetig vorankam. Nachdem das Wolkenkanu am Heck von Florians Schwimmendem Flügel angebunden war, kletterte Marie vorn hinein, Arthur in der Mitte und Welby hinten.

»Arthur, du musst den Ballon genau im richtigen Moment auslösen, damit wir die exakte Höhe zum perfekten Zeitpunkt erreichen. Wir haben keine Möglichkeit, genau Berechnungen anzustellen, deshalb musst du wohl oder übel raten – also rate richtig!«, sagte Marie. Sie bemerkte, dass sich von der sengenden Sonne Schweißperlen auf seiner Stirn bildeten – und vermutlich von der Aussicht auf das, was sie vorhatten.

Arthur blickte über seine Schulter hinweg zu Welby. »Machst du dir denn gar keine Sorgen, weil wir uns nur auf unser Glück und aufs Raten verlassen können?«

Welby legte eine Hand auf Arthurs Schulter und antwortete: »Wir haben es doch auch aus Südpolaris wieder nach Hause geschafft, oder nicht?«

»Florian, wir sind bereit!«, rief Marie.

Der Schwimmende Flügel schoss über die Wellen davon und sie spürten einen kräftigen Ruck am Seil, als das Wolkenkanu mit einem mächtigen Satz über das Meer gezogen wurde.

Die feine Gischt der Wellen sprühte über sie hinweg. Anfangs sah es so aus, als wäre die *Aurora* viel zu weit entfernt, um sie noch einzuholen, aber schon nach einer Weile bewegten sie sich in solchem Tempo, dass sie ganz offensichtlich allmählich zu ihr aufschlossen. Vor ihnen erhob sich der Schwimmende Flügel geschmeidig wie ein Wal aus dem Meer.

»Mir ist gerade noch etwas ganz anderes aufgegangen«, rief Marie den anderen zu. »Wir müssen sie einholen, bevor sie die Nachtflüsterer erreichen. Vergesst nicht, dass der Feuervogel nur Erytheanern hilft – uns wird er nicht beschützen.«

»Wir schließen auf!«, verkündete Arthur.

»Wahrscheinlich sehen sie uns noch nicht mal kommen«, vermutete Welby.

Er wirkte jünger, trotz seines grauen, im Wind wogenden Haars, und einmal mehr schien all die Steifheit von ihm abgefallen zu sein, die ihn in Lontown stets begleitete.

Marie murmelte leise vor sich hin und versuchte trotz allem wild entschlossen, die Flugbahn und den optimalen Zeitpunkt zu berechnen, um den Ballon auszulösen. Florian blickte sich immer wieder zu ihnen um, um sich zu vergewissern, dass alles in Ordnung war.

Sie kamen der *Aurora* immer näher.

»Jetzt?«

»Warte noch!«

»Aber wir sind schon so nah dran!«

»Ich sage dir, wann, Arty!«

Sie sausten weiter. Die Wellen waren ruhig und sie kamen so schnell voran, dass Parthena Mühe hatte, mit ihnen mitzuhalten. Marie legte eine Hand auf den rosa Stein um ihren Hals und atmete tief durch. Nach einem Moment rief sie: »Arty, lös das Ventil aus!«

Der Ballon blähte sich auf und sie stiegen mit mächtigem Schwung hoch in die Luft. Die Bootsflügel und der Ballon, gepaart mit dem Strom des warmen Winds, trugen sie immer weiter hinauf, bis sie sich auf einer Höhe mit der *Aurora* befanden und schon im nächsten Moment über ihr schwebten. Glücklicherweise blickte die Besatzung an Deck des Wolkenschiffs starr nach vorn und bemerkte sie nicht.

Etwas Pelziges streifte Maries Bein. Sie blickte nach unten und sah, dass Löwenherz unter ihrem Sitz hockte. »Was machst du denn …? Hey, wer hat zugelassen, dass sich Löwenherz an –«

»Sie haben uns entdeckt!«, schrie Arthur, als er Miptera aufflattern sah. Sie flog direkt auf sie zu. Parthena schoss los, die Krallen ausgestreckt, aber Miptera wich ihr aus und Parthena rauschte an dem Insekt vorbei und verschwand in der Tiefe. Der Ballon wackelte, als Miptera dagegen prallte, und ihre Beißwerkzeuge bohrten sich in den Stoff. Löwenherz kletterte in die Seile, sprang Richtung Ballon, schnappte sich Miptera in der Luft, landete anschließend sicher im Bug des Wolkenkanus und schleuderte sie in den Himmel zurück.

Welby erhob sich. »Übernimm das Segel und bring uns rein, Arthur. Ich springe an Deck.«

»Bist du verrückt geworden, Welby? Was, wenn du abstürzt?!«

»Tu es!«

Aber der Ballon schrumpelte bereits zusammen und das Wolkenkanu geriet ins Taumeln.

»Ich kann uns nicht mehr oben halten!«, schrie Marie.

»Bring uns so nah ran, wie du kannst!« Welby hatte die Knie gebeugt, zum Absprung bereit.

»Ich kann es nicht mehr kontrollieren, aber wir schaffen es vielleicht noch an Deck!«, brüllte sie. »Macht euch bereit!«

Auf der *Aurora* stoben die Besatzungsmitglieder zur Seite. Smethwyck rollte sich aus dem Weg, als das Boot in Richtung des Wolkenschiffs abwärtstrudelte, und dann krachte das Wolkenkanu mit einem gewaltigen Knall und einem scharrenden Kratzen auf das Deck und kam direkt vor Eudora Vane am Steuer zum Stehen. Arthur und Marie purzelten heraus, tauschten einen flüchtigen Blick und verpassten Eudora einen wuchtigen Stoß, der sie quer über das Deck fliegen ließ.

Welby stürmte voran, und nach einer geschmeidigen Folge fließender Bewegungen lag auch Smethwyck stöhnend am Boden.

Marie umklammerte die Segelstange des Wolkenkanus, riss sie heraus und wedelte damit herum, bereit, jeden abzuwehren, der es wagte, sich ihr zu nähern. Löwenherz stand knurrend an ihrer Seite und fletschte seine kleinen weißen Zähne, während Parthena immer wieder kreischend aus der Luft herabtauchte und mit nackten Krallen drohte.

Welby riss das Steuerrad mit voller Wucht herum und die *Aurora* flog zurück nach Osten – doch dann erstarrten plötzlich alle an Deck. Unheimliche Schwaden aus Wasserdampf umhüllten sie. Ein leises Gemurmel schwebte im Wind. Klauen bohrten sich in die hölzerne Reling am Bug des Schiffs. Krallen scharrten, milchig weiße Augen blickten über das Deck.

Ein Nachtflüsterer.

KAPITEL 32

ERINNERUNGEN

Die meisten aus Eudoras Crew verschwanden unter Deck, aber sie selbst war wieder auf den Beinen und stürzte sich auf Welby, der versuchte, die Kontrolle über das Wolkenschiff zu erlangen.

Die *Aurora* schwebte bereits fast über der ersten Nachtflüsterer-Insel. Unten auf dem Meer war auch Florians Schwimmender Flügel nicht weit hinter ihnen und segelte wachsam im Kreis.

Der Blick des Nachtflüsterers huschte zwischen den auf dem Deck Verbliebenen hin und her.

Marie blinzelte hastig, als die milchigen Augen der Kreatur sich auf sie richteten.

Ihr Vater überreichte ihr ein in braunes Papier eingewickeltes Päckchen, das mit einer roten Schleife zusammengebunden war. Sie war etwa drei Jahre alt. Sie nahm es an sich, als hätte er ihr den wertvollsten Schatz in der ganzen Weite geschenkt, und für sie war es das auch. Sie zog vorsichtig an der Schleife und öffnete das Päckchen. Darin befand sich der Werkzeuggürtel ihrer Mutter.

Geistesabwesend legte Marie eine Hand an die Taille und spürte eine kleine Pfote, die an ihren Fingern zerrte und versuchte, sie wegzuziehen: Löwenherz. Es reichte aus, um sie wieder in die Realität zurückzuholen. Sie schüttelte den Kopf und versuchte, sich wieder auf das Hier und Jetzt zu konzentrieren.

In der Ferne konnte Arthur zwei weitere Schwimmende Flügel aufs Meer hinausfahren sehen, aber noch waren sie nichts weiter als winzige Punkte. Er schrie auf, als etwas ihn an der Kehle packte, und das Blut in seinen Adern gefror zu Eis. Dann empfand er jedoch beinahe Erleichterung, als ihm bewusst wurde, dass es keiner der Nachtflüsterer war, sondern Smethwyck. Im nächsten Moment spürte Arthur die kalte Spitze einer Klinge am Hals – und dann war auf einmal gar nichts mehr da.

Er befand sich auf seinem ersten Flug an Bord der Violetta, *die von den Docks in Lontown abhob. Wind zerzauste sein Haar und sein Vater stand am Steuer. Es war nur eine kurze Reise bis zu den Sümpfen im Norden, aber sein Magen blubberte vor Aufregung wie Kribbelkrautbrause. Marie saß ganz in seiner Nähe an Deck und hämmerte auf irgendetwas herum, drehte Schrauben in die Dielen und …*

Die Spitze des Messers presste sich noch stärker in seine Haut. Es kam ihm vor, als würde Smethwyck die Konzentration verlieren – durchlebte auch er eine alte Erinnerung? Arthur zog seinen Arm zurück und rammte ihn Smethwyck in die Rippen. Das Messer landete scheppernd auf dem Deck und Arthur wand sich aus Smethwycks Griff.

Der Nachtflüsterer sprang ab – er hatte seine Wahl getroffen. Smethwyck fiel zu Boden und Arthur und Marie flohen zum Heck des Wolkenschiffs. Doch Eudora erkannte ihre Chance, als Welby zur Seite sprang und der Nachtflüsterer bedrohlich auf Smethwyck zustakste. Sie packte das Steuerrad und wirbelte es wütend herum.

Einen Moment lang passierte gar nichts, doch dann neigte sich die *Aurora* plötzlich so stark, dass die Backbordseite in Richtung des Meeres zeigte. Sie alle schlitterten über das Deck und ein Fass rollte quer darüber, zerschellte an der Reling und ließ einen Schauer aus glitzernden rosa Edelsteinen in die Tiefe regnen. Eudora gelang es mit letzter Kraft, das Steuer festzuhalten, und sie riss es, so schnell sie konnte, in die andere Richtung herum und verhinderte gerade noch, dass sich das Schiff noch weiter neigte – und dass sie alle vor Schreck einen Herzinfarkt bekamen oder von Bord stürzten.

Doch in dieser Position bot sich ihnen ein Anblick, auf den sie nicht vorbereitet waren: Sie rauschten direkt auf eine der gefährlich hohen Klippen zu. Zahlreiche Nachtflüsterer klammerten sich an die Felsen unter ihnen und beobachteten sie lauernd. Als das Wolkenschiff sich wieder aufrichtete, wurde offensichtlich, dass Eudora nicht an die sanftere Steuerungstechnik der *Aurora* gewöhnt war, denn das Schiff stand kaum wieder aufrecht, als es sich auch schon in die andere Richtung neigte. Sie waren alle starr vor Entsetzen, als das Heck gegen die Klippe knallte und mit ohrenbetäubendem Splittern daran entlangschrammte. Die *Aurora* trudelte unkontrolliert durch die Luft.

Marie wurde seitlich gegen die Balustrade geschleudert, während sich Löwenherz verzweifelt an sie klammerte, doch kurz bevor das Wolkenschiff erneut kippte, gelang es ihr, sich eins der Sicherungseile zu schnappen und sich daran einzuhaken.

Arthur hatte nicht so viel Glück. Er fuchtelte mit seinem Arm verzweifelt nach einem Seil, doch als seine Fingerspitzen gerade eines der Taue streiften, wurde das Schiff erneut herumgerissen und er rollte quer über das Deck.

Es war ein gigantischer Knall zu hören, gefolgt von einem herzerschütternden Krachen, als die *Aurora* erneut gegen die Klippen prallte und begann, sich in Richtung der Insel zu neigen. Sie waren keine hundert Meter mehr von dem felsigen Untergrund entfernt.

Welby brüllte Arthur aus vollem Hals zu, sich festzuhalten. Das Wolkenschiff schwankte wie wild hin und her und rauschte in einer tödlichen Spirale in die Tiefe.

Die Kreatur hatte Smethwyck inzwischen in die Ecke gedrängt, ihre Krallen tief in die Dielenbretter gebohrt. Sie ließ nicht los. Eudora klammerte sich am Steuerrad fest, aber Welby und Arthur stürzten gemeinsam unkontrolliert über das Deck.

Die *Aurora* stand beinahe senkrecht. Welby und Arthur tauschten einen Blick schierer Todesangst. Sie würden jeden Moment über die Reling in den sicheren Tod stürzen und auf die Felsen knallen. In Arthurs Kopf drehte sich alles.

In diesem Augenblick schwang eins der Sicherungsseile auf Welbys anderer Seite vorbei. Reaktionsschnell schnappte er sich den Haken.

Gut – wenigstens ist Welby gerettet, dachte Arthur.

Doch es gelang Welby mit schier übermenschlicher Kraft und Entschlossenheit, das Sicherungsseil an Arthurs Gürtel einzuhaken.

»Halt dich an mir fest!«, schrie Arthur und knallte erneut gegen die Reling. Er streckte seine Hand aus. Welby fand sie, und einen Moment lang hielten sie einander fest. Doch dann kippte das Wolkenschiff noch weiter – und Welbys Hand glitt aus Arthurs. Es war, als würde er versuchen, Wasser festzuhalten.

Ein schmerzerfüllter Schrei durchschnitt die Luft, aber Arthur war gar nicht bewusst, dass er von ihm selbst stammte. Vollkommen hilflos sah er dabei zu, wie Welby über Bord stürzte.

Der Rumpf des Wolkenschiffs schabte seitlich über die Felswand und es bebte unaufhörlich, bis es schließlich auf dem Boden aufschlug und ebenso abrupt wie unsanft ausgebremst wurde.

Ohrenbetäubende Stille legte sich über sie, aber nur für einen Moment. Die Nachtflüsterer kreisten bereits mit ledrigen Schwingen in einer Spirale über ihnen und kamen mit jedem Atemzug näher.

* * *

Marie löste sich aus dem Sicherungsseil und blickte sich panisch um. Löwenherz, der sich noch immer an sie klammerte, gab ein leises Wimmern von sich, als wollte er sie fragen, ob es ihr gut ging. Sie streichelte ihm über den Kopf und versuchte, die Szene in sich aufzunehmen. Eudora hing mit gefalteten Händen am Steuerrad. Ein blasser Smethwyck, die Augen geschlossen, befand sich noch immer im Bann des Nachtflüsterers, der seine Krallen nun ganz langsam aus den Holzdielen zog. Dann sah sie Arthur: Er hockte auf den Knien und versuchte verzweifelt, sich aus dem Sicherungsseil zu befreien, glänzende Tränen auf seinen Wangen.

Von unter Deck war ein Jammern und Stöhnen zu hören, während der Rest von Eudoras Besatzung versuchte, wieder nach oben zu klettern.

Marie krabbelte zu Arthur und schlang die Arme um ihn. »Wo ist Welby?«

Arthur konnte nicht sprechen. Er schnappte japsend nach Luft, sein Mund fühlte sich vollkommen ausgetrocknet an.

Marie erhob sich, rief nach Welby und blickte sich verzweifelt auf den Felsen nach ihm um. Ein Nachtflüsterer landete an Deck, dann noch einer. Marie beugte sich nach unten und riss Arthur auf die Beine.

Dann entdeckte sie Welby auf einem Felsen ganz in der Nähe. Sie schlug sich eine Hand auf den Mund, um einen Schrei zu unterdrücken. Dann bemerkte sie, wie sich sein Brustkorb langsam hob und senkte. »Arthur, er lebt noch!«

Sie warf einen Blick über die Schulter, um sich zu vergewissern, dass keine Nachtflüsterer in der Nähe waren, kletterte dann über die Reling und winkte Arthur zu, ihr zu folgen.

Als er sich umschaute, zählte er mindestens fünf Nachtflüsterer an Deck, und einer von ihnen schien es eindeutig auf Eudora abgesehen zu haben. Der Anblick gab ihm den Schubs, den er brauchte, und seine Beine setzten sich plötzlich wie von selbst in Bewegung, kletterten hinter Marie von Bord und rannten zu Welby.

Welbys Augenlider flatterten unruhig, seine Haut war bleich wie Schnee und ein schweres Keuchen drang aus seinem Mund.

»Welby!«, rief Arthur verzweifelt.

Aber Welby gab nur ein Stöhnen von sich.

»Es wird alles wieder gut. Harriet wird bald hier sein«, sagte Marie im zuversichtlichsten Tonfall, den sie zustande brachte. Doch als sie aufs Meer hinausblickte, erkannte sie, dass die Schwimmenden Flügel noch immer einen weiten Weg vor sich hatten, und ohne Segel waren sie nicht so schnell wie Florians Boot. Dann sah sie den Feuervogel mit seinen orangeroten Schwingen, so breit wie ein ganzes Haus, während sein leuchtend roter Schwanz über den Himmel wehte. Er flog dicht über Florian und beschützte ihn vor einem Nachtflüsterer ganz in der Nähe. Marie wusste, dass Florian sein Bestes tat, um sie so schnell wie möglich zu erreichen.

Kriechende Angst erfüllte Arthur, als er sich neben Welby kniete. »Du hast mich gerettet«, flüsterte er mit zitternder Stimme.

Und plötzlich öffneten sich Welbys Augen ein kleines bisschen und ein angespanntes Lächeln breitete sich auf seinen Lippen aus. Dann schloss er seine Augen zum letzten Mal.

Einer der Nachtflüsterer beobachtete sie von einem erhöhten Felsen aus, unbemerkt von den Zwillingen, die einen Moment tiefer Verzweiflung erlebten. Mit leisen Schwingen landete die Kreatur neben dem alten Mann.

Arthur kippte vor Schreck nach hinten und stieß einen Schrei aus. »Verschwinde! Lass ihn in Ruhe!«, brüllte er.

Aber der Nachtflüsterer fixierte Arthur mit seinen milchigen Augen.

* * *

Er war wieder zurück und klopfte an die Tür der Erzengelstraße 4. Welby öffnete. Es war der Moment, in dem Arthur und Marie Welby zum ersten Mal begegnet waren, damals, als sie sich für einen Platz bei der Expedition nach Südpolaris bewerben wollten. Welby starrte ihn mit hochgezogenen Augenbrauen an und sprach mit seinem vornehmen Uptown-Akzent. Erneut konnte Arthur all die Gefühle spüren, die er in jenem Moment erlebt hatte: Verzweiflung, Nervosität, brennende Hoffnung.

Marie drehte sich um und sah, dass der Nachtflüsterer Arthur anstarrte, obwohl er über Welby hockte. Seine Tentakel klebten an Welbys Kopf, und winzige elektrische Funken jagten daran hinauf. Sie stieß einen Schrei aus und blickte sich panisch nach etwas um, das sie als Waffe benutzen konnte. Löwenherz reichte ihr einen großen Stein, und sie schleuderte ihn auf den Nachtflüsterer.

Er traf die Kreatur mitten am Körper, prallte jedoch von ihr ab, als wäre sie aus Gummi.

Arthur saß da, einen seltsam benebelten Ausdruck in den Augen.

Marie warf noch einen Stein, dann noch einen, und Löwenherz tat es ihr nach. Sie blickte sich um und sah, dass Florian und der Feuervogel sie beinahe erreicht hatten. Eine Woge der Erleichterung erfasste sie. Der Feuervogel kreischte schrill und der Nachtflüsterer hob den Blick und kreischte zurück. Aber die Kreatur rührte sich nicht. Warum flog der Nachtflüsterer nicht davon?

Seine Augen wirkten starr und entschlossen, und für einen Sekundenbruchteil fühlte sich Marie an die Gedankenwölfe erinnert. Forderte der Feuervogel den Nachtflüsterer heraus?

Dann neigte der Feuervogel jedoch den Kopf vor dem Nachtflüsterer, beinahe so, als wollte er sich ihm unterwerfen – oder sein Einverständnis geben? Marie starrte ihn ungläubig an, jeder einzelne ihrer Muskeln vor nackter Angst wie gelähmt.

Der Nachtflüsterer hob den Kopf und bewegte sich auf Arthur zu.

»Was tust du denn da? Halte ihn auf!«, schrie sie den Feuervogel an. Sie sah, dass Parthena ganz in der Nähe gelandet war. »Parthena, tu irgendwas!« Aber Parthena schien ebenso erstarrt. Selbst Florian war mit einem Mal vollkommen still. »Florian, hilf mir!« Marie versuchte, ihn zu packen, ihn zu sich heranzuziehen, aber er rührte sich nicht. Obwohl kein glasiger Ausdruck in seinen Augen lag, zitterte auch er vor Angst. Vielleicht sah er vor sich, was mit seiner Schwester geschehen war.

Der Nachtflüsterer starrte Arthur direkt ins Gesicht.

* * *

Die Tür der Erzengelstraße 4 schloss sich, als sie das Haus nach ihrem Bewerbungsgespräch verließen. Doch anstatt in den Sonnenschein hinauszutreten, war es stockfinster. Arthur streckte eine Hand nach Marie aus, aber er griff ins Leere – Marie war nicht da. Er kannte diesen Ort. Er befand sich mit einem Mal in den Slumps von Lontown, der ärmsten, heruntergekommensten Gegend der Stadt. Er blickte sich um und erwartete beinahe, dass Mr und Mrs Beggins plötzlich auftauchen würden, doch je mehr er den Blick schweifen ließ, desto klarer wurde ihm, dass dies nicht die Slumps waren, die er kannte. Die Häuser sahen ein wenig anders aus, nicht ganz so alt.

Er war in der Vergangenheit.

Das hier war nicht seine Erinnerung.

Eine Frau humpelte die Straße hinunter. Sie weinte. Ihr Bauch war dick – vielleicht erwartete sie ein Kind? Dann sah er, dass sie ein winziges, nacktes Baby an ihre Brust drückte. Sie klopfte an eine Tür. Jemand öffnete und knallte sie sofort wieder zu. Sie versuchte es am nächsten Haus, aber dort schrie man sie nur an.

Es war eine bitterkalte Nacht und das arme Baby würde gewiss erfrieren, wenn ihnen niemand half.

Arthur zog seine Jacke aus. »Hey«, rief er. »Hey, ich helfe Ihnen.«

Aber die Frau drehte noch nicht einmal den Kopf zu ihm um, weil er gar nicht da war, nicht wirklich. Er befand sich in einer Erinnerung.

Dann waberte dichter Nebel durch die Straßen, ein unnatürlich dicker Traumnebel, der ihn in Sekundenschnelle verschluckte und im nächsten Moment von grellem Sonnenschein durchbrochen wurde. Er befand sich noch immer in den Slumps, aber nun sah er einen kleinen Jungen vor sich, nichts als Haut und Knochen. Der Junge bettelte auf den Straßen, das Gesicht und die Arme von blauen Flecken übersät.

»Ein Gulden für einen armen Jungen? Ein Gulden für einen armen Jungen?«, fragte er immer wieder einen desinteressierten Fremden nach dem anderen. Schließlich ließ sich der Junge – er konnte nicht älter sein als sechs Jahre – gegen eine Wand sinken.

»Jemand muss ihm helfen!«, schrie Arthur. Aber wieder konnte niemand seine Stimme hören.

Der Junge starrte ins Leere, so als wäre er ein Geist und überhaupt nicht da. Sein Gesicht hatte etwas Vertrautes an sich, vor allem seine Augenbrauen.

Die Erkenntnis traf Arthur wie ein Blitz, mitten ins Herz: Der Junge war Welby. Das wusste er mit absoluter Gewissheit.

Einige Kinder rannten an ihm vorbei, doch dann rief eines von ihnen den anderen zu, sie sollten stehen bleiben. Sie gingen zu dem Jungen zurück, schubsten und stießen ihn und brüllten ihm alles Mögliche entgegen.

Und plötzlich loderte ein Feuer in den Augen des Jungen. Er sprang auf und begann, um sich zu treten und die Hände durch die Luft sausen zu lassen. Er war allein gegen alle, aber er kämpfte mit aller Kraft, die er aus seinem dürren Körper herausholen konnte. Arthur ertappte sich dabei, wie er im zurief: »Weiter so, Welby! Gib ihnen eins auf die Nase!«

Dann tauchte eine Gestalt am Ende der Straße auf, näherte sich mit selbstbewussten Schritten. Sie blieb vor den Kindern stehen, die Hände in die Hüften gestemmt.

Die kleine Bande warf einen Blick auf sie und ergriff die Flucht.

Auch die Frau kam Arthur seltsam vertraut vor. Sie streckte eine Hand nach dem spindeldürren Jungen aus, der nun auf dem Boden lag.

Und da waren sie, ganz eindeutig, auf ihrem Arm: die Culpfeffer-Schwalben! Doch die Frau war nicht Harriet. Aber wer war sie dann? Wenn dies hier ein junger Welby war, dann musste sie Harriets Mutter sein. Oder Octavie? Nein, das konnte auch nicht sein. Also … ihre Großmutter? Nein, das war es auch nicht.

Sie sagte etwas zu dem Jungen und Arthur ging neugierig näher heran, um jedes Wort verstehen zu können.

»Hast du keine Eltern?« Ihre Stimme klang freundlich.

Der junge Welby schüttelte den Kopf.

»Und kein Zuhause?«

»Noch nie, Miss.«

»Du hattest noch nie ein Dach über dem Kopf, oder ein Bett?«

Er schüttelte den Kopf.

»Gibt es überhaupt irgendjemanden, der dich vermissen wird?«

»Nein, Miss.«

»Keine Menschenseele?«

»Nein, Miss.«

»Nun, das können wir auf keinen Fall noch länger zulassen. Ich

glaube, du hast in deiner kurzen Zeit auf Erden schon tausend Leben gelebt, und das ist einfach nicht richtig. Junger Mann, es ist an der Zeit, dass ein Kind aus dir wird. Ein so starker junger Mensch wie du verdient ein Zuhause. Willst du mit mir kommen?«

Er blickte sie ein wenig misstrauisch an.

Sie ging vor ihm in die Hocke und legte eine Hand auf sein Herz. »Ich verspreche dir, dass dir nichts geschehen wird. Bei mir wirst du es sicher und warm haben.«

Der Anflug eines Lächelns zuckte flüchtig um Welbys Mundwinkel, so zurückhaltend, als wäre es zu verängstigt, zu ungläubig, um sich wirklich zu zeigen.

Sie streckte ihm ihre Hand hin. »Hast du einen Namen?«

Er nickte.

»Und würdest du ihn mir verraten?«, fragte sie flüsternd.

»William, Miss.«

»Du musst mich nicht Miss nennen, William. Mein Name ist Argentia.«

KAPITEL 33

ABSCHIEDNEHMEN

Weitere Erinnerungen folgten: Welby an seinem ersten Schultag, wie er versuchte, unter den anderen Kindern nicht aufzufallen, indem er mit seinem besten Uptown-Akzent sprach; sein erster Flug in einem Wolkenschiff mit Argentia; wie er in der Schule Ärger bekam und sich prügelte; wie er seinen Abschluss an der Universitas machte; wie er Harriet als Baby auf dem Arm hielt, als ihre Eltern zu einer Geschäftsreise aufbrechen mussten – und aus all diesen Erinnerungen sprach die unverbrüchliche Freundschaft und Loyalität, die Welby für die Culpfeffers empfand.

Der Nebel lichtete sich und Arthur blinzelte mehrmals hastig, so als sei er sich nicht ganz sicher, ob er sich noch immer in einer Erinnerung oder wieder in der Realität befand. Dann erkannte er voller Entsetzen, dass ihm einer der Nachtflüsterer direkt in die Augen schaute, die Tentakel auf seinen Schläfen ruhend, die milchigen Augen starr auf ihn gerichtet.

Zu seiner Rechten saß der Feuervogel, wedelte einmal mit seinem leuchtend roten Schweif und flog dann davon.

Doch aus irgendeinem Grund hatte Arthur keine Angst vor dem Nachtflüsterer. Das Wesen machte die Augen auf und zu, wich einen Schritt zurück, wandte sich ab und flatterte ebenfalls davon.

Und mit ihm schwangen sich auch all die anderen Nachtflüsterer in den Himmel und schraubten sich in einer mächtigen Spirale in das Graublau empor. Das entfernte Rumpeln von Donner war zu hören und die Kreaturen machten kehrt und flogen auf die dunklen Wolken am Horizont zu.

Marie und Florian stürmten zu Arthur.

Arthur blickte auf Welbys leblosen Körper hinunter und eine gewaltige Woge der Trauer flutete jede einzelne Zelle seines Körpers. Aber bei dem Gedanken an Welbys Leben empfand er auch Freude, irgendwo zwischen all dem Kummer. Die Gedanken an seinen Vater kehrten zurück, und das Gefühl war so überwältigend, dass er sich am liebsten das Herz aus der Brust gerissen hätte.

»Arthur, erinnerst du dich noch an mich?«, stammelte Marie und legte eine zitternde Hand auf seinen Arm.

»Natürlich tue ich das.« Er legte die Stirn in Falten und sah zu, wie die Nachtflüsterer in dem Sturm in der Ferne verschwanden.

»Sie sind nicht nur böse, wisst ihr?«, sagte er leise. Er hatte seine Angst vor den Kreaturen verloren.

»Was ist denn passiert?«

»Ich glaube, sie hat beschlossen, in diesem Moment ihre Gabe einzusetzen. Es ist, als könnten sie unsere Vergangenheit lesen, unsere Absichten, das, was uns zu dem Menschen macht, der wir sind und … Ich weiß auch nicht … Sie hat mir Welbys Erinnerungen geschenkt … Ich habe mir nie die Zeit genommen, darüber nachzudenken. Ich habe vieles einfach nur vermutet, ohne ihn danach zu fragen, und jetzt ist er fort und …« Er vergrub das Gesicht in seiner Hand.

»Entschuldigung? Könnt ihr mir sagen, wo ich bin?« Es war ein Mitglied aus Eudoras Besatzung.

»Kannst du dich denn nicht mehr erinnern?«, rief Marie.

Der Mann runzelte die Stirn und kniff die Augen zusammen. »Woran erinnern?«

Weitere Crewmitglieder kletterten an Deck und blickten sich ebenso verwirrt um. Dann schaute Eudora Vane zögerlich über die Reling der Aurora zu ihnen herunter. »Ähm … hallo … also … Es ist mir wirklich unangenehm, aber ich habe mir mein Kleid zerrissen und kann mich aus irgendeinem Grund nicht mehr daran erinnern, wo ich bin. Ihr wärt nicht zufällig so nett, mir zu helfen, nein?«

Arthur, Marie und Florian starrten einander mit heruntergeklappter Kinnlade an. Löwenherz war beim ersten Anblick von Eudora sofort auf Maries Schulter gehüpft und klammerte sich zitternd an ihren Hals.

»Seid ihr nicht …?« Sie kniff die Augen zusammen, als versuchte sie, die drei einzuordnen. »Ich habe eine Expedition geplant, irgendwo Richtung Süden, glaube ich. Sind wir im Süden? Ich hatte angenommen, dort wäre es etwas kühler als hier …«

»Sie weiß nicht, wer wir sind. Die Nachtflüsterer haben ihre Erinnerungen gestohlen! Ich glaube, sie denkt, sie wäre anderswohin unterwegs gewesen«, flüsterte Marie.

Smethwyck eilte zu ihnen und raunte ihnen mit drängendem Unterton zu: »Hallo, ich habe den Verdacht, diese Leute könnten mich möglicherweise entführt haben. Ich kann mich nicht mehr daran erinnern, was ich hier mache … überhaupt nicht mehr!«

Dann stolperte ein verwirrter Everest über das Deck. »Ah, mein lieber alter Junge. Ich frage mich, ob du mir sagen kannst, in welcher Richtung ich …« Er hielt inne und kratzte sich am Kopf. »Ach, nicht so wichtig.«

Inzwischen hatten die anderen Schwimmenden Flügel das Felsenufer erreicht, und Harriet sprang an Land und rannte zu Welby. Sie legte eine Hand auf seine Brust. Ihre Schultern bebten, als sie ganz tief einatmete. Felicitas schaute ihr nach, eilte dann zu den Kindern und drückte sie fest an sich. Nach einer Weile gesellte sich auch Harriet zu ihnen, und sie alle umarmten sich lange.

Schließlich lösten sie sich wieder voneinander und halfen Tauria, Florian und Cassea, die verstörte Vane-Crew einzusammeln. Es war eigenartig, mit anzusehen, dass Eudora gar nicht versuchte, Autorität auszuüben. Sie hatte ihre machtgierige Haltung komplett verloren, und auch wenn Arthur und Marie es kaum glauben konnten, blitzte tatsächlich ein Hauch von Staunen in ihren Augen auf, so als würde sie die Welt um sich herum mit der Neugier eines Kindes betrachten. Auch Everest und der Rest der Vane-Besatzung schienen mehrere Jahre ihrer Erinnerungen eingebüßt zu haben.

Die Nachtflüsterer waren in den Sturmwolken im fernen Süden verschwunden und es trafen immer mehr Schwimmende Flügel und Erytheaner ein.

»Die Aurora hat es nicht allzu schwer erwischt«, verkündete Florian, noch immer ein wenig zittrig. »Ich bin zwar kein Experte, was eure Technologie angeht, aber der Motor ist noch intakt, und der Rumpf ist auch nur ein bisschen beschädigt. Er hat zwar ein paar Löcher, aber das lässt sich leicht reparieren.«

Tauria nickte. »Wir fahren zurück nach Erythea, sammeln uns und organisieren dann die Reparaturarbeiten an eurem Wolkenschiff. Und wir werden euch dabei helfen, euch an euren Freund zu erinnern. Wenn in unserer Welt jemand von uns geht, feiern wir, wer dieser Mensch war, bevor wir ihn dem Meer übergeben. Vielleicht können wir ihn ja auf dieselbe Weise ehren?«

Harriet nickte. »Ja, ich glaube, das würde ihm gefallen.«

Einige Mitglieder der Vane-Crew legten sich auf den Boden und schienen ein Nickerchen machen zu wollen.

»Geht es ihnen gut?«, fragte Arthur.

Tauria nickte. »Wahrscheinlich werden sie sich noch einige Tage lang schläfrig fühlen. Das haben wir schon öfter bei Leuten beobachtet, die Erinnerungen an die Nachtflüsterer verloren haben.« Dann wandte sie sich ab und sprach auf Erytheanisch mit Cassea.

»Was sagen sie denn?«, flüsterte Marie Florian zu.

Er hörte den beiden einen Moment lang zu. »Sie bedauert das Urteil zu ihrer Bestrafung. Sie glaubt, sie seien zu hart gewesen. Aber sie ist auch sehr wütend auf Eudora, weil sie den Wasserbären das angetan hat. Sie ist sich nicht sicher, ob sie sie zusammen mit der Culpfeffer-Crew zurück nach Lontown reisen lassen soll, weil sie das große Geheimnis Erytheas trotz allem gefährden könnte.«

Sie lauschten noch eine Weile, dann erklärte Florian mit gedämpfter Stimme: »Sie beraten darüber, ob sie Eudora und ihre Crew hierbehalten werden.«

»Wir sollten sie mit zurück nach Hause nehmen«, unterbrach

Arthur Taurias Unterhaltung. »Sie sind verwirrt und haben keine Erinnerungen mehr. Sie stellen nicht länger eine Gefahr für euch dar.«

Tauria schaute ihn an. Sie überlegte einen Moment lang und nickte dann. »Ich glaube, es wäre das Beste, wenn wir ... Wie sagt ihr noch gleich in Lontown? Uns von ihr reinwaschen könnten. Ihr Gedächtnis ist zerstört, und auch ihr Verstand wird noch eine Zeit lang vernebelt sein. Ihr könnt sie davon überzeugen, auch nach ihrer Rückkehr zu glauben, sie wären nur bis Stella Oceanus gereist.«

Harriet nickte.

»Aber Everest Wrigglesworth wird hierbleiben müssen. Wie wir bereits besprochen haben, halten ihn zu viele in eurer Welt für tot, und wenn er lebend zurückkehren würde, würden sie einfach zu viele Fragen stellen.«

Arthur blickte zu Everest hinüber, der auf einem Felsen saß und verdutzt in den Himmel schaute. Es kam ihm furchtbar vor, dass Everest seine Heimatstadt niemals wiedersehen würde. »Ich schätze, er hat Lontown einfach zu sehr vermisst«, flüsterte er Marie zu.

Tauria führte sie zu den Schwimmenden Flügeln. »Wir kehren in die Stadt zurück und ruhen uns aus. Der Sturm könnte die Richtung ändern und uns eine weitere Überschwemmung bescheren, und wir sollten lieber vorher wieder zu Hause sein.«

* * *

Diesmal blieb das Unwetter im Süden, als hätte der Regen beschlossen, sie zu verschonen, weil er wusste, dass sie bereits mehr durchgemacht hatten, als sie an einem einzigen Tag ertragen konnten. Trotzdem fand Arthur, als er wieder in seinem Zimmer war, einfach keinen Schlaf, ganz gleich wie sehr er ihn auch herbeisehnte oder wie müde und erschöpft sich sein Körper und sein Geist fühlten. Er beschloss daher, draußen einen kleinen Spaziergang zu machen.

Die Nacht war so still wie der Moment zwischen zwei Atemzügen und die Wolken lösten sich in der taubengrauen Weite des Mitternachtsblaus in dünnen Schlieren auf. Arthur setzte sich an den Rand des Stegs und sah zu, wie der Himmel in sanften Wellen auf der Oberfläche des Sees tanzte, wie eine magische Spiegelversion der realen Welt. Vielleicht waren die Dinge in dieser Parallelwelt ja anders und Welby war dort noch am Leben. Eine Träne kullerte über seine Wange.

Welby zu verlieren, hatte sie alle hart getroffen, aber Arthur umso mehr, seit er dessen Erinnerungen in sich trug. Ja, er hatte Glück gehabt: Er hatte Marie wieder, und Harry und Felicitas. Parthena war hier und sie waren in Sicherheit, genau wie der Rest ihrer Besatzung. Und dennoch … hatte er sich noch nie so leer und allein gefühlt, nicht seit dem Moment, als er die Nachricht vom Tod ihres Vaters erhalten hatte.

Er wollte nicht zurück nach Lontown. Er wollte nirgendwohin.

Eine Stimme, wie vom Wind getragen, raunte seinen Namen. Er blickte sich um, aber es war niemand auf dem Pier. Dann hörte er es erneut. Lauter. Und plötzlich erkannte er die Stimme, obwohl es völlig unmöglich war. Oder etwa nicht?

Du bist stärker, als du glaubst, Welpe.

»Tuyok?«, hauchte Arthur. Wieder blickte er in die tiefblaue Nacht und hielt Ausschau nach der großen weißen Gestalt des Gedankenwolfs. Doch dann rief Marie nach ihm und kam über den Steg auf ihn zu, Löwenherz auf ihrer Schulter.

Arthur blinzelte. Natürlich hatte er sich Tuyoks Stimme nur eingebildet.

»Geht's dir gut?«, fragte Marie sanft.

Er zuckte mit den Schultern. »Ich habe das Gefühl, das ganze Universum ist zerbrochen, und ich glaube nicht, dass es jemals wieder heil wird. Ein Teil von mir hat wirklich daran geglaubt, dass wir irgendwann Gerechtigkeit für Dad bekommen. Aber jetzt ist das mit Welby passiert und eigentlich ist schon wieder alles *ihre* Schuld. Alles geht immer auf diese Frau zurück. Ich versuche wirklich, wütend auf sie zu sein, aber …«

»Ich weiß«, sagte Marie.

»Es spielt keine Rolle, wie weit fort unsere Entdeckungsreisen uns führen oder wohin wir gehen, ich fühle mich einfach so … verloren.«

Sie hörten ein Flattern, blickten auf und sahen, dass Parthena zu ihnen flog. Sie landete auf Arthurs Schulter und strich mit dem Flügel über seinen Arm. Dann hörte er die Stimme erneut, aber diesmal klang sie, als käme sie aus seinem Inneren.

Du bist niemals allein. Ganz gleich wie weit du von zu Hause entfernt bist, wir sind an deiner Seite … Du bist niemals wirklich verloren.

Überzeugt, dass er überschnappte, starrte er Marie an, aber auch ihr war vor Staunen die Kinnlade heruntergeklappt.

»War das …?« Sie schüttelte den Kopf.

»Du hast es auch gehört?«

»Tuyok? Tuyok!«

Doch sie erhielten nur Stille als Antwort.

Und obwohl Arthur und Marie noch immer traurig und ihre Herzen gebrochen waren, spürten sie mit einem Mal auch einen Funken Hoffnung, Wärme und Staunen in sich.

* * *

Am nächsten Tag brachen sie in drei Schwimmenden Flügeln auf: Marie mit Arthur, Felicitas mit Florian und Harriet mit Tauria und Cassea in einem größeren Boot.

Sie segelten über den Fluss zu dem Mündungsgebiet an Erytheas Südküste.

Welbys Leichnam befand sich in einem eigenen Boot, gezogen vom Hauptboot der Professus Excelsis.

Nachdem sie ein Stück auf das offene Meer hinausgesegelt waren, versammelten sich die Schwimmenden Flügel in einem Halbkreis.

Arthur und Marie hielten ihr Boot dicht neben Florians.

Harriet stand am Bug und atmete einmal ganz tief ein, bevor sie zu sprechen begann. »William Welby war mein Vizekommandant, seit ich als Kapitänin auf einem Wolkenschiff fliege. Er war der loyalste und aufrichtigste Mensch, den ich mir auf unseren Reisen an meiner Seite hätte wünschen können – nicht nur mir gegenüber, sondern auch meiner Familie und meiner Besatzung.«

Felicitas schniefte in ihr Taschentuch.

»Ich kann mir gar nicht vorstellen, in Zukunft ohne ihn zu segeln, aber wie er selbst vor meiner ersten Expedition als Kapitänin sagte: ›Lass die Schatten hinter dir und halte immer nach einer neuen Morgendämmerung am Horizont Ausschau.‹«

Sie blickte zu Arthur und Marie, als sie die Worte aussprach, und einen Moment lang konnte keiner von ihnen atmen. Harriet schloss für mehrere Sekunden die Augen, öffnete sie dann wieder und sagte: »Mach's gut, mein lieber Freund.«

Dann erhob sich Tauria und sprach einige Worte auf Erytheanisch.

Florian schaute zu Arthur und Marie hinüber. »Sie sagt, dass all jene, die ihre Spuren auf der Weite hinterlassen, niemals ganz fortgehen. Das Leben vom Wasser gegeben, kehren wir in seine Arme zurück.«

Sie sahen in andächtiger Stille zu, wie Welbys Boot ins Meer entlassen wurde. Arthur versuchte sein Bestes, sich einzureden, Welby bräche nur zu einem neuen Abenteuer in unerforschte Gewässer auf. »Das Abenteuer wartet …«, flüsterte er leise.

Zurück in der Stadt, während sie in sich gekehrt über den Steg zurückgingen, legte Harriet eine Hand auf Arthurs Schulter. »Er hatte ein gutes Leben … und am Ende …« Ihre Stimme erstarb.

»Ich glaube, ich verstehe die Nachtflüsterer jetzt.«

Sie schaute ihn neugierig an.

»Und ich glaube, ich verstehe jetzt auch Welby. Verstehe ihn *wirklich*, meine ich.«

»Was ist auf dieser Insel passiert, Arthur?«

»Der Nachtflüsterer hat irgendetwas mit uns gemacht. Ich glaube … Ich glaube, er hat mir Welbys Erinnerungen übertragen. Irgendwie wusste er, dass sie weitergegeben werden mussten. Wir dachten, die Nachtflüsterer seien böse, aber das sind sie nicht, nicht wirklich. Sie sind …« Was waren sie? Er konnte noch nicht einmal annähernd die richtigen Worte finden. Tiefe Falten gruben sich in seine Stirn. »Ich weiß nicht, *was* sie sind. Sie sind kompliziert.« In der Weite gab es so vieles zu erforschen, und je mehr er entdeckte, desto mehr erstaunte und faszinierte es ihn. Trotzdem tauchten für jede beantwortete Frage neue Fragen auf, und in jenem Moment hatte er das Gefühl, überhaupt nichts zu verstehen.

»Was sagt dir dein Herz?«

»Dass sie weder gut noch böse sind. Dass sie eine Energiequelle brauchen, um zu überleben, genau wie ich oder Parthena oder die Gedankenwölfe.« Er zuckte mit den Schultern. »Es ist zwar ein bisschen seltsam, dass sie sich von Stürmen und Erinnerungen ernähren, aber sie tun niemandem weh, weil sie ihm wehtun *wollen*. Glaube ich.«

Harriet lächelte leise. »Für sie ist alles nur Energie. Und es ist in Ordnung, etwas nicht zu verstehen, Arthur. Zu akzeptieren, dass man etwas nicht weiß, es sogar zuzugeben, ebnet den Weg zu neuem Wissen.«

Plötzlich fühlte sich Arthur ganz schlecht. Er hatte die ganze Zeit versucht, für sich selbst einen Sinn in alldem zu finden, während Harriet sich einem Erbe gegenübersah, von dem sie vor einer Woche noch nicht einmal etwas geahnt hatte. Und außerdem hatte sie gerade einen Freund verloren, der sie schon in den Armen gehalten hatte, als sie noch ein Baby gewesen war.

Harriet blickte auf das weite Plateau hinaus. Sie strahlte noch immer dieselbe Friedlichkeit aus, trotz allem, was sie durchgemacht hatten. Sie umgab noch immer dieselbe Aura der Stärke, weil sie wusste, wer sie war und wofür sie stand.

»Es tut mir so leid wegen Welby«, sagte Arthur.

Sie schenkte ihm ein Lächeln. »Danke. Er hat dich sehr gemocht, weißt du?«

»Ich weiß«, erwiderte er leise.

KAPITEL 34

EIN WÜRDIGES GEHEIMNIS

Am nächsten Tag brachen Harriet und Felicitas mit den Erytheanern auf, um die *Aurora* zu bergen. Gesättigt nach dem letzten Sturm, blieben die Nachtflüsterer friedlich auf den Felsen sitzen, aber der Feuervogel begleitete sie dennoch stetig. Sie reparierten den Propeller und konnten erfolgreich starten und zum Festland zurückfliegen. Im Lauf des Tages setzten sie die Reparaturarbeiten fort, und am folgenden Morgen machten sie sich bereit, die Segel für die Rückreise nach Lontown zu setzen.

Tauria, Cassea und Florian begleiteten sie an den Strand. Wie besprochen, nahmen sie auch die erinnerungslose Eudora und ihre Crew mit an Bord der *Aurora*. Sie erklärten ihnen, dass sie wieder zurück nach Hause fliegen würden, auch wenn sich keiner von ihnen sicher zu sein schien, wo ihr Zuhause war.

Marie ging zu Florian.

»Ich habe veranlasst, dass Everest Wrigglesworth in die Baumkronenstadt gebracht wird, damit ich mich um ihn und meine Schwester kümmern kann«, sagte er.

»Das ist wirklich nett von dir. Ich sage es den anderen.« Sie machte einen Schritt auf ihn zu. »Danke für alles. Und es tut mir leid, dass ich … na ja, du weißt schon, ein wenig herablassend war, als wir uns zum ersten Mal begegnet sind.«

Er lächelte und seine grünen Augen leuchteten. »Vielleicht kannst du ja eines Tages zurückkommen?«

»Vielleicht kannst du ja eines Tages nach Lontown kommen?«

Florian blickte zu Tauria, die sich mit Harriet unterhielt. »Das würde ich sehr gern«, flüsterte er.

»Glaubst du, sie ändern ihre Meinung irgendwann, was den Geheimhaltungskodex angeht?«

Er zuckte traurig mit den Schultern und senkte den Blick Richtung Boden. »Ich werde dich vermissen, Marie Brightstorm.«

Sie spürte ein seltsames Ziehen in der Brust. »Und ich werde –«

Arthur, der Felicitas dabei half, einige Dinge an Bord zu laden, die die Erytheaner ihnen zum Geschenk gemacht hatten, schaute zu ihnen und räusperte sich laut. »Könntest du mir vielleicht mit der letzten Kiste hier helfen?«

»Äh, ja«, antwortete Marie hastig. Sie zog die Schleife aus ihrem Haar und drückte sie Florian in die Hand. »Jetzt *musst* du eines Tages nach Lontown kommen und sie mir zurückgeben.« Sie eilte davon.

Harriet verabschiedete sich von Tauria und Cassea. »Wenn ihr jemals unsere Hilfe braucht, dann müsst ihr nur darum bitten. Und falls sich die Dinge doch irgendwann ändern, seid ihr stets willkommen, uns in Lontown zu besuchen.«

Tauria neigte zum Dank den Kopf.

»Zeit, aufzubrechen«, verkündete Harriet.

»Nur noch eine letzte Sache«, sagte Tauria. Sie reichte jedem von ihnen einen Feuervogel-Ring.

»Unser Geheimnis liegt in euren Händen.«

»Wir werden eure Wünsche respektieren und euch nicht enttäuschen«, erwiderte Harriet ernst.

Als Marie versuchte, Löwenherz auf den Boden zu setzen, wimmerte der Wasserbär kläglich. »Ich kann dich nicht mitnehmen. Du bist zu anders, das würde nur unnötig Verdacht erregen. Wir müssen das Geheimnis bewahren.«

Tauria lächelte und zwinkerte ihr zu. »Ich bin mir sicher, dass dir irgendetwas einfällt. Eine bislang unentdeckte Spezies auf Nova vielleicht?«

Löwenherz nahm ihre Hand und streichelte ein *Ja*. Auf Maries Gesicht explodierte ein Grinsen.

»Sieht aus, als hättest du ein neues Weisewesen als Freund, Marie!«, sagte Arthur.

»Apropos Weisewesen«, sagte Harriet. »Die arme Queenie wird schon ganz krank vor Sorge sein, genau wie der Rest der Besatzung. Also, lasst uns aufbrechen.«

Mit einem letzten Blick zurück auf die smaragdgründe Landschaft Erytheas, Tempestra nichts als ein winziger Punkt auf dem hohen, schillernden Seeplateau in der Ferne, winkten sie Tauria, Cassea und Florian zum Abschied zu, gingen dann auf ihre Posten und warfen den Motor an.

Unter dem Schutz des Feuervogels segelte die *Aurora* an den Nachtflüsterern vorbei, legte den Rest der Reise nach Nova jedoch ohne ihn zurück. Nach drei Tagen waren sie wieder mit dem Rest ihrer Besatzung vereint. Sie enthüllten kein einziges der Geheimnisse von Erythea, noch nicht einmal ihrer Crew gegenüber, auch wenn Gilly Marie und den Wasserbären immer wieder mit einem wissenden Lächeln betrachtete. Harriet erzählte den anderen, sie hätten die *Aurora* halb gesunken im Meer entdeckt, die Vane-Crew schwer dehydriert und von einem schweren geistigen Trauma gezeichnet, das vermutlich bleibende Gedächtnisschäden verursacht hatte. In ihrer Version der Ereignisse hatte Welby sein Leben bei dem Versuch verloren, sie zu retten. Sie überließen es Gallus zu entscheiden, was mit der *Victoria* geschehen sollte, und setzten erneut die Segel.

Auch auf der Heimreise lag der Verlust von Welby schwer auf dem Wolkenschiff. Arthur erwartete die ganze Zeit, dass er im nächsten Moment in der Tür auftauchen und ihn mit seinen hochgezogenen Augenbrauen anschauen würde. Doch die Vane-Crew hielt sie in Atem und lenkte sie alle mit endlosen Fragen ab. Sie versuchten angestrengt zu begreifen, was sie auf einem Wolkenschiff über den Stella Oceanus zu suchen hatten.

Einige Wochen später trafen sie wieder in Lontown ein. Eudora Vane und ihre Crew wurden in das Hospital der Geografischen Gesellschaft eingewiesen. Harriet und ihre Besatzung gingen zu einem Treffen mit dem Ratsgremium der Gesellschaft und erstatteten ihnen Bericht darüber, was geschehen war, wobei sie bestätigten, dass Everest Wrigglesworth sein Leben vor der Küste von Nova verloren hatte.

Anschließend besuchten sie Octavie. Sie entschuldigte sich dafür, dass sie ihnen nicht die ganze Geschichte über Erythea hatte erzählen können, aber sie war unglaublich erleichtert, dass man es ihnen erlaubt hatte, zurückzukehren und das Geheimnis mit ihr zu teilen.

»Ein Teil von mir hat gehofft, dass ihr Erythea finden würdet, als ich euch den Ring gegeben habe. Ich konnte es euch natürlich nicht sagen, weil ich damit den Geheimhaltungskodex gebrochen hätte. Aber ich habe bereits geahnt, dass Everest einen Weg nach Erythea gefunden hatte. Ich wollte euch nicht in Gefahr bringen, aber ich wusste, dass euch der Feuervogel beschützen würde. Was ich hingegen nicht geahnt habe, war, dass Eudora Vane so etwas tun würde.«

»Niemand scheint vorhersagen zu können, wozu sie wirklich imstande ist«, seufzte Harriet.

»Wenigstens ist das Geheimnis sicher, seit sie einen großen Teil ihrer Erinnerungen verloren hat«, sagte Marie.

»Trotzdem müssen wir sie und die anderen im Auge behalten, nur für alle Fälle«, entgegnete Arthur.

* * *

»Hallo! Ihr seid die netten Kinder, die mir geholfen haben, nicht wahr?«, sagte Eudora, setzte sich auf und strich mit den Händen über ihre rosa Daunendecke. Ihr Krankenzimmer im Hospital der Geografischen Gesellschaft verfügte über eine hohe Decke und strahlend weiße Wände. »Wie wundervoll. Sind eure Eltern auch mit euch hier?« Sie neigte den Kopf zur Seite, als würde sie noch mehr Besucher hinter den Zwillingen erwarten.

Ein Knoten zog sich in seinem Magen zusammen und Arthur biss sich auf die Zunge, aus Angst davor, was ihm sonst vielleicht über die Lippen kommen könnte. Er sah, wie Marie die Fäuste ballte, und legte beruhigend eine Hand auf ihren Arm. Er sagte sich selbst zum x-ten Mal, dass dies nicht dieselbe alte

Eudora war. Sie hatte keinerlei Erinnerung mehr daran, was sie seinem und Maries Vater angetan hatte.

»Nein, sie sind nicht bei uns«, antwortete er knapp.

»Wie schade. Ich hätte mich gern bei ihnen bedankt.« Sie lächelte süßlich. »Ich bin eine Entdeckerin!«, rief sie begeistert und fügte dann flüsternd hinzu: »Und dieses eigenartige Insekt scheint mir überallhin zu folgen.« Sie nickte Richtung Fensterbank, wo Miptera leise mit ihren Beißwerkzeugen klapperte. »Ich glaube, sie gehört mir. Sie ist auf meiner Tätowierung, wollt ihr mal sehen?«

Eudora schob ihren Ärmel nach oben, bevor die beiden eine Chance hatten zu antworten. »Ist sie nicht fantastisch?« Sie lehnte sich wieder zurück. »Aber es ist schon eigenartig … Ich weiß immer noch nicht, was ich auf den Östlichen Inseln wollte.«

Arthur und Marie tauschten einen unbehaglichen Blick.

»Wir sollten lieber wieder gehen«, sagte Marie.

»Aber ihr seid doch eben erst gekommen. Ich würde euch so gern noch besser kennenlernen.«

»Du musst doch furchtbar müde sein, und wir müssen … äh … noch lernen und … so. Vielleicht ein andermal.« Sie erhoben sich und eilten zur Tür.

»Kommt bald wieder«, rief Eudora ihnen nach.

»Wohl kaum«, raunte Marie leise.

Arthur blickte sich noch einmal zu ihr um. Sie lächelte noch immer zuckersüß. Dann zwinkerte sie ihm zu.

Er blinzelte verwirrt. Hatte ihr Auge vielleicht nur gezuckt? Hatte er es sich eingebildet? Aber irgendetwas in Eudoras Lächeln löste ein ungutes Gefühl in ihm aus. Er schaute sie noch einmal an.

»Bitte, kommt wirklich bald wieder«, wiederholte sie. Doch, ihr Lächeln hatte eindeutig etwas Beunruhigendes an sich!

Die Tür fiel mit einem Klicken hinter den Kindern ins Schloss.

Arthur schüttelte den Kopf, als wollte er den Gedanken wieder loswerden.

»Ist alles in Ordnung, Arty?«

»Ja, ich glaube schon.«

»Lass uns nach Hause gehen.«

Sie bogen im Korridor um die Ecke – und blieben abrupt stehen. Thaddeus Vane kam die Treppe herauf auf sie zu und seine Schritte hallten entschlossen auf den Marmorstufen. Er hielt inne, legte die Hände auf den mit einem Diamanten besetzten Knauf seines Gehstocks und fixierte mit seinem messerscharfen Blick zuerst Marie, dann Arthur. Er stand einige Stufen unter ihnen, schien sie aber dennoch bei Weitem zu überragen. Arthur kam sich komplett durchsichtig und seltsam schwach in der Gegenwart dieses scheinbar makellosen Mannes vor.

»Die Zwillinge«, sagte Thaddeus sachlich, aber es lag eindeutig eine tiefere Bedeutung darin, so als würde er über irgendetwas nachdenken. Arthur wünschte sich, er könnte seine Gedanken ergründen. Er packte Marie am Arm und zog sie hastig an Thaddeus Vane vorbei und die Treppe hinunter.

* * *

Harriet und Felicitas warteten draußen auf sie.

»Ich habe Neuigkeiten für euch«, sagte Harriet und reichte ihnen einen dicken Ordner. »Welby hat daran gearbeitet, bevor wir aufgebrochen sind. Darum war er oft stundenlang verschwunden, als wir die *Aurora* repariert haben.«

Arthur fühlte sich furchtbar, weil er ihm vorgeworfen hatte, dass er sich heimlich verdrückte.

Marie hielt den Ordner fest und Arthur schlug ihn auf.

»Er hat sämtliche Dokumente über das Brightstorm-Haus gesammelt, einschließlich der Besitzurkunde«, erklärte Harriet strahlend.

Arthur und Marie starrten sie mit offenem Mund an. Eine Woge des Glücks schwappte durch sie hindurch. Sie schauten einander an und konnte es kaum glauben. *Zu Hause*, das Haus ihres Vaters, der Ort, an dem sie aufgewachsen waren und an dem sie so viele Erinnerungen geteilt hatten. Sie blickten wieder auf den Ordner.

Zu Hause.

Ihre Blicke trafen sich erneut, und die Frage, die sie in diesem Moment bewegte, spiegelte sich auf ihren Gesichtern wider.

»Oh! Ihr *müsst* nicht aus der Erzengelstraße ausziehen!«, versicherte Harriet hastig.

Felicitas legte die Stirn in Falten, lächelte jedoch. »Natürlich nicht, falls es wirklich das ist, was ihr wollt.« Und dann fügte sie mit der leisesten Stimme hinzu, die Arthur und Marie jemals bei ihr gehört hatten, so als würde sie versuchen, etwas in sich festzuhalten, das aus ihr herauszuplatzen drohte: »Wir werden immer eine Familie sein, wo immer ihr auch seid.«

Arthur zog Marie beiseite und flüsterte ihr etwas zu. Nach einer Weile nickte sie und flüsterte zurück. Kurz darauf drehten sie sich wieder zu Harriet und Felicitas um.

»Wir haben eine Entscheidung getroffen. Wir würden das Brightstorm-Haus gern zu einem Zuhause machen.«

Harriet und Felicitas nickten beide ernst.

»Das verstehen wir vollkommen –«, begann Harriet.

»Aber nicht zu einem Zuhause für *uns*. Wir sind uns noch nicht sicher, wie, aber wir würden es gern in einen Ort verwandeln, an dem obdachlose Kinder aus den Slumps ein Zuhause finden können. Eine sichere, warme Zuflucht für alle, die einen solchen Ort brauchen.«

Harriet klappte die Kinnlade herunter. »Wow ... äh ... das ist wirklich unglaublich!«

Felicitas stürmte zu ihnen und drückte sie so fest an sich, dass die Zwillinge japsend nach Luft schnappten, als sie sie endlich wieder losließ.

Harriet gab jedem von ihnen einen Kuss auf die Wange und sagte: »Das wird nicht leicht werden. Wir brauchen finanzielle Unterstützung. Ich fürchte, unsere Expedition war in dieser Hinsicht alles andere als lukrativ und unsere Ersparnisse sind auch eher kläglich.«

»Daran haben wir schon gedacht«, erwiderte Marie. »Wir werden es mit meiner Erfindung finanzieren, dem Wolkenkanu.«

Arthur nickte. »Und wir werden ...« Plötzlich krampfte sich seine Brust zusammen und er brachte kein einziges Wort mehr heraus.

Marie legte einen Arm um seine Schultern. »Wir werden es in *Welby-Haus* umbenennen.«

Harriet biss sich auf die Unterlippe und atmete ein paarmal tief durch, bevor sie erwiderte: »Also ... ihr zwei überrascht mich doch immer wieder.«

Sie kehrten dem Hospital den Rücken zu und gingen die Straße hinunter.

»Wie es aussieht, liegt einiges an Arbeit vor uns, bevor wir zu unserer nächsten Expedition aufbrechen können.«

»Gut. Meine Füße könnten eine kleine Erholungspause gebrauchen«, erwiderte Felicitas.

»Aber keine *zu* lange.« Arthur konnte bereits wieder dieses Ziehen in der Magengegend spüren, das in drängte, in Bewegung zu bleiben und noch mehr von der Weite zu entdecken – und von sich selbst.

Harriet drückte seine Schulter. »Nein. Keine *zu* lange. Kommt jetzt, gehen wir nach Hause.«

Sie schlenderten über den geschäftigen Lontowner Marktplatz, auf dem die Menschen hastig zu ihren wichtigen Erledigungen eilten.

»Es ist schon seltsam«, sagte Marie. »All diese Menschen in Lontown haben nicht die geringste Ahnung, dass Ihr-wisst-schon-was existiert.«

Arthur nickte und hakte sich bei ihr unter. »Das ist seltsam. Aber weißt du was? Ich denke, ein paar Geheimnisse sind es wert, dass man sie bewahrt.«

DANKSAGUNGEN

Ich freue mich so sehr, dass die Wolkenschiff-Abenteuer mit *Die Legende vom Feuervogel* weitergehen! All das wäre niemals möglich ohne die großartige Unterstützung durch Scholastic und die beiden wichtigsten Menschen in meinem Schriftstellerinnenleben: meinen Lektor Linas Alsenas und meine Agentin Kate Shaw.

Es ist eine solche Freude, mit so unglaublich talentierten Menschen zusammenzuarbeiten. Lektor*innen können oft die unbesungenen Helden bei diesen Unternehmen sein, aber ich würde laut von den Dächern Lontowns schreien, dass diese Geschichten ohne Linas nicht mal die Hälfte von dem wären, was sie sind. Ich werde auf ewig dankbar sein, dass ich mit einem so wundervollen, warmherzigen, lustigen, liebenswerten und fantasievollen Menschen (oder Jedi-Lektor) zusammenarbeiten darf! Danke, dass Du an mich und meine Vorstellungskraft glaubst.

Kate Shaw ist nicht nur meine Agentin, sondern schlichtweg unübertrefflich. Sie ist und bleibt meine ganz persönliche Harriet Culpfeffer: professionell, zuverlässig, verständnisvoll, geistreich und kreativ. Eine Agentin und wahre Freundin. Danke für all Deine brillanten Ratschläge und dafür, dass Du mir langfristig zur Seite stehst.

Danke auch an das ganze Scholastic-Team: die Vertriebsabteilung, Foreign Rights, Pete Matthews fürs Lektorieren mit Emma Jobling, Harriet Dunlea, ungeschlagen im Organisieren von Promotion- und anderen Events, und Kate Graham im Marketing – ich liebe Euch! George Ermos und der Designer Jamie Gregory haben erneut ein atemberaubendes Titelbild erschaffen. Und ich dachte, Ihr könntet die letzten beiden unmöglich noch toppen! Danke für Euren künstlerischen Zauber – Ihr seid ein wahres Dream-Team.

Danke an das Bounce-Team und alle Buchhändler, mit einem besonders großen Hurra für all die wundervollen Unabhängigen (vor allem Steyning, the Book Nook, Drake, Rogans und Kenilworth).

Danke an Waterstones für die Unterstützung meiner Bücher, das bedeutet mir wirklich viel, vor allem an Fiona in Durham und Holly in Brighton: zwei wahre Naturgewalten des literarischen Enthusiasmus! Buch-Blogger*innen, Bibliothekar*innen und Lehrer*innen sind die heimlichen Held*innen der Bücherwelt. Euch gilt mein unverbrüchlicher Dank für alles, was Ihr tut, ebenso wie all den Organisationen, die so unglaubliche Arbeit leisten, etwa FCGB und Booktrust.

Ein gedankenwolfgroßes Dankeschön an die erste Lehrer-Crew für ihre Unterstützung und Kreativität, besonders an Kate Spurrier und die wundervollen Glebies, Ceridwen Eccles, Scott Evans, Wil Baker, Ashley Booth, Ian Hunt, Jane Clapp, Kate Heap, Tami Wylie, Emma B., Ben King, David Keyte und alle anderen! Ich muss nur das Leuchten in den Augen der Schüler sehen, die ich besuche, um zu wissen, wie viel Ihr leistet. Ein extra großes Hurra für Pie Corbett, den Dichter auf unserem Wolkenschiff: Danke, Pie, dass Du die Welt der Brightstorms so ins Herz geschlossen hast, das bedeutet mir sehr viel.

Danke an meine Familie und meine Freunde, die es mir (einmal mehr) erlaubt haben, wochenlang komplett in der Welt meiner Geschichten zu verschwinden. Ein dickes Dauerknuddeln für meine Gefährten auf all meinen Schriftstellerabenteuern und meine allerbesten Freunde, James Nicol und Lorraine Gregory, und ein großes Dankeschön für die nicht abreißenden Aufmunterungsversuche und Umarmungen, genau wie an all meine anderen Schriftstellerfreundinnen und -freunde – zaubert bitte immer so weiter!

Und last but not least geht mein Dank an die wunderbaren jungen Leser, die zu einem Teil der Brightstorm-Crew geworden sind: Es ist so toll, Euch bei diesem neuen Abenteuer mit an Bord zu haben. Träumt GROSS – Eure Fantasie ist grenzenlos. Und Ihr wisst ja, dass Ihr alle längst angeheuert seid, oder?

Die Autorin

Vashti Hardy ist Werbetexterin und lebt mit ihrer Familie in der Nähe von Brighton. An der Chichester University machte sie ihren Master in Kreativem Schreiben, nachdem sie dieses Fach bereits zuvor an der Sussex University studiert hatte.

Sie ist Mitbegründerin und aktives Mitglied der Golden Egg Academy, für die sie als Mentorin tätig ist und hin und wieder die GEA Q&A moderiert. Außerdem ist sie auf Twitter sehr aktiv.

Ausgeschmökert? Weiterschmökern:

ISBN 978-3-8458-3397-2

ISBN 978-3-8458-3415-3

SilberDrache

Ein silbernes Drachenei!

Joss traut seinen Augen nicht, als ihm das Ei einfach so vor die Füße fällt. Wer sich mit einem Silberdrachen verbündet, so heißt es, erhält unermessliche Macht. Doch bald sind skrupellose Jäger hinter Joss und seinem Drachen her ...

Sirin ist mit den alten Legenden über Drachenreiter aufgewachsen, die über Generationen weitergegeben wurden. Doch als ihre Mutter krank wird, hat Sirin Mühe, noch an Magie zu glauben ... bis sie einen geheimnisvollen Silberstreifen am Nachthimmel über London sieht.